密室裡的竇加

各界讚譽

「生動活潑……夏皮羅將自己的研究天衣無縫地融入強有力的虛構故事中，令人目眩神迷。」

——《出版者週刊》

「這部經過深入研究而成的作品，結合了真實元素以及對藝術圈的理解，是一部值得高度推薦的處女作，非常適合讀書會討論。」

——《圖書館期刊》

「無論是藝術或是愛情，夏皮羅對於真偽都有他饒富趣味的觀點。扣人心弦的小說，一打開就令人愛不釋手。」

——《娛樂周刊》

「以藝術及道德抉擇為主題的驚悚文學，富有高度的娛樂性。」

——《大觀》雜誌

「如果《BJ單身日記》和《達文西密碼》有個愛的結晶，就是這一本。」

——《她》雜誌

「扣人心弦的小說。」

——《O：歐普拉雜誌》

「情節佈局精巧高明。」

——《赫芬頓郵報》

「以情節為重的小說，構思佈局精良……其中涵蓋許多藝術圈的內幕……偽造古代名畫的詳細步驟令人著迷……」

——《坦帕灣時報》

「情節安排機智巧妙，讀來欲罷不能……夏皮羅在這本流暢動人的驚悚小說中，文筆流露出如早期繪畫大師筆觸般的自信與活力。」

——《明尼亞波里明星論壇報》

「巧妙、性感，且引人入勝。夏皮羅的最新作品情節曲折，角色動人，女主角膽識十足且令人難忘，這本書將同時吸引文學小說迷與推理小說迷……要尋求趣味娛樂，看這本書就對了。」

——紅書雜誌網站 Redbookmag.com

「令人迫不及待要繼續閱讀的推理小說……作者認真做了研究。當她探索著複製畫家的世界時，你偶爾幾乎能聞到松節油的氣味……是個令人酣暢滿足的故事。」

——《佛羅里達聯合時報》

「迷人且成功的驚悚文學……夏皮羅將陰謀、謎團、歷史與動機層層交疊，述說一個令人難忘的故事。」

——貝絲・費雪閱讀部落格 Beth Fish Reads

「刻畫藝術、真偽、愛與背叛的小說，巧妙曲折。夏皮羅瞭解竇加，瞭解藝術竊盜與藝術偽造，更瞭解如何訴說扣人心弦的故事。」

——《剩餘者》，作者湯姆・佩洛塔 Tom Perrotta

「《密室裡的竇加》不僅如一般的驚悚小說那樣引人入勝，同時並使你對畫作的製程、鑑定、賞析，尤其是複製，有了全新的認識。」

——《藝伎回憶錄》，作者亞瑟・高登 Arthur Golden

「正當全世界持續等待伊莎貝拉・史都華・嘉納美術館一九九〇年遭竊的畫作傳出消息之際，《密室裡的竇加》為該批收藏品提供了另類的虛構歷史，也優美動人地帶領我們窺見該起令人摸不著頭緒的放肆竊案有何幽微朦朧的可能性。」

——《我綁架了維梅爾》，作者凱瑟琳・韋伯 Katharine Weber

「戲耍藝術世界的輕鬆小品。」

——《十二月的三個星期》，作者奧黛麗・舒曼 Audrey Schulman

「出色得令人炫目。夏皮羅帶領你踏入你從未探索過的領域，走進美術藝廊、藝品偽造的世界，刻畫出乎我們意料的人性幽微……本書一如竇加真跡般創意獨具，且令人難以忘懷。」

——《你的影像》，作者凱若琳・李維特 Caroline Leavitt

獻給永不放棄的丹

一幅畫最重要是它必須是畫家想像力的產物，絕不可模仿抄襲。

——竇加

嘉納搶案二十一週年
史上最大宗藝術品竊盜案懸而未破

【麻州波士頓訊】一九九〇年三月十八日清晨，兩名裝扮成警察的男子將伊莎貝拉・史都華・嘉納美術館（Isabella Stewart Gardner Museum）的兩名警衛五花大綁並掩塞其嘴，從而竊走十三件藝術品，市值總計約五億美元。

遺失的作品中，數件為無價珍寶，包括林布蘭[1]的〈加利利海風暴〉（*Storm on the Sea of Galilee*）、維梅爾[2]的〈演奏會〉（*The Concert*），以及竇加[3]的〈沐浴後〉（*After the Bath*）。警方偵查上千小時，而今法律追訴時效已過，五百萬賞金空懸，數件藝術品依舊去向不明。

二十年來，聯邦調查局偵訊了已知的藝術竊賊，還有與黑幫、恐怖組織及天主教廷有所牽連的可疑份子，循線在美國、歐洲與亞洲各地偵查，曾鎖定的嫌疑人包括有警官之子、愛爾蘭共和軍、黑幫份子白毛・巴爾傑[4]及波士頓幫派、一名骨董商、一名蘇格蘭場[5]線民，還有紐約市一拍賣公司員工，然而迄今無人遭到逮捕。

嘉納美術館籲請知悉畫作去向的民眾與聯邦調查局波士頓分局聯繫。

《波士頓環球報》（*Boston Globe*）
二〇一一年三月十七日

---

①林布蘭（Rembrandt van Rijn），一六〇六～一六六九年，荷蘭畫家，爲十七世紀歐洲最重要的畫家之一，被譽爲荷蘭最偉大的畫家。

②維梅爾（Jan Vermeer），一六三二～一六七五年，十七世紀荷蘭畫家，與林布蘭同屬荷蘭黃金時代畫家，與林布蘭、梵谷並稱荷蘭藝術三傑。

③竇加（Edgar Degas），一八三四～一九一七年，法國印象派畫家、雕塑家。

④白毛・巴爾傑（Whitey Bulger），原名James Joseph Bulger, Jr，因鬚髮銀白而獲得「白毛」的稱號。美國知名黑幫份子，曾在波士頓組織幫派，勢力龐大，後長期擔任聯邦調查局線民，二〇一一年被捕入獄。

⑤蘇格蘭場（Scotland Yard），倫敦警察廳總部，原始地點的後門位於大蘇格蘭場街（Great Scotland Yard），故名。

第一章

我倒退一步，細細端詳畫作。眼前共有十一幅畫作，實際上我有數百幅，甚至數千幅作品，但今天我只打算讓他看我的窗戶系列。又或者不只這樣。我掏出手機瞄了瞄，時間還夠，還來得及改變主意。我抽掉〈摩天大樓〉，換上〈人行道〉。〈摩天大樓〉極度寫實，描繪漢考克大樓（Hancock building）玻璃帷幕上的倒影，〈人行道〉則是抽象畫，呈現從半層樓高的三角窗望去的聯邦大道（Commonwealth Avenue）景象。

我創作窗戶系列有兩年多了，成天帶著素描本和尼康相機在城市裡上下尋索，教堂的窗、映著倒影的玻璃窗、波士頓觸目所及無所不在的三角凸窗、大窗、小窗、古舊的窗、殘破的窗、木框窗、金屬框窗、由外往內望的窗、由內往外望的窗。我尤愛隆冬午後屋內人尚未察覺天色漸暗而還沒掩上的百葉窗。

我把〈人行道〉和〈摩天大樓〉比鄰懸掛，這下有十二幅了，剛好一打，是個美好的整數。但這樣好嗎？給他看太多，怕他難以消化，看太少，又看不出我在題材與風格上的深度與廣度。挑選作品眞讓人為難。有人來參觀畫室害我緊張萬分。

何況他突發奇想要來參觀畫室究竟所爲何來呢？我在藝術圈是過街老鼠，人稱「頭號冒牌貨」，三年來受盡鄙夷，忽然之間，聞名國際的馬凱藝廊負責人艾登．馬凱卻要大駕光臨我的小閣樓。幾個月前，我上馬凱藝廊參觀新展覽，艾登．馬凱對我視而不見，如今他忽然親切熱絡，對我讚譽有加，想看看我最新的作品，不惜步出他位於紐柏麗街（Newbury Street）富麗堂皇的藝廊，屈尊就駕到索瓦區

（Sowa）來欣賞我的畫作。他說這叫面對「創作現場」（*in situ*）。

我往房間另一端畫架上的兩幅畫望了望。〈浴後女子〉（*Woman Leaving Her Bath*）中，一名裸女爬出浴缸，一旁衣著整齊的侍女悉心服侍，看似是十九世紀末竇加的創作，但這幅是克萊兒．洛斯二十一世紀初的仿製版本。另一幅尚未完成，是畢沙羅[1]的〈菜園和花樹，蓬特瓦茲的春天〉（*The Vegetable Garden with Trees in Blossom, Spring, Pontoise*），同樣是洛斯的仿製版本。複製網出錢讓我畫這些畫，然後在網路上販售，號稱是「唯藝術史學者能辨識其真實出處」的「完美複製品」，售價高達我酬勞的十倍。這就是我最近的工作。

我轉回頭看看我的窗戶系列，來回踱步，瞇起眼，又再來回踱了幾步。就這樣吧，不行也得行了。我鋪了條破舊墨西哥毯，掩蓋角落凌亂的床墊，拾起散落在畫室各處的髒盤，扔進水槽，打算要清洗，想想還是算了。艾登．馬凱既然想參觀「現場」，就讓他參觀吧。但我還是裝了一整碗腰果，拿出一瓶白酒——參觀畫室絕不可以喝紅酒——和兩只玻璃杯。

我晃到畫室前方，向外張望哈里森大道（Harrison Avenue）的成排窗戶。看出去的景色和我的〈閣樓〉一樣。我在這個景觀前耽擱過許多時間，表面上是在構思最新畫作，實際我大半在神遊、偷窺，以及拖延時間。這裡位於四樓，六扇窗底部離地兩呎，一路向上延伸，距離十五呎高的天花板也才兩呎。

這棟建築曾經是座工廠，某個在地老居民告訴我，當年工廠生產手帕，但在地居民的話不是太可靠，這座工廠也很可能生產帽子或吊帶，或者根本不是工廠。現今這裡畫室林立，其中某些畫室，例如我的，也兼作居所。這並不合法，但便宜。

索瓦這詞的原意是「華盛頓街之南」（South of Washington），根據媒體上天花亂墜的廣告詞，十年以前，波士頓北區是新興的時髦區域，現在則轉移到南端區（SouthEnd）南方的索瓦。但就我看來，這個地方連時尚的邊都沾不上，所有曾經在這裡逗留的人，不論待的時間或長或短，都不會對我的評論有異議。這區域的基本構成元素包括倉庫、建案、一間知名的遊民收容所，以及數座廢棄的籃球場，當中零星點綴著藝廊、昂貴的餐廳，以及有保全護衛的樸實住宅。九十三號州際公路（I-93）車聲隆隆，噪音不絕於耳到你完全習以爲常，還以爲四下靜謐無聲。除了此地，我不知自己能於何處落腳。

窗下，艾登．馬凱剛剛從東柏克萊街（East Berkeley）轉彎，踏著他優雅的步伐而來。即使隔著半個街廓的距離，我仍看得出他身穿量身剪裁的長褲，材質極可能是亞麻布料，上身則是價值估計達五百美元的襯衫。暮夏的午後，氣溫高達攝氏二十九度，這人卻像是在沁涼的九月清晨剛剛走出他後灣區②的住宅大樓。他掏出手機，往我家大樓瞥了一眼，觸觸螢幕。我的電話響了。

我們大樓沒有電梯，走廊和樓梯也沒有空調，爬到四樓時，馬凱臉不紅氣不喘，衣衫筆挺依舊，顯然他是健身房常客。打從我開門請他進來，他就一路滔滔不絕，誰也猜不到過去三年來，我和他幾乎形同陌路。

「我前幾天才到過這附近。」馬凱自顧自絮絮叨叨，「去戴達姆街（Dedham）和哈里森大道，看了派特．赫西的最新作品。妳認識他吧？」

我搖頭。

「他用鵝卵石創作，很有一套。」

我用雙手拉開一大扇鋼製大門。

馬凱跨過門檻，深吸一口氣，閉上眼睛。「沒有什麼比畫家作畫的氣味更美好的了。」他持續閉著眼，這和我期望中的不同。他應該觀賞我的畫作，一見傾心，然後幫我在馬凱藝廊辦個畫展。眞是作夢，難道我眞以爲會有這種事情發生嗎？但他來訪的目的何在，有何盤算，我依舊摸不著頭緒。

「要不要來杯酒？」我問。

他終於睜開眼睛，緩慢而和善地對我笑了笑：「妳也一起喝嗎？」

我忍不住也報以微笑。他不是傳統定義上的美男子，五官太大，但他的舉手投足，寬闊深邃的眼眸，下巴的凹痕，有個什麼東西牽動著我。魅力吧，我想。魅力，以及我們共有的過往。

「那當然。」我抓起一疊被我遺忘在破舊坐墊上的畫布，豎在一張比坐墊更破舊的茶几旁。三餐不繼的窮畫家睡在畫室的床墊以節省房租，我的處境活像自己畫的那些諷刺畫。然而這不是嘲弄，這是現實。

馬凱動也沒動，凝視我許久，然後眼光越過我的肩頭，神色惆悵。我知道他想起了艾薩克，我想我該說點什麼，卻不知道能說什麼。說我很遺憾？說我仍然難過？說我也失去了一個朋友？

我往兩只果汁杯斟酒，他在沙發坐下來。這沙發凹凸不平，而且一坐下去就會陷得太深，坐起來並不舒服，算是為難了他。我該買張新沙發，或至少買張新的二手沙發，但房東才剛剛漲了我的房租，我已一貧如洗。

我在他對面的搖椅坐下，俯身向前說：「聽說你把蕎絲琳．岡普的個展辦得非常成功。」

他啜一口酒，「是她的鎔鑄作品。她大有斬獲，全數售出，還拿下三項委託案。了不起的女性，了不起的藝術家。大都會美術館也想要參觀她的畫室。」

他說「她」大有斬獲，不是「我」，甚至不是「我們」。藝術經紀人或藝廊老闆大半橫行霸道，目中無人，他一點也不居功，很稀奇，我喜歡。

「波士頓的展覽上得了《紐約時報》的不多。」我拍起馬屁來。

他承認：「確實很成功。看到妳仍然關注藝術圈的事真開心，我們都沒關心妳的事。」

我猛然抬起頭。這話什麼意思？他眼神透露著同情，甚至還有一絲愧疚。

「艾薩克的〈橙色裸體〉上週賣掉了。」他說。

原來如此。全世界都知道，〈橙色裸體〉畫中的模特兒是我。雖然是幅抽象畫，但凌亂的紅髮、蒼白的肌膚和棕色的眼眸無可否認是我的註冊商標。當初和他分手時，要是沒把那幅畫扔出門外，今天可能出入後灣區豪宅的是我，而我也不用在索瓦分租工業大樓。不過話說回來，我的調調也不適合後灣區。

「別告訴我你賣了多少錢。」

「我不會這麼殘忍的。但賣出那幅畫使我想起妳，以及妳受到的不平待遇。」

我極力掩飾我的詫異。過去三年來，除了少數志同道合的藝術夥伴及我媽以外，從沒有人站在我的立場看這件事。我媽則從頭到尾沒搞清楚這一切到底怎麼一回事。

「所以我決定來看看妳過得好不好。」他繼續說，「看我能不能幫上什麼忙。」

他這麼一提議，我心頭猛地一震。我一躍而起，「我準備了幾幅最新作品。」我揮著手比劃我的畫作，「一眼就看得出來，是畫窗戶。」

馬凱一面走上前去，一面重複我的話：「窗戶。」他先從遠處盡覽所有畫作，然後跨步上前一一端詳。

「是都市的窗戶，波士頓的窗戶。像霍普③那樣的主題風格，面向更多。不只有表現出現代公共空間的寂寥，還要探索個體自我的更多層面。看不見或是無意識間流露的內在，以及表現於外，刻意的裝模作樣，或渾然遺忘。疏離，倒影，折射。」

「還有光線，」他咕噥，「美好的光線。」

「也是啦，沒有光線的話，就什麼也看不到了。但即使有光線，也還是有很多東西沒人看到。」有人來參觀畫室，我說起話來就像個自命不凡的藝評家。

「妳的光線處理得很好，捕捉到微妙的變化，幾乎像維梅爾。」他指著〈閣樓〉說：「從最左邊的窗一直到最右邊的窗，這中間光線的變化令我驚艷。」他往前更湊近了一步，「每一扇窗都略有不同，卻又融入整體，散發著光輝。」

我自己也很滿意我對光線的處理，但維梅爾可是光的大師呢，他竟把我比作維梅爾……

「妳用透明畫法④畫了多少畫？」

我遲疑著不願吐實。這年頭用古典油畫技法繪畫的人不多了，縱使有，其他人也不會像我這樣瘋狂喜歡層層上色。我聳聳肩說：「八、九幅吧？」這數字比實際低很多。

「這使人聯想起〈演奏會〉，光線落在黑白相間的磁磚上。」他往〈閣樓〉更湊近一些，「光線從這棟建築物反射在菱形的鐵絲網，幾乎像愛撫。」

他退後一步，像我先前那樣，仔細端詳。「我喜歡妳用古典技法處理現代題材，還融合抽象風格。但眞正吸引我的是妳這幾幅寫實的東西。」他不屑地朝〈人行道〉揮揮手，「妳抽象畫的力道比起寫實風格差太多。」

「不會太『花瓶』嗎？」我問。「花瓶」是藝術圈的行話，指人們買來搭配客廳裝飾品的畫。

馬凱大笑，「差得遠了！我多年來一直在大聲疾呼，寫實主義沒有死，古典油畫才是王道。」

一股暖意在我身上流動，衝上我的臉頰。已經很久沒有人這樣稱讚我的畫了。

「我還有很多。」我一面說，一面走向三層書架。這個三層架是我親手打造的，用來收藏書和畫，但現今架上只有畫，書都在地上，以不成體系的體系堆成了一堆又一堆。三層架非常凌亂，但對我而言是亂中有序。

他還沒說想看其他的畫，我已經開始把畫從架上抽出來，並且一把拉過梯子，打算爬到最上層。我把較寫實的畫都放在最上層，以爲沒有人會對這些畫感興趣。

「這些是妳複製的畫嗎？」馬凱從房間的另一端喊我。

我回頭望望。「是啊。通常已經完成的複製畫都不會在我這兒，但這個星期卡車沒空，竇加那幅他們要星期五才來載。」

「複製網，這名字取得眞好。我上個月看了《環球報》那篇文章，他們幫妳做了很好的宣傳。」說到這他遲疑了，「算是很好的宣傳吧？」

「不是我想要的那種。」報導我擅長仿製別人的傑作，眞是哪壺不開提哪壺。「我不想接受訪問，但複製網希望我受訪。」

「他們的業績眞有報導說的那麼好？」

「可能更好。」我心不在焉地應著。我對複製網的話題壓根兒沒有興趣，只專注於找出我最好的畫作，但別拿太多幅出來。他喜歡光線的濃淡色度，深邃而澄透。我找了一張，但不夠震撼。我又找了一張。

「這張就很花瓶了。」他指著畢沙羅那幅畫。那畫尚未完成，仍可看出畫中一欉欉的樹上開滿團簇的白花。

我笑了。「給做作的人裝飾用的。」

「做作的窮人。」他補充。

我腋下夾著三幅畫，笨手笨腳爬下梯子。「沒那麼窮。那種畫一幅要賣好幾千美元，大一點的還要上萬。可惜我只能分到其中的一點點。」

我手腳俐落地把幾幅較抽象的畫從牆上挪開，換上剛剛挑選的幾幅，然後轉頭看馬凱，卻發現他正凝視著那幅竇加的仿畫。

「妳仿製的功夫眞不是蓋的！」

「比當餐廳侍者好多了。」

他的眼光一瞬也沒從我的畫上移開。「那是一定的！」

「竇加晚期的作品沒那麼難模仿，不像他早期的油畫，眞的會把人搞死。」我努力維持禮貌，但渾身上下的細胞都恨不得一把抓住馬凱，把他拖往畫室的另一端。「要一層一層罩染，畫了一層要等，再畫一層又再等，一幅畫得畫上好幾個月，甚至好幾年。」

「複製網要妳這麼做嗎？」

「沒有，從來沒有。這麼畫的話，一幅畫要賣到幾萬塊才划算。」我走到他身旁站定。「模仿竇加是我的拿手絕活，尤其是他的油畫。我修了幾堂必修課後，複製網還頒發證書給我。證書有什麼意義就不管啦！」我往角落裡的一堆書比劃了幾下。「我打算要寫一本書，正準備提案，談竇加和同時代的畫商、收藏家以及其他藝術家的關係，他們彼此影響。但我沒怎麼認眞在寫。」

馬凱的眼光依舊動也不動地停在我複製的竇加畫作上。「看來妳把時間花在這上頭效益比較好。他們重視妳的這項才能嗎？」

「如果有人訂購竇加的複製畫，而且指定我當畫家的話，他們會給我一筆額外的獎金。」我聳聳肩，「只不過仿製別人傑作，大概稱不上是個畫家吧。」

他沒有反駁我的說法，我比個手勢請他去看我的原創作品，他偷偷多瞧了〈浴後女子〉幾眼，才跟上來。

我們一語不發地靜靜凝望我的窗戶系列。我強迫自己閉緊嘴巴，讓作品發聲。

過了兩分鐘，感覺像二十分鐘，馬凱拍拍我的手臂說：「我們坐下吧。」

我們走向長沙發，分別在兩端坐下。他喝乾手中的酒，又給自己斟了一杯，也要給我斟，但我沒接受。我確實想喝酒，但唯恐自己太緊張，會拿不穩杯子。

馬凱清清喉嚨，又啜了一口酒。「克萊兒，我剛剛獲得一個千載難逢的機會，可以做好事造福許許多多的人，是樁美事。我希望妳也認同我的做法。」他頓了頓，又說：「但妳可能會覺得這像是出賣靈魂的交易。」

我完全聽不懂他在說什麼，但我聽懂了「機會」兩個字。「你說你是魔鬼？」

他用力搖頭，「給我這個機會的那個人才是魔鬼，但我不知道他是誰。他和我之間的聯繫隔了好幾層。」

「像但丁⑤嗎？」

我是開玩笑的，但他思索這問題，像個教授試圖回應一個早熟的學生。「不對，這樣比喻不對。比較像是棋子，但是個聰明的棋子，可以吃下皇后。不管是魔鬼還是棋子，我只是打了個比喻。」

「我不討厭魔鬼，我是那種覺得天堂可能很無聊的人，但我從不是當棋子的料。」

這回他笑了，我看得出他笑得刻意勉強。「那就還是用魔鬼來比喻好了。」

這話題扯夠久了。「好吧，」我說，「你到底要說什麼？」

他眼睛直勾勾盯著我。「是不太光明磊落的事。」

我毫不逃避他的眼光。「你不是說是個做好事的機會？」

「結局是好事，但手段有點可議。」

「違法的事？」

「有些事情只是不合法，而非真的犯法。」

「那這是哪一種？」

馬凱望向房間另一端的竇加和畢沙羅。

這下我懂了。我唯一的反應是「噢」了一聲。

他啜了一口酒，輕鬆癱坐在凹凸不平的長沙發上。顯然這段對話中最艱難的部分已經結束了。

我把手臂交叉在胸前。「我不敢相信發生了這麼多事情後，你居然還敢要我畫假畫。其他人也就算了，竟然是你！」

「複製網付妳多少錢？」

「他們讓我畫複製畫，不是假畫。」

「妳說妳是抽成的，所以一幅畫幾千塊嗎？還是多一點？」

通常是少一點，但我點點頭。

「我付你五萬美元，當然材料費另計。先付三分之一，完成到我滿意的程度後再三分之一，鑑定完成後，交付最後三分之一。」

「你這是爲了艾薩克的事嗎？」

「是我不計較艾薩克的事。」

這回答使我怔住了。我的心情明顯寫在臉上，他接著說：「妳是最能擔負這項任務的人。」

「你認識幾千個畫家，沒人比我行？」

他再度望向房間另一端的竇加。「這件事我只信得過妳。」

「你怎麼知道我不會走漏消息？」

「走漏消息不是妳的作風。」這倒是眞話。曾受流言傷害的人知道何時該守口如瓶。

「那你不怕我檢舉你？我隨時可以報警。」

「妳知道其中的利弊得失之後就不會。」他說。

「那你得告訴我有什麼利弊得失。」

「我對妳畫的評價是眞心的，克萊兒。妳有獨特的才華，一向都有。被排擠不代表妳不會畫畫。」他頓了頓，又說：「我也願意在我的藝廊幫妳辦一場個展。」

我完全掩飾不了自己的心情，倒抽了一口氣。

「再過半年或九個月，等妳完成那幅畫。」他說，「妳來得及準備好二十幅畫嗎？要寫實油畫，運用多層次透明覆色技法。」

我別過頭，以免讓他看出我有多渴望。在馬凱藝廊辦個展，這是幾乎不可能成眞的夢。

「我有信心能讓採訪蕎絲琳．岡普的那位《紐約時報》記者來採訪妳。」他說。

《紐約時報》。畫作售出。委託案。大都會美術館的人來參觀畫室。我的心疼了起來。

「克萊兒，拜託妳看著我。」我轉頭看他，他說：「我會保護妳。我說過，我和瞭解內情的人隔了好幾層，妳和我又隔了一層。」

「那你說的做好事是什麼好事？」

「妳答應加入，我才能告訴妳。」

「這麼神祕兮兮，我不會同意的。」

馬凱站起來，「妳考慮考慮吧。」他拍拍我的肩膀，「我下週再和妳聯絡。」

「你眞的是魔鬼，對不對？」

「妳相信世界上有魔鬼的話，那就是了。」

我當然不相信世界上有魔鬼。

---

① 畢沙羅（Camille Pissarro），一八三〇～一九〇三年，法國印象派畫家。

② 後灣區（Back Bay），波士頓的高級住宅區。

③ 霍普（Edward Hopper），一八八二～一九六七年，美國畫家，擅於描繪寂寥的當代美國都會及鄉村生活。

④ 透明畫法（glazing），古典油畫技法之一，重點是透過層層的色彩罩染，以製造顏色的層次與光澤。

⑤ 但丁（Dante），文藝復興時期的義大利詩人，其詩作《神曲》（*La Divina Commedia*）中描述地獄有九層，惡魔撒旦位於最中央。故此處提及「與魔鬼隔了好幾層」使主角聯想起但丁。

第二章

馬凱離去後，我翻身往長沙發倒下去，瞪著天花板上糾結盤繞的水管與通風管，想釐清這場史上最怪的畫室參訪究竟是怎麼一回事。馬凱藝廊，我的個展。能有機會奪回我失去的一切、渴求的一切，多美好！但是畫假畫？當冒牌貨？我避之唯恐不及。

妳的仿製功夫眞不是蓋的！

我離開長沙發，走到窗前，向下凝望哈里森大道，遠眺圍著鐵絲網的停車場，以及更遠處的高架公路，然後端詳自己牆上一字排開的窗戶系列畫。

妳有妳獨特的才華，一向都有。

可恨的傢伙、可恨的讚美、可恨的提議、可恨的附帶條件！

我抓起背包往潔可酒吧走去。酒吧裡人人認識我，不幸的是，他們知道的不僅是我的名字，同時也都知道馬凱來訪的事。

有些事情只是不合法，而非眞的犯法。

走到酒吧前，我挺起胸膛，推開門。潔可酒吧看上去老舊，但也老舊得理直氣壯，與從後灣區向南延伸而來的時髦夜店有天壤之別。這裡沒有藍色馬丁尼，桌子因年久而疤痕處處，整家店並不刻意追求酷炫外觀。門口沒有代客停車，因爲顧客大半從他們小小的公寓或畫室徒步前來。狹窄的窗上掛著百威啤酒的霓虹招牌，好嚇退追逐時尚的潮男靚女。

我的哥兒們早已經各就各位，畢竟現在是六點，是小酌的時間。小酌過後來到用餐時間，菜單上盡是熱狗、漢堡和培根生菜番茄三明治。之後又是飲酒時間，很長的飲酒時間。一見到我，他們的右臂筆直伸向半空中。這是我們這幫人打招呼的手勢。

邁可指指他身旁的吧台凳，只說了聲「這兒坐」，隨即又轉回頭去繼續和小小說話。小小叫小小是因爲她個頭非常小，可能只有五呎高，這還只是寬鬆的估計。她說她把自己命名爲小小，就是爲了正面迎戰這個話題，何況她的本名聽上去就像少數族裔，怕人因此對她貼標籤。邁可也不過高她半呎而已，對自己很沒自信，他又是男的，因此斷斷不敢如此尖刻地貶低自己。

我溜上凳子坐好，店老闆茉琳開了瓶山姆亞當啤酒放在我面前。她知道我不要杯子。

瑞克從我背後俯身吻我。他健壯俊美，睫毛如袋鼠一般長而濃密，我所認識的女性無人不垂涎他。「快告訴我們詳情！」他下令。自從「科利恩事件」隨著流言傳遍波士頓美術館學院（MFA Museum School）及波士頓和紐約的藝術圈後，從此我全數的研究所同學都不再和我來往，只有瑞克不離不棄，爲此我對他十分感謝。

我回吻他。「你好。」

「我要知道每一個甜美的細節。」瑞克總想知道一切。

「嗯，他好像喜歡我的一些作品，尤其是我……」我壓低嗓子模仿馬凱的男高音：「『用古典技法處理現代題材』的畫作。他說他會打電話給我，但我覺得他只是在打發我。」

「這個大人物有沒有告訴妳他爲什麼忽然心血來潮大駕光臨？」

「就他先前說的啊，他想知道我好不好。」

「和艾薩克．科利恩大人無關嗎？」我一語不發，瑞克又說：「一個字也沒提起嗎？」

我認識瑞克太久了，我知道如果不搪塞他一個答案，他會窮追不捨，非問個水落石出不可。我誇張地大嘆一口氣：「他告訴我他賣出了艾薩克的〈橙色裸體〉，因此想起了我。」

小小轉頭看我們，邁可一隻手放在我肩頭，茉琳手肘撐在吧台上，在瑞克身旁另一側聊天的黛妮兒和愛莉絲也安靜下來，所有的人都看著我，等著我說下去。我們這群人彼此之間祕密不多，工作方面的事尤其開誠佈公。全天下可能也就只有這些人相信說謊的是艾薩克。

「不順利嗎？」邁可問。我們有時會開玩笑地把邁可喚作「教堂老太太」，因爲他道德感強烈。要是他得知馬凱的提議，一定會驚駭莫名，萬一再聽說我沒有當場嚴拒，更是會嚇得目瞪口呆。

「應該不算順利，可是我本來也沒期待多高。」誰都聽得出這話是違心之論，在經歷生涯挫敗時，人人都說過這話，我們就是這麼活下來的。

「給我朋友來杯龍舌蘭酒。」邁可對茉琳說。除了瑞克以外，邁可是我們當中唯一喝得起像樣飲料的人。瑞克已經不畫畫了，邁可則白天當律師，晚上才畫畫。

酒一放在我面前，我立即一飲而盡。暖意從喉頭向下蔓延，透進空空的胃。萬一茉琳決定再多相贈一杯，那就有點危險了。而依此刻的情況看來，她很有可能眞的會多送一杯。

「馬凱賣了多少錢，妳知道嗎？」小小問。

我知道她指的是〈橙色裸體〉。「我要他別告訴我。」

「更關鍵的問題是，有沒有人知道那幅畫不是科利恩畫的？」黛妮兒的話裡充滿濃濃的諷刺意味。酒吧裡一片死寂，我瞪著我的空酒杯。黛妮兒無意傷人，也從不想傷人，但她總不小心逾越那條看不見的紅線，完全偵測不出自己談話得體不得體。

「克萊兒知道。」瑞克插手相助，「她在現場，而且沒穿衣服。」

我感激地望他一眼，舉手投降。「當時我人的確在場而且裸體，和他們說的一樣。我可以證明那畫是眞的。」

「應該不要還給那個老騙子的。」瑞克對我說，「妳連……」他停頓下來，蹙起眉，我們全隨他的眼光望去。「哎呀呀！」他的話說得酸溜溜，「這可不是我們的駐地畫家瑰絲朵·梅克嗎？妳今晚微服出巡啦？」

「噢，親愛的，」瑰絲朵輕輕巧巧地坐上瑞克隔壁的椅凳，「別搞笑了！」她親吻瑞克的兩頰，「你們在聊〈橙色裸體〉？」她看看我，眨了眨眼，「我聽說價錢在六位數的中段。」她一如往常，穿得太過華麗，一身時髦新潮的碧綠，衣著昂貴且貼身，穿在我身上鐵定看來整個人面色如土像暈船，穿在她身上卻豔光四射。金髮女郎穿什麼顏色都好看。

「可能是模特兒美麗，」瑞克摟住我的肩膀，「而不是畫家技高一籌。」

「的確如此。」瑰絲朵朝著我笑得甜美可人，「要不就是被醜聞炒熱了價錢。」瑰絲朵也愛逾越紅線，她的眼睛睜得圓大，人也清醒。

茉琳在我面前放了第二杯酒。

我們撇下瑰絲朵，三三兩兩聊起來。瑰絲朵點了不加冰的雙份蘇格蘭威士忌，和茉琳熱烈交談，假裝不是只有酒保樂意和她聊天。瑰絲朵也不是在乎這些，她來此唯一目的就是把我們比下去好讓自己心情舒暢，這招屢試不爽。但好處是只要有她在，就沒有人會再問起馬凱的事了。誰也不想提供瑰絲朵更多攻擊的火力。

到了九點，只剩下我和瑞克兩個仍站在酒吧裡。大夥兒都回家了，我們也該回家，卻在酒吧後頭耽擱著。兩杯龍舌蘭發揮了魔力，我渾身癱軟放鬆，一陣醉意，茫茫然的很舒服。

「我還有機會的。」我說。

雖然我們已經有一個多小時沒提起馬凱了，瑞克卻清清楚楚知道我在說什麼。「妳有很多機會的，小萊，只是妳不知道而已。」

「馬凱跟我說，被排擠不是因爲我不會畫畫。」

瑞克睜大了眼睛，「他這樣侮辱妳？這個混蛋！」

「不是不是，」我趕緊澄清：「他沒有侮辱我的意思。」

「那他是什麼意思？」

「我想他是讚美我。」

「好個讚美！」瑞克咕噥。

「我打進了《藝術世界》的『跨越』比賽決選。劍橋港美術展也還沒把我踢出名單。」

「跨越是什麼玩意兒？」瑞克已經不畫畫了，因此對新近的比賽或評選消息不靈通。他研究所一畢業，就在伊莎貝拉．史都華．嘉納美術館的策展部門找了份工作，這眞是了不起的成就。才不過四年，他已經當上了助理策展員。他聲稱自己並不懷念「艱苦、貧困且明爭暗鬥的藝術創作生涯」。有時我相信他說的是眞話，有時我存疑。

「參展作品必須呈現你心目中『跨越』的意義。跨國、跨界、跨性別、越野、越軌、卓越、逾越。」

「眞不錯。」瑞克說。我看得出他在腦海裡一一檢視自己的畫作，看有沒有符合的。他眨眨眼止住腦海中的畫展，「那妳用什麼作品參加比賽？」

我聳聳肩，故作輕鬆，「我窗戶系列中的幾幅。越窗，越域，越界。我想如果每幅畫都有好幾種跨越元素，可能勝算會高一點。」

「這點子不錯。」

「聽說明年的主題是『冒險』，我打算投稿我的複製畫，搭配『冒牌』主題。」

「有意思。」瑞克的口氣透露他一點也不覺得有意思。「那情況到底怎樣了？」

「馬凱很喜歡。」

瑞克反應很快，一聽就知道我在說什麼。「艾登．馬凱對複製畫會有什麼興趣？」

「我不知道，瑞克。我不會讀心術。可能他剛好看到。」

瑞克舉起手，「抱歉，我無意踩妳的痛處。」

「不用抱歉，」我說，「該抱歉的人是我。對不起！」

「沒事的。」瑞克咧嘴一笑，「我們都知道妳喝了酒就脾氣不好。」

他堅持送我回家，而他送我一程只需多走幾條街，所以我同意了。該男人做的事就讓男人做，只不過我對城市的求生之道瞭如指掌，我知道怎麼做才安全，要走在大馬路上，或者至少走在人行道的最邊緣，眼觀四面耳聽八方，不可戴白色耳機（iPod會被搶），不可發簡訊（會分心），不可玩應用程式（iPhone會被搶）。最重要的是，萬萬不可以露出迷了路的神情。

我們跨出潔可酒吧，踏入夏天濃濁的空氣中，走向人行道，經過近來火紅的餐廳後巷，那店裡融合著亞洲風與多明尼加風。幾個穿著落魄的男人緊靠後巷大垃圾桶而坐，東倒西歪，大夥兒傳遞著一瓶威士忌，笑聲喧譁震天。一對穿著講究的男女朝我們走來，往巷子裡望了望，走到對街去。

「妳想馬凱來訪和艾薩克有關嗎？」瑞克問。

「艾薩克死了。」我很詫異自己的口氣這樣尖銳。

瑞克停下腳步，轉身面向我。「妳還好嗎？」

「為什麼每個人都一口咬定這和艾薩克有關？」我忿忿回嘴，「他對我的作品有興趣有這麼不可思議嗎？」

第三章

三年前

「放棄吧，克萊兒！」艾薩克說，「我已經江郎才盡了。」

「你沒有江郎才盡，你只是太任性。」

「可能吧。」

艾薩克和我躺在他畫室的床上，我們衣著整齊，沒有興致溫存。我可不想這樣。一走進門，看見他大白天賴在床上，耍了種種溫柔嬌媚的技倆，想誘騙他打起精神，坐起身子，但我沒成功，他死賴著不肯下床。這已不是他頭一遭如此。

我猜他有點躁鬱，但是他不肯就醫，我也沒辦法私自斷定。我不打算勸他尋求治療，嘮叨男人的健康是妻子的責任，做小三的犯不著自找麻煩。如今情況嚴重到他幾乎要自毀前程，我不能再坐視不管。

我雙手一撐坐了起來，艾薩克把頭枕在我的腿上，我手指繞著他黑色的鬈髮，他仰頭用藍得出奇的眼眸看我，手指觸觸我的鼻頭，又觸觸我的嘴唇。我親吻他的指尖，把他的手捧到我的心口。「艾薩克，」我說，「你是天底下最難搞的討厭鬼。」

「可是我也有很多優點，對吧？」他用巧克力般低沈厚實的嗓音問。他的臉上泛出一絲挑逗的笑意，我不想被他打動，但他終究還是成功了。

這段感情錯得離譜，我是他的學生，他今年四十四，而我二十八，他常陷入一段又一段的憂鬱，偶爾流露耀眼的藝術創作力以及無可抵擋的魅力。還有一段分居三年欲離還休的婚姻，一切都是老掉牙的爛戲碼，對我而言卻是不曾嘗過的新鮮事。

「我氣你的時候不要對我放電。」我說，「我不會讓你得逞的，這可是現代美術館①呢，你這個白痴！」

「也不過就是一間美術館嘛，克萊兒，又不是治療癌症。」他把手抽離我的胸口，摟住我的腰。

「你眞是滿口胡言。」

「那倒是眞的。」

「你還來得及，你知道嗎？」我說，「還有兩個星期。」

「只剩十二天才對，但誰在乎呀？」

「你又不用等透明顏料乾透。有心的話，十二天可以完成三幅溼畫技法②的畫。」

「當然可以完成。」艾薩克說，「只是我沒有動力。」

「那你的動力到哪裡去了？」

「現在油價太貴。」

我用力搥打他的手臂，「完全說不通。」

「妳看吧，我根本不夠格。」

「凱蘭．辛山默覺得你夠格。」辛山默是現代美術館繪畫雕刻組的資深策展人，就是她在馬凱藝廊注意到艾薩克的畫，委託他爲她的「晚近繪畫雕塑概況特展」作畫。參展的藝術創作者都是最傑出的後起之秀，偏偏取了個這麼正經八百的展名。

「凱蘭．辛山默看到的是我一年前的畫作。」

「所以呢？」

「沒有所以。」他俯身從床頭櫃抓起一本偵探小說翻開，對我笑了笑，一派坦率天眞，「那邊還有一大堆。」他往一座書架指了指，架上擺滿閃亮亮的新書，「我希望妳也看一看，這樣我們就可以一起看，一起討論。」

我連回應都懶得回應，他很清楚我對推理小說興趣缺缺。於是他自顧自翻著書，我自顧自坐著生悶氣。我知道我應該拂袖而去，但我不想就這麼輕易放棄。這不僅是因爲我瘋狂愛著這個男人，還因爲我和其他許多人一樣，覺得他是難能可貴的天縱之才，有希望成爲一代巨擘。他要是不好好管管自己，就會錯失生涯中最重大的機會。

現代美術館的展覽不是可以等閒視之的芝麻小事。辛山默走訪世界各地，邀請過去十年間嶄露頭角的藝術家。雖然美術館尚未發佈正式名單，但小道消息指稱，共有約五十位畫家和雕刻家入選。這表示艾薩克被視爲全球藝術圈最傑出的二十五名新秀之一。

我頓了很久，盡可能以嚴厲的口吻說：「艾薩克，我們來腦力激盪吧！」

「不用腦力激盪，我早就知道兇手是誰了。」

我搶過他手中的書，從我的大腿上把他的腦袋推下去。「現代美術館邀請你畫的這幅畫，可以當成你時間系列的其中一幅，對吧？」

「本來是這麼計畫的。」

「現在不是了嗎？」

「妳很清楚，我的點子都行不通。」

「爲什麼？」

他聳聳肩，「因爲點子都很爛。」

「爲什麼爛？」

「不要這樣，克萊兒，很無聊，我昏昏欲睡。」

「你回答問題就好。爲什麼爛？」

他把手臂交叉在胸前。

我克制不住，淚水湧滿眼眶。「小艾！」

「好啦，好啦。」他坐起來，「爲什麼點子很爛？爲什麼很爛？」他的眼光飄向了遠方，「我想是因爲太黑暗了。」

「顏色黑暗還是調性黑暗？」

「兩個都黑暗。」

「那我們來想一些輕鬆的點子。」

「這個主題本身就很黑暗。」

「未必。」

「時間會吞噬一切。」他說得緩慢鄭重，嗓音低沉單調，「隨著時間流逝，人會死，建築物會傾頹，文明會消失。」

「有沒有樂觀一點的詮釋？例如新生命誕生？春回大地？」

「鐵會生鏽，銀會失去光澤，銅會變綠。」

「那就別畫時間系列了，畫別的。」我說。

「時間對時間。時間與地點。」他大大攤開手臂，「生有時，死有時，拋擲石頭有時③。」

我想繼續板著臉，卻忍俊不住。「畫畫有時？」

艾薩克把我擁在懷裡。「我的寶貝。」他說。

「把時間視爲第四度空間怎麼樣？」我一面懶洋洋地說，一面任由他舌頭吻過我耳朵的輪廓。

「挺有意思的。」他呢喃著朝我的頸子吻過去。

我一把推開他，「有意思嗎？怎樣有意思？你看到什麼意象？」

艾薩克哀嘆：「克萊兒！」

「來跟我一起動手。」我跳起來，走到空畫架旁，「有沒有乾淨的畫布？」

「沒有。」

「別開玩笑了。」

「我今天不想畫。」

艾薩克有一整面牆的架子。他的畫室和我的不一樣，是由建築師設計、木工大師打造的。我走到畫架下方的超大抽屜前，抽出最大張的畫布。這畫布已經上過膠，可以作畫了，我把它放上畫架。「你腦海中看見什麼顏色？」

「克萊兒……」

「時間是第四度空間。」我說，「是一條奔湧的河流，未來在前方，往昔在背後，卻同時存在。用什麼顏色打底？」我拿了一瓶松節油，動手擠一擠他的顏料管，「生褐色？赭紅色？」

艾薩克搖搖頭。

「我看到事物在變動。」我說，「厚重的顏料流動，不斷流動，在自己的上方和下方流動，往前也往後流動。用溼畫法，刮開一層層的油彩，透出藏在底層的東西，如同刮開一層層的時間。全都在那裡，但有的在上，有的在下，有的看得見，有的隱約看得見，有的被另一層時間徹底掩蓋而不為人所見。」

艾薩克走到畫架前，拿開我手中的松節油。「這點子很迷人，但不會成功。妳有意志力，我沒有。」

「那我們一起動手。」我懇求他，「我們來打底就好，看看狀況如何，看你的反應如何。說不定你一旦開始動手，靈感就會來了。」

艾薩克親吻我的額頭，「我也沒有跟妳作對的意志力。」

於是我用艾薩克的畫筆、艾薩克的油彩、艾薩克的系列主題和艾薩克的風格，開始作畫。他不時會糾正我這裡不對，那裡該改，並示範他的厚塗技法，教我如何用畫筆堆砌厚實油彩，如何繪出寬闊而有力的筆觸，如何用全身的力量來運筆，如何在溼顏料上覆蓋另一層溼顏料，然後刮去上層顏料，裸露出下層的色彩。

這個技法與我作畫的方式恰恰相反，但我喜愛這種自由，喜愛和艾薩克攜手合作，喜愛假扮艾薩克。我們就這麼日復一日，合作了一個多星期，我負責畫畫，艾薩克大半時間在看書或打盹兒，偶爾給我一些指導。

「小艾，」有天下午我問：「如果把繪畫風格也當成時間的一個層次，你覺得怎樣？」

他聳聳肩。

「譬如說從古典的乾畫法轉變到現代的溼畫法？要不就從具象派過渡到抽象派？」我往畫布揮舞著畫筆，「就像穿透一層層藝術的年代？」

他再度聳肩。

於是我用松節油稀釋了他的顏料，繼續塗抹一層又一層薄薄的油彩，每上一層色，便用我放在他浴室裡的吹風機吹乾油彩。最後，畫面的右下覆滿了經過高度透明罩染的新月型沙漏，有具象的，也有抽象的，漂浮在古往今來的時光之中。

畫完成時，艾薩克瞇眼瞅著那幾枚新月，嘟囔抱怨這些東西看起來比較像我的畫風，而不大像他的畫風，然後他簽上自己的名字，又回去倒頭就睡。

① 現代美術館（Museum of Modern Art，簡稱 MoMA），位於紐約，被譽爲影響全球現代藝術最鉅的美術館。

② 溼畫法（wet on wet），不等上一層顏料乾燥就直接覆上下一層色彩的畫法。

③ 原文爲 Time to live, time to die, time to cast away stones. 引自舊約聖經〈傳道書〉中的句子。

第四章

當天晚上我睡得不好，惡夢以後尤其輾轉難眠，這我倒是一點兒也不意外。我夢見自己在馬凱藝廊裡狂奔，身後追兵個個頭戴綴著羽毛的狂歡節①恐怖面具。我衝進藝廊的內室，一面納悶藝廊何時搬到紐奧良來，一面四處探找出口，卻遍尋不著。這時我才發現，滿牆的畫竟然都是我的作品，畫旁的小白卡卻個個都標示著別人的名字。這遠比戴面具的搶匪更嚇人，我渾身冷汗直冒。

凌晨三點左右，我放棄在床上翻滾，決心起床。我泡了一壺咖啡，晃到電腦前玩了幾盤接龍，收收電子郵件。收件匣裡，一封信的主旨猛然映入眼簾：「《藝術世界》跨越比賽決選名單」。我的心狂跳，胃腸緊縮，我渴望贏得這比賽，非贏不可。我的手在鍵盤上躊躇，點開信後趕緊閤上眼。

終於鼓起勇氣睜開眼睛時，我從上而下一路掃視名單，搜尋我的名字。沒有叫洛斯的。我向下翻頁，想看看還有沒有其他名單，但沒有了。我胃腸翻攪，噁心欲嘔，這感覺很熟悉。我不知道我之所以沒能獲勝，是由於艾薩克的緣故，還是我提交的作品毫無可取之處。我也不知道這兩種原因哪個比較糟。

《藝術世界》在藝術界的地位就相當於《紐約客》（*New Yorker*）在文學界的地位，評審全是業界泰斗，也就是艾薩克死後排擠我的那些泰斗。「排擠」這詞馬凱用得眞好。

我向上翻頁，看優勝者是誰。「可惡！」我大罵一聲，把手機扔向長沙發，但沒扔準，手機摔在地上，跟我每次沒扔準時一樣，手機斷成兩截。它一開始會斷成兩截就是這麼斷的。

但我不在乎。這簡直比輸掉比賽更糟。優勝者是瑰絲朵．梅克。這個瑰絲朵，在馬凱藝廊的「本地新秀藝術家展」中賣了三幅花瓶畫給一堆居住郊區豪宅的有錢人，那些人連印刷複製畫和手繪油畫都區分不出來。這個瑰絲朵，沒有才華又假惺惺，只會穿時髦新衣裳，討好她那些出入橡樹廳餐館（Oak Room）的時髦新朋友。瑰絲朵，這下她的地位又提升到新的境界了。我刪除這封信，還點進垃圾筒去把它永久刪除，好確認我今生再也不會看到它。

去她的，去她那些拾人牙慧的塗鴉。

我想起馬凱的提議，想像我告訴瑰絲朵我在馬凱藝廊開個展時她臉上會有什麼表情——先是不可置信，然後是憤怒，繼而是赤裸裸、排山倒海的嫉妒。她不得不承認她要辦個展至少要再等個幾年，即使辦個展是她自以爲是的白日夢而已。這會是甜美的勝利，潔可酒吧的龍舌蘭會一杯接一杯上個不停，可以連續喝上個一個月。

我答應的話，會如何呢？如果事情順利，我和馬凱眞的成就了好事，會如何呢？如果我眞的獲得辦個展的機會，會如何呢？我所有的窗戶系列作品都會陳列在馬凱藝廊牆上，畫作旁的小白卡會大大寫著我的名字，標示畫已售出的紅點隨處可見。我會自豪地站在藝廊正中央，沒有惡夢中戴著羽毛面具的人。

雖然我以複製名畫爲業，不但上過一堂課，還研究過如何運用技巧製造幾可亂眞的錯覺，而且頗得心應手，但我並不清楚如何打造贋品、瞞過專家耳目、偷天換日暗度陳倉。我躊躇了一會兒，用谷歌查詢「僞造藝術品如何賺錢」。

第一篇文章的標題是〈贋品製造者將廉價作品「俄國化」以牟暴利〉。希施金②和馬列維奇③的贋品大受歡迎，將平庸的十九世紀歐洲風景畫改造成俄國畫作十分有利可圖。究竟爲什麼要把歐洲風景畫改造成俄國畫作，以及如何改造，文中並沒有說明，但不識貨的暴發戶顯然趨之若鶩。

有篇文章描述名叫貝奇納（Gianfranco Becchina）的藝品交易商，在一九八五年說服蓋提美術館④花一千萬美元購置一座號稱西元前六世紀的僞製雕像。蓋提美術館聘請古文物專家、地質學家、律師、鑑定師，運用電子微探針、質譜分析法等各種高科技技術加以驗證，結果還是採信了貝奇納的謊言。專家們無一不上當，蓋提美術館成了冤大頭，花大錢買假貨。

還有個約翰．梅耶（John Myatt），他犯下被視爲二十世紀最重大的藝術品詐騙案。他繪製並出售了兩百多幅已故知名畫家「不爲人知」的作品。但詐騙不夠看，好戲還在後頭。梅耶在短暫入獄服刑後，成功闖出名號，出售他的仿畫，每幅要價一千到一萬美元，二〇〇五年甚至在倫敦駐館藝術家藝廊（A.I.R. Gallery）舉辦個展，展名貼切，就叫「眞實贗品」（Genuine Fakes），參觀民眾大排長龍，綿延數個街區。

這許多贗品畫家中，最有頭腦的可能就屬凡．米格倫（Han van Meegeren）了。他是個失意的荷蘭畫家，一九三〇年代曾花六年時間鑽研打造贗品的手法與化學技術，騙倒不賞識他的畫商及評論家。他用烤麵包機零件打造烤爐來烘烤畫布，成果令人驚豔，他因而大發利市。直到戰後，他的一幅維梅爾僞作出現在納粹戰犯的財產中，他面臨盜賣國寶給敵方的叛國重罪，不得不當庭展露他的僞造功夫，以佐證自身清白。

然而我最喜歡伊萊．薩凱（Ely Sakhai）的故事。薩凱是紐約一家小型藝廊的負責人，他購買中價位的畫作，也就是知名畫家較不爲人所知的畫作，價格約在五位數。買下後，他聘請畫家臨摹造假，再將原作與僞作分別出售，雙倍獲利。僞作搭配著原作的眞品鑑定書飄洋過海，進入日本收藏家的口袋，眞跡則透過紐約拍賣公司出售。許多年來他就這麼瞞天過海，獲利三百萬美元，直到二〇〇〇年五月，一幅高更⑤贗品的持有人不疑有他，決定透過蘇富比拍賣公司出售這幅畫，薩凱本人恰巧也在同一時間委託佳士得出售自己手中的眞跡，機關算盡的薩凱就這麼無所遁形地在生意正旺之際被逮個正著。

在這之中我得到最重要的教訓，是一項我早已經知道卻不曾多加留意的事。仿製前人的畫作並不犯法——那是當然的，因爲我以此爲業，並在每年四月乖乖向國稅局呈報所得。把假畫拿來當眞跡販售才違法。販賣僞畫的人才是壞蛋，作畫的人並不是。

波士頓麻州灣區交通局無論在地圖還是旅遊手冊中，都把「銀線」稱爲「線」，好讓乘客把這條線和波士頓的紅線、綠線、藍線及橘線等量齊觀。這麼做顯然是行銷策略，但搭乘銀線的人沒有一個不對這名稱感到惱怒，因爲其他數條線都是地鐵，銀線卻是公車，是一條專門行駛於貧窮及少數民族聚居區域的公車路線。

瑞克的前男友丹尼是都市計畫專家，他說運輸業界一概把這條路線稱爲「捷運公車」。我搭乘捷運公車前往貝弗莉阿姆斯，在壅塞車陣中動彈不得，夏日驕陽透過車窗曬得我汗流浹背，我知道捷運公車完全是個幌子。公車就是公車，一點兒也不快捷。

貝弗莉阿姆斯就和銀線一樣，說好聽點是取錯了名字，說難聽點浮誇的取名就像惡毒殘酷的諷刺。這名稱使我想起我的姨婆貝弗莉，我孩提時總喜歡依偎在她雄壯的胸脯間。但我要前往的貝弗莉阿姆斯卻是個少年觀護所，收容犯了罪的孩子。假使他們是成年人，犯了罪就該關到州立監獄去。將來有一天，這些孩子中可能有許多人也眞的會進州立監獄。

我斷斷續續在這間少年觀護所教畫畫，教了五年，通常是一週一堂課。起先是研究所必修的社區服務學分，畢業後我繼續教下去。孩子們喜歡這堂課，也喜歡我。他們上這堂課可以免除下午的勞務工作，而我是個經不起人灌迷湯的蠢蛋，被人喜歡就會暈陶陶。

貝弗莉阿姆斯無論擺設還是氣氛都酷似蘇聯時期的古拉格集中營——一棟一棟無色的水泥建築，中間穿插著一整排完全相仿、封得密實的窗。好處是這裡並沒有鐵欄杆，壞處是覆蓋窗上的鐵絲網厚得透不過一絲光線，比鐵欄杆還糟。

終於抵達。他們搜了我的包包，我像拿著可疑簽證的中東人在機場接受安檢一樣，他們什麼也不放過。搜查完畢，就要回答一連串管理員早就知道答案的問題。他已經問過我至少上百次同樣的問題了，何況我的駕照還拿在他手上。我曾經試圖跟他開玩笑，結果慘不忍睹，此後我都乖乖等待問題，用耐心而平板的語調說出他早已經倒背如流的答案。有時我眞忍不住想噗哧笑。

「克萊兒．洛斯。」

「麻州波士頓哈里森大道一百七十三號。」

「美術教師。」

「青少年服務局藝術組組長亞瑟．馬柯斯。」

「綠東區。」

他查了查紀錄，用一種彷彿我也犯了罪的眼神狠狠瞪我一眼，吼一聲：「綠東一〇七。」我一向都用那間教室。這裡的人如果稍微有點幽默感的話，這些孩子的問題可能會少一點。

我沿著蜿蜒的長廊走去，和一道又一道數不清的厚重大門纏鬥，按按鈕，仰頭對攝影機微笑，一面等待，一面但願今天掌管中央控制系統的人不是混蛋。我有次曾等了十幾分鐘對方才開門放行，我可以想像中控處的人看著我煩躁不安挪動雙腳時的得意。

我透過血淋淋的教訓得知，他們不但能看見訪客的影像，還能聽見聲音。我剛來上課的某個下午，一時不察，低聲咒罵不幫我開門的混帳。這眞是不智之舉，因爲那個混帳竟然是貝弗莉阿姆斯幕後呼風喚雨無所不能的偉大藏鏡人，而且睚眥必報，半點不饒人。我希望今天主掌大權的人不是她。幸好門應聲打開，我鬆了一口氣，走進門，任由它在我背後砰一聲關上，關門聲迴盪空氣中。走上二十步路，緊接著又是另一道門。

往綠東一〇七號教室的最後一段路，我倒情願偉大藏鏡人能陪著我走上一段。這一段是禁閉室，關在走道兩旁小房間裡的男孩子憤怒尖叫。我兩眼直視前方，努力對這些尖叫聽若罔聞。這些男孩有些正在勒戒毒癮，有些則透過門縫互相叫囂，延續著把他們送進這裡的街頭爭鬥。

這的一切都漆成豆子般的慘綠色，任誰看了都會聯想起收容機構。藍色油漆會比綠色貴嗎？開朗明亮的黃色呢？剛來這裡教課時，我以爲這裡是綠區，所以牆壁漆成綠色，結果不然。這整個建築都是腐壞蔬菜的顏色。我因而興起了畫壁畫的點子——或許擺脫一點綠色對這些孩子會有幫助。我聽說他們的再犯率是百分之七十三，擺脫綠色就算沒幫助，再壞也壞不了多少。

觀護所裡不准使用鉛筆或鋼筆，因爲尖銳的筆頭可當作武器，因此我給孩子們訂定的壁畫規則是，每個人用炭筆在白報紙上畫一樣外在世界裡他懷念的東西。草稿完成後，我們再把圖畫投影在休息室的牆上，描上輪廓，然後著色。這樣就能和腐敗蔬菜說再見。

孩子們該畫些什麼題材，我不出主意也不給評斷。他們不要求的話，我也不針對技巧多加指導。我的看法是這些男孩們——這個地方喜歡稱他們爲「年輕人」——胸中自有藝術潛藏，我只需要提供材料，讓他們心中潛藏的藝術天分自由發揮。沙維爾畫的是一百罐啤酒，克里斯徹唯妙唯肖地描繪一根注射針筒和一小袋海洛因。我唯一的要求是上課時要畫畫，而且要誠實面對自己。第二個要求他們遵守起來毫無困難，因爲他們有滿腔的私密心情恨不得要傾吐。

一位我沒見過的社工領著這些孩子進教室。社工折損率很大，原因不難明瞭。今天只有十個孩子來上課，比上次來上課的十三個要少。有一個孩子是新來的，有四個孩子不見了。我從不問他們上哪兒去了，也從不問他們爲何進來。我並不想知道爲什麼。

我和強納生、沙維爾、尚恩、約翰、克里斯多福、瑞吉、布萊恩、克里斯徹及安德烈打招呼，他們都還算有禮貌地回應我。新來的社工名叫金珀莉．迪尼，她向我自我介紹，並介紹新來的孩子曼紐。曼紐看起來像個充了氣的消防栓，滿臉橫肉，不肯直視我的眼睛，我推測他大約十二歲。他大步走向金珀莉領了炭筆和白報紙，然後乖乖等候，一張臉刻意掩飾焦慮，等候其他孩子入座。新來的人坐錯位子可是會倒大楣的。

金珀莉完全不知道哪張畫是誰的，只好把整疊都交給我，讓我去發。這女孩年輕且漂亮，一頭狂野的紅棕色頭髮在後腦杓綁成個老氣橫秋的圓髻，幾綹沒綁緊的髮絲垂落在臉旁，看起來秀色可餐。她的衣服寬鬆，卻遮掩不了窈窕身段，就像小圓髻也遮掩不了她的美麗秀髮一樣。男孩子們偷偷瞅她，用手肘互推了彼此身體一下打暗號。就這工作來說，她太年輕也太漂亮了。下週我再來時，她八成就已經陣亡了。

人人都開始埋頭作畫，只有曼紐和沙維爾例外。我花了幾分鐘向曼紐解說規則，然後蹲在沙維爾身旁。他身高遠遠超過一百八十公分，纖瘦但肌肉發達。他在籃球場上肯定是亮眼的明星，他的臉龐和舉止溫和貼心，讓人難以想像他會揮拳揍人，或做出任何使他來到此地的事。很顯然，外表是會騙人的。沙維爾由於個子高，看起來至少有十八歲，但我估計他大約十四、十五。這樣的年紀懷念一百罐啤酒，他的人生似乎太過苦澀了。

「怎麼了，小沙？」我問。

他聳聳肩。

我端詳他的畫作。罐頭看起來像出自小小孩之手，但他把標籤畫得頗為精細。百威啤酒的樣子全烙印在他腦袋裡了。

「看起來差不多了。你還有多少罐要畫？」

「多得不得了。」

「你不見得真的要畫一百罐。一百罐只是個概念而已。」

他再度聳聳肩。

「不是數量的問題？」

他低頭看自己的畫，搖搖頭。

蹲踞的姿勢害我的四頭肌隱隱作痛。有時人就是該一聲不吭地靜靜等待。結果這招沒效，我只好拍拍他的手臂。我本不該這麼做。

他抬起頭。

「怎麼回事？」我問。

「是銀色的問題。」

「銀色？」

他用手指戳了戳啤酒罐。「百威啤酒是銀色的。我懷念的就是百威啤酒，妳說要誠實表達，可是我只能畫出紅色、藍色和黃色。」

他的話有道理。我經費拮据，愛爾美術社的愛爾說，如果我只買三原色，她就給我折扣，因爲他們的三原色顏料庫存過多。我心想，反正三原色調來調去，什麼色彩都調得出來，但沙維爾說得沒錯，銀色調不出來。這些孩子總是能帶來驚奇。

我再度想起了馬凱的提議。如果我接受提議，就不用屈就於政府錙銖必較的列舉式報帳規範了，爲少年犯上美術課畢竟是個不容易爭取經費的活動。我如果有錢，如果有五萬美元，就能有資源來幫目光短淺且一毛不拔的政府擴充經費。又或者，我只是想找個藉口來反擊對不起我的藝術圈。克萊兒．洛斯，二十一世紀的凡．米格倫。但願馬凱沒認識什麼納粹黨人。

我站起來。「沒問題，小沙，我會想辦法幫你弄到銀色。」

他目光空洞地望著我，顯然能得到想要的東西對他而言是罕有的經驗。不義之財也可以拿來做很多善事。

①狂歡節（Mardi Gras），原意爲「肥胖星期二」，爲「聖灰星期三」（Ash Wednesday，又作「大齋首日」）的前一天。聖灰星期三爲基督教封齋期首日，人們會在進入封齋期前的最後一天飽食一頓，此傳統在紐奧良（New Orleans）演變成爲期數週的嘉年華會。

②希施金（Ivan Shishkin），一八三二～一八九八年，俄國畫家，以風景畫見長。

③馬列維奇（Kazimir Malevich），一八七八～一九三五年，俄國幾何抽象派畫家。

④蓋提美術館（J. Paul Getty Museum），位於加州的一所私人美術館。

⑤高更（Paul Gauguin），一八四八～一九〇三年，法國後印象派畫家。

第五章

我爬上四層樓的階梯，一面走往我的畫室，一面想著沙維爾的顏料、瑰絲朵驚詫的神色，以及我的畫掛在馬凱藝廊的畫面。我想著做好事——到底是怎樣的好事就暫且不管——想著複製一幅畫並不犯法。馬凱在這圈子裡是個名人，他要是幹過什麼不乾不淨的事，全波士頓居民都會知道。尤其是艾薩克這人老是注意別人最壞的一面，可就連艾薩克都信賴他。

我打電話給馬凱，連開場白都沒有，劈頭就問：「所謂好事是怎麼個好法？」

他咯咯笑起來：「絕對是妳會希望發生的事。」

「例如天下太平，世界大同？」

「沒那麼偉大，規模小一點，但性質差不多。」

「你一定要說得這麼模糊嗎？」

「沒辦法。」

看來這方面沒什麼可說的了，於是我問：「再告訴我一次，我們會幫到多少人？」

他說數十萬，也說不定上百萬。他有點誇大其詞。「真的嗎？」

他笑了，「我知道聽起來很離譜，但是是真的。」

我躊躇著。

他提醒我：「克萊兒，要不要參加就看妳自己。有必要的話，我也是可以找別人……」

別人？「好，」我說，「我加入。」

幾天後，貨運送來一只木箱子，非常巨大，長寬至少有十二呎，也很厚，看來像是可以容納六幅畫，但我猜裡頭只有兩幅畫，頂多四幅。

如果裡頭有三幅或四幅，馬凱要我做的可能就是模仿拼湊，像梅耶那樣，根據某位知名畫家的舊作，創作一幅不爲人知的「佚失」畫作。但要是只有兩幅，那麼就是要我仿效伊萊．薩凱的做法。兩幅畫的其中一幅會是某個小有名氣畫家的眞跡，或是某個大畫家的次要作品，另一幅畫則會來自與前一幅相同的年代。我要刮去第二幅畫的油彩，在上面作畫，如此一來，僞畫的畫布及畫框就會符合眞品作者的年代，用碳素定年法（carbon dating）也檢查不出破綻。

我迫不及待想知道箱子裡裝著誰的作品，但馬凱說他一小時內就會到，要我先按兵不動。他逼我承諾不會偷開，但我們都是賊，賊對賊的承諾有何意義？

我上上下下檢查木箱，發現左上角的膠帶有個裂隙。我爬上梯子，把手指伸進去用力摳，成功摳出一個直徑一英寸的洞，然後湊上一隻眼睛猛瞧，當然什麼名堂也瞧不出。我拿了個榔頭和一支鐵橇，只略略遲疑一下，就用榔頭的後端開始拆膠帶。箱子是用鐵釘釘的，我沒多少空間可以使力，於是把榔頭的尖端戳了進去，把洞挖成兩倍大。這下我看見了氣泡紙。

我從不曾根據眞跡畫過複製畫，因爲貨眞價實的正牌名品大半不是在倫敦就是在巴黎，而複製網絕對沒興趣出錢讓我橫渡大西洋。有回我替他們仿製一幅波提伽利[1]的畫——〈露克瑞莎的悲劇〉（*Tragedy of Lucretia*）。這幅畫收藏在嘉納美術館，我因此得以有機會臨摹眞跡。但不幸的是，嘉納美術館極爲古板頑固，只准在館內做鉛筆素描，還禁止拍照，但這幅複製畫也因此比其他的複製畫珍貴。

我的畫室裡擺了一幅高品質的畫作，這令我興奮又戰慄。我如果是個賭徒，就會下注打賭馬凱要玩的是薩凱的遊戲，讓我僞造一幅不太出名的作品，他好魚目混珠，當成眞跡賣給不知情的收藏家。但是馬凱從事這種勾當感覺十分怪，他經濟寬裕而且樂善好施，對於扶植窮酸的藝術家更是不遺餘力，爲了貪念鋌而走險不像他的作風。由於我不知道他所謂的「好事」指的是什麼，也就沒有立場評斷。

說實話，除了他當艾薩克經紀人時我們稍有互動，而且關於他的小道消息和媒體報導我也略有耳聞以外，我對艾登．馬凱認識不多，況且僅有的那幾次互動中，有幾次經驗可說是相當吃力。十年前，他才二十出頭，是藝界神童，在波士頓發跡，紅透半邊天，他沒有轉往紐約或巴黎發展，而是繼續待在波士頓。他代理國內外許多知名藝術家的業務，把波士頓從藝術圈的邊陲地帶拉到了舞台中央。雖然他才長我六、七歲，成就卻彷彿超前我數十年。

我扔下榔頭，抓起鐵橇，打量這只木箱，然後重新爬上梯子，把鐵橇戳進洞裡，狠狠向外拉。箱子發出近似人類的尖叫聲，箱子裂開了。我再來一次，運用槓桿原理，用力撬開兩片木頭間的裂縫。但我發現多數的釘子還是必須先拆卸下來才行，於是又重新拾起榔頭。

我有條不紊地對付釘子，又想起馬凱要拿來的錢。將近一萬七千美元，我一輩子沒擁有過這麼大筆的錢。我的助學貸款還有兩萬五千還沒還，因此那筆錢有一部分要先用來搞定這個。還有上兩個月的房租以及愛爾美術社的帳單也都等著結清。愛爾和房東對我格外體諒，但詼諧俏皮的自嘲能換得的善意大概也到極限了。何況我的顏料和調和油存量都很少，畫筆就更別提了，但如果我不付清先前積欠的款項，愛爾也不會再讓我賒帳了。

環顧畫室，我需要一張真正的床，而不是只睡床墊。我需要一張坐久了不會椎間盤突出的沙發，一部開機不需要花上二十分鐘的電腦，一支沒有斷成兩截的手機。這清單可以無限制地列下去。

電話響了，來電顯示是馬凱。我下樓去替他開門，這回他不像上次那麼聒噪了。一走進畫室，他就發現我已經著手在開箱子，他一點兒也不詫異。

「妳等不及了。」他的語氣裡沒有一絲一毫的不悅。

我聳聳肩，「也沒多少進展。」

「看得出來。」

這次我沒請他喝酒或吃堅果，我們站在高聳的木箱前許久，一句話也不說。最後馬凱開口：「我們得談談。」

我指指搖椅，然後逕自在長沙發坐下，兩手交疊在膝上等他發話。

他從外套內袋掏出一枚信封，放在我倆之間的桌上。信封頗厚。「多數是現金，」他的語氣輕鬆，像在談論天氣，「希望妳不介意。」

一萬七千美元的現金，我一陣眩暈。「當然不介意，一點問題也沒有。」我盡可能故作輕鬆，但我聽得出自己聲音裡的戰慄。

他把腳平踩在地上，俯過身來，「我不想讓妳覺得我看不起妳，但我們必須討論妳這筆錢該如何處理。」

我真的覺得他看不起我。「我有能力自己處理錢的問題。」

「妳先前告訴過我你的收費，」他當我什麼話也沒說，「我根據那數字，從馬凱藝廊的戶頭開了一張八千元的支票給妳。而這是我付給妳的正式酬勞，妳要存在平日往來的帳戶裡，而且乖乖向國稅局報稅。萬一發生什麼問題，這筆錢會證明我和妳之間有正當的協定複製畫作，妳就可以和我所參與的其他事情保持一定距離。其餘是現金。」

我瞟了一眼桌上的信封，又快速移開目光。九千元的現金。

「妳要到不同的銀行去開幾個不同的帳戶。」他繼續說，「每個帳戶存個幾千塊就好，才不會啓人疑竇。其中的兩千元換成五十元鈔票面額，妳把那筆現金留在手邊花用，但別在認識妳的店家用，要到超市或購物中心去花。」

「有必要這樣嗎？」我不是很懂錢的人，這是由於我從沒擁有過錢的緣故。我的掌心已經開始在冒汗了。

「我有義務照顧各個環節不要出錯。」他掰著手指一一條列接下來的指示，「不要一次花一大筆錢，不要享受豪華假期，不要有狂放的舉止，例如送媽媽昂貴禮物，或在妳最愛的酒吧請全體客人喝一杯。」

「我又不是三歲小孩。」我又覺得自己被看不起了，「我知道這件事的嚴重性。」

「不，」他站起來，「我想妳不知道。」

我也站起來，「那你也該提點我。」

他走到箱子旁，拾起鐵橇，「妳繼續拔釘子，我來撬。」

我往桌上的信封瞅了最後一眼，走到他身邊。我們氣喘如牛，汗流浹背，費了九牛二虎之力，終於把畫從牢籠裡解救出來。一如我所猜測的，箱子裡只有兩幅畫。兩幅都各自包了一層又一層的氣泡紙，因此看不出畫的內容，這令我大失所望。兩幅畫都沒有畫框，尺寸一模一樣，相當大，但沒有我想像中那樣巨幅，大約四呎寬，五呎長。我好奇哪一幅比較有價值。

「這個工作和妳幫複製網畫複製畫很不一樣。」

「你找上我來畫就是因爲你知道我明白這點吧。」

有一剎那他看來似乎是吃了一驚，但又重新恢復鎮定。「對不起。」他說，「眞抱歉我態度這麼差。這整件事都跟我平日的作風差太遠了。」

「那你幹嘛要這麼做？」

「妳會明白的。」他忽然淘氣地笑了笑，「有剪刀嗎？」

他剪開膠帶，我拉開氣泡紙。不到幾分鐘，畫就赤裸裸展現在我們眼前。我沒能叫出畫的名稱，但一眼就認出了畫家的身份。

「梅索尼埃②。」我說。這我能理解。厄尼斯．梅索尼埃是十九世紀末的二、三流畫家，擅長以細膩寫實手法描繪軍事主題，以油彩作畫，風格古典。如果我沒記錯的話，他自認爲是林布蘭再世，但沒有人認同他。問題是，梅索尼埃的畫怎麼會給一百萬人帶來快樂呢？

「據說，」馬凱說，「竇加曾說，梅索尼埃筆下的一切看起來都像金屬，只有盔甲不像。」

我大笑，上前一步去看個仔細。「他畫了好多層。要仿製得無懈可擊會花上很長的時間，這樣眞的值得嗎？」

「不值得。」馬凱說，「當然不值得。」

我怔怔望著馬凱，「你要我把畫覆蓋在這幅畫上？」

「我要妳把這幅畫刮掉。」

我當然知道畫底下不能有另一幅畫，因爲簡單的X光就能輕易檢視出來。但要我毀掉一幅梅索尼埃的畫仍然是……

「這幅畫雖然大，但不是他的重要作品，何況是不是眞跡也還有疑問。」

我對梅索尼埃殘存的興趣立即煙消雲散，轉而注意仍包在氣泡紙裡的另一幅畫。「誰的畫？」

馬凱的神情淘氣。「妳不期待驚喜嗎？」

「不。」

馬凱笑了，「完全不能接受延遲享樂啊！」

「我從來不擅長。」

馬凱欲言又止。

「到底是誰？」

「當然是竇加。」

我簡直透不過氣來。當初我還是個孩子，去博物館上繪畫課時，就從臨摹竇加開始，這會兒大師眞跡竟然在我的畫室裡，距離我只有咫尺之遙！話又說回來，馬凱既然挑上了我來繪製假畫，要畫當然一定就是竇加的油畫啊！

我的心狂跳起來。我可以和竇加的作品一起生活，可以碰觸這幅作品、呼吸它的氣息、端詳它的每一個細部、探查大師的祕密，這是三生有幸，是上天送給我的美好贈禮。也許是我此生最美好的禮物。眞是大好消息，美妙得不可思議！這下我眞的喘不過氣了。

馬凱小心翼翼割開黏貼氣泡紙的膠帶。這幅畫包裹的氣泡紙比上一幅多得多。我一聲不響站在一旁，目眩神迷，動彈不得，無法上前幫忙他，就連思考也停頓了。竇加，竇加，竇加，我的腦海就只能沒完沒了地重複這兩個字。

馬凱拆得戰戰兢兢，動作遠比拆開梅索尼埃那幅畫時慢得多。

是裸體畫，三個裸體，或者四個。是竇加沐浴女子系列之一，他與同時期的畫家背道而馳，著重捕捉日常生活的瞬間，畫面浮動著澄藍、碧綠與桃紅。即使包裹著一整層的氣泡紙，竇加筆下的明亮色彩依舊澎湃洶湧，呼之欲出。他那段時期產量甚豐，這是哪一幅呢？我的頭腦僵住了，什麼也想不出來。

馬凱剝去最後一層氣泡紙，整幅畫展現在我面前，剎那我頗爲困惑。我的第一反應是，這不是竇加的眞跡，不可能是眞跡。但隨即我倒抽一口冷氣。這不但是竇加眞跡，而且我曾看過這幅眞跡，看過許多次。

「不會吧！」我喊出聲來，嗓音聽起來卻像嗚咽。

我早該從畫的大小看出來的。這不是竇加隨隨便便的作品，而是經典之作。他畫了五幅〈沐浴後〉，這是最後一幅，名氣也遠遠超越其他四幅。

這些都不打緊。當初懸掛在伊莎貝拉．嘉納美術館的這幅畫，被硬生生從畫框中割下來，從牆上扯下，和另幾幅畫一起在雨夜裡被兩名笨賊偷走，多年來始終去向不明。

史上最重大的藝品竊盜懸案。被盜走的畫中最珍貴的幾幅之一，如今活生生佇立在我眼前。

---

① 波提伽利（Sandro Botticelli），一四四五～一五一〇年，義大利文藝復興早期的大師，最知名畫作爲〈春〉和〈維納斯的誕生〉。

② 梅索尼埃（Ernest Meissonier），一八一五～一八九一年，法國古典派畫家。

出自伊莎貝拉．史都華．嘉納之手

親愛的艾蜜莉雅：

沒能見到妳和妳的新婚夫婿，我的遺憾筆墨難以形容，更何況才差兩天而已！倫敦和巴黎之間的風浪太過凶險，船隻都不開航，我和妳叔叔傑克不得不在布萊頓（Brighton）一間糟透了的小旅社度過了兩個潮溼又悽慘的夜晚。我相信妳的返鄉之途必定比我們順利。

我們原本很期待見到穿著蜜月華服、窩在桑姆納臂彎中羞澀美麗的妳。我只有安慰自己，我們很快就會回到波士頓了。一回到波士頓，小桑姆納．普雷斯考夫婦就會立刻在他們的住處接待我們。要是妳親愛的先父先母及可愛的弟弟喬伊也能親眼目睹新婚的妳就好了。

倫敦幾乎和布萊頓一樣霧靄沉重且氣氛低迷，宴會全都乏味至極。但如今我們來到巴黎，這城市美麗絕倫且陽光燦爛，萬事平和安好。重新置身於機智且歡樂的人群之中真是無比美好。

這些日子以來，我們觀賞戲劇、出席黃昏聚會，上週更壯起膽子，走進一間新開的音樂咖啡座①，噢，真是燦爛美妙！舞者穿的服裝閃亮而貼身，幾乎像是彩繪了肌膚以後赤裸演出。妳可以猜得到妳叔叔不是太感興趣，但我時時刻刻歡欣高昂，因為我真的好愛法國的一切！

還有昨晚！噢，昨晚真是太美妙了！昨晚，我和妳傑克叔叔在我們的摯友亨利．詹姆士②家用餐。（妳還記得許久以前他來美國時，妳在綠丘（Green Hill）見過他嗎？恐怕不記得了，當時妳年紀還很小，妳和妳活潑的兄弟們很讓他著迷。）亨利並且邀請了詹姆斯・惠斯勒[3]以及約翰・沙金[4]和我們共進晚餐，令我非常開心，妳一定還清楚記得。一星期前，亨利告訴我，愛德加・竇加也會來。

我對於竇加的作品儘管熟悉，卻從未有榮幸和這位偉大的人物見過面。（就我看來，他的多層次技法以及色彩的明度表現足以和許多古典大師匹敵，〈何內・竇加像〉（*Portrait of René de Gas*）和〈年輕斯巴達人的鍛鍊〉（*The Young Spartans*）兩幅畫尤其出色。）我打定主意這趟旅程即使沒買到手，也至少要他承諾以合理價格為我創作三幅作品，因此竇加先生要參加餐宴，我求之不得。

我曾耳聞竇加先生不僅欣賞女性的肩膀與頸項（我面貌平庸，肩膀與頸項恰巧是我最自豪的部位），也關注她們的服裝，因此我急忙造訪了沃斯[5]的服飾店。梅特涅王妃[6]和歐仁妮皇后[7]的服裝都是他打點的。令我驚奇的是，他僅花一週的時間，就替我設計了一件雍容華貴的絲綢禮服，下襬款款從我的臀部垂落，前側端莊地掩蓋了我的胸脯，裸露的香肩，展現欲語還休的性感，傑克叔叔非常滿意。

雖然我從未聽聞竇加先生任何的桃色新聞，但身為晚餐桌上唯一的女性，我有信心能耍點手腕，施展魅力，穩穩吸引他的目光。親愛的姪女，我只告訴妳一個人，惠斯勒先生和沙金先生當年都曾經是我的囊中物。

我們聊起了藝術與文學，談論尤其多的是亨利多麼討厭特羅洛普[8]的作品〈弗萊利牧師公館〉（*Framley Parsonage*）。此外，竟然有傳聞說喬治・艾略特[9]是個女人！葡萄酒和水果酒使我們心情歡快，聆聽詹姆士・惠斯勒和愛德加（是的，他要我喚他作愛德加！）和氣地爭辯巴黎與威尼斯的陽光孰優孰劣是愉悅的享受，也是我們獨有的特權。

接著愛德加談起他與一群自稱為「印象派畫家」的人在藝術風格與私人情誼上的交流。像他這樣有才華的人，竟然要把天份浪費在這等放縱的事情上，我頗為擔憂，於是開口問他，為什麼要把溼顏料整團潑灑在畫布上，而不好好運用他出色的眼光與筆觸，揮灑他拿手且細緻的透明畫法。維梅爾或林布蘭會這樣浪擲自己的天賦嗎？我直言他們不會，而愛德加也不該如此。

心胸狹窄的人可能會發怒，但愛德加並沒有發怒，反而哈哈大笑起來，笑聲響亮激昂，使我們都不得不跟著笑起來。他用酒杯碰碰我的酒杯，說：「說得好啊，嘉納夫人，說得好！」（當晚稍早我曾要求他喚我作伊莎貝拉，但他似乎叫不出口。）我深深迷醉。我是不是自以為有能力協助愛德加．竇加認清自己風格定位的錯誤啊？或許這個念頭太可恥了。但我不會就此放棄的。

接著我和愛德加發現我們都喜愛馬匹和賽馬，這一夜於是又更美妙了，他邀請我們全桌的賓客在隆尚馬場[10]賽馬開賽日一同到他的私人包廂去觀戰！我絕對不會錯過。

雖然三位畫家誰也沒答應要割捨一幅畫給我，或是願意用我付得起的價錢接受委託作畫，但他們全都（當然是私下）承諾願意考慮看看。竇加先生邀請我們務必造訪他的畫室，我們當然也一定會去報到。

我們起身離開時，愛德加把我的手舉到他的唇邊，告訴我，他已經很久沒有「和這樣迷人的用餐同伴共度這樣迷人的夜晚」了。

所以，我親愛的姪女，我得停筆了。請寫信告訴我妳們偉大壯遊中所有的冒險歷程，以及妳料理家務的種種細節。請別把全部的床單和窗簾都挑好，因為我與致勃勃地想幫忙妳們布置家園和閨房呢！

愛妳的貝拉嬸嬸

一八八六年六月十日於法國巴黎

①音樂咖啡座（café-concerts），一種提供歌唱或戲劇表演的咖啡廳，早期多爲露天咖啡座。竇加曾以音樂咖啡座爲作畫題材。

②亨利·詹姆士（Henry James），一八四三～一九一六年，生於美國但歸化英國籍的作家。

③詹姆斯·惠斯勒（James Whistler），一八三四～一九〇三年，印象派畫家，生於美國，離家到法國發展後，畢生旅居法國。

④約翰·沙金（John Sargent），一八五六～一九二五年，美國畫家。

⑤沃斯（Charles Frederick Worth），一八二五～一八九五年，英國籍但在法國成名的時裝設計師，爲現世法國時裝產業的先驅，被譽爲時裝之父。

⑥梅特涅王妃（Princess Pauline de Metternich），一八三六～一九二一年，出身奧匈帝國貴族家庭的名媛，竇加曾爲其繪製肖像。

⑦歐仁妮皇后（Empress Eugénie），一八二六～一九二〇年，拿破崙三世之妻。

⑧特羅洛普（Anthony Trollope），一八一五～一八八二年，英國維多利亞時期小說家。

⑨喬治·艾略特（George Eliot），一八一九～一八八〇年，以男性筆名寫作的英國女作家，本名Mary Anne Evans。

⑩隆尚馬場（Longchamps），法國巴黎著名的賽馬場。竇加愛馬，也愛畫馬，常以賽馬爲作畫主題，亦曾畫過隆尚馬場的賽馬。

第七章

我緊緊盯著〈沐浴後〉，彷彿眼睛被繩索栓在畫布上。孩提時，我常坐在嘉納美術館的短廊（Short Gallery），手握鉛筆，吃力地臨摹這幅畫。傾斜的背脊、毛巾摺痕的陰影、伸長的手臂。〈沐浴後〉。我誠惶誠恐，又興奮激動，更多是恐懼。

「我……這幅畫……」我結結巴巴，「這幅畫不能放這裡，你得拿回去。」即使當我說著這話時，我的心底在吶喊：「不要拿走，留在這裡，拜託留在這裡別拿走！」「這畫太值錢了，這是無價之寶，何況還是贓物。我負不起這個責任……」

「放在妳這裡當然沒問題。」馬凱說，「這是最安全的地方。如果有人看見，他們會以爲是妳畫的複製畫。」他的這番推論很嚇人，卻也很精闢。

我的眼光無法從這幅畫移開。明暗度的深淺、色彩的飽和。竇加是怎麼做到的？用兔皮膠給畫布上膠？用赭黃打底？調色劑中加入蛋膠彩？這些都是技術性問題。這幅畫的出類拔萃遠遠超出技術的層面，幾乎沒有複製的可能。馬凱怎麼會認爲我有辦法仿冒這幅曠世鉅作，做出幾可亂眞的複製品呢？

「別擔心，我會送回去的。」他說。

「可是你才剛剛送過來。」和這幅畫相距這樣近，我的頭腦無法清晰思考。

「我是說送回嘉納美術館。」

「現在嗎？」

馬凱的眼光閃動，「過一陣子，等妳施展過魔法之後。這是在做好事。我會把妳的複製品賣掉，然後把眞跡還給美術館。」

「如果你把它當眞跡來賣，那就變成贗品而不是複製品了。」

「隨便妳怎麼稱呼它，重要的是嘉納美術館以及全世界都將失而復得，重見賫加的傑作。這樣挺不錯的，不是嗎？」

我像剛剛從藥物引發的恍惚中甦醒過來。「可是有個無辜的收藏家會損失幾百萬元。」

「也沒那麼無辜。別忘了，買這幅畫的人以爲他買的是贓物。」

「像那個誰？那個叫什麼來著？」我的腦袋卡住了，無法運作。「就是紐約那個複製名畫然後當成眞跡賣掉的那個？伊什麼的？伊萊．薩凱！」

「克萊兒。」馬凱說，「妳沒在聽我說話，妳連自己說的話都沒聽清楚。伊萊．薩凱確實僞造假畫，而且把眞假兩幅畫都當眞跡出售。可是我們不是這樣，我們要把眞跡物歸原主，這完全不一樣。」

「那買畫的人會發現。」我反駁，「他會去報警。」

他的眼光再度閃爍，「他要跟警察怎麼說？說他買到的贓物原來是假貨？何況他也不會知道賣畫的人是誰。我會保護我自己。」

他回答得太快了，我的思考跟不上他的速度，但我滿腔疑問。「那賣畫的人呢？他們不會氣死嗎？」

「他們鈔票入袋了，哪會管這麼多？」馬凱聳聳肩。

這時我終於理解我在乎的是什麼。「那其他那些畫呢？嘉納被偷的其他那幾幅畫，你知道它們在哪裡。」

他直視我的雙眼。「我不知道。」

我也目不轉睛地注視他。「你知道這幅是從哪兒來的。」

「其實我不知道。」

「可是……」

「有個人跟我聯繫，問我有沒有高檔客戶會對某件『重要』的藝術品感興趣。我說，要看是什麼藝術品，我想我應該認識這種客戶。最後，那個人告訴我他們要賣的是什麼東西。簡單地說，我和這些人談了好幾次話，他們的名字八成都是假的，我到時候賣畫應該也會用假名。」

「起初我回絕了，我說我沒興趣，但後來想想，可以把畫拿去歸還給嘉納，才想出了這個點子。我回電給他們，說我有個非常合適的客戶。」

「你是在說笑吧？」

「妳想想看！」馬凱愈說愈起勁，「〈沐浴後〉重回嘉納，物歸原主，多少人會因此激動興奮。賣家賺到大把鈔票，收藏家得到他眼中的竇加眞跡，至少在他看到新聞報導之前會如此認爲，但等他得知實情也來不及了。而我和妳呢，則會因爲做了好事而心情愉悅，更別提妳的作品會得到應有的賞識。」

「不可能這麼單純。」

「我們不這麼做的話，其他的藝術經紀人可能會把這畫賣給黑幫人士，這人很可能會把畫藏在地底，在黑市裡當作武器或毒品的抵押物流通，他們不會好好照顧這幅畫，這幅畫將永遠不見天日。我們這麼做是把〈沐浴後〉從不幸的命運中拯救出來。」

我不怎麼瞭解他在說什麼，也不確定他的話有沒有道理。「那你爲什麼不直接把畫交還給嘉納？爲什麼還需要做其他那些動作？」

「我也要自保，還要彌補開銷。」

「你缺錢？」

「克萊兒，別天眞了，裝傻這招不太適合妳。」

「可是你有藝廊，還有一大堆藝術品？」我眞的滿頭霧水。

馬凱遲疑了一會兒才說：「最近這些年景氣不好，生意下滑，藝術品的價值也下滑，可是贍養費卻從來不調整。」

「但是你可以領懸賞獎金啊！」

「如果是匿名歸還就不行。而且我不能讓我的名字或藝廊的名字曝光，即使絕對不會被起訴也一樣。」

馬凱顯然把這件事考慮清楚了，我找不出他的邏輯裡有什麼明顯的漏洞，但這可能就是問題所在——這套說詞太完美，說起來太順口了。不過，這些都不是我眼前面臨的最大困難。

我回頭看那幅畫，畫中三個裸女正用毛巾擦拭身體，這主題在竇加後期的作品中很常見，但這幅採用他早期的古典風格繪製，一層又一層生氣勃勃的色彩彼此交疊，呈現難以言喻的氣氛，那樣的光輝確實使梅索尼埃的作品看起來像黯淡的金屬。我恨不得伸手碰碰這幅畫，心癢難耐到得要握緊拳頭，才能讓兩條手臂乖乖貼緊身側。

「這對妳而言是千載難逢的機會，在很多方面都是。」馬凱說，「更何況這是本世紀最驚險刺激的事。我看妳是個愛冒險的人，何不大膽嘗試看看？」

「理由很明顯。」我咕噥。

「對我來說並不怎麼明顯。」

我搖頭。

「克萊兒？」

我終於輕聲說：「我沒這個能力。」

馬凱的笑聲宏亮地迴響在整個畫室中。「我誤解了妳不想接受的原因。我還以為妳有不合時宜的道德感。」

他眨眨眼說：「有什麼需要再告訴我吧！」他走出房間，順手掩上門。

我揚起下巴。「那也是原因之一。」

房裡黑暗，我躺在床墊上。一整夜多數的時間我都醒著，我感覺〈沐浴後〉像個活生生的人一般存在著，龐大結實，透著氣息，縈繞人心，同時也撫慰人心。感覺像是竇加本人死而復生來到我身邊。他的才華，他的筆觸，他的心。

我想起嘉納美術館，想起掛在藍廳（Blue Room）、荷蘭廳（Dutch Room）及短廊牆上的空畫框。畫框裡的畫被偷了，畫框留在那裡紀念失畫，堅忍卓絕地等待失畫重回原地，那畫是畫框存在的理由。搶案過後，我曾經多次參觀美術館，駐足在空畫框前，緬懷軼失的畫。

許多文字資料記載嘉納美術館的搶案，內情卻鮮為人知。或者說得更正確一點，不是沒有人知道，而是知道的人都不說。五百萬美元的懸賞，只要十三幅畫物歸原主，嘉納聲明不會過問，絕不起訴，卻依舊什麼消息也沒有。法定追訴期已過，仍然沒有人提供線索，就連令人信服的謠言都付之闕如。我們生活在網路地球村的時代，這情況簡直匪夷所思，然而事實的確如此。我爬下床，捻亮燈，站在畫的前方。

如此壯麗宏偉，如此栩栩如生，更像是生命的意象而不僅是生命本身。色彩與情感在畫布上如脈搏般汩汩跳動。淚水再度盈滿我的眼，這次我任淚水滑落兩頰。我應該立刻把畫歸還給嘉納美術館，把這樣的鉅作藏著不給人看是不對的。

但我不想歸還，我想和她一起生活，想和她共度時光，想畫她。我知道這樣不對，但我忍不住，我伸出手，用手指輕輕撫過右側那名沐浴女子的手。她坐著，抬起一條腿，用毛巾拭乾腳踝。我決定把她命名為芳思華，另兩位則分別叫做賈桂琳和席夢。

第八章

嘉納美術館的外型相當不起眼，門面簡單樸素，幾乎毫無裝飾，也沒有窗戶，是一座不友善的堡壘。我頭一次見到這座建築物時，我才七歲左右，我媽告訴我，這就是她經常興沖沖談起的那座美術館，我哭了。但一走到室內，我立刻收乾眼淚。

美術館是座遺世獨立的威尼斯宮殿，足以讓七歲的小女孩笑顏逐開。內牆面對的不是運河，而是四層樓高的中庭，像溫室，屋頂還砌著玻璃，地面則是賞心悅目的花園，一根根柱子聳立，奇形怪狀的十二世紀獅形柱座和各式各樣的雕塑隨處可見。一片羅馬馬賽克鑲嵌磚座落在花園的正中央，周遭圍繞著經常變換組合的花草灌木，兩棵挺拔的棕櫚樹向陽光伸展，一路拔高到三樓。

四面牆的高度至少有六十呎，牆上錯落著一層又一層石面的拱門、有著鋸齒凹槽的門窗和大理石欄杆，敞開的階梯上花木扶疏。位在花園周邊的展廳是美術館的主體，伊莎貝拉．嘉納打造這棟不朽的建築，一方面作爲自己的居所，同時也用來容納她的藝術收藏，並在死後開放大眾參觀。

我來這裡是爲了和瑞克碰面吃午餐，但我忍不住攀爬階梯到二樓，穿過早期義大利廳（Early Italian Room）和拉斐爾廳（Raphael Room），踏進短廊。我非看一眼〈沐浴後〉的畫框不可。這間展廳不過十呎寬，可能是全天下最不適合懸掛〈沐浴後〉這樣大型畫作的地方。但性情古怪的伊莎貝拉親自爲她的兩千五百件藝術收藏選擇放置地點，並在遺囑中交代永遠不可改變、移動或增添她的收藏。

嘉納美術館如大雜燴的展場就是來自這樣的自負。相較中庭的明亮開闊，陰暗的展廳裡充斥著完全不搭調的家具、藝術品，以及胡亂湊合的小飾物。無價的珍貴畫作掛在門廊，有三千年歷史的雕塑藏在角落。

昏暗的燈光、狹隘的空間，還有館內雜亂無章的規畫格外令人感覺幽閉可怖，這裡沒有一件作品呈現出它最大的價值，打從一九二四年伊莎貝拉過世，美術館就保持著女主人期望中的樣貌，如她本人一般，既迷人又任性。唯一有能力打敗這位老太太的，就只有竊賊。

我走到空畫框前，這是〈沐浴後〉曾經的居所，如今只剩畫框圈起來的空洞。我忽然羞恥得不能自已，躲進角落裡，緊緊靠牆，蜷曲身子，但願沒人注意到我，看出我背負的罪。的確沒人注意到我。我放鬆下來，撐著站起身，感覺腎上腺素在體內洶湧，力道大得幾乎把我擊倒。霎時我又興高采烈起來。〈沐浴後〉在我手上，在我日日生活工作的畫室裡。竇加的傑作，我愛何時觀看就何時觀看，可以嗅聞，甚至可以自在地犯下美術館內最大的禁忌——觸摸這幅畫。更何況，我提醒自己，有朝一日這幅畫物歸原主，我也有功勞。

我看著人群魚貫經過，人人哀傷地注視沒有了畫的空盪畫框，尋思著我過往的尋思——畫到哪裡去。我有一股強烈的衝動，恨不得告訴他們，大聲向世界宣告，那幅畫是我的，完完全全屬於我。我猛然轉身走出展廳，走下階梯，往藏在一樓小書店背後的小咖啡廳走去，讓自己慢慢冷靜下來。

我和瑞克相擁親吻，互相打趣了幾句，交換了一些八卦訊息，點了餐，然後我問起搶案的事。

「怎麼會忽然對搶案感興趣？」他問。

我聳聳肩，「我一向都很感興趣。大家不是都很感興趣嗎？」

瑞克咬了一口他的漢堡。「傳言白毛．巴爾傑把畫藏在阿根廷，看來這說法跟其他的謠言一樣遜。」

「說不定他把畫藏在哪裡了，不會嗎？我是說在他被捕之前藏的？現在說不定還在那裡。」

「不會啦，我從沒相信過白毛或波士頓的其他哪個黑幫跟這件事有關。如果是組織犯罪，他們應該老早就把大部分的畫賣出去，至少其中的一些應該已經浮出檯面了。」

「那不然是誰幹的？」

「我猜是歐洲人吧。這場竊案計畫縝密，又搞變裝又設圈套，這是歐洲藝術品竊賊慣用的手法。」

「本地竊賊不會嗎？」

「通常不會。」

「你覺得那幾幅畫現在在歐洲？」

「這麼多年了，現在在哪裡都有可能。」瑞克說，「雖然很多人都推測這些畫可能藏在某個貪婪收藏家的閣樓裡，但我猜測有人用這些畫當作武器或毒品交易的抵押品。恐怖組織有時也會用竊來的畫交換被俘的戰友。」

馬凱也隱約提到這些事。「所以沒有大魔頭在背後搞怪？」

「這樣對竊賊來說比較有利。人人都知道這些畫是偷來的，正大光明賣畫不容易，所以他們就在黑市裡交易。譬如說，你想用一百萬美元買一批古柯鹼，一週內轉手賺進四百萬。可你手上沒有一百萬，但有一幅林布蘭的畫，價值三千萬。把那幅畫抵押給某個金主，交換一百萬，並且承諾事成後多給一百萬酬謝。萬一交易失敗，他拿到的東西價值遠遠超過他給你的錢。交易成功的話，他回收雙倍金錢，把畫交還給你。這樣一來，你就有了不用繳稅的兩百萬收入，還有一幅價值三千萬的畫，下次遇到類似的好機會，可以如法炮製。」

「眞是肥了竊賊，苦了那些畫！」

「妳這話說對了。」瑞克說，「那些畫的遭遇很慘，被藏在太溼、太熱或太冷的地方。竊賊把它們從畫框上割下來、撕破，甚至毀損。」他一隻手按在小腹，「我光是談這個就反胃了。」

我一想到這個畫面，想到這樣的劫掠和糟蹋，同樣陣陣作嘔。「眞是血畫！」

「妳是說像血鑽石？」瑞克笑了，但不是開心地笑，「他們剝削的不是奴工，而是藝術品。而且不只是奴役，他們有時候還屠殺藝術品。」

我不願想像〈沐浴後〉面臨這樣的命運。

一離開美術館，我就趕緊飛奔回家，和〈沐浴後〉共處。這感覺就像迫不及待要去會見新歡，心中脹滿興奮、飢渴，血清素似乎永不停歇地充斥全身。我猛然掀去蓋在畫布上的布巾，〈沐浴後〉鮮活無暇地翩然現身，甚至比我記憶中更美麗。我把〈沐浴後〉架在一座大畫架上，拉來一張摺疊椅，好坐在她的正前方，盡情享受這幅畫。

我每看一次，就發現一些新的東西。如今我發現畫面上有這樣多的綠色。藍色和橙色都如此鮮亮，女子的肌膚蒼白且冷光螢螢，我因此分心，沒注意到綠色。這會兒我發現整幅畫佈滿了綠，在所有豔麗的色彩背後柔柔伸展，無所不在。

接著這些女子的面龐又令我深深震撼。這些面龐全都只有側面，但每張臉都是獨一無二。竇加大半從背面描繪沐浴女子，或是替女子畫條手臂遮臉，或隨意勾勒，但女子一個個意象清晰。芳思華髮色偏紅，鼻梁尖翹，坐在右側，伸長一條腿。中間的賈桂琳高眺健壯，越過肩頭去望芳思華正用毛巾擦拭自己高抬的膝蓋。內向的席夢五官在她渾圓的臉龐上實在太小了，她正蜷縮在賈桂琳的腳邊擦拭頭髮。

閒暇的藝術史學者，數十年來爭議不休——竇加真屬於印象派嗎？持反對意見的藝術史學者指出，竇加從不像其他多數的印象派畫家一樣在戶外寫生，也不會大膽潑灑厚厚的顏料，捕捉眼前的瞬間。相反地，他繪製多幅速寫精細的草圖，然後在畫室慢條斯理地作畫。

就我看來，這種爭辯不過是咬文嚼字，毫無意義的空談。竇加的確不寫生，也不即興作畫，但他自有一套方法把他的印象帶入觀者的心中——他聚焦於賽馬和芭蕾舞者的動作，描繪尋常的女帽商、洗衣婦或沐浴女子最自然的一面。

我背過身，朝向排列在北側牆壁的成堆書籍蹲下來。我有數堆以竇加為主題的書——傳記、評論、素描冊、複製畫冊、油畫冊、日記、書信集、我自己上課時潦草抄寫的筆記，還有兩本書專門收錄他的草圖，更別提從圖書館借來一大堆的書，都在談竇加同時期人物，我要用這些材料來撰寫書的提案企畫。這些借來的書，有許多本已經逾期未還。

我抽出那兩本草圖畫冊，回到椅子上，打開第一本，翻看一整系列的浴女草圖。竇加常用同樣的模特兒繪製不同的畫作，我搜尋著席夢、賈桂琳和芳思華。

我找到席夢的幾張畫像，又把視線轉回〈沐浴後〉，以便好好把賈桂琳看個清楚。而〈沐浴後〉的魔力再度令我震懾。對於如何防止假畫被抓包，我想技術上我絕對有把握——我會把梅索尼埃的古畫刮到僅存膠底，再用確切屬於十九世紀的顏料和調色劑來調色，並以那個時代的畫筆來作畫。問題是，要怎麼做才能重現竇加這幅傑作整體上的磅礴氣勢，我毫無概念。但〈沐浴後〉伸手召喚著我，觸動我的心弦，我知道我非嘗試看看不可。

我拚命趕工替複製網繪製畢沙羅的複製畫，腦袋裡一心想翻閱竇加的素描冊，尋找我那三位法國仕女，說不定還能找到這整張圖的草圖。我和自己達成協議——再畫一小時的畢沙羅，短暫休息一下以後來翻翻書。無論我下了決心要做什麼，幫我付房租的畢竟還是複製網。何況馬凱也擺明了說——替複製網工作同時也是我的幌子。

我才剛剛重新開始繪製畢沙羅的畫，馬凱卻拿著一瓶看來十分昂貴的香檳以及兩只香檳杯忽然出現。顯然他仍記得頭次造訪時，我只有果汁杯可用。我們為談定了計畫以及嘉納美術館的珍寶即將完璧歸趙乾杯慶賀，而後我揭去〈沐浴後〉的蓋布。

他被畫震撼得倒退一小步，他對這畫的感覺和我相同。我指著摺疊椅，請他坐下，自己則把搖椅拖過來。我們靜靜坐著，一面啜飲香檳，一面欣賞〈沐浴後〉。

「像兩個老人欣賞日落一樣。」他說。

「有時看著畫，我會哭。」

他頓了頓，說：「我也會。」

「我昨天去了嘉納一趟。」我說。

「去看空畫框？」

我點頭，但眼光一瞬也沒有離開〈沐浴後〉。

「罪惡感沒有妳想像中那麼強烈，對吧？」

我猛然轉頭望他，「爲什麼這樣說？」

「的確如此，不是嗎？」

「當然不是。」我一口咬定，「我很有罪惡感，甚至想把畫歸還給他們。」

「可是妳沒歸還。」

我聳聳肩。

馬凱的笑聲溫暖渾厚，沒有一絲高高在上的傲慢。「妳已經愛上她了。」

「有這麼明顯嗎？」

他用酒杯碰碰我的酒杯，我倆眼神緊緊交會。「我也差不多啦！」

「臉畫得好清楚，一個一個都有獨特面貌，跟他其他多數的裸女圖都不一樣。」

馬凱望著眼前地上的兩本素描冊，問：「找到其中任何一個了嗎？」

「我才剛開始找，雖然這些素描裡頭的臉，五官明顯的很少，但我覺得我找到了幾張席夢的肖像。」

「席夢？」

「芳思華、賈桂琳、席夢。」我一一指著畫上的人物。「要愛上你連名字都不知道的人不大容易呀！」

第九章

三年前

馬凱和現代美術館的資深策展人凱蘭．辛山默站在〈四度空間〉的前方。〈四度空間〉架在艾薩克畫室裡的一座畫架上，我和艾薩克瑟縮在一旁。

凱蘭高䠷時髦，身穿一件價值可能比我房租還貴的衣裳。她湊近畫作，用手機拍了幾張照、記了些筆記。她年輕臉龐掛著幾綹淡金色的頭髮，搭配她苗條緊實的體態，看來她費盡心思刻意營造形象——不拖泥帶水、實力堅強的紐約專業女性。

沒有人開口說話，大夥兒全都緊盯畫布，酒和堅果擺在茶几上無人聞問，艾薩克的重心從一隻腳移到另一隻腳，我努力佯裝漠不關心，假裝〈四度空間〉不過就是艾薩克多幅畫作中的一幅，假裝這兩位人士的來訪不過就是尋常的拜訪。

這是〈四度空間〉頭一次展示給我和艾薩克以外的人觀看。凱蘭將決定這幅畫要不要納為現代美術館的展品。一旦納入展出，這幅畫的地位就等於得到了背書。馬凱的角色是艾薩克的經紀人，但他的意見對我倆而言幾乎和凱蘭的意見一樣重要。馬凱對艾薩克作品的瞭解比誰都深，如果他也看不出來，我們就萬無一失了。

我眞後悔沒在茶几上擺點茶水，我這會兒渴得要命，卻不想走開。他倆來到之前，我和艾薩克時而焦慮，時而鎭定。我們心知肚明自己此刻在搞什麼勾當，但結果會如何，我們一無所知。我往凱蘭瞥了一眼，她正在替我的沙漏拍照。我轉而注意馬凱，他也同樣在檢視沙漏。我覺得我快暈厥了，我猜想艾薩克也是同樣的心情。

我曾試圖引誘艾薩克說出他的感受，他以他一貫的風格說點玩笑話帶過，然後繼續迴避問題。或許他不想談，也或許，他也搞不清自己。

至於我，我的心態很單純。〈四度空間〉是我爲了協助他走出低潮、度過難關，而特地畫來送給他的禮物。就我看來，這幅畫是我協助他搭建的橋樑，他可以藉由這座橋樑，走向他的下一幅作品。我深切渴望凱蘭和馬凱相信這是艾薩克的作品，將其納入展出，好讓艾薩克繼續向前，創造出僅有他能創造的作品。

凱蘭轉過身，向艾薩克伸出手。「恭喜你，艾薩克！這幅畫太棒了，比棒還要更棒，比你所有的舊作都更出色。這幅畫我們要了。」

我聽見自己嘶嘶吐出一大口氣時，才發現原來我剛才一直緊緊屏住氣息。我衝上前去擁抱艾薩克，緊緊抱了許久。他完全沒反應。震驚。震驚而且如釋重負。我笑吟吟地退開。

「好極了！太棒了！」馬凱在艾薩克背上搥了幾拳，「我同意，這幅畫可能是你最好的一幅。」我知道他這話不僅僅是出自經紀人的客套話，馬凱是眞心贊同凱蘭的意見。

「謝了！」艾薩克回應得僵硬，幾乎像在恍神，「多謝你們兩位！」然後他望向我，「尤其要大大地感謝妳！」

他們三人簇擁在畫作前，我溜到冰箱冷凍庫旁，拿出我藏在冰淇淋後頭的香檳。「有誰要喝香檳嗎？」我大聲問。

馬凱走上前來，接過我手上的香檳，「讓我來服務。」

我在櫃子裡搜尋，遞了幾只酒杯給馬凱，「來狂歡慶祝吧！」

香檳喝完後，我們改喝葡萄酒，艾薩克逐漸鬆懈情緒，他變得非常多話。

「用完全不同的方式處理時間這個主題眞的很有啓發性。這一整個系列呈現出線性、扁平、浮光掠影的時間，但只有這一幅把一切都拓展開了，從各個方向把時間抽拉出來，使時間有了深度。」他甩甩頭，像是要把頭腦甩清晰一點，「我甚至記不起我是怎麼想出這點子的。」然後他的眼光落在我身上，「是克萊兒。」他向我舉起酒杯說：「敬我聰明、美麗又才華洋溢的克萊兒。」

大夥兒舉杯祝賀，艾薩克俯過身來吻我。「克萊兒自身的才華也相當出色。凱蘭，要不了幾年，妳就會開始展出她的作品了。」

「我很樂意看個幾幅。」凱蘭說。

「妳會後悔的喔，」我警告，「我有妳的電話號碼。」小小老是堅稱世上眞的有因果報應，說不定眞有那麼回事。說不定這就是我幫助艾薩克換得的報償。

「請務必來電，順便寄幾張投影片給我。我一個月之後還會再來一趟波士頓，如果我喜歡妳寄來的作品，說不定會上妳的畫室參觀。」凱蘭．辛山默是個精明狡詐的傢伙，我知道她說這話可能只是客套，但也很難說絕對是違心之論。

「喔，妳一定會有興趣參觀的。」馬凱說，「克萊兒的畫風和艾薩克很不一樣。」他的手往〈四度空間〉揮了揮，「和這幅畫有天壤之別。她的眼光非常堅定，下筆更是快狠準，色彩的質感相當卓越。」

「我同意。」艾薩克捏了捏我的肩膀，又轉回頭向凱蘭繼續大發議論：「妳知道嗎？〈四度空間〉啓發我構思系列中的系列——各種不同向度的時間。先是點，然後線，接著是我們的世界，然後穿越太空、黑洞。天曉得更遠還會到哪裡去。」

「聽起來好像挺有趣的。」凱蘭說。

但艾薩克知道，我們其他所有人也都知道，「有趣」其實是「無趣」的婉轉說法。「要不我就暫時專注於第四向度的時間好了。」艾薩克趕緊修正，「時間如一條長河，永恆奔流，永恆不滅。」他往嘴裡扔了幾顆腰果，「上游是未來，下游是過去，這一切與當下同時並存。要漂浮在高處，可能是第五度空間，才能看清這一切，看清該從什麼地方涉入，從什麼地方抽離。」

「這聽起來倒是很妙。」凱蘭這回是眞的有興致了，「繼續說。」

艾薩克往椅背上靠，雙手勾在頸子後側，仰頭望天花板。「我看到事物在變動。厚重的油彩流動，不斷流動，在自己的上方和下方流動，往前也往後流動。用溼畫法，刮開一層層的顏料，透出藏在底層的東西，如同刮開一層層的時間。全都在那裡，但有的在上，有的在下，有的看得見，有的隱約看得見，有的被另一層時間徹底掩蓋而不為人所見。」

他複誦著我說過的話，我想捕捉他的眼神，想把這點子的所有權要回來，但他專注望著天花板。

「這個點子有潛力。」凱蘭的手朝〈四度空間〉揮了揮，「而且〈四度空間〉是個很不錯的開始，你以此為出發點，展開……」

「對人類定位的探索。」艾薩克插嘴，「探索我們在宇宙中的定位，探索一切如何互相契合。」

「你有東西可展示時通知我一聲。但考慮多加點這個進去。」凱蘭指了指新月形沙漏。「我喜歡意義的堆疊，喜歡這樣用古往今來的繪畫風格來做效果。」

「我已經在進行了。」艾薩克向她保證。

凱蘭看了看錶，站起身，往茶几擱下酒杯。「今天下午眞愉快，聊得很開心。」她轉頭對馬凱說話：「我要趕下一班飛機，但如果你陪我一起搭計程車去機場的話，我們路上可以談談，可以開始安排了。」

馬凱當然樂意。大夥兒互相握手道賀、擁抱、親吻，笑得開懷。凱蘭走出門時，提醒我別忘了打電話給她，我向她保證一定不會忘。

他倆離開後，艾薩克給我一個深深的擁抱。「無論怎麼表達，也表達不完我對妳的謝意。」他對著我的耳畔輕聲細語。

「凱蘭．辛山默願意看看我的作品，這樣的謝意對我來說很足夠囉！」

他把腦袋埋在我的髮裡。「我永遠也回報不了妳。」

「我沒有要你的回報，小艾，我只是希望你打起精神繼續努力。」但他倆對〈四度空間〉的讚美迴響在我的耳畔。

「比所有我看過你的舊作都更出色，」凱蘭這麼說。

「這幅畫可能是你最好的一幅，」馬凱這麼附和。

第十章

我遵照馬凱的建議，在三間不同的銀行各開了一個帳戶——兩個存款帳戶和一個投資帳戶。另外根據其中一位幫我開戶的女士建議，我又開了幾個定存帳戶，並且把支票存在另一個銀行的支票和提款卡帳戶。我並不像馬凱假定的那樣，有個生意往來的專用帳戶。我開了張支票給房東，又郵寄了一張支票償還助學貸款，最後帶著一張空白支票動身前往愛爾美術社，因爲我不記得我積欠多少錢了。過程一切感覺非常棒，我並且思索著能夠有一支照相功能健全的手機不知有多好。

愛爾美術社位於韶木大道（Shawmut Avenue），距離我的畫室不遠，麻雀雖小但五臟俱全，侷促的空間裡，置物架和書架塞滿過多東西，還有一排又一排窄小的顏料抽屜，整間店瀰漫著松節油、顏料與塵埃的醉人芳香。有個寫作的朋友告訴我，無論她在世界的什麼地方，只要走進圖書館，那氣味讓她感覺像回到了家。愛爾的店就給我這種感覺。

比較出人意表的是愛爾本人。頭幾次去的時候，我以爲她只是店員，而眞正的老闆愛爾應該是在裡頭房間檢查存貨清單的灰髮長者。當愛爾告訴我她名叫愛爾時，我也好一會兒才和店名聯想在一起。愛爾是愛爾薇娜的暱稱。表面上，她是個時髦俊俏的女子，骨子裡，她古道熱腸。

「漂亮的克萊兒！」我走進門時她大聲嚷嚷，然後從高高的櫃台走下來擁抱我。「我就猜妳這個星期會過來。妳的物資應該已經開始短少了。」她倒退一步，「妳好像瘦了，該不會又忘記吃飯了吧？難道妳想被風吹走嗎？」她嘆了口氣，「不過妳瘦下來眞漂亮！」

「妳瘦下來不漂亮嗎？」

愛爾自稱是美國奴隸的後裔，她古銅色的皮膚、突出的顴骨及纖細的體態總使人聯想起那些老在波士頓馬拉松奪魁的肯亞跑者。她剃著短短的平頭，兩隻耳朵至少各有六個以上的穿孔，掛著各式各樣奇異美麗的耳環。

帳款結清後，我走到店的後側，挑選一些畫〈沐浴後〉所需的材料。我距離眞的動手作畫還差得遠，目前仍在研究及準備的階段，我可以開始動手刮除梅索尼埃的畫，依據畫布的狀況，這項工作會耗費好幾天，甚至幾週都有可能。

我拿了些作爲溶劑用的丙酮、當作抑制劑用的石油精，以及好幾包脫脂棉。梅索尼埃的畫很大幅，爲了保持畫布乾淨，我得要常常換衣服才行。然後我又加了一瓶過氧化氫和幾張吸水紙，我想古老的膠底可能泛黃了，需要漂白一下。誰想得到愛倫．柏南諾對仿眞的執著會有派上用場的一天呢？上她的複製課時，她要我們刮除畫布上的油彩，我們全都翻起白眼，因爲我們知道，複製網絕不會願意負擔這樣昂貴的上課材料。

等我眞正動手開始繪製我的〈沐浴後〉時，我會需要從畫筆到凡尼斯等各式各樣的畫材，但我還沒研究出竇加使用的是哪一種，因此這些東西得要下一趟造訪時再買。回家之前，我沒忘記幫沙維爾採購一大堆銀色顏料。

回到畫室，我沒有立即動手刮除梅索尼埃的畫，而是坐在〈沐浴後〉面前的椅子，從地上的書堆拾起那兩本竇加的草圖畫冊，開始翻閱。起初隨意瀏覽，而後仔仔細細地檢視，但仍沒有找到我想要找的東西。這非常怪。我找到了幾張繪有〈沐浴後〉席夢和賈桂琳的素描，卻找不到芳思華的任何畫像。竇加向來對於素描十分著迷，會爲一幅畫繪製二、三十張習作，並且以此聞名。那怎麼會沒有芳思華畫像的習作呢？

這些習作想必是存放在某個地方，或者至少曾經存在過。我的兩本竇加素描畫冊都沒有收錄竇加全部的素描，但其中一本名爲《愛德加．竇加素描與草圖：一八七五～一九〇〇》，這段時期正是竇加繪製浴女系列的時期。竇加的另一個知名特色是喜歡在許多不同的畫作中採用相同的模特兒，甚至用相同的草圖。雖然每幅畫他都會更改構圖，但同樣的模特兒常會在不同的畫作中出現，往往連姿勢也相同。這樣的忠誠使他的系列作品呈現強烈的一貫性。

我找到幾張看來略似〈沐浴後〉構圖的草圖，圖中的席夢和賈桂琳雖然和眼前這幅畫一模一樣，芳思華卻不一樣。草圖中的那個人體態和芳思華不同，同時她是站著而不是坐著，營造出一種不對稱的構圖，竇加多數的畫都採取這樣的平衡方式。草圖中人的臉龐僅以少少的幾根線條帶過，但願他描繪得清晰一點。

有沒有可能還有第六幅〈沐浴後〉呢？在畫作完成的幾百年後，才在某人的閣樓裡找到畫家的眞跡，這種事也並不是沒有發生過。不過更有可能的是，竇加原本預計要繪製第六幅，卻沒有眞的動手。我專注尋找另兩位女士更多的不同點。我面前的這幅畫中，芳思華看起來健壯而粗俗，竇加所繪的所有浴女幾乎都是如此，但草圖中那個人卻較爲嬌小秀氣，有著纖細的柳腰。由於竇加僅簡單勾勒了她面容的輪廓，我不敢肯定，但草圖上的女子似乎沒有油畫中的模特兒秀麗，所以或許竇加換了個容貌較美的模特兒。但最後擇定的芳思華草圖又到哪裡去了？

我仔細觀察草圖，也仔細觀察〈沐浴後〉，隨後又重複觀察了一次。我翻閱我那一整疊的竇加畫冊，找出更多竇加的浴女圖。所有的浴女都虎背熊腰，沒有一個人有腰身。也一如先前的經驗，我找到了數幅繪著席夢和賈桂琳的素描和油畫，卻完全不見芳思華的影子。

波士頓美術館（Boston's Museum of Fine Arts）和嘉納美術館簡直是南轅北轍。從排列著科林斯式石柱的宏偉入口，到超現代的附屬建築，明亮、開闊且令人敬畏的氣勢鋪天蓋地。挑高的天花板與寬敞遼闊的空間裡，自然光與人造光飽滿充足，把藝術品襯托得比原本更精美，參觀者得以盡情欣賞感受。裡頭沒有凌亂的擺設，舒適的長凳隨處可見，館內不禁止人用畫筆臨摹，甚至拍照也無妨。

波士頓美術館收藏有七十幅竇加的畫作、素描、複製畫以及雕塑。約有十二幅畫是以畫布及油彩爲媒材的作品，但我去參觀時，只展出了其中的五幅，其餘的不是出借了，就是收藏在庫房裡。

展出的五幅裡頭，我最愛的是〈賽馬場的馬車〉（*At the Races in the Countryside*），描繪一對年輕夫妻帶著寶寶及保母坐在馬車裡，身後明亮的藍天佔據了整幅畫的上半部，小小的馬匹和帳篷在遠遠的背景中零星散布，使整幅畫既呈現深度，又流露出一種歡悅的情調。雖然這幅畫被視爲是竇加賽馬系列畫作中的一幅，畫面上卻幾乎沒有賽馬的場景。竇加幽默風趣出了名，我相信他在替這幅畫定名時，八成正在和某人說笑取樂。

相對於〈賽馬場〉的輕鬆歡快與田園情趣，其他的四幅——兩幅竇加父親的肖像、一幅竇加妹妹及妹夫的肖像，以及一幅竇加姑母和她兩個女兒的肖像——全都隱約帶有悲傷疏離的濃郁情懷。竇加終生未婚，緋聞少之又少，不曾聽說和那個男性或女性過從甚密，但一般推測，竇加對於自己的大家族始終親密忠誠。然而這幾幅畫的陰鬱令人不禁納悶起來。

我來不是爲了欣賞畫作，或給竇加做心理分析。我來這裡是爲了研究竇加的構圖、筆觸，和繪畫技巧，研究他對線條、陰影、光線與動作的處理。雖然我家裡有原版眞跡，但若能盡量沉浸在竇加的作品之中，我想我會畫得比較好。

竇加有三幅畫作掛在印象派廳，一幅掛在十九世紀歐洲廳，最後一幅則掛在以早期大師爲重點主題的圓形大廳。這幾個廳彼此相鄰，我一幅一幅看過去，回過頭來重看一遍，又再重看一遍。我想先掌握大師筆下五幅大作的整體感，然後再開始研究細節。

一如往常，當我身邊圍繞著竇加的作品時，心中就充滿對這個人的崇敬。對於此時此地能夠在這裡，與如此偉大的作品同在，我喜不自勝。這是視覺上的高潮。我曾聽一位音樂家在訪談中聲稱自己的聽覺太過靈敏，而博物館一點兒噪音也沒有，因此他不瞭解博物館有什麼好，他對博物館毫無興趣。我死也不明白那樣的感覺。

竇加巧妙地用不對稱構圖讓觀者猝不及防，先吸引住你，再揭露許許多多的內涵。在〈藝術家妹妹夫妻〉（*Edmondo and Thérèse Morbilli*）一畫中，他那一本正經的妹夫佔據了畫面的大半部，竇加的妹妹則個頭較小，地位低微，面容哀傷。但她扶著丈夫的肩頭，身子倚著丈夫，顯示她不是為他而哀傷，而是和他一同哀傷。〈蒙特嘉西公爵夫人〉（*Duchesa di Montejasi*）中，竇加那位不十分美麗的姑母獨自佔據右側三分之二的畫面，她的兩個女兒則被擠在左側窄小的空間裡，是在說悄悄話嗎？交換某種不讓母親知道的祕密嗎？

竇加的作品令人驚奇。他僅僅憑藉著畫布與油彩兩種東西就能營造由內而外的光線，令畫中人的臉龐散發生命的光輝，捕捉畫中人頭的傾斜和飄出畫布邊緣的衣擺動態，用明與暗的濃淡變化來表現質感、深度與陰影，描繪日常生活中自然而不做作的瞬間，如〈賽馬場〉中母親和保母擠在一塊兒，滿懷驕傲地凝視嬰孩。而竇加在捕捉了這個瞬間後，又讓它急馳而去。

我在竇加的畫作面前停頓下來，記下竇加的筆觸、顏料的濃厚、色彩的並置、簽名、細細描繪的線條、色彩的飽和度，記下所有能有助我更加瞭解〈沐浴後〉的東西。我從背包裡掏出我忠實可靠的尼康相機，替五幅畫各拍了十幾張相片，有的從展廳對面照過來，有的從中長距離拍，也盡可能在貼近但不觸動警鈴的地方拍。

事實上，我還是觸動了警鈴，只有觸動一次，有個警衛以不悅且帶有譴責意味的眼神瞪我，我舉起雙手，用嘴型無聲地表示：「抱歉！」但她絲毫沒有因此平息怒氣，反而亦步亦趨地尾隨我到每一個展廳，想看看我還敢不敢跨越雷池一步。

我的相機有強大的微距功能，近距離特寫竇加筆觸又是另一種藝術。很不幸，他早期古典畫風的特色之一就是筆觸不明顯，但即使是竇加，也掩藏不了每一道筆觸。

我向前跨了幾步，在不觸動警鈴的範圍內盡可能靠近〈藝術家妹妹夫妻〉。警衛就站在我的正後方，我小心翼翼把腳踩在紅線之外，身子盡可能往畫的方向前傾，拍下一張快照。

這裡難道沒有人比我更值得監視嗎？例如手指油膩的小孩？扒手？正在籌畫搶劫的危險罪犯？這時我才恍然驚覺，這警衛遠遠比我所評斷得稱職得多。我極有可能就是本棟建築物裡最危險的罪犯。

第十一章

一從波士頓美術館回到家，我迫不及待掀開覆蓋〈沐浴後〉的布匹，恨不得在研究過竇加其他畫作之後立即看到她。但我的眼光一落在畫布上，胃就緊縮，腦子遲了半晌才跟上身體的腳步，我這才赫然明白我感覺到的是恐懼。

我頹然坐倒在〈沐浴後〉對面的椅子上。我在怕什麼呢？我記起最初看到這幅畫時的第一反應——這不是竇加的眞跡。但這想法太荒唐了，這畫不可能是贗品。難道有可能嗎？我想起約翰・梅耶、凡・米格倫和伊萊・薩凱。這種事又不是沒發生過，何況到處都沒有芳思華的素描。

我盯著〈沐浴後〉猛瞧，然後闔上眼，在腦海中想像我剛才仔細研究過的五幅竇加畫作。我湊近〈沐浴後〉，仔細觀察油彩，油彩上佈滿龜裂紋，這是正常的。隨著歲月流逝，液體揮發，油彩萎縮，木頭框架會隨溼度與溫度的變化而膨脹收縮，這種種現象都會使畫布呈現小小的網狀裂痕。眼前這些裂痕看來約有上百年歷史了，也符合這畫的年代。

我把畫翻過來，細看畫布的背面。畫布看來出自十九世紀末，畫布的框架邊緣有氧化的痕跡，某些部分的纖維已經脆化且微微腐朽。一般來說以油彩繪於畫布且年代超過兩百年的作品，必須更換新的框架，我估計〈沐浴後〉還能撐個七十五年左右。這推算也符合竇加作畫的年代。

框架有部分腐壞。釘子生了鏽，用來保護畫布的小小方形皮革也受鐵鏽侵蝕。框架與畫布之間灰塵不少。我抽出梅索尼埃的畫，翻面檢視，情況相去無幾。

油彩通常只需要放幾個星期，就可以再上一層罩染了，但要等所有液體完全揮發以致畫布表面徹底乾硬，則可能要花上五十到七十五年。愛倫．柏南諾在她狂熱的複製課中，教過我們一套鑑定畫作年代是否少於五十年的測試法。我拿了一塊脫脂棉，浸泡在酒精裡。我眞不敢相信我竟然在做這事。

我走向〈沐浴後〉，朝著這幅畫的背面，挑了一處顏料滲透到背面的點，把酒精棉拿在與畫布僅相隔一段距離之處。如果油彩是新的，揮發的酒精會使油彩軟化並分解。我把酒精棉舉在距離畫布半吋的地方，屏住氣息。我用手指按壓畫布，油彩堅硬如石。

我遲疑一霎，然後用酒精棉直接擦去油彩。隨後我看看酒精棉，一絲色彩也沒沾上。我用同樣的方法測試梅索尼埃的畫，結果完全相同。我把畫放回畫架上，重回對面的椅子坐好。這畫通過了我所有的檢驗——畫上的龜裂痕、氧化、框架軟化、畫布纖維脆化、釘子的鐵鏽、塵埃，現在連酒精測試也通過了。看來這畫是眞的。

我從研究中得知，一幅畫可以刮除外表，刮除到露出膠底。所謂膠底，就是未經處理的畫布上塗抹的一層混合膠，這層膠使畫布的表面粗糙，並防止層層油彩脫落。去除古老的油彩後，歲月所造成的裂痕依舊存在。僞畫畫家在有裂痕的膠底上塗抹新的油彩，保存了製造僞畫龜裂縫所需高低不平的表面。釘子則只要在水裡放個幾週，自然會生鏽。製造框架的古老木材不難取得，用薰衣草油來取代亞麻仁油，油彩只需要二十年就會乾硬。或者根據凡．米格倫的方法，用高科技烤爐來烤它一烤，幾個小時就能搞定。

〈沐浴後〉是幅了不起的畫作，內涵豐富而寫實。難以置信這幅〈沐浴後〉是出於高明的僞造專家之手。馬凱的眼光比我精細得多，他也沒看出什麼毛病。但我清楚知道，人們有時眼中看見的是自己想看見的東西，即使是所謂的專家也一樣。

我下定決心，就來當個雞蛋裡挑骨頭的傢伙吧，反正也不會有什麼壞處。爲了論理的方便，假定我眼前的這幅〈沐浴後〉出自一個手藝極其精湛的僞畫高手之手，例如約翰．梅耶或凡．米格倫之流，有沒有可能？過去有數千幅僞造的畫作在市場上賣得數百萬美元的高價，還掛在美術館的展示牆，其中有許多至今仍在。眼前發生的會不會就是這樣的事呢？

又或者，這幅〈沐浴後〉是當代人士的精良僞作。這不太可能，因爲它在嘉納美術館展出了上百年。但是話又說回來，會不會原作老早就被偷了，而這幅懸掛展出的其實是假畫呢？但策展人員、歷史學家、警衛、參觀民眾中，總該會有人察覺這畫與先前有所不同。

說不定這是嘉納搶案發生後才僞造的畫作。可能有人用馬凱對待他那個不道德買家的方法對待馬凱。但我想馬凱在決定經手這幅畫作之前，應該有足夠的資源和判斷力來確認這件作品的眞僞。

那麼唯一剩下的可能，就是這是一幅十九世紀的僞作了。但伊莎貝拉・嘉納在購置這幅畫時，竇加仍在世，因此她極有可能是向竇加本人購得的。根據我對她這個人的瞭解，她不是個輕易可以唬弄的女性。她的交易員伯納・貝然森（Bernard Berenson）也不是省油的燈，據說他是那個時代全美國最懂歐洲繪畫的專家。

於是，我只能相信面前的這幅畫是竇加的眞跡，由大師於一八九〇年親手繪製，完成不久後就賣給了伊莎貝拉・史都華・嘉納。〈沐浴後〉通過我所做的一切分析，測試結果一一推翻了我設想〈沐浴後〉可能是贗品的推論。

我鬆了一口氣，用布巾蓋上這幅畫，動身前往潔可酒吧。

我在酒吧點了一份龍舌蘭酒。雖然經過了測試與反覆論證，我仍懷有一絲疑問，心頭搔癢難受，我想要制止自己去搔那個癢處。

茉琳一面抽出酒瓶，一面揚起一邊的眉毛問：「今天過得不順利嗎？」

我聳聳肩，「還不都一樣。」

邁可、瑞克和小小都用同情的眼神望著我。

「我有個消息，妳聽了會更沮喪。」黛妮兒說。

我們五個全都翻起白眼。

黛妮兒沒看懂我們的暗示，繼續說：「又是該死的瑰絲朵．梅克。」

「不會吧！」小小哀嚎。

「丹佛斯美術館①。」

「我的老天，這人簡直快讓人受不了！」瑞克說。

「丹佛斯怎麼會知道她這個人？」邁可說。

「我猜是從《藝術世界》知道的。」我說，「他們才剛剛辦了個大型競賽，跨越比賽，記得嗎？丹佛斯有個策展人是那個比賽的評審。惠特尼美術館②也有策展人當他們的評審。」

「如果她的作品眞的好，我也不會這麼介意。」小小說。

「她大約多久以後會來？」黛妮兒看看錶，「一小時嗎？說不定半小時。她怎麼捨得度過沒有我們襯托她的時光呢？」

瑞克用手臂環繞我，「沒有妳的獎項嗎，小萊？」

「惠特尼美術館擁有三幅科利恩畫作。」我盡可能讓語氣別那麼尖酸，但還是失敗了。

邁可轉頭對瑞克說：「繼續跟我們說你的巴黎之行吧！」

「你沒告訴我你要去巴黎！」我佯作生氣地大嚷，其實我無比歡欣附和邁可體貼轉換的話題，「怎麼回事啊？」

「我剛剛才得知的啦，不過是去出差，不是去玩。我剛才正在跟邁可和小小說，我們要展出貝拉旅遊歐洲時購置的藝術品。我的主管負責義大利，雪若要去倫敦，我就只好去巴黎囉。」他咧著嘴嘿嘿笑。

黛妮兒張開拇指和食指拉開約四分之一吋的距離，「你有沒有聽見我心中幽微的小提琴哀鳴聲？」

「你不是告訴我伊莎貝拉．嘉納瘋狂著迷於威尼斯？」

「巴黎是她的第二個最愛。」

「據說她曾經在特萊蒙街（Tremont Street）遛獅子，還戴一頂『紅襪隊加油』的帽子去聽交響樂演奏，」小小問：「是眞的嗎？」

瑞克把兩條手臂交叉在胸前。「很可惜大多數人對貝拉的認識就只是這樣。她是美國頭號偉大的藝術收藏家，超越了所有男性和女性，結果大夥兒記得她卻只是因爲幾頭小獅子和一條髮帶。」

我們全都恥笑起他的傲慢態度。他對我們比比中指，又眨了眨眼。

「那她是怎麼成爲美國頭號偉大的藝術收藏家，還超越了所有的男性和女性？」我趁話題還沒來得及轉向前急急插話。

瑞克怒目瞪我。「她做了功課，而且眼光獨到。當然啦，她還有伯納．貝然森幫忙。」

「更別說還有大把鈔票的幫忙了。」黛妮兒說。

「那個年代贗品滿天飛，怎麼辨呢？」我問，「當時又沒有現在的高科技可以鑑別。」

「我聽說米開朗基羅會向朋友借畫，」小小插嘴，「他會臨摹那些畫，然後把他臨摹出的副本還給朋友，把眞品保留在自己身邊。」

「這樣對他的朋友很好啊，」邁可說，「這樣他們就會擁有米開朗基羅的作品了。」

「他們或許沒有我們今天的各種科技，」瑞克很氣惱我們沒正經看待他的貝拉，「但他們有很多頭腦聰明且滿腹才華的專家——藝術史家、藝評家、藝術經銷商、鑑定專家等等。這些人的鑑定通常都不會出錯。」

「現代美術館一定也是這樣的，」黛妮兒說：「他們也有很多頭腦聰明且滿腹才華的專家，都很懂科利恩。」

---

① 丹佛斯美術館（The Danforth），全名爲Danforth Museum of Art，位於美國麻州夫拉明罕（Framingham）的一間美術館及美術學校。

② 惠特尼美術館（The Whitney），全名爲The Whitney Museum of American Art，位於紐約曼哈頓區的美術館，以收藏美國現代藝術作品聞名。

第十二章

三年前

我隔天早晨有個考試，因此沒有參加現代美術館展覽的開幕酒會。不能和艾薩克一起參加開幕酒會，起初我非常失望，因此艾薩克試圖想辦法讓我不用考試，卻碰了壁。得知我無法從考試中脫身後，我反而發現這樣也不太糟。我渴望和艾薩克在一起，渴望分享他的光榮時刻，渴望和貴賓名流親密交談，但我並不怎麼想聽大夥兒七嘴八舌盛讚〈四度空間〉、盛讚艾薩克不凡的天分。能看見自己的作品掛在現代美術館當然很有快感，但同時又五味雜陳。

於是我待在家裡念書，卻完全沒辦法專心，腦子裡不斷揣想艾薩克此刻正在做什麼。這會兒他正在空蕩蕩的展廳裡踱步，細細打量其他所有人的作品，等待。群眾來了，場面瞬間從寧靜變爲鬧哄哄，紅男綠女高視闊步，藝評家嘖嘖稱讚，緊接著是恭賀聲、虛假而熱烈的招呼、輕聲耳語、大驚小怪的驚呼、逢迎奉承。如果馬凱預料得沒錯，艾薩克此刻應該成爲最新的風雲人物，正在接受款待。

午夜過後不久，艾薩克來電，他的噪音透露他稍早多喝了幾杯。「美術館幫我準備了一間棒透了的套房，可以眺望公園，小冰箱裡應有盡有。」冰塊在電話那頭喀啦喀啦作響。「我累壞了，可是我非跟妳說說話不可。」

「情況怎麼樣？棒不棒？」

「除了妳不在以外，一切都再好不過了。噢，寶貝，我整晚都在想妳，我好想和妳分享這一切，這是我們兩個共同的勝利。」

「這是你的時刻，小艾。我的時刻不久就會來了。」

「很快，一定很快，明天我們跟凱蘭吃早餐，可以談一談。」

我心中湧上溫暖的感激。這就是我一直以來夢寐以求的戀愛關係，彼此互相尊重，互相支持，感情深厚。「展出怎麼樣？評論中有沒有透露什麼端倪？有沒有人表現出購買的意願？」

他咕噥了一句我聽不懂的話，緊接著說：「……下星期和委員會開會。」

「委員會？什麼委員會？」

「採購委員會。」

「現代美術館的採購委員會？」

「凱蘭說他們有興趣買這幅畫。」

我震驚得呆掉了，「現代美術館想買〈四度空間〉？」

「作爲永久收藏。」

「艾薩克，這太棒了，太意外了！這……」

「我不想談，談了會壞事。」

我對艾薩克的許許多多迷信瞭如指掌，因此我笑了。「好啦，我們就等事成了之後再談。」

「沒有妳的話，根本不會有一絲絲事成的機會。」

我有一件作品掛在現代美術館，在紐約，而且是永久收藏。無論對哪個藝術家來說，這都可以算是職業生涯的高峰了，少有藝術家能在生前目睹自己達到這樣的高峰，而我才二十八歲，生龍活虎，有滿腹的創作力，前途仍一片光明。

我承認，有時看著艾薩克領受所有的喝采，我也會難受，但多數時候，我只是爲他高興，因爲他情緒有了改善，也因爲我們開始計畫共同生活而感到興奮，因此榮耀歸於誰也就無關緊要，何況他也已經成功說服了凱蘭·辛山默，她下次來，就要欣賞我的作品簡報。正如同我告訴艾薩克的，這是他的時刻，我願意耐心等待我的時刻到來。

這整個過程令人目眩神迷，難以招架。〈四度空間〉大放異彩，紅透半邊天。這幅作品觸動了人們的心弦，不只觸動了藝術界人士的心弦，還感動了一般大眾，就快要成爲如安迪·沃荷①的湯品罐頭那樣家喻戶曉的圖像。也或者這不過是網路造成的效應，病毒式行銷那一套。

不過無論原因爲何，艾薩克·科利恩因爲〈四度空間〉成爲了天王巨星。艾薩克上綜藝節目受訪，〈四度空間〉登上《藝術世界》封面。我們開玩笑說，家家戶戶的冰箱都要貼上〈四度空間〉的磁鐵。一週後，現代美術館竟眞的開始在紀念品店販賣〈四度空間〉磁鐵。

這時，艾薩克開始相信自己的對外說詞。他愈是談論〈四度空間〉，談論如何從這件作品引發靈感創作新作，就似乎愈對自己吐出的謊言深信不疑。只有我知道他並沒有在創作任何新作，此刻的他就和〈四度空間〉問世之前一樣腸枯思竭，甚至可能更嚴重。

艾薩克的情緒狀況，好的時候脆弱敏感，壞的時候陰晴不定，事情的發展使他往壞的方向不斷邁進。我平生第一次目睹了他的脾氣。他會把畫筆折斷，把畫布往牆上扔，關在畫室裡好幾天，不肯和任何人說話，對我也不理不睬。哪個倒楣的傢伙膽敢敲他的門，就會遭到他尖聲咆哮。

後來我們開始吵架，起初爲小事而吵，後來爲大一點的事而吵，但從來不會爲〈四度空間〉而吵，然而這個東西卻正是把他逼瘋、害我倆疏離的巨大理由。我愛他，我想幫助他。只有我瞭解他的處境，只有我知道他撒的是多麼離譜的瞞天大謊，只有我能體會當個冒牌貨對一個人的心靈會造成多大的傷害。我當然理解，因爲他看著我就像看著自己鏡中的倒影。艾薩克從未承認這一點，我也從不提起。

這不是他的錯，就算他有錯，我的過錯也不比他輕。我們當初從未想過萬一〈四度空間〉大紅大紫怎麼辦，但我們怎麼可能會這麼想？這種事只有百萬分之一的機會。我決定相信只要我有足夠的耐心，只要我等待夠久，他終究能夠打心底接納這事，或許我也能。

但事實是，有一天，他涕淚縱橫來到我的畫室，說我是他的靈魂伴侶，他愛我更甚於愛自己，更甚於愛生命。接著他告訴我他要和我分手，要回到瑪莎身邊。

「妳需要一個比較年輕、比較快樂、比較健康的伴侶。」

「這太荒謬了！」我說。我以為他的腦子又被情緒沖昏了頭。「我不想要比較年輕的人。連比較快樂、比較健康的人都不要，不管他們多有吸引力。」我伸手要去擁抱他，「我只要你，原原本本的你。」

他從長沙發跳開，「妳應該要和懂得欣賞妳、懂得疼妳愛妳的男人在一起。」

「你剛剛不是才說你愛我更甚於愛你的生命？」我以為他只是一時情緒波動，但艾薩克的眼神和下垂的肩膀透露這次和平常的口角爭執似乎有所不同。

他退了幾步，試圖遠離我。「我不能，也不願阻礙妳找到眞正的幸福。」

這時我理解了這是怎麼一回事。「狗屁！」我一面嚷，一面站起身來朝他走去，「眞是一大串冠冕堂皇的屁話！」

「不對，我一直在傷害妳。」他往後退得更遠，「我每天都在傷害妳，我不想……」

「你根本不是怕傷害我。」我氣急敗壞。他的懦弱、藉口，以及別有居心的自我欺騙讓我火冒三丈。「是你自己受不了。你每次看著我就難受，因爲你明白我知道眞相。」

艾薩克默默垂著頭站著，我收拾他送給我的每一樣東西，包括〈橙色裸體〉，全扔到走廊，大聲說：「混蛋，給我滾，帶著你那堆狗屎一起滾！」

他走了。

第十三章

從潔可酒吧走回家的路上，我思索著專家出錯的所有案例——地球是平的、女人的頭腦比不上男人、黑人永遠不會當選美國總統。這清單列也列不完，簡直就像總有一天，我們所深信的一切都會證實是錯的。〈沐浴後〉會不會也是如此？專家有沒有可能鑑定錯誤？我想著黛妮兒說的那句有關現代美術館的話。專家當然也可能會出錯。

說不定〈沐浴後〉是別人畫的，竇加卻宣稱是自己的作品。像他這樣才華洋溢的藝術家會做這樣的事似乎匪夷所思，但在十七、十八世紀，這種事很常見，學生會臨摹大師的作品，有時爲了賺錢，大師也會在學生的作品上簽名。但這種做法在竇加的時代大體上已經式微了。話又說回來，艾薩克・科利恩不也做過這樣的事？

回到家，我再次檢視所有證據，而所有的證據都一面倒顯示這畫是眞的，問題是我內心深處的狐疑並沒有就此平息。這種內心深處的直覺過去曾經給我惹上麻煩，例如我打從內心深處相信我應該住在巴黎，卻撐不到三個月就打道回府。又例如我曾經打從內心深處相信艾薩克・科利恩永遠不會做傷害我的事。

我站起來，轉身背向〈沐浴後〉，然後猛然轉身，希望獲得某種感應，接著換了個方向又試一次。我把燈關上，又重新點亮，繼而一霎也不眨眼地緊緊盯著畫作猛瞧，甚至還靠在長沙發的靠背上以倒掛金鉤的姿勢，上下顚倒打量這幅畫。

最後，我在椅子上重新坐下，再次端詳。我在腦海中遊覽波士頓美術館的印象派廳和歐洲廳，穿過圓形大廳，再重來一次。竇加的畫作在我的腦海中迴旋，我感受到這些畫帶來的衝擊，感受左右不對稱引發難以抗拒的吸引力，感受畫面光線由內到外隱隱跳動。我掏出在波士頓美術館做的筆記，重新閱讀。

我閉上眼，看見〈賽馬場〉裡輪廓清晰的雨傘陰影落在母親及保母的身上，流露出晴朗夏日正午的歡樂。我如同透過鑰匙孔觀看〈蒙特嘉西公爵夫人及女兒〉家庭成員間的互動關係，感受著罪惡的快感。我踏進〈藝術家妹妹夫妻〉裡按透視法縮短的人物及退到畫布外因此形象被遮擋住的家具所營造出的深度中。

我睜開眼，凝視眼前這幅畫，凝視席夢、賈桂琳，尤其仔細打量芳思華。畫面中的對稱、芳思華姿勢的僵硬，以及她周遭不起眼的陰影都讓我心頭起著疙瘩。這三個女人間毫無互動也同樣讓我感覺不大對勁。

我取出相機裡的記憶卡，插進電腦裡，點了幾下滑鼠，把我在波士頓美術館拍的幾張照片下載到文件夾裡。只有特寫照片幫得上忙。我把幾張專門特寫筆觸的照片列印出來，拿來和〈沐浴後〉互相比較，但無論是照片還是〈沐浴後〉，筆觸都難以辨識。

畫家的筆觸就和人的筆跡一樣，是獨一無二的。用筆觸來鑑定畫作眞僞，是數世紀以來常見的做法。這一點用在作家身上似乎也通。一旦作家發展出了自己的風格，在文字的運用、句子的結構、動詞或形容詞的選用上會有特別的偏好，這風格往往會在漫長時間中表現出驚人的一致性。我把這幾張照片定點放大後重新列印。

我翻箱倒櫃，搜索了幾個抽屜，找出我的珠寶放大鏡並戴上。沒錯，放大到這個程度，終於看得出筆觸了，但實在不多。如果我研究的是竇加晚期的任一幅畫，或是他的好友馬奈[①]、畢沙羅[②]或卡莎特[③]的畫，就可以看到清楚的筆觸，因爲這幾位畫家下筆揮灑的線條往往粗大寬闊。但是罩染了十幾二十層油彩之後，畫會呈現平滑剔透的效果，我眼前看到的正是如此。

我仔仔細細過濾一張張照片，終於找到了一張筆觸和〈沐浴後〉約略相仿的照片。我把照片舉在畫作旁，左比右比，尋找相似點與相異點，但實在沒有多少東西可資比較。

最後我發現畫面正中央有幾個筆劃依稀可見。我把照片攔腰剪斷。〈沐浴後〉的左下角，賈桂琳的上臂也有一處看得出筆觸，我把半張照片的邊緣湊近那個點，戴上珠寶放大鏡，來回對照照片與畫作。我得要把兩幅畫完整並列才有辦法肯定，可是這兩部分的筆觸看來確實像是出自同一人之手。但我仍然不滿意。

第二天，美好的銀線公車碰上大塞車，我爲少年犯上課因此遲到。這樣眞的很糟，因爲只要我還沒到，這些男孩——所謂的「年輕人」——就關在囚室裡不能離開，這讓他們很不開心。等我終於到達監獄，美得過火的社工金珀莉便把上課的男孩全領到綠東一○七室。

綠東一○七在地下室，天花板低矮，蒸氣管線圍繞著這個房間，一路嘶嘶釋放溼氣。任何人只要高於一百七十公分，就得隨時提防被火熱的金屬灼傷，問題是這些男孩子中多數人都超過了這高度。每堂下課時，總有至少一個人的額頭烙上了紅色傷痕。屋子裡沒有窗戶，椅子總是不夠坐，僅有的兩張桌子搖搖晃晃。但所有的孩子都展現了驚人的能耐，對外在的嚴刻環境視而不見，抒發潛藏內心的藝術天性。我猜想其中多數人可能打從進來的第一天，就學會了對外在環境視而不見。

「我們一直等妳。」瑞吉抱怨，「等了大概一個小時了。」我遲到十五分鐘。

約翰問金珀莉：「那我們是不是可以多畫一個小時？」

金珀莉拍拍手，「好，洛斯老師要發油彩和畫筆了。」她指指站在角落的三名警衛，「我們今天的工作人員多出三倍。」她沒有必要解釋爲什麼要加強戒備。

我往放置畫筆以及約三十瓶顏料的桌子望了望，看不出那些顏料是何種顏色。「銀色顏料通關了沒有？」

「我們要請妳務必準時，」金珀莉壓低嗓子說，「發生意外變故時，年輕人會變得很急躁。」她往警衛們望過去，「妳可以想像，情況不太妙。」

「抱歉！」我感到很愧疚，「華盛頓街整個塞住了，公車都過不來。」我很意外她竟然會在這裡指責我，我還以爲她撐不到一個星期就會走，萬萬沒想到她不但撐了下來，還對我疾言厲色。「抱歉！」我又道歉一次，表達善意，「下次我會早點出門。」

「很好。」她轉過身對男孩們說話：「大家各自站在各自的畫前面。想要先用紅色、黃色或藍色顏料的人舉手。」

男孩們慢吞吞地挪動位置，警衛中有兩個人靠上前來。

「不准有肢體接觸。」金珀莉命令。

上個星期，男孩們畫畫結束後，我們把所有的畫投影在牆上，男孩們用炭筆描出輪廓，我幫忙他們調整畫面的組合，想讓整體畫面賞心悅目一點，但男孩們抗拒我的干涉，於是我退開，讓他們自己協調。好幾次金珀莉不得不插手管制他們。曼紐的畫還沒完成，而且又對克里斯徹口吐惡言，所以被逐出了繪畫班。男孩們回到各自的房間後，我留在走廊上，用黑色麥克筆勾勒輪廓，然後洗去炭筆的痕跡。他們畫得眞的很好。

今天來了十個人，其中九個要畫圖，我很吃驚曼紐也來了。他站在壁畫邊，手臂交疊，模樣凶狠。他的視線不斷轉換方向，看來他需要有個工作做。

我把金珀莉拉到一旁。「曼紐一定要跟哪個人合作才行。」我說，「應該跟誰合作，還是有誰不能合作？」貝弗莉阿姆斯小圈圈頗多，大體上和這些男孩在外頭參與或有志參與的幫派若合符節。把不同集團的人硬湊在一起，會引發高度緊張的態勢。

「他不是這附近的居民。」金珀莉說，「他是孤鳥，獨來獨往，受過搏擊訓練，有個伯父是重量級拳擊手之類的。上回他把一個體型是他兩倍大的同學打傷送醫，從此以後誰也不敢惹他。」

「那有沒有人可以跟他相處的呢？」

金珀莉咧嘴一笑，「我看他是一視同仁地討厭所有人。但是絕對不能安排他和克里斯徹或約翰在一起。」

我看著一字排開站在壁畫面前的九個男孩，除了沙維爾以外，所有人都舉起了手。我幾星期前就請愛爾先把大部分的顏料和畫筆送過來，以免我們要用時，還要等安全人員檢驗有無違禁品。但由於我自己後來又特別送上了幾罐銀色顏料，這幾罐顏料只好單獨接受檢查。警衛中也有少數幾個態度較和善，其中一個名叫羅尼的告訴我，他無法保證今天以前能完成檢驗，但他會盡量加快腳步。

我看見銀色顏料罐放在桌上，不禁眉開眼笑起來。多謝了，羅尼！我轉頭對沙維爾舉起大拇指。沙維爾原本神色肅穆地望著我——這些孩子隨時準備挨批——見了我的手勢，咧嘴一笑，開始和瑞吉玩鬧起來。

「沙維爾、瑞吉。」金珀莉喊，「安靜。」

「誰要藍色？」我一面問，金珀莉一面把一罐罐顏料發給男孩。「黃色呢？紅色？」我把兩罐銀色顏料遞給沙維爾，「你有一大堆百威啤酒要畫。」

他沒有答腔，怯怯地低下頭。

我們共有三種不同大小的畫筆，全都是平頭而沒有圓頭的。但我只發細的畫筆給他們，要求他們在開始塗抹大區域之前，先在麥克筆畫的邊線內側描上一圈。沒幾分鐘，整個房間就鴉雀無聲。人人全神貫注埋頭苦幹。

我走到沙維爾身邊。「可不可以讓曼紐幫忙你畫啤酒罐呢？你一個人畫的話，幾個月也畫不完。」

沙維爾頭也沒回地聳聳肩。

我遞給曼紐一支畫筆，他接過來，卻動也不動。沙維爾已經描好了三個酒瓶的輪廓，伸手朝離他較遠的幾只酒瓶指了指。我轉頭望向金珀莉，她點點頭批准了這項安排。

我和金珀莉來來回回巡視，在需要幫忙的時候出手，傳遞顏料、畫筆，提供建言。警衛們緊緊盯著這些男孩。

我調了幾罐紫色、黃色和綠色的油彩，又開了一罐白色油彩。一切異常順利。他們原本建議我不要進行團體活動，因爲容易引發對立，但目前爲止情況頗爲順利。我沒有因此沾沾自喜，我來貝弗莉阿姆斯工作一陣子，我知道狀況爆發只需一秒鐘的時間。

事情果眞發生了。曼紐忽然往沙維爾的腹部揍了一拳。沙維爾比曼紐高上一呎，挨了這一拳後，跌跌撞撞倒退，撞在牆上，癱倒在地。兩名警衛以迅雷不及掩耳的速度衝上前去，把兩個男孩的手臂扭在背後，分別上了手銬。瑞吉想上前去解救沙維爾，馬上遭到第三個警衛制伏。

「大家全部面對牆站好，手舉起來。」金珀莉一面下令，一面掏出對講機。「快面對牆站好！」其他幾個男孩趕緊轉身面對牆，舉起雙手。

警衛把曼紐拖到房間的另一端，曼紐一路對著沙維爾吼：「幹！你根本是胡說八道！」

「混帳，這些酒瓶是我畫的！」沙維爾反駁，「你畫反了，你毀了我的酒瓶！」

我看著曼紐、沙維爾和瑞吉被拖出活動室。又有兩名新的警衛衝進來，金珀莉用手勢告訴他們情況已經在控制之中，兩名警衛滿臉不大信服的表情，各自在行列的兩端站定位置。

「好，」金珀莉說，「從排頭開始。克里斯徹，你把顏料罐蓋上蓋子，放在桌上，還有畫筆，放在洛斯老師的托盤裡，然後走到房間另一頭，手舉起來。然後是你，約翰。再來是尙恩。」

男孩們全都乖乖聽令。所有人都到了房間另一頭後，警衛帶著他們離開。人人直視前方，誰也沒說話。

我頹倒在椅子上，用手指順順頭髮。

金珀莉在我身旁坐下，「妳還好嗎？」

「這狀況我以前也碰過。」

「差一點就釀成大暴動。」

「曼紐為什麼要揍沙維爾？他們吵架了嗎？」

「我只聽到沙維爾要曼紐往另一個方向畫，這樣他們的酒瓶才會統一。」

我走到沙維爾的酒瓶前，蹲下來仔細觀看。「他很氣嗎？」

「你也瞭解沙維爾，他通常不太容易和人起衝突。」

我想要問她那沙維爾為什麼會進觀護所，但隨即叮囑自己，我不會想知道答案的。「所以曼紐就動手毆打他？」

「曼紐有情緒控制的問題。」

「妳覺得是這樣嗎？」我對比沙維爾和曼紐畫的酒瓶。兩個孩子輪廓線都勾勒得不錯，沙維爾的酒瓶內部畫得比曼紐稍稍工整一些，但差別並不大。我再更加仔細觀察他們的筆觸，發現沙維爾是從右往左畫，曼紐則是從左往右。

「他們兩個當中，有哪個是左撇子嗎？」我問金珀莉。

金珀莉思索了一下。「妳這樣一說，我想起來了，曼紐是左撇子，我很確定，對，一定是。他曾經吹噓因為他是左撇子，所以拳擊打得比別人好。怎麼了？左撇子右撇子有差別嗎？」

我沒有回答，只是凝視著這些啤酒罐。

回到家後，我把搜集來的所有竇加畫作特寫近照都列印出來，並且把看得出筆觸的部分切割下來，然後把〈沐浴後〉從畫架取下，平放在地板上，拿那幾張小小的照片在〈沐浴後〉的周邊比對，尋找相符的筆觸。有少數筆觸頗爲接近，有的密合緊貼，有的約略相符。我再度移動位置比對。等終於比對出滿意的結果，我蹲在地上欣賞自己的戰果。

整幅畫的油彩幾乎都平整得看不出筆觸來，但有少數地方——多半集中於芳思華的身上及周邊——卻看得出差別。波士頓美術館拍來的竇加畫作中，幾乎所有的筆觸都是從右到左，然而〈沐浴後〉裡的部分筆觸卻是從左到右。

我俯身湊得更近，好確定我沒有看走眼。這一看，我確信毫無疑問了，禁不住吹響了一聲低低的哨音。打從馬凱拆開包裝的那一瞬間，我就知道了。我知道，卻拒絕相信。我的直覺是對的，這幅〈沐浴後〉不是竇加的〈沐浴後〉。這幅畫是別人畫的，某個左撇子畫的。

---

① 馬奈（Édouard Manet），一八三二～一八八三年，法國寫實派兼印象派畫家。

② 畢沙羅（Camille Pissarro），一八三〇～一九〇三年，法國印象派畫家。

③ 卡莎特（Mary Cassatt），一八四四～一九二六年，美國女畫家，一生大半居住於法國，加入法國印象派行列。

出自伊莎貝拉・史都華・嘉納之手

親愛的艾蜜莉雅：

只要再過六個星期，我們就能團聚了！我真等不及要見到我那已長大成人且嫁為人婦的親愛小女孩！妳一定要容忍我這樣感情用事，因為對我而言，妳就像親生女兒一樣。事實上，雖然以我的年紀，不可能生得出妳，但對我而言，妳就等於是我的親生女兒。

妳竟然沒有等我，就自己採購了這麼多家具，真是不乖呀！我會帶回一些旅途中採買的物品，希望妳開開心心收下這些東西。得知桑姆納讓妳全權掌理家務，我很歡喜。我真希望妳叔叔也會把家務全權交給我，他總是嫌我花太多錢。

拜託妳除了要嘲笑他們誇大的寫作手法以外，請千萬別理會《小鎮話題》的報導。男人渴望接近我，我一點都不感到抱歉，也不後悔和才華洋溢的男人相處甚歡。那些男人對我獻殷勤時，我並沒有看到他們的妻子「跺腳罵人」。事實上，情況正相反，茉德・艾略特①和茱莉雅・沃爾德・豪威②也和她們「輕浮任性的丈夫」一樣開心地參加我的各式晚宴。

至於那篇聲稱我和法蘭克・克勞佛③幽會的報導，嗯，他的年紀都可以當我的兒子了！但這虛構的故事好動人，我不想用真相來破壞它。妳可別讓這些愚蠢的報導弄壞了心情，尤其別為我煩惱。就我看來，如果有人喜歡相信這種事，就別害他們得不到樂趣。

妳問我和愛德加．竇加先生有沒有發生什麼進一步的冒險奇遇。有的。我上封信告訴過妳，他邀請我去參觀他的畫室。親愛的，我到了那個美好且充滿放浪藝術氣質的蒙馬特，確切地說是到了皮加勒路二十一號（那是他工作和居住的地方）。這的確是趟不凡的經驗。

愛德加真是個複雜又有趣的人，渾身上下充滿矛盾。他的畫銷路不錯，名聲也響亮，居住的公寓卻小到得要用畫室充當飯廳！他長得其貌不揚，姿態和服裝卻非常優雅高貴，讓人完全不會注意到他不起眼的面容。他深黑色的眼睛被睫毛重重掩蓋，人們卻能從中看見貨真價實的藝術家那種備受煎熬的奇妙靈魂。他仰頭大笑的時候最迷人了（這位先生挺風趣的）。

他是最一絲不苟的畫家，但他的畫室卻龐雜得令人困惑。除了滿地亂丟的衣物以及畫家通常備有的種種行頭以外，地板上擺滿各式各樣奇特的物品——印刷機、浴缸、大提琴、小型蠟像，甚至還有一台故障的鋼琴。他聲稱自己沒有辦法丟棄東西，因為他從不知什麼東西未來可能會派上用場。另一個矛盾是，他年居五十，當了一輩子的光棍，卻非常善於和人打情罵俏！我被他迷得神魂顛倒。

愛德加今年秋天將和布拉克蒙[4]、福安[5]、莫內[6]、高更、畢沙羅、魯亞爾[7]等人合辦展覽，籌備已經進入最後階段。我並不欣賞這幾位畫家，但我很遺憾地告訴妳，親愛的艾蜜莉雅，這些人對愛德加的影響顯而易見。他最新一幅畫作的草圖無懈可擊，不對稱的構圖超凡入聖，以大膽而獨特的視角呈現忙於梳妝的裸體女子，甚至還從上往下俯視！但對於實際完成的畫作，我卻無法表達相同的評價，因為他採用粉彩作畫，而且風格傾向可怕的印象派，這令我非常失望。印象派總令我恨不得找副眼鏡戴上。

兩個星期前，我曾在亨利的餐桌上指責愛德加不該背棄油畫，這天我卻無法克制自己再次表達了同樣的看法。我問他難道看不出來，若是他採用古典大師的畫風，也就是他自己十年前的畫風，這幾幅畫能成為多麼偉大的經典之作嗎？

他告訴我，他有太多事情要做，沒有時間等待一層層罩染色彩乾燥。他告訴我，等待層層油彩乾燥是有遺產可繼承的年輕人做的事，不是他這種沒有遺產可繼承的老人該做的事。我不以為然，他閃爍著眼神問我，我不同意的是哪一句話，不同意他是個老人，還是他沒有錢？雖然我很氣他拿這樣的事情開玩笑，但他如此不正經，我也很難保持嚴肅，於是我們就一同大笑起來。

接著他急匆匆帶我離開他的畫室，來到格波瓦咖啡屋[8]，咖啡館裡滿是歡笑耳語，我們沒辦法繼續剛才的討論，我未來一定會繼續想辦法說服他別再做這種愚蠢的事。

我和妳叔叔明天要離開巴黎，動身往威尼斯了。要前往我最愛的城市，雖然我一如往常的興奮，同時卻也渴望回家。我懷念綠丘的涼爽和風，也懷念與妳作伴。請傳達我對妳親愛的兄弟們溫暖的思念。

愛妳的貝拉嬸嬸

一八八六年七月一日於法國巴黎

---

①茉德・艾略特（Maud Elliott），一八五四～一九四八年，曾以和姊姊蘿拉・理查（Laura Richards）合著的母親傳記《茱莉雅・沃爾德・豪威的一生》（*The Life of* Julia Ward Howe）獲得普立茲傳記文學獎。

②茱莉雅・沃爾德・豪威（Julia Ward Howe），一八一九～一九一〇年，美國的廢奴主義者及詩人，爲美國知名愛國

歌曲〈共合國戰歌〉（*The Battle Hymn of the Republic*）的作詞人，並爲前述茱德·艾略特之母。

③法蘭克·克勞佛（Frank Crawford），Francis Marion Crawford，一八五四～一九〇九年，美國作家。

④布拉克蒙（Félix Bracquemond），一八三三～一九一四年，法國畫家，最知名的事跡是將日本浮世繪介紹給印象派畫家。

⑤福安（Jean-Louis Forain），一八五二～一九三一年，法國印象派畫家。

⑥莫內（Claude Monet），一八四〇～一九二六年，法國印象派畫家，其畫作〈日出，印象〉（*Impression, soleil levant*）爲印象派名稱之起源。

⑦魯亞爾（Henri Rouart），一八三三～一九一二年，法國印象派畫家兼收藏家，同時也是企業家，是竇加的多年好友。

⑧格波瓦咖啡屋（Café Guerbois），十九世紀巴黎的一間咖啡館，是藝術家及作家常聚集談論藝文之處。

第十五章

我不知在這裡蹲了多久，我的四頭肌正向我求饒。〈沐浴後〉躺在地板上，剪成片段的照片凌亂散放在畫布的四周。我小心翼翼站起來，伸展四肢，然後拾起畫作，任由那些記錄方形、三角形筆觸的照片四處飄散。畫作重回畫架上後，我跌坐在對面的椅子上。

我認清事實，這幅畫是贗品的證據無所不在。這畫的筆觸不似竇加向來那樣精緻講究，落筆間帶有一絲猶疑。深度並沒有從畫面的焦點往邊緣流動並且超越邊緣，反而感覺狹隘受限。

而芳思華，我怎麼瞎了眼看不出來，她太僵硬，有幾分靦腆，像是清楚自己正受人觀看，而不是在渾然不察的情況下被畫家捕捉到畫面。就連簽名也不對勁，「竇」和「加」之間的相隔太大。

我很詫異我竟自欺欺人這麼久。我還自詡是竇加專家呢，竟然上了這麼大的當。打從第一眼見到這幅畫，我就察覺了眞相，卻說服自己相信相反的事實。然而受騙的並不只有我一個。假使我猜測得沒錯，這幅畫就是掛在嘉納美術館的那一幅——難道還有其他可能嗎？——那麼藝術史家、藝評家以及一般大眾，都同樣被騙得團團轉而不自知。怪不得世界上有這樣多人能夠成功抄襲、詐騙、製造贗品。

複製網講師的任務是教導我們製作逼眞的複製畫，但他們幾乎個個都強烈著迷於製造眞正的贗品。其中一位講師引用大都會博物館一位專家希奧多．盧梭的話：「我們只能討論失敗的贗品，也就是被查緝到的贗品。成功的贗品目前仍懸掛於美術館的牆上。」那位講師援引一篇《紐約時報》的報導來證明他所言不虛，報導估計，一年間市場上出售的藝術作品，有百分之四十是贗品。當時我認為這話太過誇大，如今我有了不同的看法。

可憐的〈沐浴後〉，她是個贗品，而我是個傻瓜。

我得告訴馬凱。我抓起手機，鍵入他的電話號碼，但隨即又取消撥號。說不定他老早就知道了。說不定他的解釋聽起來太過流暢順口，像是信手捻來，就是因爲他告訴我的不是實話。我把手機從一隻手拋向另一隻手。他有沒有可能是在測試我，故意給我一幅贗品，看我能不能察覺？但爲了這樣小小的目的，他似乎太過大費周章了。又或者是有人在測試他，或者設計陷害他？那樣的話，我得告訴他實話。

我再度鍵入他的電話號碼。他接起時，我說：「我們得討論一下烤爐。」謹愼行事應該是最好的策略。

他咯咯笑起來，「妳把事情講得好像很刺激似的。」

「最近有沒有空見個面？我想要盡快處理這個問題。」

「半小時後如何？」他說，「六點？橡樹廳？」

我遲疑了。雖然電話是我打的，但我還需要把這事想個透徹。

「要不下星期一或二也行。」他提議，「我明天要去紐約一趟。」

「不要，今天晚上沒問題。」我說，「我六點跟你碰面。」

橡樹廳在費爾蒙卡普利廣場飯店（Fairmont Copley Plaza）裡。這是一間造型酷似文藝復興宮殿的宏偉飯店，高聳的大理石柱、彩繪的天花板、金碧輝煌的雕梁畫棟，看起來應該珠光寶氣又俗不可耐的裝潢，卻出奇地不顯俗豔。我進過這家飯店的大廳，卻從未踏入橡樹廳。這裡的價位不是我的荷包可以負擔的，我聽說他們有全波士頓最好喝的檸檬馬丁尼。

我的衣櫥裡沒什麼適合穿去橡樹廳的衣服，但有一條藍色長裙，是我爲了和艾薩克吃週年晚餐時買的。我穿上這件長裙，有點太大，勉強合穿。接著我又套上一件小小的白色圓領衫，一來讓自己不要顯得太過盛裝打扮，二來讓自己多一點點性感魅力。

我走出畫室，向北往達特茅斯街（Dartmouth Street）走去。我的畫室距離卡普利廣場不過六、七個街區遠，在這短短的路程之間，整個城市從赤貧到豪奢盡入眼簾，每回走上這條路，我都為這沿途風景感到驚異。我走過一排倉庫，門外有畫滿塗鴉的裝卸貨平台，毗鄰著一旁的住宅。接著我走過那座古老的天主教堂，歪斜的鞦韆架安坐於澄黃色的破碎啤酒瓶之間。

萬一我把〈沐浴後〉的事告訴馬凱，而他決定取消整個計畫，連我的個展也一併取消怎麼辦？萬一他要把錢討回去怎麼辦？我撥弄著新買的手機，想起我在畫室對面的家具店看到的紅沙發，正打三折出售。我想起沙維爾的銀色顏料，以及我已經花掉的五萬美元。可是重要的不是錢，只要我的畫作能懸掛在馬凱藝廊，且大師傑作能重回嘉納美術館，我可以無償做這工作。只不過這幅畫究竟是不是大師傑作，現在也很有疑問。

教堂混跡在一棟棟老舊的公寓間，大樓高高的門廊裡盡是喝著酒以及瞧著他人喝酒的青少年。一群年輕到簡直不該當媽媽的媽媽，心不在焉地照料著小孩，幾對情侶正親暱磨蹭，還有老人坐在短腳躺椅上，大熱天裡會周公。

穿過華盛頓街，我正式跨出前衛活潑的索瓦區，走進一個中間地帶，租金是我畫室的兩倍，但更往北幾個街區租金就更貴了。我住的區域裡，每個街區大約有一、兩家不錯的餐廳或商店，華盛頓街上，一個街區大概有五、六家這樣的店。到了特萊蒙街，不少人從牛排到美甲，所有物品和服務價格都貴得嚇人。這裡的角落仍散落著垃圾發出的酸臭氣味。不少人在門廊閒坐，公然違反不得在公開場合喝酒的州政府禁令。

更往北走，房舍逐漸雅致起來，多半裝著上了漆的百葉窗，門外有迷你而精緻的花園，路旁停放的車輛半數是小巧的黑色寶馬BMW。終於來到最靠近卡普利廣場的街區，沒看到任何人在門廊閒坐，地面也不再有垃圾。啊，後灣區！

「敬我們的〈沐浴後〉！」馬凱舉杯靠向我的杯子。

他坦率誠懇地直視著我。他膚色曬得黝黑，體格健美，看來對自己頗爲滿意。我赫然發現他擔任艾薩克的經紀人這麼多年，我竟然從未察覺他如此瀟灑迷人。過去每回和他相處，身旁都有艾薩克，如今我卻好奇他目前有沒有交往對象。我知道他離婚多年，這樣很好，但艾薩克的事件之後，我強烈質疑自己看男人的眼光。

我仔細觀察他身上有沒有線索，我又該告訴他多少實情，問題是我也搞不清我要尋找的線索是什麼。「〈沐浴後〉太美妙了！」我舉杯碰碰他的杯子，啜了一口酒。

我們分開坐在一張內襯過於飽滿的沙發，這兩座沙發緊緊相依，塞在橡樹廳一個高起的偏遠角落。空氣裡飄著精緻菜餚的淡淡香氣，對面的角落有人柔聲彈奏鋼琴，其他人的談話隱沒在音樂聲中。這裡幾乎就和我的畫室一樣隱密，只不過豪華得多。

「看來妳和〈沐浴後〉相處甚歡囉？」

「躍躍欲試，期待動筆。我正在研究作畫的過程。如果想要通過原子吸收法或質譜法的檢驗，我想唯一的辦法就是進行整套的罩染、烘烤、上光。現在又有一種新的數位小波分解技術……」我舉起雙手，「我們沒有太多選擇。」

馬凱摩娑著下巴，「要是眞有這麼精細的檢驗的話，那我們的確非如此不可。」

「不會有這樣的檢查嗎？」

「那要看我們的買家有多老道。」

「就算只有低階的檢驗方式，要看出油彩有沒有乾透也不難。看來我們非烘烤不可。」

「烘烤？」

「聽起來很怪，但這招很有效。在調色劑裡加入某種特殊的化學藥劑，然後每上一層罩染，就烘烤一次。化學藥劑加上烘烤，可以使油彩乾燥得就像歷經了幾百年的光陰一樣。」

他仔細端詳他的飲料。「顯然，」他自言自語，「這幅畫的買主不會是間美術館，也不會是個規規矩矩的收藏家。我相當確定我們的買家來自開發中國家，而多數的開發中國家都沒有和我們同等級的技術，也沒有我們這裡的這種頂尖專家……話又說回來，有意願要買這幅畫的人，既然知道畫的出處，應該也會有足夠的鑑定知識和戒心，想要仔細檢查一番。」

我找到了切入點。「你是不是也仔仔細細檢查了一番呢？」

他神色變得肅穆，向後靠在椅子上。「那當然。」他的眼光越過我的肩頭。

「所有的檢驗都做了嗎？」

「烤爐會省去多少時間？」他問。

「我需要幾個月時間。這事有沒有期限？」

「沒有。」他說，「應該算沒有，但當然愈快愈好。」

「你說了算。」我聳聳肩。偽造一幅偽造畫有什麼好爭的？

「那妳需要什麼呢？」

「那幅畫長三呎十一吋，寬四呎十吋。我廚房的烤箱長十八吋，寬十六吋，所以放不進去。」

「妳需要用窯？」

「不需要這麼高的熱度。我考慮使用商業用烤爐，類似麵包店用的那種，寬度足夠把畫放進去、拿出來，溫度和時間則可以數位操控。」我頓了頓，又說：「有沒有人提過這幅〈沐浴後〉有可能是竇加以外的人畫的？」

他在椅子上坐挺起來，「就我所知沒有。」他的眼神忽然變得銳利而嚴酷，「怎麼回事？」

「我只是想知道會不會有人馬上就懷疑這個是贗品，還有我們要怎樣進行這件事、需要投保多少額度。」

「我會去打聽烤爐的事。」

「那太好了，多謝！」我說，「可是萬一這個其實是……」

馬凱用下巴示意，指指我的馬丁尼，「乾杯吧！」

我乖乖聽話。這話題結束了。「不曉得誰告訴我這裡有全波士頓最棒的檸檬馬丁尼，這話說得還眞對。」

「妳的朋友瑰絲朵．梅克。」

「什麼？」

看我一頭霧水，他笑了，「我是說，告訴妳這件事的人一定是瑰絲朵，她超愛這裡的檸檬馬丁尼。」

「喔，對。」我不喜歡這個話題。

「妳一定很以她爲榮吧。」

我聳聳肩，「我跟她不算是朋友，只是認識而已。」

「喔！」馬凱的眼睛皺了起來，我看得出他也不喜歡她。

「她有點自命不凡。」

「丹佛斯美術館要買她的畫，這下她又會更跩了。」

「妳說得對。」我附和，「我們希望她會得意到不再光臨低級的哈里森大道，只要乖乖待在後灣區就好。」

馬凱舉起雙手，「拜託，千萬別發生這種事。」

「喂，幫助她脫離索瓦區的不正是馬凱藝廊的『本地新秀藝術家展』嗎？你只能怪你自己。」

「丹佛斯看上她的畫是因爲《藝術世界》的比賽。」

「只靠一個比賽沒辦法飛黃騰達的。」我努力保持玩笑的語氣。

「妳也參加了。」這不是疑問句。

「沒錯，我參加了。」我又啜了一口飲料。

「妳知道有個評審來自惠特尼美術館，對吧？妳也知道他們是採一致決的吧？」他嘆了口氣，「惠特尼向來很欣賞艾薩克。」

不能否認，這樁鳥事後續的效應還是很強勁。

「不是妳的問題。」馬凱說，「妳的作品很出色，比她的好太多了。」

這話一點兒也沒安慰到我。

「艾薩克已經過世三年了。」馬凱說，「時間會緩解怨恨，記憶會消褪。」

「在我看來沒消褪。」

「很少人像惠特尼美術館那麼古板。」

我舉起酒杯，強顏歡笑，「但願如此。」

「我不知道現代美術館和〈四度空間〉那件事是怎麼一回事，」他說，「我一直以來都有所懷疑，即使當時也是。」

我眨眨眼。他是在告訴我他相信〈四度空間〉是我畫的嗎？

「但我的意見不重要，何況現在也不是探究這個的時候。」馬凱捧起我空著的那隻手，夾在他的兩手之間。「此時此刻最重要的事，是妳的個展會使所有的人忘掉艾薩克．科利恩的事。」

他的手覆蓋著我的手，那是一種親密，一種理解，包容過去與當下。我一方面領受他的安慰，同時又強烈感覺到他魅力煥發英氣逼人。「萬一有人看了我的名字就抵制我的個展怎麼辦？」

「我不想像瑰絲朵一樣自命不凡，」馬凱說，「但是馬凱藝廊的展覽不太容易抵制。」

第十六章

上週我評估作業時間，估計大約還要十個小時，才能完成複製網的畢沙羅複製畫。結果我花了三天的時間，至今還沒完成。我努力專注眼前的畫作，盡可能別去想在我身後角落裡惹得我心煩的梅索尼埃。我得要刮去那張畫布上的油彩，然後動手繪製〈沐浴後II〉。但我老是發現一些其他事務必須先行處理，害我不能專心。

我還沒研究完竇加的用色、筆觸，以及混合油彩和調色劑的方法，也還沒找出製造畫作年代久遠效果的要訣，只不過我還要過些日子才會用上這些技術。我有髒衣服要洗，那張紅沙發我還要再看最後一次才能決定要不要買。還有電子郵件要收，有帳單要付，當然啦，還有一幅畢沙羅的畫要完成。

還有其他的事情要考慮，例如決定不把〈沐浴後〉的眞實身世告訴馬凱。雖然馬凱信誓旦旦，但我要擺脫污名，看來還遙遙無期，要從藝術圈的黑名單裡翻身，唯一的希望就是在馬凱藝廊辦一場成功的個展。我受夠遭受藝術圈裡的人欺凌踐踏，我很難放棄這一次絕地大反攻的機會。我猛然想起，馬凱是眞心欣賞我的作品，並不只是說說而已。我就算和盤托出我所知道的事，難道他就不會幫我辦展覽了嗎？我在一朵花的邊緣點上幾點鉻黃。我確定他仍然會辦，但我是個懦夫，不敢冒這個險。

我退後一步，把我的作品和牆上用膠帶黏貼的那幅巨大的印製版畢沙羅畫作比對了一番，又再蘸了一點鉻黃，向前伸出畫筆，卻在還沒有碰觸到畫布之前住了手。此刻若再下筆，就是畫蛇添足了。畫蛇添足很危險，運氣好只是平添幾週額外的工作，運氣差可能會毀掉一整幅畫。我放下畫筆，冷峻地看了一眼僞畢沙羅，把畫筆插進一罐松節油裡。等顏料乾燥，我再仔細上一層凡尼斯，這幅畫就大功告成了。

覆蓋著布匹的〈沐浴後〉端坐在畫室的另一頭。我厭恨她是贗品，但還是找出了我在愛爾美術社買的丙酮、石油醚，和整包脫脂棉。我把梅索尼埃的畫放上工作檯，一旁就是溶劑與抑制劑。我隨手抓了幾塊布。如果情況順利——也就是說，如果畫布狀態完好，且古老的膠底不會太黃——這項工作幾天就能完成。但如果情況不樂觀，或是出現了突發狀況，這項刮除油彩的工作可能花上數週。我在愛倫・柏南諾的課堂上做過這檔事，刮除油彩絕對是這整套作業中，我最討厭的一個步驟。

如果是替複製網繪製複製畫，第一步我會去買一張全新的畫布，用混合了油的鉛白自己上膠，這樣畫布就能吸收油彩了。要製造能逃過專家法眼的僞畫，我需要符合當時年代的畫布、畫框，以及膠底。這些細節是矇騙不了碳定年法的，所以高明的僞畫必須畫在與原畫同時代的畫布上，且原本的膠底因爲保存了古老的裂痕，必須原封不動，好塗抹上新的油彩。梅索尼埃每一層的油彩和凡尼斯都必須刮除乾淨，以便露出古老的膠底。待這一層層東西刮除乾淨後，我就可以開始在這十九世紀的畫布和膠底上，塗我自己的顏料。

傳統的油畫，層層堆疊，上膠、打底、罩染——在這個過程中最多可塗上三十層的透明油彩——然後再上光。這麼做的目的是要控制光在不同層次間的折射。去除油彩既吃力又無趣，需要高度的專注，卻又極度乏味，是一項充滿矛盾的工作。再加上這工作進行不到幾小時，我的背就會痛得不得了。

我深吸一口氣，一隻手捧著泡過溶劑的布，另一手備妥浸過抑制劑的布，俯下身開始工作。我從右下角開始著手，先用溶劑壓在畫布上，小心翼翼抹去油彩，若是畫布露出白底，那表示我已經清到膠底了。可惡，我的左手趕緊添加上抑制劑，在溶劑把膠底溶解之前將溶劑吸收掉。這是一門精細的技術，溶劑的用量要拿捏得恰到好處，要洗去油彩，但下手太重則會把膠底甚至畫布都給溶了，那可就大事不妙。我賣力工作，忙著按壓、擦拭，並頻繁地用抑制劑稀釋溶劑。

數個小時後，我赤裸的腳掌四周散落一團又一團的棉花，像染了五彩顏料的池塘。溶劑揮發的煙霧薰得我頭痛欲裂，背脊則像即將斷裂開了似的。畫布上一大塊色彩消失了，取而代之的是一片如汪洋的完整膠底。這片膠底微黃，只消一點點過氧化氫，就可以解決掉這種微黃。汪洋中滿布著小小的高山低谷，這些山與谷在最後的畫作上將製造出蜘蛛網狀的龜裂紋。

不過三天，我就把整張畫布清除得只剩了膠底。我在畫室裡像個老太太似的，弓著背四處走動。我考慮去找瑞克的按摩師——新世紀鮑伯，他是這麼喊他的——但想了想，花這錢不值得。我伸出手指在左肩胛骨下方的一個點用力按壓，沒得到多少紓解。這會兒如果能有艾薩克替我揉揉背，我眞是不惜付出一切代價。

兩張畫布此刻並排，立在畫架上。我用過氧化氫清潔了梅索尼埃的畫布，這會兒膠底如珍珠般光亮潔白。這很重要，不只是重要，簡直是迫切的必要。隨著歲月流逝，油畫的半透明度與日俱增，會有更多光線穿越油彩，經過膠底折射，畫面會因此增添深度與明亮度。竇加是這方面的箇中好手，因此如果要讓人相信這畫是竇加畫的，搞好畫布的基底就有絕對的必要。

我拿著炭筆開始工作，在新修整好的畫布上繪製〈沐浴後〉的草圖。我替複製網複製畫作也是採用同樣的做法。這草圖幾個小時就完成了。我調了些生褐顏料和松節油，用一枝極細的筆描出炭筆草圖的輪廓。一邊等待顏料風乾，我一邊上網研究竇加使用的調色劑。顏料乾了以後，我再刷去炭筆痕跡。於是打造〈沐浴後II〉工程的第一階段完成，眼前是一幅線條淡彩畫。

這是件好事，因為馬凱正在來訪的路上，他要來看看我的進度，順便欣賞新的烤爐。這座烤爐是個美人胚子，渾身以不鏽鋼打造，具有數位化的神奇魔法，以及一扇不僅僅足以容納畫布，而且還大得多的門。我難以想像凡·米格倫對這樣神奇的工具會作何感想。

馬凱來到時，劈頭就往烤爐的方向走去。今天他穿得比較隨便——或者說以馬凱的標準來說比較隨便——一條不正式但剪裁極合身的卡其褲，搭配一件能襯托出他的眼眸與挺拔雙肩的銀綠色襯衫。「好一台巨無霸烤箱！」他說。

「對呀，昨天才送到的。一定很棒，太完美了，謝謝！」

「等妳完成後，還可以改行賣糕餅。」他拉開烤爐門，「一次可以烤上一百個杯子蛋糕，兩百個都行。」

「希望我的繪畫事業可以成功。」

他瞥了一眼我仍掛在牆上的窗戶系列畫，「會成功的。」然後轉頭望向兩塊畫布，指著〈沐浴後II〉問：「這是梅索尼埃的膠底？」

我很意外他竟然會問這種問題，他聲稱自己從沒做過這事，這下他的話可信度增添了幾分。「當然是。」

「草圖畫得很棒，非常棒。」他上前一步，「還沒上底色？」

「下一步就是。」

他往長沙發瞟了一眼。

「噢，抱歉，」我說，「要坐坐嗎？」

他落了坐，「看來妳上街採購了一番。」

「我克制不住。」我用手撫摸著柔軟的紅色布料，「打三折呢！」

馬凱歪著頭，用一種介於幽默與同情的神色看我。「妳不需要找理由向我解釋。」

我納悶過去怎麼不曾發現他人這樣好。我猜想馬凱藝廊的名聲，以及他作爲明星畫家經紀人的身份讓我太震懾，因此從沒把他當個眞人看待。我當年也太年輕，太幼稚無知了。

我在他身旁坐下，「我想我是找理由爲自己解釋吧。」

「那也一樣沒必要。」

「因爲是不義之財嘛！」我輕快地揮著手，裝作是玩笑話。

但馬凱沒有被我的手勢騙倒。「臨摹別人的畫並不犯法。」

「持有偷來的竇加畫作卻犯法。」

「如果這不是偷來的竇加畫作呢？如果這只是張複製畫，妳會比較安心嗎？」

我坐挺了身子，「這是複製畫？」

他俯身湊近我，「克萊兒，妳聽好，我知道一定不會出事，但萬一出了什麼事，我計畫的說詞是，我告訴妳這是張複製畫。所以我才會付給妳一張八千元的支票，妳存入了這張支票，證實妳接受了這項委託案，進行一項普通的複製工作。我們兩個對外都得聲稱我告訴妳這幅畫是複製畫，妳從來沒想過這竟然會是嘉納美術館的畫。誰也沒辦法證明我們說謊。」

我細細端詳他的臉龐，「你說的是事實嗎？這幅畫不是竇加的畫？」

「如果這樣說能讓妳安心的話。」

「那這是事實嗎？」

馬凱短暫把手擱在我的大腿上，「我和妳一樣清楚這畫再眞不過了。」

第十七章

三年前

和艾薩克分手的第一個星期，大部分的時間我都在自憐自艾——哭泣、向朋友訴苦、食不下嚥、成天睡覺。之後的一個星期，我瘋狂投入工作，創作出好幾幅全世界最傷感的作品，後來這些作品全被我扔了。直到一個月後，我才終於脫離這種不穩的情緒。根據大學時修的普通心理學，我猜測這大概算是「情境特定躁鬱發作期」。不是眞的瘋了，只是暫時的。恢復理智後，我的悲傷和自憐逐漸轉變成爲憤怒。

艾薩克和〈四度空間〉依舊無所不在。《波士頓環球報》的名人八卦版沒有一天不報導像是艾薩克在某時尚餐廳和某紅襪隊球員或明星主廚一同用餐之類的消息，小至《南端社區報》，大至《紐約時報》，全都刊載著他和作品的新聞，令我作嘔。

大夥兒的注意力集中於我的沙漏，報導指出「科利恩對各種時間可能的層次進行卓越探索，並將傳統與現代繪畫風格並列，十分發人深省」。藝評家對於他「在顏料間融合主題、形象與意義」的能力大爲激賞，也盛讚他能夠將抽象與具象交織成一個概念化的整體，概念的意象遠遠超越繪畫本身。

「一時之秀」，《藝術世界》雜誌的春季展品目錄這樣形容他。《華爾街日報》則刊了篇社論，探討美術館特展對新秀畫家畫作價格的影響，艾薩克當然就是話題主角。現在他早期畫作的價格，比起現代美術館舉行畫展前翻了十幾二十倍，市場上人人爭相搶購。

他從沒提起我的名字，也沒有打電話或傳送電子郵件給我。就連我留了數則留言，請他拜託凱蘭．辛山默回電給我，他也置之不理。因此，我搭上了來回票價只要二十美元的中國城客運①，動身前往曼哈頓。我要去現代美術館看〈四度空間〉，我的〈四度空間〉，還要重新拿一份我的作品簡報給凱蘭．辛山默。她當初說想看看我的作品，但她的助理始終告訴我他們沒收到。

雖然現代美術館擴建新館後，我也來過不少次，但再次踏入這棟建築物仍帶給我小小震撼。過去多年來，這個美術館的空間始終侷促狹隘，如今寬敞開闊的大廳、挑高的中庭，以及雕像花園的景觀需要花點時間才能適應。但我此行是有要務的，因此並沒有散步閒晃。

特展通常都在洛克斐勒大樓的頂樓展出，於是我便往那兒直奔。走過一間又一間寬敞而灑滿自然光線的展廳，卻沒看見任何「晚近繪畫雕塑概況特展」的海報。我原以爲那特展仍在展出中，後來得知展覽已經結束，我既哀傷，同時又如釋重負。我眞的希望在這樣的情境下看見自己的畫作懸掛在現代美術館中嗎？

我竟是這麼希望的，我又回到了大廳，在服務處的櫃檯前排起隊來。這樣新近購置的作品不太可能直接當作永久館藏展出，但我仍在隊伍裡耐心等候。

「我知道希望不大，」我對服務台的小姐說，「但新買入的作品有沒有可能已經公開展示了呢？我要找的那幅畫是你們幾個月前買入的，艾薩克……」

「喔，你一定是指〈四度空間〉，」她打斷我，滿臉會心的微笑，「我們最新收藏的科利恩作品。」我們最新收藏的科利恩作品。聽起來像「我們最新收藏的畢卡索作品」或「我們最新收藏的林布蘭作品」。

「洛克斐勒二樓當代作品區。」她說，「下一位。」

我跌跌撞撞攀爬階梯，爬到頂端時，周遭所有的空間都灑滿了中庭窗戶射入的陽光，陽光燒灼著我的眼，有一霎我只見眼前一片白茫茫。失去方向感的我走向了書店而不是展廳。我握住樓梯扶手的頂端，深吸一口氣，然後強迫自己往正確的方向緩緩走去。

我花了好些時間才找到畫，找到時我幾乎雙膝落地。就在那裡，夾在克理斯．歐菲利②的〈盜賊間的王子〉（*Prince amongst Thieves*）拼貼畫以及菲利克斯．岡薩雷斯．托雷斯③的〈無題：完美戀人〉時鐘④之間。〈四度空間〉，克萊兒．洛斯的畫，掛在世上數一數二的當代美術館裡。

雖然畫旁的白色小卡把這幅畫歸給了別人，但我知道，〈四度空間〉也知道，她是我的。

我還不滿足。凱蘭．辛山默的助理拒絕讓我見她的老闆。這位助理和我年紀相當，只不過穿著打扮和髮型遠遠比我講究得多。她不僅拒我於門外，還告訴我，雖然我大可以把投影片留下來，但辛山默女士非常忙碌，無法保證會有時間看我的投影片。

我告訴這位助理，辛山默女士曾經要求要看我的作品，助理目不轉睛地凝視我的雙眼，時間長到令我十分不自在。然後，她不置一詞，用精心修整過指甲的手，從我手中拎起整疊投影片。我離去後她對投影片做了何種處置，我只能想像。

回波士頓途中，客運爆胎了，我們不得不在麻州收費公路旁等了三個鐘頭，客運公司才終於調到另一輛車來接駁。回到家時，我已經氣得七竅生煙，氣到找了個電話亭打電話給艾薩克，好讓他無法看了來電顯示就拒接我電話。

他接起電話時，我說：「我剛剛看到〈四度空間〉了，在歐菲利和岡薩雷斯．托雷斯的中間，位子不錯。」

他壓低嗓子咆哮：「妳要怎樣？」

「我只是打電話問候。爲你最近的成功向你道賀。舊日的學生和從前的老師聯絡。這個舊日的學生幫你畫了你最新的傑作。」

「別說傻話了，克萊兒，妳我都知道她是我的。」

「我想你我都知道事情不是這樣吧。」

「〈四度空間〉是妳起的頭，我感謝過妳很多次了。如果我沒記錯，我還當著凱蘭和馬凱的面感謝妳。但那是我的點子、我的系列、我的風格。妳連怎樣用全身的力量畫畫都不會，我還得教妳。我還得教妳呢！妳根本就不會畫那種畫！」

有半晌的時間，我無言以對。然後我輕聲問：「那畫是誰畫的？」

「我畫的。」

我簡直不敢相信他竟然對我說這種話。「你這個忘恩負義的混……」

「妳想要怎樣，克萊兒？」

「我要妳告訴大家那是我畫的。」我脫口而出後才赫然理解到我所渴望的就是這個，一直以來都是。

「妳瘋了嗎？」

「可能。」

「我不會說的。」電話喀答一聲，話筒中只剩寂靜。

---

①中國城客運（Chinatown Bus），美國東岸的一家廉價客運公司，主跑州際路線，因價格低廉，主要客層為窮人與學生。

②克理斯．歐菲利（Chris Ofili），一九六八年出生的英國當代畫家，常以大象糞便作畫，聞名全球。

③菲利克斯．岡薩雷斯．托雷斯（Felix Gonzalez-Torres），一九五七～一九九六年，出生於古巴的美國視覺藝術家。

④〈無題：完美戀人〉（*Untitled: Perfect Lovers*）。這件藝術作品是兩個左右並列、外型一模一樣且指針完全同步的時鐘。

第十八章

開始動筆的第一天，強光灑滿畫室，是個好兆頭。我先前不斷調整兩座畫架的位置，好讓兩幅畫的受光角度完全相同。我依照自己嚴格精確的祕方，研磨好了底色——鉛白、生褐，松節油還調了些赭色，好讓底色溫暖一些。一支紅色貂毛筆在一旁準備就緒。這筆貴得離譜，但竇加畢生就只用這一種軟毛筆。我把筆毛浸入調好了底色顏料的碗中，閉上眼，揣想完成的畫作。這麼做一點也不困難，因爲原作——勉強堪稱原作的原作——就在我眼前。於是我下筆了。

上底色是快而簡單的步驟。就一項漫長的工作來說，這是完美的第一步。所謂底色，是介於草圖和第一層色彩間的一層單色薄塗，也就是覆蓋了一整張畫布的一層薄薄塗料，用來設定整幅畫的基底色調。爲了讓工作更容易一些，配方中的褐色與松節油可以使底色乾得較快，就可以省去烘烤。

作畫過程中，一如最近慣常的反覆，我對這幅僞〈沐浴後〉的出處看法又變了。我確信這畫繪於十九世紀末葉，假使果眞如此，那麼貝拉．嘉納和愛德加．竇加可能也涉入這樁騙局。可能性很多。竇加可能賣給她一幅僞畫。貝拉可能在購入畫作之後請人僞造。也可能有人在運送畫的過程中偷天換日，竇加和貝拉兩人都不知情。也有可能是貝拉和竇加聯手僞造。

運送過程中僞造似乎是唯一稍稍有可能的選項。我原先的猜想是，貝拉可能直接向竇加購買這幅畫，但經由其他人轉手。畫作從巴黎運送至波士頓的途中，究竟經手多少人，我們也不得而知。這其中動手腳的機會多得是。

上完底色後，需要幾個小時來等畫乾燥。我焦躁不安，精神亢奮，雖然置身於天花板挑高十五呎且配有一大片落地窗的房子裡，我卻感覺幽閉滯悶，於是決定出門散散步。走一走通常有助我舒緩情緒，但這會兒貝拉與竇加的樣子、他倆可能的關係、發生於兩人之間的詐騙情事與動機在我腦海裡盤繞糾纏。我對轉角的眼鏡行老闆揮手，對街道那一端服飾店的老闆揮手，和人行道上賣花的小販聊天，但只要不是在畫室裡，我就渾身不對勁。

我得要回到畫室裡，嗅聞油彩的味道，和畫布對話，把指節壓得喀喀作響，摩拳擦掌，整裝待發。但是一回到畫室，我卻什麼也做不了，只能來回踱步。我強迫自己坐下，但我的手靜不下來，只好走到電腦前，用谷歌搜尋愛德加．竇加和伊莎貝拉．史都華．嘉納。

我搜尋到五萬多筆資料，其中多數內容和一九九〇年那場劫案，以及嘉納美術館收藏品的複製圖有關。我改用進階搜尋，消去「美術館」、「搶案」及「竊盜」等關鍵字，這才得出七萬五千筆資料。我重新檢查一次，發現我在「伊莎貝拉．史都華．嘉納」的名字兩側只打上前引號，卻漏打了後引號，因此所有含有「竇加」這個名字以及「伊莎貝拉」、「史都華」或「嘉納」當中任一名字的網頁全都出列了。

我補上後引號，這回僅出現一筆資料，是一筆俄文資料，看來是某種傳記列表。我刪去這筆資料，重做一次搜尋。這回得到的結果是：「沒有符合您查詢內容的資料，請確認文字是否拼寫正確。」

我知道竇加的生卒年為一八三四到一九一七年，他大半歲月居住在巴黎，並且活躍於當時巴黎的藝術圈。維基百科告訴我，貝拉的生卒年是一八四〇到一九二四年，在一八六七到一九〇六年間，她至少往返美國歐洲十趟之多，多數都是前往巴黎和威尼斯。這些旅程的目的大半都是為了購置目前收藏在她美術館中的那兩千五百多件藝術作品，因此她和竇加的生活曾有交集是極有可能的事。

我有數十本談竇加的書，這些書當中，凡是有索引的，我都拿出來查閱了一番，但沒有一本提到貝拉。我到亞馬遜網路書店尋找相關書籍，但每本書的內容摘要和書評都太籠統，我也不打算花上幾百美元來買這些書。

我回到谷歌，讀了一些貝拉的事蹟，發現瑞克說得沒錯，她的確是個奇女子。她穿著清涼性感的巴黎式洋裝，在自家舉辦文學與音樂晚會，通常僅有男性參加，刻意挑釁波士頓拘謹保守的清教徒社會，這樣的勇氣與淘氣都令我驚奇。遛獅子以及戴紅襪隊頭飾的事蹟各界也有不少著墨。很顯然，作品獲她收藏的年輕藝術家愛戴她，老一派的保守勢力則對她嗤之以鼻。男人仰慕她，女人詆毀她。傳言甚囂塵上，說她和年輕小說家法蘭克．克勞佛大談姊弟戀，又與年長畫家沙金過從甚密。但沒有文獻提及愛德加．竇加。「我還以為妳的書主要是談和竇加來往的歐洲人。」第二天，瑞克這麼說。

我們待在他位於美術館四樓的狹小辦公室裡，他的雙腳交叉擺在桌上，我則高高坐在桌子的邊緣。嘉納美術館的一到三樓都是展覽廳，四樓則是行政人員的辦公室。貝拉在世時住在四樓，但如今這裡看起來不大像是能住人的地方。

「貝拉在竇加創作的全盛時期去過歐洲這麼多趟，又這麼常和藝術家及藝術經紀人待在一起，」我解釋，「我推斷他們的關係應該會有值得做文章的地方。」

瑞克把腳放回地面，旋轉椅子好面向電腦。「她的確收藏了好幾幅竇加的畫。很不幸，多數都在那場搶劫案中被偷了。」瑞克越過我的肩頭，朝我的後方望去，「上星期有謠言說，有幾幅作品藏在緬因州的一棟房子裡。」

「後來呢？」

他聳聳肩，「跟其他所有和搶案有關的消息一樣，沒下文了。」

「那貝拉和竇加又是怎麼回事呢？」我提醒他。

他往鍵盤打了幾個字，皺起眉。「妳知不知道被偷的十三件作品中，有五件是竇加的作品？」

我原先並不知道有這麼多。「有沒有我可以切入的角度。」

「〈三個騎師〉（*Three Mounted Jockeys*），黑墨畫。〈散場〉（*La Sortie du Pelage*），鉛筆及水彩畫。〈佛羅倫薩旁的隨從〉（*Cortege aux Environs de Florence*），鉛筆淡彩畫。」他的手指在鍵盤上飛快跳躍，「〈藝術晚會節目單〉（*Program for an Artistic Soiree*），炭筆畫。當然啦，還有〈沐浴後〉。」

我可不想讓他覺得我對〈沐浴後〉格外感興趣。「資料裡有沒有提到貝然森還是其他的藝術經紀人？我對這些關係比較感興趣。」

「貝然森是唯一聽她差遣的人。」瑞克在椅子上旋轉，「妳最近有見過馬凱嗎？」

「馬凱？」

瑞克得意地傻笑，「就是馬凱藝廊的馬凱啊，前幾週去過妳畫室的那個。」

「馬凱跟這個有什麼關係？」

「沒有關係啦，抱歉，我只是忽然想到，談到藝術經紀人就聯想到他。我前幾天看見他走進妳家大樓，一直都想問妳是不是發生了什麼事。」

我盡可能裝出若無其事的神情，聳聳肩。「他八成不是來找我的。」

「他在你們大樓有客戶嗎？」

我佯作認眞思考的模樣。「就我所知是沒有。可是蘿蓓塔．保羅和貝絲．文恩豪斯的畫室都在我們大樓的二樓，說不定他是來參觀畫室的。貝絲正在用老式馬甲做某種很炫的多媒體創作。」

瑞克皺起鼻子，「妳何時喜歡起概念藝術那種鬼東西來啦？馬凱又是何時開始關心這種藝術了？」

「那說不定是去找蘿蓓塔吧。」我說。

瑞克轉過身面對電腦。「我希望他找的是妳，小萊。」

這天天氣好，至少對喜愛霧氣瀰漫的人來說算好，而我喜愛霧氣瀰漫，因此決定從嘉納美術館一路走回家。我在波士頓美術館轉了彎，沿著杭亭頓大道（Huntington Avenue）一路走去。關於竇加和貝拉的關係，瑞克和我能找到的資料這麼少，眞是件怪事。網路上有數百個網頁談論竇加的作品及美術館的搶案，也有相當多對竇加與〈沐浴後〉的評論，但貝拉和竇加曾不曾碰面的資料卻完全付之闕如。我問起貝拉有沒有私人信件時，瑞克告訴我，貝拉過世前，把她所有的通信都付之一炬，還要求收過她信的人也把信燒毀。很不幸，幾乎她大部份的朋友都乖乖依了她。

「這忍不住讓人懷疑她是想隱藏什麼事。」我說。

「貝拉這個人，」瑞克說，「大概想隱藏生平的一切吧。」

資訊稀少到如此令人意外，反而加深我的好奇心，也激起了瑞克的好奇心。他答應我會在美術館裡搜索更多資料，到了巴黎也會持續鑽研不輟。這樣很好，因爲我必須集中火力專心完成〈沐浴後II〉，才能趕緊把這幅畫弄出我的畫室。我還有很多窗戶要畫。

基於這個考慮，我開始往愛爾美術社前去。底色這會兒應該大致乾了，我需要多一些顏料和畫筆，來因應下一階段作畫的需要。〈沐浴後II〉需要用十九世紀能取得的材料來作畫，幸好竇加對畫筆的偏好頗爲人所知，而且他作畫的時間是十九世紀末葉，當時預先調製並包裝販售的顏料已經問世。在那之前，畫家都要用棕土、綠土、雌黃等天然化合物，自己研磨顏料。我所有的材料必須講究，不能有一八八〇年以後才出現的化學合成物質。愛爾這家材料店幫了大忙，老闆對於自己進的貨以及進貨的來源過濾得非常仔細。

我的手機響起來。「嗨！」瑞克說，「我有消息要告訴妳。我竟然差點忘了她。這個人超級難搞，她叫珊朵拉．史東翰，是貝拉唯一在世的親人，雖然不是血親。」他哼哼鼻子表達不屑，「傑克．嘉納姪女的孫女，住在布魯克萊恩（Brookline）。」

「你覺得她可能會知道貝拉和竇加的關係？」

「如果真有什麼事，那也只有她會知道了。」

「她會願意跟我談嗎？」

「如果妳猛力拍她馬屁，而且表現得對貝拉如痴如醉，她可能會言無不盡。不過千萬別告訴她妳跟我們美術館有什麼關係，最好還大力詆毀我們，她一定會對妳百依百順。」

出自伊莎貝拉·史都華·嘉納之手

親愛的艾蜜莉雅：

打從居住在我深愛的巴爾巴羅宮（Palazzo Barbaro）以來，我就沒再聽說妳的消息，但願家鄉一切安好。啊，威尼斯！要描述這個城市給我的感受，得要一等一的文學天才才做得到。這會兒我們又來到巴黎，九月的巴黎風華正盛，陽光溫暖而粉嫩。離開義大利我萬般不捨，但巴黎的風景，倒也沒讓我失望。

我前一次走在巴黎寬闊的大道上，才不過幾年前的事，我難以想像就在這幾年間，妳從羞澀的新嫁娘搖身一變，成了孩子的母親。恭喜妳和桑姆納，也恭喜我們家族！我當上了嬸婆，我想我確實是老了，我以為自己還年輕呢！

我親愛的傑克寶寶怎麼樣了呢？每天我只要想起他，心中就無限感動。我每天都感激妳把他命名為傑克，來紀念我那已經夭折的親親寶貝。妳千萬要把他肉嘟嘟的身子緊緊攬在胸口，用妳的鼻子戳戳他那香甜的頸項縐褶，因為這個世界上不會有什麼比把自己溫暖而活生生的寶貝擁在懷中更美好的事了。

我很抱歉我沒有常常寫信，這趟旅行如旋風般匆忙混亂，採購了一籮筐的戰利品，可也有一籮筐的失望。藝術品的價格只能用天價來形容！問題是我沒辦法把我喜歡的畫全買下來，必須有所割捨，這樣下趟旅程才有剩下的錢可以繼續擴充我的收藏。妳的傑克叔叔老是指責我，說我會害家裡破產，不肯遂了我的心願。妳也知道魚與熊掌不可得兼，但是我偏偏什麼都想要啊！

現在來回答妳所提出有關愛德加．竇加先生的問題。親愛的艾蜜莉雅，妳知道的，妳是我最親近的親人，也是我最好的朋友。妳年輕，思想在波士頓女性中又是少見的進步，妳是我唯一可以傾吐心聲的對象。

即使妳沒有問起，我還是會向妳傾吐，因為這樣甜美的故事我怎麼有辦法埋藏心底？我相信這段話以及未來我倆之間所有的相關談話，妳都會高度保密。

要從何說起呢？我長話短說，盡可能忠實呈現我們互動的情景，好讓妳明白事情的經過。愛德加再度邀請我們參訪他的畫室，但妳叔叔有銀行的會議要開，因此不克前往。我向妳坦承，我格外精心梳妝打扮，在約定的時間穿著合適這種場合的藍色薄紗洋裝，只不過波士頓仕女們可能會認為，以午間活動來說，這洋裝的領口低了些。

愛德加替我和他各斟了一杯他最近行經勃艮第（Burgundy）時買來極其香醇的葡萄酒，而後他滔滔不絕敘述起這趟旅程中種種趣味橫生的經歷，其中一樁趣事是他在艾涅勒杜克（Aignay-le-Duc）一座葡萄園中喝了太多我們喝的那種葡萄酒。我們笑得開懷，而後他拿出一幅畫作，他以在勃艮第畫的草圖加以充填骨幹而成。那是一幅賞心悅目的圖畫，可惜是幅粉彩畫，而且採用了印象派的風格。他很清楚我對此不以為然，但我猜想他是刻意的。

接著他要我轉而注意一幅新的畫作，是上回我參訪他畫室時他正進行的系列畫作中最新的一幅——〈浴後女子〉。這幅畫看來像是用調色刀所繪，畫面朦朧失焦，我非常驚駭。這時我理解到他是在刻意激怒我，於是我裝作不以為意，還稱讚他用色鮮明生動。

他謝過我的讚美，但他的眼光閃動，我現在看出那是愛德加式玩笑的先兆。他說：「親愛的嘉納夫人，我有個提議，雖然說有那麼點兒輕挑，但妳一定會覺得很有趣。」

我推測愛德加的提議想必與畫有關，我不想顯得過分興致高昂，因此持續保持著輕鬆玩笑的神態說：「先生，如果你想要提出輕挑的提議，你不覺得應該稱呼我為伊莎貝拉才對嗎？」

他開懷地放聲大笑說：「妳說得對，伊莎貝拉。」頓了頓後他又說：「有人喊妳貝拉嗎？」

「有些人這麼喊。」我回答，「格外親近的人才會這麼喊。」

我們的目光交接，有一剎那我覺得屋子裡所有的空氣都消散得無影無蹤。「妳可不可以把我當成妳親近的朋友之一呢？」他問。

我開心得簡直不能自已，立刻答應了他的請求。「好，那你的提議是什麼？」

「很簡單，如果妳願意當我的模特兒，我就用妳大為讚賞的多層次畫法畫一幅油畫。」

嗯，艾蜜莉雅，我無法形容我有多雀躍。愛德加．竇加將以古典手法繪一幅我的肖像！這是我最大的心願。說不定他還會願意以較優惠的價格賣給我。「你是說真的嗎？」我大嚷。

「我希望妳能裸體讓我畫。」他說得好像這是天底下最自然的事情，「作為我浴女系列的一部份。大夥兒一頭霧水，不明白我怎麼又重回年輕時代的老路子。評論家為了探究原因，會把自己逼瘋。這會是我倆的祕密，貝拉，就你我兩個人知道的祕密。」

「可是先生，你瘋了，我年紀太大，不能當模特兒了。」

「就只有這一個理由嗎？」他笑得淘氣奸詐。

我還在為他的提議感到激動，因此沒能理解他的話和笑容意味著什麼。我繼續說：「我不是年輕女郎，更重要的是，我從來就不是美女，這件事完全不可行。」

他放聲大笑起來，我這時才終於理解到我始終沒提到他這提議有多麼不得體。我開始收拾東西，火辣辣的熱氣爬上我的臉。「你的提議非常不莊重。」

「噢，親愛的貝拉，」愛德加終於喘過氣來，「妳這麼優雅，身材又好，膚色非凡，肩膀和手臂的線條嬌豔動人，妳渾身散發的美足以抵擋歲月。」

我用披肩緊緊裹住洋裝低窪的領口。「我永遠不可能答應，先生。」

「一定不會是妳想像的那樣，我保證不是。絕對不會讓妳難為情，這項工作相當耗時而且無趣。」

「我是已婚婦女，」我一面朝門走去，一面宣告，「我不需要工作。」

他再度閃現那種淘氣眼神，「那就別當是工作，就把那幅畫想成我為了感激妳給我這個榮幸而回贈的禮物。」

禮物。我動也不動站著，面對著門，腦袋思緒飛旋。愛德加．竇加提議要給我一幅他的畫做為禮物。這禮物會替我的收藏增色不少，甚至於畫本身就是珍寶，而我一毛錢都不用付。或者說，我必須要付出代價，但我只告訴妳一個人，我心甘情願而且備感榮幸。惹上醜聞我也甘之如飴，但是妳的傑克叔叔會羞憤而死。

「別作夢了。」我一面說，一面關上身後的門。

請為我親吻小傑克寶寶一百次，並向妳的桑姆納獻上我最深的祝福。我們不久就將團聚，屆時我們將可以盡興暢談。我真期待聖誕節在綠丘熱熱鬧鬧闔家團圓，還有個新的小寶寶可以寵愛。

愛妳的貝拉嬸嬸

一八九〇年九月一日於法國巴黎

第二十章

我打電話給珊朵拉．史東翰，告訴她我正在籌備一本新書，內容關於伊莎貝拉．史都華．嘉納與同時代藝術家的交誼。考慮到我的畫室裡藏著偷來的曠世巨作，轉換心情去做這樣的事應該最恰當了。珊朵拉雖然好奇，但堅稱她嬸婆所有的一切都在嘉納美術館裡，所以她沒有什麼能幫上忙的資訊可以告訴我。我抱怨嘉納美術館對我的研究態度冷漠，珊朵拉立即邀請我上門造訪。「那些人很難搞，」她嘀咕，「什麼事情都要按他們說的去做！」

我在卡普利車站買了一小把繡球花。我想所有的老太太都喜歡繡球花，原因為何我不怎麼明白。夏日的黃昏來的稍晚，映照電車車窗，我凝視著濃藍色的球狀花朵沈思。

她把路線形容得非常清楚，我毫不費力就找到了她的住宅，只不過最後一小段路坡度甚陡。她在電話中告訴我，這塊地原本屬於她的曾祖父桑姆納．普雷斯考所有，但二〇〇〇年，她把地產連同房產，整套賣給建商，建商把房子一樓的一間「可愛小公寓」分給她，其餘隔成一間間獨立公寓，地產上又另築了二十幾間號稱「小豪宅」的獨棟小木屋。攀爬社區門前階梯時，我看見游泳池和網球場。

我估計史東翰太太應該八九十歲左右，但她一開門，我就知道我推測錯了。這位清秀的女子一身網球勁裝，一頭時髦秀髮，絕不可能超過七十歲，很可能根本不到七十。

「請原諒我。」她一面抓起網球袋，一面領著我走進天花板挑高十二呎、長窗有數十扇的寬敞空間，客廳、廚房和飯廳都在這裡。「網球賽比到太晚，沒來得及跟妳改時間。」

「沒問題，史東翰太太，沒有關係。不過如果妳想改時間，我也很樂意等候。我真的很感激妳願意撥冗見我。」

「沒問題，我們來聊聊。還有，請叫我珊朵拉。」她比比客廳裡的一張椅子，「我已經結婚快六十年了，仍然覺得『史東翰太太』指的是我婆婆。她當年要我喊她『史東翰太太』。」

「那我就直接叫妳珊朵拉了。」我一面坐下，一面說。從她說話判斷，她應該超過七十歲了。

她的藝術收藏也令我驚奇，其中多數是畢卡索、傅康尼耶①和格里斯②的立體派高品質翻印版畫，間或夾雜著波洛克③、羅斯科④、德・庫寧⑤的抽象表現主義畫作。我瞇著眼窺視格里斯的畫，那畫看來是原版。還有幾件複合媒材藝術品，以及一些極出色的金屬雕塑與陶雕。一切都出乎我意料呈現當代風格，包括廚房的花崗岩早餐檯及高檔家電、藝術品、家具，還有珊朵拉本人。很顯然，我對八十歲太太的印象應該改觀。看到繡球花時，她的眼睛亮了起來。

珊朵拉拿了只玻璃杯，壓在冰箱飲水機的出水口，問我：「要來點什麼呢？水、茶，還是汽水？」

我告訴她水就好，她把剛剛裝滿水的杯子遞給我，自己又另外斟了一杯，一飲而盡，隨即重新裝滿一杯，然後在我對面坐下來。

「妳有好多出色的藝術品，」我說，「那幅格里斯的畫棒透了。」

她皺起了眼睛，「妳很意外一個老太太竟會欣賞這些東西？」

「沒有沒有，我沒有這麼想。我……呃……我只是看到這麼多藝術品，有點震撼。」

她大笑，我不禁在心裡質疑，瑞克竟然形容她超級難搞。「我也有一些傳統的藝術品，」她嘆息，「只不過貝拉嬸婆沒有留給我什麼東西。她的一切都在嘉納美術館。」

「她是你的嬸婆？」

「其實是曾嬸婆。我外婆艾蜜莉雅・普雷斯考是她的姪女。我要補充，是她最疼愛的姪女。我母親芬妮是外婆唯一活下來的孩子，我則是後代中僅存的一個，是貝拉唯一在世的親人。」珊朵拉噘起了嘴辱，「一般人還以為嘉納美術館會很珍惜這樣的人，才不是，他們一點也沒興趣保存貝拉嬸婆的遺產，也沒興趣維護她在歷史上的卓越地位。他們只關心他們的駐館藝術家計畫，以及替那些對我嬸婆或她收藏品一無所知的人舉辦演講。更別提想扒糞的人了，全都只關心她的緋聞以及她和同性戀者來往的事，那些事有什麼重要呢？重要的是她的成就、她的美術館、她的收藏啊！」

我擔心我可能已經開始見識到「很難搞的珊朵拉」了，因此絞盡腦汁思考有什麼話題可以把她導引回美好的情緒。「那這裡是妳的當代藝術展區嗎？比較古老的畫是不是收藏在其他房間呢？」

她嚴肅的神情消失了，「沒錯，就是這樣。因為這一區整修過，換成現代化風格了，我覺得和當代藝術比較搭。屋子裡比較正式的區域，我就搭配傳統的畫作。我們收藏家都很瘋狂，就連室內設計都要和藝術品互相搭配才行。而且這還只是入門。一旦一件作品進入你的心坎，你就打死也不肯放手了。」她站起來，「來，我帶你看一幅我外婆收藏的十九世紀美妙畫作。」

我尾隨她往玄關走去。大門的正對面掛著一幅美麗少婦的肖像，少婦的肌膚光潔晶瑩，唯有才華最為出眾的畫家才有辦法呈現這樣的剔透感。我進門時想必是太驚異於珊朵拉的青春樣貌，才會沒注意到這幅畫。

「這位是我外婆艾蜜莉雅，是個可人兒，對不對？」

我湊近去看畫家的簽名。「魯戴爾？沒聽過這人。」

「是倫戴爾，」珊朵拉糾正我，「維吉爾．倫戴爾，沒什麼名氣的畫家。」

「他功力很好，」我說，「真的很好。沒錯，你外婆真是個大美人。」但這幅畫讓人震撼不只是在艾蜜莉雅的美貌，而是她眼神中的光亮，倫戴爾捕捉到的溫暖，她內心幸福洋溢，穿越時空，觸動了此時此刻賞畫者的心。

「她看起來好純真，好幸福！」我說。

「因爲這幅肖像繪於她和我外公結婚之前。」

我轉身面向公寓的另一端，那個區域保存了原本的線板與裝飾護牆板，有兩扇堂皇美觀的桃花心木橫推門，用一只造型巧妙的黃銅鑰匙鎖起，裡頭想必就是舊日的會客廳。我伸手指指那兩扇門問：「那麼這裡就是傳統藝術展區囉？我可以參觀嗎？」

「若是有時間我很樂意帶妳參觀。」珊朵拉看看錶，領著我走回客廳，她坐下來，我也跟著坐下。「那我們來聊聊妳的書吧！」

「就像我在電話中說的，我正準備一本書的提案，內容關於伊莎貝拉．嘉納和諸多藝術家間的關係，但我找不到足夠的資料。妳的嬸婆對當時的藝術風潮影響非常重大，」我謹記瑞克的忠告，大肆讚美貝拉，「她一定還影響了很多其他的藝術家，只是我不知道而已。」

「我相信事實的確如此。」她笑容可掬，「妳是學術研究人員嗎？」

「我最近才在波士頓美術館學院拿到美術碩士，我一向都是貝拉．嘉納的粉絲，所以決定嘗試看看。光靠畫畫不夠付我的房租。」

「你認識班．齊孟嗎？」

「當然認識。」我裝出熱情的模樣，「但我專攻繪畫，所以沒有選過他的課。」

「我是波士頓美術館的董事，我和班合作過幾次雕塑創作。」

「妳也是嘉納美術館的董事嗎？」我希望把話題引開，好讓她別繼續談起她所認識的其他學校教職員。波士頓看似很大，其實小得很。

珊朵拉皺起眉來，「我本來是的，後來不是了。還是一樣，我不認同他們的理念。現在他們又做了恐怖的擴建，開一家大咖啡廳，弄了個更大的書店，還有玻璃走廊。我的老天爺，那是她的家，她的遺產呢！貝拉嬸婆這會兒在九泉之下肯定氣得七竅生煙。」

我無言以對，於是又把話題轉回我的書：「我要找的是……」

「妳的創作媒介是什麼？」她打斷我。

「油彩。」

「妳何時拿到學位的？」

她連珠砲似的發問令我不安，我遲疑了一會兒才回答：「三年前。」

「啊，那妳一定是艾薩克．科利恩的學生了。」她搖搖頭，「眞令人惋惜啊，這麼年輕的一個人，這麼有潛力。」

我一時難以招架，多躊躇了幾億分之一秒才回應：「是啊，我是他的學生，他眞是個了不起的才子。」

珊朵拉端詳了我良久，「我覺得妳的名字有點耳熟。」

我垂下眼光，我的運氣眞是背得可以。

珊朵拉俯過身來拍拍我的膝頭：「我不會爲難妳的，克萊兒。我有朋友在現代美術館工作，我知道事情沒有大家以爲的那麼單純。」

「眞的嗎？」我正視她的目光，她確實不像是隨口亂說。「謝謝！」

她不把這當回事。「那妳想知道貝拉嬸婆什麼知名朋友的事呢？」

我從背包裡掏出筆記本和筆。「我知道她來往的名人當中，有很多並不是藝術家，例如亨利．詹姆士和茱莉雅．沃爾德．豪威，但我想聚焦於藝術家，這樣應該很有意思。」我翻閱我的筆記，「我有很多她和惠斯勒、沙金及柯蒂斯[6]來往的資料，但我還想知道更多一點，我的資料不太夠。」

珊朵拉笑容可掬瞅著我，「嗯，她贊助藝術，就妳說的，各類的藝術，音樂、文學、建築都有涉獵。她是許多人的靈感來源，但她當然有特別偏愛的藝術家。」她的手指在椅子的扶手上點啊點，「我想想看，藝術家……有史密斯[7]、克蘭姆[8]、毛爾[9]，喔，當然囉，還有邦克[10]。」

我匆匆抄下這些名字，笑吟吟看她，抄下她說的每個字。「有沒有知名一點的藝術家呢？」我說，「我這本書不只想針對學術界，也希望針對一般大眾。有沒有馬奈、卡莎特、畢沙羅？」

珊朵拉搖頭。「貝拉嬸婆不大欣賞印象派，她和這些人可能都沒太多交集。」

「可是她收藏了好幾幅竇加的畫作。」

「如果妳有注意到的話，會發現她美術館裡收藏的竇加畫作沒有一幅是他印象派時期的作品。她買的竇加作品，創作時間全都遠遠早於她歐遊之前。〈沐浴後〉雖然是他較晚期的作品，但也是以他尚未加入印象派之前的傳統風格繪的。」

「妳這麼一提我倒發現了，眞的是這樣，對吧？」我的嗓音裡洋溢崇拜之情，「這可能會是個有趣的切入點。從她對藝術家作品風格的喜好來探討她和藝術家的友誼。」我再度振筆疾書，「如果她跟竇加是朋友，那我的書就太有看頭了！而且是有可能的，對吧？他們活躍於同一個圈子，興趣也相投……」

「我實在沒聽說過他倆互相認識。」她說，「而且曾經有人告訴我，這個世界上對貝拉・嘉納瞭解最多的人就是我了。我要強調，我對她的瞭解比她的傳記作者以及她美術館裡的員工更多。這消息讓妳失望了。」

我極力壓抑失望的表情。

「很抱歉。」她欠身湊近我，「我看得出這本書對妳意義重大。」

我聳聳肩。「只不過是嘗試一個新的方向而已。」

「所以說，妳不畫畫了嗎？」

「啊，不是，我……我仍然在畫畫。」

她揚起一邊的眉毛。

「我其實在創作幾幅新的畫作，準備參加一個冬季的展覽。」

「那太棒了，克萊兒。」珊朵拉看來是眞心感到欣慰，「恭喜妳！要在哪裡展出呢？」

「馬凱藝廊。」

她額頭上的皺痕深邃起來。「艾登．馬凱要在他的藝廊展出妳的畫？」

我點頭。

「眞不錯，」她重新恢復平靜，「這是好消息。往日恩怨當然是一筆勾銷得好，沒有必要心懷芥蒂。」

她敏銳地望了我一眼，「那妳這時候研究寫書的資料，時機不會有點怪嗎？」

「我要對生涯規畫各種選項保持開放心態啊，畫展也不過就是個畫展。」

她點點頭表示贊同，然後站起來。訪談結束。

我把筆記本塞進背包，也同樣站起來。她沒有資訊可提供，而我還有許多作品要畫。「謝謝妳撥冗見我，眞的很感激！」

「很抱歉我沒能幫上多一點的忙。」珊朵拉說，「我還藏有好幾箱家傳紀念品，可以再幫妳找一找。貝拉嬸婆過世時，那房子裡所有的財產都被美術館接收了，但我外婆說不定搶救了一些東西，沒落入美術館那些人的貪婪之手。」

「那樣的話就太好了，謝謝妳！」我一面說，一面走出大門，心裡想著，我這下該把貝拉和竇加從腦子裡甩開，好好來動手作畫了。

我在畫室裡足不出戶已經一個星期了，期間沒有和任何人說話，靠著外送泰國菜及柳橙汁過活，一口氣工作長達十四小時。我沒有去潔可酒吧或愛爾美術社，甚至不曾踏進便利超商。瑞克、馬凱和我媽分別打過電話來，我承諾「很快」就會和他們碰面，打發了他們。打發這些人聽來不容易，其實並不難。藝術家摒棄世俗平凡的生活常規而瘋狂作畫，聽起來是一件浪漫美好的事，人人都樂於成全。我只消說一句：「我正在瘋狂作畫。」大夥兒就自動消失了。

但事實是，這事一點也不浪漫美好，反而艱苦疲累，但非常充實。我的進度相當不錯，這都多虧了我所做的研究、所上的課，還有凡．米格倫，以及馬凱的頂級烤爐。沒有這些東西，這項工作可能會花上兩年的時間，最後的成品也許還通不過最起碼的檢驗。

凡．米格倫主要活躍在二十世紀上半葉。他被視為當時最具巧思的贗品畫師，說不定還是古往今來最厲害的一個。他是個荷蘭畫家，自認為作品不受賞識，是由於藝評家看走了眼，於是計畫證實自己才華出眾，且把那些對他嗤之以鼻的藝評家大大唬弄一番。他決定創作高明的偽畫，讓那些對他全無好評的藝評家宣稱他的偽畫是荷郝[11]、伯赫[12]及維梅爾等大師無比珍貴的傑作。經過了六年的實驗，他達成心願。

為了達成這個目的，他發明了許多方法，包括除去一幅古畫的油彩，僅存底膠，然後在這底膠上繪製新畫，以保留古畫的龜裂痕；用苯酚甲醛作為添加物，來固化油彩；烘烤每一層的罩染，脫去油彩的水分，使油彩的乾燥程度一如歷經了數個世紀的時光；最後再薄塗一層墨汁，以及染了色的凡尼斯，以增添古味。

但米格倫故事裡最有趣的一段，是他高明的仿製技術害他以戰犯身份被逮。在德國佔領荷蘭的期間，身兼藝術經銷商身份的米格倫把自己手繪的維梅爾畫作〈基督和犯姦淫者〉(*Christ with the Adulteress*) 賣給一名德國銀行家，這名銀行家又把那幅畫轉賣給希特勒手下的頭號大將赫曼．戈林 (Hermann Goering)。戰後，這幅畫在奧地利一座鹽礦中被起出，有關單位循線找上米格倫。由於政府認定米格倫在戰時出售荷蘭國寶給敵方，他因而以通敵罪名遭到起訴，並且被送進大牢。

米格倫這下只有兩個選擇，要不承認自己偽造畫作，要不就得在監獄裡了度餘生。經過一週的禁閉，他告訴監獄管理人，那畫不是維梅爾的曠世巨作，而僅是凡．米格倫一手繪製的僞畫，但誰也不信他的話，這令他既得意又驚愕。於是在法庭指派的見證人與記者一刻也不鬆懈的眼光注視下，米格倫以軍事指揮總部囚犯的身份重繪了這幅僞畫。兩幅畫都獲鑑定爲僞畫，米格倫戰犯罪名因而得以洗刷。

畫筆、調色盤、苯酚甲醛、畫布。畫筆、調色盤、苯酚甲醛、畫布。我找到一種全新節奏，畫了幾層後，我抓到竅門。這樣很好，因爲我計畫明天要完成第一階段，後面還有兩到三層罩染要上。

在現在這個初步階段，我運用的色彩頗爲有限，要先以中間色調打一層底，不能有綠色、黃色或紅色，整幅畫最後會從這個基底層散發光彩。爲了營造竇加慣常的手法，濃郁又幽微地表現出色彩的深度與明度，我得要從中間色調開始，一步步擴散至最黑暗以及最明亮的顏色。

這是由於光線會穿透一層層的透明罩染，從畫布反射回來，反射入觀者的眼睛，觀者的眼睛則會將一層層半透明的色彩加以混合，從而「看到」用其他任何方法作畫都無法展現的強烈光采。也就是爲了這個緣故，罩染必須上得薄而多層。也是因爲如此，在進行下一層罩染之前，前一層油彩的表面都必須毫無水分才行，這叫做「乾畫法」（wet-on-dry）。其他方法會讓色彩糊掉。

我向蹲伏在畫室東南角那頭閃閃發亮的不銹鋼巨獸走去，開啓預熱功能。由於油彩中的水分需要七十五年才會完全乾燥，只要施展我用於〈沐浴後〉以及梅索尼埃畫作上的酒精測試法，就可以輕易揪出當代製作的贋品來。運用米格倫的方法，以苯酚甲醛作爲添加物，並用攝氏一百二十度的高溫烘烤九十五分鐘，可以把油彩中的水分清除得乾乾淨淨，就好像竇加本人在一八九七年塗上的油彩一樣。

預熱完成後，我把畫布塞進烤爐中一座鐵架的正中央，設定計時器，關上爐門。烘烤過程要全程密切監控，因爲很多東西都可能出錯——油彩可能會起泡、可能會溶解、畫布可能會燒焦，甚至起火。雖然我早已決定不再探究貝拉與竇加的關係，卻還是抓了幾本竇加的書，按下烤爐開關，在玻璃窗前一張椅子安安穩穩坐下來，一面觀察，一面等待，一面閱讀。

自我監禁的這段期間，只有一件事我始終堅守承諾，就是到少年觀護所去教課。如果我不去上課，這些孩子就要在各自的囚室裡待上一段時間，我可不想給他們增添額外的監禁，何況今天孩子們要替壁畫上最後一層凡尼斯，如果金珀莉搞得定的話，今天會有一場小小的慶功宴。不會是多了不起的宴會，這些孩子沒資格盡情享樂，但金珀莉自認爲有辦法爭取到一些些餅乾或布朗尼蛋糕，說不定還能弄到一、兩瓶蘋果汁。這些冷血罪犯在得知有好東西可吃以後，變得有多開心和孩子氣，眞是令人難以置信。

完成的壁畫效果非常好，超乎我的預期，男孩子們自豪得理直氣壯，在警衛冷眼監控的範圍內盡可能開心笑鬧，互相取樂。愈粗的畫筆愈可能被拿來當武器，因此他們只准使用細筆，他們並不因此洩氣，各自站在我分配的區域面前，開心塗抹凡尼斯。金珀莉從甜甜圈店買來幾盒六小福，男孩子們久不久就會偷瞄一下那幾只亮粉紅色的盒子。

就連曼紐和沙維爾也不鬥氣了，但我還是把他倆安排在壁畫的兩端，隔得遠遠的。凡尼斯刺鼻的嗆味，瀰漫了整間教室，我好奇這氣味會不會使孩子們聯想起強力膠或是其他毒品。會不會就是因爲這緣故，這些人才如此意氣相投？

我跪在地上，仔細端詳小沙的銀色罐頭。

「呦，洛斯老師，」瑞吉喊我，「妳告訴這個混……這個傢伙，」他指指沙維爾，「告訴他，我的針筒比他媽……比他的笨蛋啤酒罐好得多了。整幅壁畫裡就我畫的最棒了，沒得比，一等一的棒。我看妳就別花時間跟那個沒出息的傢伙閒混啦，來幫幫我這個天才畫家吧！」

沙維爾和瑞吉是死忠兼換帖，傳聞他倆屬於同一個幫派。我說：「大畫家，你等著，下一個就看你的。」

這人才不是大畫家，他的畫糟糕到我懷疑當初以爲這些男孩都有藝術靈魂潛藏於胸不過是我的誤會。但瑞吉以幽默——或者說是他自以爲的幽默——作爲他的防衛，而在這個人人不是激憤就是絕望的地方，幽默是難能可貴的東西，因此我巴不得有他在班上。

「但妳總該承認我的畫比他的好吧？」瑞吉鍥而不捨。

「這個我不予置評。」我舉起雙手，掌心攤平，用裝模作樣的語氣說：「但我必須說，馬丁尼茲先生，你那個針筒和小瓶白粉的並置是強而有力的藝術表現，既眞實，又發人深省。」

瑞吉朗聲大笑，沙維爾滿臉困惑。

「別擔心，小沙，」我對他說，「你也畫得很棒。」

他怯怯地笑了笑，「謝謝妳幫我弄到銀色顏料！」

「小事一樁。」我欣慰地回答。這些男孩不容易表達感激，在他們眼中，致謝意味軟弱，因此能夠突破這個小小的障礙，我頗爲自豪。

金珀莉和我對看了一眼，她對我眨眨眼。

我站到克里斯徹身後，他畫的棒球球員和披薩師傅眞的是整張畫裡最出色的了，更別說比起針筒和啤酒罐，棒球員和披薩師傅更適合懷念渴望。「你畫得眞的很棒。」我對他說，「你以前畫過畫嗎？」

他聳聳肩，繼續塗凡尼斯。

「我是說眞的，克里斯徹，你眞的畫得很棒。」這些孩子接受讚美的能力也不比表達感激高多少。

「你眞的有這方面的天賦。」

他揮動畫筆的速度一刻也沒有慢下來，頭也不轉過來看我，但從他肩頭的緊綳看得出他確實在聽我說話，我也隱約察覺他嘴角有小小的笑容牽動。

「我們畫下一個題目時，可以更緊密合作，看看能……」

我眼角餘光瞄到有事發生，禁不住住了口。回過頭時，沙維爾和瑞吉雙雙面朝下倒在地上，兩手被上了銬扣在背後，背脊上各有一名警衛以膝頭壓制他們，還有第三名警衛手捧一瓶白粉。金珀莉已經在對著對講機大吼了。

「手舉起來！」第四名警衛對其他的男孩嚷，「面對牆站好，手舉高過頭，兩腳叉開，動作快！」

「這東西哪兒來的？」壓在沙維爾背上的警衛一面咆哮，一面猛拽他的手銬，把他從地面拽起來。沙維爾踉踉蹌蹌保持平衡，忿忿瞪著警衛，不發一語。

瑞吉的警衛也做了同樣的動作。「這東西哪兒來的？不說清楚，就把你們關進華波爾重刑犯監獄，關到下個世紀！」他扭絞手銬，瑞吉大聲哀嚎。「這樣就受不了啦，小子？你不告訴我們這東西怎麼弄來的，以後你就知道這才不過是小意思而已。」

「你說是不說，毒蟲？」沙維爾的警衛質問：「誰給的？」

我往後退開，還沒退開前我看到了兩個男孩共同的驚恐表情。如果我好賭，肯定會下注打賭提供他們白粉的人絕對比警衛更恐怖，也比在重刑犯監獄度日更恐怖。蠢笨的小孩，笨透了，笨透了！

「是她。」瑞吉用手肘指著我，大聲說：「是她帶來的，她每個星期都帶來。」

「我？」我強力質問：「你說是我帶毒品給你？」我望著沙維爾。

沙維爾轉向制伏他的警衛：「對，她每個星期都帶白粉來。」

我不可置信地瞪著眼看他。

又有兩名警衛衝進來，押著瑞吉的警衛對年紀較長的那個說了什麼，後來才到的兩名警衛於是神色凝重且面帶威嚇地朝我走來。

金珀莉一個箭步跨到我面前。「洛斯老師是在這裡工作很多年的志工，這一定是誤會，她是被栽贓的。除非你們能證明真的是她，否則請相信這是個誤會。」

我簡直無法置信。「除非你們能證明真的是她」？我轉頭對金珀莉說：「妳該不會……」

「洛斯老師，請跟警衛走。」金珀莉的口氣像在對一個剛剛認識的人說話，「我相信事情很快就會水落石出。」

我伸手去取包包，金珀莉說：「就放那兒吧！我們搜過以後會還給妳。」

---

①傅康尼耶（Henri Le Fauconnier），一八八一～一九四六年，法國立體派畫家。

②格里斯（Juan Gris），一八八七～一九二七年，西班牙立體派畫家。

③波洛克（Jackson Pollock），一八八七～一九八六年，美國畫家。

④羅斯科（Mark Rothko），一九〇三～一九七〇年，拉脫維亞裔的美國畫家。

⑤德·庫寧（Willem de Kooning），一九〇四～一九九七年，荷蘭裔的美國畫家。

⑥柯蒂斯（Ralph Curtis），一八五四～一九二二年，美國畫家。

⑦史密斯（Joseph Lindon Smith），一八六三～一九五〇年，美國畫家。

⑧克蘭姆（Ralph Adams Cram），一八六三～一九四二年，美國知名建築師。

⑨毛爾（Martin Mower），一八七〇～一九六〇年，美國畫家。

⑩邦克（Dennis Miller Bunker），一八六一～一八九〇年，美國畫家。

⑪荷郝（Pieter de Hooch），一六二九～一六八四年，荷蘭黃金時代風俗畫家。

⑫伯赫（Gerard ter Borch），一六一七～一六八一年，荷蘭黃金時代畫家，擅長肖像畫和風俗畫。

第二十一章

三年前

有一天，《波士頓環球報》出現一幀照片，艾薩克與一名穿著清涼且身材極其火辣的女子坐在洲際飯店酒吧，圖說指稱是一位「不知名的美術學生」。看來所謂「回到瑪莎身邊」也不過是個幌子。第二天天剛破曉，我再度搭上中國城客運，直奔現代美術館。那張照片成了諺語所說的最後一根稻草，我受夠了，非得讓凱蘭．辛山默知道實情不可。

根據上回與凱蘭的助理——稱她為凱蘭的哨兵比較貼切——交手的經驗，這次我根本到不了她辦公室，只能在她那個樓層的電梯口與樓梯口站崗。我運氣很好，電梯口和樓梯口在同一個大廳，運氣更好的是，那裡有張長凳。我坐定位置，掏出一本老早準備好要當道具的書，開始靜心等待。

手錶指針接近一點半，我開始緊張。我昨天先打了電話，自稱是艾薩克的助理，告訴她艾薩克今天要去紐約，想跟凱蘭約個時間吃午飯，一會兒又再度致電取消約會。對於自己用這樣聰明的辦法確知凱蘭這天會在辦公室，我得意了一番。但顯然這聰明的辦法還不夠聰明，她說不定病了，或是美術館臨時有什麼事務要辦，因公外出去了。眞是氣死人！

就在這時，凱蘭從角落裡大步走來。她目不斜視，壓根兒沒注意到我的存在，只以一分鐘也不能浪費的堅毅神情按下電梯按鈕。

我一躍而起。「凱蘭！」我喊得像是忽然看見了久違的老友。

她轉過頭，嘴角有笑容蓄勢待發，但一看到我，她的眉頭皺起來。顯然她不知道我是誰。

我伸出手說：「我是克萊兒．洛斯，我們在艾薩克．科利恩的畫室見過面，就是妳決定把〈四度空間〉選為參展作品的那一天。」

她熱情地與我握手，「喔，對對對，克萊兒，眞高興又碰面了，妳最近好嗎？」

「我有事情要跟妳談，私下談。」

「很抱歉我還沒有時間看妳的作品，我保證……」

「我不是要談我的作品，我是要談艾薩克的作品。」我搖著頭，「不對，我說錯了，我收回，我是要談我的作品。」

「我聽不懂妳說什麼。」

「所以我們才需要談一談。」

凱蘭的眉頭皺了起來。「出了什麼問題嗎？艾薩克還好嗎？」

「他現在很好，但我不知道這件事情過後他還會不會很好。」

凱蘭看著電梯門敞開又關閉，嘆了口氣。「到我辦公室去吧，但我先警告妳，我沒多少時間可以聊，更沒耐性看藝術家耍花招。」

她踩著高跟鞋喀登喀登穿越走廊，我跟在背後說：「我不是耍花招。」

在辦公室坐定後，我直直迎向她的凝視。「〈四度空間〉不是艾薩克．科利恩畫的。」

「當然是他畫的，妳一定是搞錯了。」

「很不幸，我沒搞錯。」

「我看過他很多先前的作品，我非常瞭解他的作品。」

「但〈四度空間〉不是他的作品。」

她目光的焦點落在我肩頭的上方，可能腦海中正在重現艾薩克的畫作。「那不然是誰畫的？」

「我。」

她的眼光猛然轉回我身上。「這沒道理，妳幹嘛幫他畫？」

「他碰到創作瓶頸，那幅畫幾星期後就要交出來，我想幫他起個頭，好讓他別錯過這個大好機會。」

凱蘭沒接腔，我繼續說：「他太沮喪又妄自菲薄，提不起勁來工作，於是我繼續畫。我們沒打算要這樣，我在他的畫室裡作畫，他全程陪著我，給我指導。」

「指導？」

「教我怎樣用全身的力量畫畫，教我怎樣運用溼畫法裡的刀刮法作畫，因爲我自己平常是以古典的乾畫法作畫。大概是這一類的指導。」

「那簽名是他簽的嗎？」

「是截止日前一天簽的。」我說，「他也沒有什麼別的可做了。」

「妳當時怎麼都不吭聲？」

我攤開雙手，「當時我愛著他。」

她的眼睛瞇了起來，「那現在不愛了？」

「不愛了。」

「妳有證據吧？」

「那些寫實和抽象的沙漏是用我的風格畫的。艾薩克只用溼畫法作畫。」

「我相信像艾薩克這樣有才華的人，不會只用一種方法作畫。」

「不信妳問他。」

「妳要我就這樣沒頭沒腦打電話給艾薩克．科利恩，問他〈四度空間〉是不是他畫的？」

我點頭，我們對望了許久。我知道如果凱蘭就這麼直接問他，艾薩克一定會一五一十和盤托出。事關眞相與公平，何況，儘管他近來的行爲表現很傷人，但他還是愛我，尊重我。

凱蘭率先打破沉默：「好，那我們來問他吧。」

我向後一靠。我累壞了，但也放下心中重擔。我看著凱蘭拿起電話，按了某個自動撥號按鍵。美術館竟然已經把他的電話號碼輸入自動撥號通訊錄。有一剎那我對艾薩克興起一股同情——他這一跤跌得可深了。

「艾薩克，我是凱蘭．辛山默。很高興你接電話了。」她停下來聽對方說話，然後說：「我要把電話開成擴音，你的朋友克萊兒．洛斯在這裡。」她按了另一個按鍵。

艾薩克的聲音在整個房間裡迴響：「在紐約？」

「是的，在我辦公室裡。她聲稱〈四度空間〉是她畫的，而不是你畫的，她還說我應該打電話向你求證。」

艾薩克那頭無聲無息，但在沉靜中，我可以聽見他腦海裡的天人交戰，一方面氣我的膽大妄爲，一方面爲自己即將失去的一切感到哀傷，同時又爲了終於可以卸下假面具而鬆一口氣，在這種種情緒間擺盪掙扎。

凱蘭的臉上閃過一抹憂慮。「艾薩克？」

「把眞相告訴她吧，小艾，」我說，「這樣對大家都好，尤其是你。」

他依舊沉默。

「艾薩克，」凱蘭的口氣強硬起來，「你是在默認嗎？」

艾薩克重重嘆了一大口氣。「凱蘭，」他的語氣輕柔，「請別爲難克萊兒，別爲這件事責怪她，她感情受了傷，既憤怒又失落。她很有才華，非常有才華，只不過……」

「你胡說八道，你知道自己在胡說八道！」我打斷他的話，「你把眞相告訴她啊！〈四度空間〉不是你畫的，就像〈蒙娜麗莎〉不是你畫的一樣。這事情到此爲止了，艾薩克，我不玩了。」

「凱蘭，我很抱歉克萊兒給妳惹了這樣的麻煩。」艾薩克繼續保持不疾不徐的輕柔語氣，「這是我和克萊兒間的私事，不該把妳扯進來的。我決定和妻子破鏡重圓，克萊兒無法接受，打翻了醋罈子，妳也知道女人吃醋是怎麼一個情況。幫我個忙，讓她回家，就當這件事情從未發生過。」

「就當這件事情從未發生過？」我跳起來，對著電話擴音器咆哮：「你想假裝這事從未發生，可是你做不到，我也做不到！」

凱蘭揮手要我坐回椅子上。「我待會兒再打電話給你，」她對艾薩克說，「我先處理一下這邊的狀況。」

我坐了下來，悲痛欲絕。骰子已落下，我輸掉這一盤。艾薩克是個謊話連篇的混帳，而我是個白痴，一個事業才剛剛起步就自己一手把它摧毀的白痴。

凱蘭掛上電話，轉身面向我，臉上帶著困惑而且幾乎是悲傷的神情。

「他騙人。」我淡淡地說。偉大的艾薩克和卑微的研究生比起來，凱蘭顯然情願相信前者。但凱蘭並沒有反駁我，於是我在椅子上坐挺起來。

「那些沙漏……」她喃喃自語。

我一動不動，大氣也不敢喘一口。

最後她終於開了口：「你聽過凡．米格倫嗎？」

「誰？」我完全不知道凡．米格倫是何方神聖，也搞不清楚她是要說什麼。

「沒關係，不重要。」她說，「是這樣的，我決定姑且相信妳，給妳一次機會證明自己。」

「機會？」

「我要妳重畫一次〈四度空間〉給我看。」

第二十二章

兩名警衛一人分別抓著我的一隻手肘，把我帶離活動室。我回頭看金珀莉，她用嘴型對我說：「別慌。」

這可不容易，因爲我正被兩名武裝警衛架著，穿過迷宮似的走廊，經過一扇又一扇上鎖的門，不知要被帶往何處。我不斷問他們接下來會發生什麼事，他們要帶我到哪裡去，我需不需要請律師，但他們完全相應不理。

「你們不能把我關進囚室裡。」我嚴肅地大聲宣告：「我是無辜的，除非你們證明我有罪，否則我是無辜的，我沒有犯罪，連想犯罪的意圖都沒有。那些小孩只是要自保而已。」

除了鞋子踩踏在磁磚上的聲響外，四下寂靜。

「我跟人有約。」我說得彷彿這樣就會使他們放了我似的。馬凱晚一點要來看我的〈沐浴後II〉進度如何。「是公事上的會議，很重要，我不能錯過。而且你們不能把我關在囚室裡，我有幽閉恐懼症，我可能會吐，或者……」

年輕一點的那個警衛終於對我產生了一點點同情心。「我們不會把妳關在囚室裡。」

他們的確沒有帶我進囚室，而是進了一個燈光昏暗的狹長房間，裡頭有一張桌子和兩張椅子。這裡想必是會見律師用的，也說不定是偵訊犯人用的。我尋找有沒有外面看得進來而裡面看不出去的玻璃，但整個房間都沒有，唯一的窗嵌在門上，上面覆蓋密密麻麻的鐵絲網。其餘幾面牆空空蕩蕩，和觀護所的其他地方同樣漆著腐壞蔬菜的綠色。我看看兩名警衛，盼望他們別把我一個人扔在這裡。

「馬上就會有人來跟妳談話。」年輕的那名警衛說完，兩個人快速離去，把門喀答一聲關上。

我馬上試拉門把，但上了鎖。我透過鐵絲網窗向外看，觸目所及僅有一整條空心磚砌的走廊牆壁。我監督男孩子們畫壁畫才不過是幾分鐘前的事。

房間的氣味聞起來像是廉價的古龍水摻混著悶久了的汗臭，氣味令人作嘔。收費低廉的律師，愚蠢且滿心畏懼的男孩，然後現在換我，關在這裡。房間裡暖氣開得過強，牆壁又如此密實，我開始冒汗。

我踱著步。犯不著驚慌，瑞吉和沙維爾很明顯是在說謊，管理人員要不了幾秒鐘就能看出這點。房間裡直的一側可以走八步，橫的一側可以走四步。這是標準作業流程，畢竟是緝毒行動，和我沒有關係，和我有沒有罪也沒有關係，只不過是辦事程序，如此而已，標準作業流程嘛！

直的八步，橫的四步。他們要把我和男孩子們隔離，防患未然，還要搜查我的包包，確認裡頭眞的沒有毒品。一股寒意竄遍全身。他們會搜我的身嗎？「體腔搜查」幾個字似霓虹燈閃過我的腦海。

不行，這樣不行，我不能被這種思緒掌控。我仰頭看看光線微弱的燈泡，天花板似乎不斷沉降，愈壓愈低。快想點別的事。

馬凱五點會來到我的畫室。他對烘烤程序很是好奇，我答應要示範一次給他看。但這表示在他來之前，我得要畫點什麼，才能烘給他看。我得要脫身才行。萬一他來時我不在家，他會怎麼想？會不會以爲我在耍他？

這個也不能想。我一面踱步，一面計算步伐，直的八步，橫的四步。很快就會有人來了。

但敲門聲響起時，已經過了大約一個鐘頭，我眞的已經渾身冒汗，而且就快要嘔吐了。而儘管房間裡暖氣過強，我卻渾身發冷，門開啓時，我用手臂環抱身子，屏住氣息。

來的人是金珀莉，她捧著我的包包，笑容可掬。我出乎自己的意料，流下淚來。

搭公車回家的路上，我爲自己的過度反應感到羞愧。金珀莉向我解釋，瑞吉和沙維爾很明顯在撒謊，大夥兒立即看出來了，因此打從一開始，就沒人把我當嫌犯看。但這個大夥兒一眼就看穿的事，我可一點兒也沒看穿，我以爲他們會展開偵訊，把我扣留在貝弗莉阿姆斯，直到事情水落石出。原來這不過是觀護所的固定流程，他們只不過是照章行事。金珀莉說，就當作是洗刷污名的必經過程吧。我不知道原本就清白的人爲什麼有必要洗刷污名，但我沒說出口。

她很貼心，遞了面紙給我，不停向我道歉，但在類似的情況下，她只能採取這樣的行動。無論她怎麼說，我這個三十一歲的成年人，還是爲了一件根本沒事的事哭成了淚人兒。打從一開始我就該知道，這根本沒什麼。

回到家，我跌跌撞撞衝進浴室。再過不到兩小時，馬凱就要來了。我洗去皮膚上的汗水和恐懼的氣味，卻洗不去體內鬱積的殘存情緒。只要我一開始畫畫，這情緒就煙消雲散。我上色進度早已遠遠超越了中間色調，現下塗抹著佔據畫布右下方絕大部分的各種橙色，輕巧且不動聲色地將這橙色拓展到整個畫面，讓從右下角向左上角延伸的橙色與從右上角向左下角擴展的綠色水乳交融。一下子我就進入渾然忘我的境界。

我繪製〈沐浴後II〉愈久，就愈確定馬凱交給我的這幅僞畫是直接臨摹自竇加的眞跡。除了芳思華以及她周遭的空間以外，他用色的範疇、陰影的細緻以及色調與光的並置絕對是根據大師原作而畫，我不相信有哪個僞畫家有辦法憑空畫出這幅畫，這幅畫最根本的核心精神還是來自竇加的創作。如果我的推論沒錯的話，這幅畫可能有正本原作存在世界的某處。繪製這幅畫的時候，竇加已經是知名畫家了，因此這樣有價值的東西不太可能會遭到摧毀。不過世事難料，這事誰也說不準。

馬凱來到時，畫布已經在爐裡烤了將近一個小時，而我正在試調下一層要上的綠色。馬凱用大拇指抹去我臉頰上的油彩，給了我一個擁抱。「妳的臉色蠟黃，」他說，「紅潤一點比較好。」

我不排斥他這樣的親密舉動。我們從不曾擁抱過，他的身軀抱起來比我想像中要大，也更堅實。他身上氣味芬芳，像夏天。我也還他一個擁抱，抱得比一般同事間適宜的擁抱更久一些。

我鬆手退開，說：「明天千萬別來。」我往調色盤比了比，「我明天臉色會發綠，會變更醜。」

他轉頭看看烤爐。「在烤了嗎？」

「大概再十五分鐘，第一次測試就結束了。」

他在我的椅子坐下，眼光直視烤爐。「烘焙畫布，這景象眞詭異。」

「我已經見怪不怪了。」

烤爐裡燈火通明，馬凱湊近看。「妳已經畫到鮮豔的顏色了嗎？」他問：「妳怎麼有辦法畫這麼快？」

「多虧了你那座忠實可靠的烤爐啊！」

「可以拿出來了嗎？」

我咂咂嘴。「不行，艾登小朋友，很抱歉，聖誕老人明天才會來。」

「我不擅耐心等候。」他晃到桌旁。我的顏料、畫筆及調色劑以只有我看得懂的凌亂秩序散放在桌上。馬凱嗅了嗅，問：「妳這裡有什麼死掉的動物嗎？」

「可惡，希望沒有。」我走到廚房，蹲下去檢查櫥櫃的底部，打開水槽下的櫥櫃門，小心翼翼探頭進去。「不過這種事也不是沒發生過。」

「不是，我的意思是說，我聞到福馬林的味道，這裡好像是科學實驗室還是什麼的。」

我鬆了一口氣，站起來。「是苯酚甲醛，這是米格倫的另一項發明。我跟你說過，那是一種調色劑，但不是直接調在顏料裡。這東西會使油彩硬化，幫助油彩乾燥。」

馬凱皺起眉。「可是如果賓加沒用這種東西，他們難道不會發現嗎？」

「烘烤過程會把那東西分解掉，完全消失。油彩會硬化，但化學物質會消失。」

「妳現在還在懷疑我爲什麼找上妳嗎？」

「只要有時間做研究，而且有臨摹的能力，誰都做得來。」不是只有少年觀護所的孩子不善於領受讚美。

計時器響起來，我拿了兩只防燙布墊，蹲下身，打開爐門，小心翼翼把畫布往我的方向一點一點挪移，然後從下方穿過鐵架，在畫的底部輕輕一頂，把畫拿起來，擱在爐子頂。

我用酒精沾溼一塊脫脂棉球，按壓在新上的橙色油彩最厚之處的上方一吋，馬凱不發一語。油彩毫無改變，沒有軟化，也沒有分解。我把酒精棉壓在我刻意滴在畫布邊緣的油彩上，緩緩數到十。拿起時，酒精棉潔白無暇。我用手指輕碰油彩，油彩硬得像石頭。

「成功。」我一面說，一面把畫布放上畫架。

馬凱的視線在我的僞作和他帶來的原版畫作間來回擺盪。「太驚人了，克萊兒，」他壓低嗓子輕聲說：「簡直不可思議！」

「現在上凡尼斯。」我扭開一罐凡尼斯的蓋子，倒了一些在一只小碗中。凡尼斯的氣味衝進我的鼻腔，我恍然又重回少年觀護所，渾身冒汗，滿心恐懼。我趕緊拾起畫筆，聊起米格倫。「他發現只要在畫作剛烘好還沒有冷卻時，趕緊上一層凡尼斯，膠底上原本的裂縫就會在每一層油彩冷卻時透上來。」

「眞是個有頭腦的傢伙。」

「裂縫的事我原本只是略知一二，直到我去上了複製網的認證課程，又爲了你這個案子做了研究之後，才清楚瞭解細節。以前我從沒聽過米格倫這個人，美術學校沒教過這個人的事，世界上好像沒多少人明白他的貢獻。」

「我猜想學術界不會有興趣幫一個製造贗品的人提升知名度吧！」馬凱淡淡地說。

「油彩目前還很熱，所以現在還看不出來，」我繼續說，「再過幾個小時，就會有如高山低谷般的神奇紋路浮現，最後在畫的表面形成丘壑。」

「不但能畫畫，還能寫詩！」他看著我，笑容燦爛，像個自豪的父親。但他眼神中的溫柔絲毫不帶父愛，卻飽含情慾。他向我跨近一步。「克萊兒？」他說。而我清清楚楚知道他問的是什麼。

我渴望他的肉體，渴望許久了。這天我過得辛苦，此刻恨不得埋進他的臂膀裡，等不及要他用歡愉抹去我的恐懼。但我在他面前已經做過太多錯誤的決定，而此刻我倆之間又存在太多祕密。我搖頭。

他眨眨眼，向後退一步。「好的，沒問題。這不會影響到我們的計畫，也不會影響到其他任何事。」

他臉上的飢渴恰恰是我的心情寫照。「也許過一陣子吧，」我一面說，一面在心中期待這一陣子不會太久，「也許等這整件事結束之後……」

「這樣可能比較明智。」他的語氣平板，顯示他心中認爲這樣一點也不明智。

第二十三章

九月了，冷風從海上吹來，陽光照射的角度偏斜，我感受到了學年伊始的歡欣，未來充滿希望，新的一年大有可爲。我告訴複製網我有自己的畫要創作，需要暫停接案幾個月。貝弗莉阿姆斯放了我一段時間的假，以待進一步的調查。瑞克遠行去了巴黎，我昭告潔可酒吧的大家，我最近靈感來了，因此瘋狂作畫。馬凱來過幾次，每次都只有短暫停留，而且氣氛尷尬。他離去後，我總是但願他不要走。

我已經看到盡頭了，彷佛完工日就在不遠處，我已嚐到成功的滋味。我卯足全力往終點線衝刺，使盡吃奶的力量，我過去幾週的努力完全相形見絀。我廢寢忘食，除了作畫以及等待烘烤的時間以外，一刻也不停歇。此外，雖然說我老王賣瓜自賣自誇，但〈沐浴後II〉看起來眞的美呆了。苯酚甲醛烘烤加熱後，分子美妙互動，使色彩如精緻琢磨的珠寶般深邃而明亮，在燈光下晶瑩閃爍，散放光芒。最後還要塗上一層墨汁，降低這種明亮光澤，模擬歲月的痕跡，我卻想到我的窗戶系列也許也可試著這麼做。

接下馬凱的案子時，我以爲我會從繪畫大師的作品學到東西，結果我習得最深刻的學問卻是來自一名僞畫大師。馬凱同意在我的個展開展前，烤爐可以繼續放在我這兒。想到能夠創作自己的畫作，我的興奮感益加高漲，於是更奮力衝刺。

我的睡眠變得短而片段，晝夜不分，這打亂了我正常的生理節奏，並且更進一步切斷我和外界的聯繫。我往往進行兩或三小時的罩染和烘烤後，就會一頭栽倒在床上，睡幾小時。起床後，吃些冷的泰式炒河粉，喝一杯柳橙汁，又重新投入工作。我老感覺自己像是置身遠方，從外在觀察自己，但說來矛盾，我停留在忘我境界裡的時間似乎又比過去我所能想到的都更久。

壞處是我不斷做夢，重複的夢，夢見艾薩克，夢見貝拉和竇加，還有馬凱。多數的夢境裡，我被艾薩克挾持，追逐著貝拉和竇加，馬凱追逐著我。有時情況相反，有時全部亂成一團。其中有幾次，沙維爾也出現在夢境。又有許多次，我和馬凱正在床榻纏綿。醒來時，發現這些夢極其無趣，情節完全在意料之中，但置身其中時，夢境卻逼眞而恐怖——或逼眞而酣暢歡快。

我的衝勁一陣緊接一陣，畫畫的速度也一天比一天快。希望畫作完成時，我的惡夢也會結束。我終於可以爬出這個漩渦，回歸眞實的生活。

於是，有這麼一天，畫作大功告成。我大筆一揮，簽下竇加的名字，還刻意在「竇」和「加」之間留了稍大的空間。退後一步欣賞自己的作品時，腎上腺素在我體內湧起。

我把兩幅作品做了整體上的比較。除了〈沐浴後II〉的色彩較爲鮮豔外，兩幅作品看起來幾乎一模一樣。我湊上前去，仔仔細細檢查每一吋畫面、每一道筆觸。眞是維妙維肖！我先前在〈沐浴後II〉背面的右上角點上一個綠點，好讓自己分辨得清哪一幅是哪一幅。我檢查背面的綠點，然後仔仔細細檢查畫作。我閉上眼又睜開眼，欣賞畫作，接著又重複了一次。

我打開衣櫥門，讓全身穿衣鏡向外開敞，然後刻意將兩幅畫併排，以便一眼能同時看到兩幅畫鏡中的倒影。我把其中一幅畫轉過來，上下顛倒，另一幅畫也同樣這麼擺。

我的胃腸扭絞。〈沐浴後II〉有個什麼地方不大對勁，裡頭有某種竇加絕不會做的動作。我想找出是畫中的什麼引發了這種感覺，於是視線在畫上來來回回搜尋線索。芳思華左側的陰影深度不夠。我把視線移轉回〈沐浴後〉，細細觀察芳思華，並和我的芳思華互相比對。兩幅畫中的芳思華以及她的陰影都如出一轍，毫無二致。〈沐浴後II〉或許不能算是竇加的作品，但我的僞作和原本的僞作完全就像一個模子印出來的。

此刻只剩下一項工作。我在整面畫布上了一層薄薄的凡尼斯。凡尼斯乾燥後裂隙浮上表面，我又把畫平放在工作檯上，拿了一支寬筆和一瓶墨汁，隨即遲疑了。我知道我非這麼做不可，不做不行。但想到要把我千辛萬苦創造出的鮮麗顏色抹去光彩，我就躑躅不前。

我強迫自己下筆，強迫自己用藍黑色的墨水覆蓋整個畫面，強迫自己看著整張畫布變成墨黑，掩蓋了每一個線條與每一滴色彩。墨水乾後，我用塗了肥皂的抹布擦去墨水，又小心翼翼用酒精與松節油的混合液去除最新一層的凡尼斯。

我再一次為米格倫的天才創意感到無比驚奇。最後的一點點墨水黏附在裂隙的峰稜，呈現出一如原本的贗品那般網狀的細紋。我最後一次塗上凡尼斯，這回添加了少許棕色，模擬出歲月的痕跡。這麼一來，這幅假造的曠世鉅作就完成了。

馬凱站在兩幅畫前，眼神忽左忽右來回擺盪，一語不發，神情令人難以參透。我恍惚又回到了當年凱蘭和馬凱在艾薩克的畫室決定〈四度空間〉能否參展的時節。那種昏眩欲嘔的期待是相同的，馬凱笑容燦爛轉過頭來，我心中如釋重負。

「幹得太好了！」他激賞地鼓起掌來，我看得出他想擁抱我。

我跨步退開，從冰箱取出一瓶香檳。「我們慶祝計畫成立時喝的那瓶酒是你帶來的，所以計畫完成，換我來準備香檳。」

馬凱全神貫注觀察著畫，因此沒有察覺我嗓音裡的尷尬。「我不知道該說什麼，完全啞口無言。」他轉向我，眼裡充滿了溫暖的激賞。「哪一幅是哪一幅？」

我拿了兩只杯子，走回他身邊。「你猜。」

他湊上前，仔細觀察兩幅畫作，又繞到背後，觀察畫的背面。「我還以為這畫化成灰我也分得出來。」

「這是個好兆頭。」

他回到畫的正面，又觀察了一番。「但我分不出來，眞的分不出來。」

「噢，就放膽猜一下吧！」

他往右邊的畫作一指：「這幅。」

我大笑，他的手臂隨即旋向左側的畫：「這幅。」

我不答，故意吊他胃口。

「克萊兒……」

「你應該堅持到底的。」

「妳的手藝好高超。」他從我手中接過香檳，砰一聲打開瓶蓋。「敬妳！」他舉起酒瓶，任由泡沫從瓶側汩汩傾洩。「世間第一奇女子！」

我捧著酒杯讓他斟酒，視線鎖在杯緣，迴避他的眼光。我的半個自己恨不得撲進他懷裡，但另一半的自己卻清楚知道自己對他說了什麼謊言，或者至少是讓他相信了什麼謊言。何況我也並不知道他對我又坦承了多少。雖然在心臟砰砰跳動而兩腿間溼溼的時候我很難承認，但我實在不敢太信任他。儘管我對感情這檔事判斷力向來都不高明——我坎坷的情史就是證明——但我至少還有起碼的判斷力，知道這種狀況並不是美滿戀情的良好基礎。

我們坐在沙發上互碰酒杯，爲我們的成功乾杯。我舒舒服服縮到角落裡，盤著腿微笑，努力別讓他看出我在刻意迴避肢體接觸。「下一步是什麼呢？」

「眞僞鑑定。」

我啜了一口香檳，酒精一路冒泡，滑落我的喉嚨。「你眞的相信她可以通過測試嗎？」

「妳最擔心哪一點？」

這問題倒有趣。「我想我們可以安全通過傳統的鑑識法，但是像原子吸收或質譜技術等新的測試法，就有可能會揪出一些我沒掌握到的地方。就你說的，一切還是要看買家有多老到。」

「我打算找鑑定原來那幅畫的鑑定師來鑑定。」

「這樣好嗎？」

「妳好像很擔心。」馬凱說。

「也不是擔心，或者說，你找其他專家來鑑定也一樣。可是你要怎麼向他解釋爲什麼要重新鑑定一次？」

馬凱一飲而盡，替我們兩人又各斟了一杯酒。「就告訴他，我有疑慮，需要請他重新鑑定一次。」

「他會信嗎？」

「怎麼會不信？這樣的情況，誰都會想再次確認。」

「有道理，說得是。」我用手指梳理我的頭髮。「對不起，我工作太久，累壞了，簡直是筋疲力竭。我連我們剛剛在聊什麼都記不起來。」

他把酒杯放在桌上，站起身來，疼惜地對我笑了笑。「那是當然的。」他伸手拉我起來。「妳需要的是睡眠，不是說話。」

我讓他拉我起來，我們對視了好長一段時間，最後他摟住我的肩膀，把我扳轉過身，往門邊走去，我用手環繞他的腰。

來到門口，他放下手臂，用一根手指托起我的下巴。「我明天下午來把兩幅畫都運走好嗎？我想盡快把妳的畫拿去鑑定，把原作放到安全處好好保管，順便把該給妳的錢帶過來。」

我點點頭，滿心興奮。興奮不是爲了錢，錢當然也很棒，但最大的原因是我終於可以擺脫這兩幅畫，終於可以重新擁有我的畫室，終於不用活在陰影之中。可以來一場秋季大掃除，清出空間創作我自己的作品。

兩幅僞畫移開後，我的畫室更開闊、生氣勃勃，而且老實眞誠。我自己也感覺開闊、生氣勃勃而且老實眞誠。我找回了我的畫室和我自己，更別說還有一萬七千美元的進帳。〈沐浴後II〉如果通過鑑定，還會有一萬六千美元的尾款。我是說如果通過鑑定的話。萬一沒通過，馬凱會怎麼做呢？會不會放棄交還給嘉納美術館的計畫，然後告訴賣方他找不到買主？他會不會把已經付給我的錢收回去，並且取消我的個展？說實話，我不知道他會怎麼做。我努力排除這些思緒，就像努力排除繪製〈沐浴後II〉的記憶一樣。

但這些努力不見得都會成功。過去這幾個月來的生活偶爾會忽然如潮水湧上心頭，止也止不住。追逐和被追逐的惡夢依舊糾纏不去，片段的記憶則凌亂摻雜其中。有時我感覺這一切從未發生過，又有時這件事像個無法抹滅的汙點，無論如何也沖刷不掉。有時我發現自己一天洗手二十次，整個人又陷入了瘋狂。

但行走暗路的經驗還是留下了一些好東西，那就是烤爐，以及苯酚甲醛。我對我的窗戶系列始終引以爲豪，這個系列集了我目前爲止所學習到的一切技巧風格之大成，是我最成功的作品。但添加苯酚甲醛後，這個系列呈現出一種超凡脫俗、珠光晶瑩的色彩，讓我心中充滿希望。

希望是個危險的東西，這我深有體悟，但同時，希望也是強大的內在動力。驅使我完成〈沐浴後II〉的動力瘋狂迷離，但窗戶系列的準備工作卻出乎意料撫平我的情緒，猶如在珊瑚礁海岸浮潛，以慢動作徐徐沉入充滿異國風味且令人屛息驚嘆的美景，隱含其中的一絲危險性更增添了刺激。

而米格倫教給我的並不僅僅是色彩的操弄，透過烘烤所爭取到的時間才是我最大的收穫。我的個展需要二十幅作品，全都採寫實風格，且全都要以透明油彩一層又一層精緻罩染。我看著原本的十二幅作品，打從馬凱第一次造訪以來，那些作品就一直掛在那兒，始終沒有取下來。我原本的計畫是要展出其中的六幅或七幅，但現下我發現，若是採用米格倫的做法，我的顏色表現可以更寬廣多元，我擔心這麼一來，新的作品會使這些舊作黯然失色。但這幾幅眞的畫得很好，馬凱就是看了這些作品，才提議幫我開個展。所以除非我想把個展延到明年春天，否則我就非展出這些作品不可。那麼我就需要再創作十三幅新作。

我已經有至少三十張草圖可以發揮，但也有一些新的創意在腦海中醞釀，例如有一個構思我已經命了名，叫〈粉紅媒介〉。我打算用生產線模式來裁減畫布、上膠以及打底，這樣可以節省一些時間。我環顧畫室，同時處理十三張畫布有點擁擠，但空間大約剛好。新構思的那幾幅我會先畫好草圖，然後快速替一幅幅的畫打輪廓。正式開始作畫時，我會用烤爐來縮減所需的時間。這是個艱鉅的計畫，但同時也是個不可思議的大好機會。

第二十四章

我戰戰兢兢在馬凱家門前的花崗岩階梯拾級而上。我不該來的，如今卻站在一棟十九世紀豪宅面前，對面一條寬闊的安全島，裡頭有綠樹環繞的林蔭步道，這道林蔭安全島使聯邦大道在後灣區所有的高級街道中獨樹一格，傲視群雄。更何況，我置身阿靈頓街（Arlington）與柏克萊街（Berkeley）之間，這比聯邦大道上其他所有的高級街區又更勝一籌。波士頓的這一區從不曾經歷過翻修整頓，因為沒有這種必要，上流社會對這個區域的偏愛始終不曾減退。

這個星期初，馬凱來電邀請我上他家晚餐。「妳知道我會燒菜嗎？」我接起電話時，他這麼問。

「你會燒菜？」

「可能燒得比妳好。」

「你是說，你不只會做焗烤起司通心麵？」

「妳的驚喜晚餐想吃焗烤起司通心麵？」

「驚喜？」

「對，事實上有兩個驚喜。」

「能不能說詳細一點？」

「不能。」

「好吧，如果你要大費周章下廚做菜，」我說，「那我就帶些比焗烤通心麵美味一點的東西過去。」

「就這麼說定了。」他說，「週六晚間七點妳方便嗎？」

我遲疑了一會兒說：「應該方便吧。」

「那星期六見囉！」他隨即掛上電話。

我完全沒機會拒絕，即使有機會，我可能也不會拒絕，我這人最愛驚喜了。那幅畫通過鑑定了嗎？還是和我的個展有關？會不會事成之後，他就打算在甜點裡下毒，殺我滅口？換個窩囊點兒的女人，可能會逃之夭夭，但我不是那種女人，我想看看他的收藏。

我按下他名字旁的電鈴，門吱一聲開啓，我跨進一個接待室，介於街道與房舍之間，鑲有木質裝飾護牆板，並鋪設著大理石。兩扇磨砂玻璃門矗立眼前，我推開門，走進一個典雅的挑高空間。十九世紀末期，衣著講究的紳士淑女就在這樣的地方接受招待，貝拉．嘉納很可能也曾是他們當中的一員。

一道桃花心木樓梯貫穿大廳，轉了兩道彎才抵達二樓梯廳。我躑躅不前，不知該往何處去，這時馬凱從樓梯走下來。

「在這裡。」他喊，「歡迎！」光線凸顯了他的顴骨與方正的下頷，他看來輕鬆且孩子氣，自信且自在，見到我非常開心。這全套組合眞是難以抗拒。

我踏上階梯，朝他走去，向他行了個屈膝禮，伸出手說：「幸會了，先生。」

他接過我的手，翻過來親吻我的掌心，說：「高貴的小姐。」

走進他家，我目不暇給，簡直不知該先注意精緻的建築，還是混搭風格的裝潢，還是毫無章法四處散放、卻又搭配得無懈可擊的藝術品。他帶我參觀。屋裡陳設了巴爾代薩里[1]的蜘蛛、費赫爾[2]四只紅蓋罐子的雕刻、柯爾[3]拍攝的椰子蛋糕。有曾梵志[4]面具系列當中的一幅、帕克[5]的作品中我最愛的一幅——〈四個裸體〉（*Four Nudes*）。有一件昆斯[6]的作品、一件柯廷翰[7]的作品、一件安迪．沃荷的作品、一件李奇登斯坦[8]的作品，當然啦，還有一件科利恩的作品。

「眞了不起！」我的嘴巴不住咕噥，「我的天，太妙了！」我簡直沒有別的話可說，他的收藏品足以媲美一座小型的美術館。接著他帶我看他的「印象派專區」，有一幅馬奈、一幅塞尚[9]，以及一幅小小的、完美無瑕的馬諦斯[10]。

「沒有竇加的作品？」我問。

「這是我收藏中一個不幸的缺憾。」他朝他所有的收藏擺了擺手，「這是經營藝廊的好處，我喜歡什麼，就可以買下來，價格遠比我開給客戶的低廉。」

他的公寓佔了這棟大樓的三層樓，一樓是客廳、飯廳和廚房，天花板挑高十七呎，有三座壁爐，還有古建築原本的天花板飾邊及圓形浮雕。二樓是極其寬敞的主臥套房，另有一間獨立辦公室，整潔且陽剛，但陽剛得恰到好處。所有物品都做了現代化的更新，但也全都與十九世紀的背景風格搭配得天衣無縫。我們爬到三樓，這層共有三間臥房，分別是一間各類設備應有盡有的客房，以及兩間小孩房。

「你有小孩？」

「蘿蘋六歲，史考特四歲。他們跟媽媽一起住在威斯頓（Weston），但我常和小孩碰面。」

我唯一能說的就是一個「喔」字。我知道他十分早婚，也知道他已經離婚好些年，但我怎麼從不知道他有小孩？艾薩克怎麼從未提起過？馬凱又為什麼從未提起過？

我們回到樓下，下樓的途中我又注意到更多剛才上樓時沒發現的藝術品——樓梯的壁龕中有座露薏絲·布爾喬亞[11]的雕塑，另外還有一幅威廉·肯寧居[12]的素描，以及一件亞歷山大·考爾德[13]的動態雕塑。馬凱執起我的手，領著我回到客廳。我們坐上沙發，眼前一張低矮的桌子上，一瓶香檳正在冰鎮中。

「我們這陣子好像喝了不少香檳啊！」他的藝術收藏太過驚奇，我幾乎說不出話來，好不容易才擠出這一句。

他斟了兩杯酒，其中一杯遞給我。「我們有很多事情可慶祝啊！」他戲劇化地頓了頓，又說：「現在有更多事可慶祝了。」

我屏住氣息。

「妳的〈沐浴後II〉通過了鑑定。今後不管是誰都會認爲那幅畫是眞品了。」

一股寬慰流遍全身。「哇！」我一口喝下手中的香檳，舉著空杯讓他再重新加滿。「眞是不敢相信。」可是話又說回來，專家也會失手，這我太有經驗了。

「妳本來這麼擔心哦？」

「當然很擔心啊，我不是告訴過你我很擔心嗎？」

「如果沒通過鑑定，我反而會大吃一驚。」

「看來你比較堅強。」

他從茶几抽屜裡抽出一枚信封，遞給我。「額外的獎金。」

「謝了！」我快速把信封收進包包裡。這次的信封感覺比較厚。

「那個不是主要的驚喜。」他說。

「不是嗎？」既然〈沐浴後II〉已經通過鑑定了，難道這會兒他要談的是我的個展？

「嗯，那算是前奏，或者說是前半段驚喜，因爲還有後半段要等。」

看來不是要談我的個展。「你煮了焗烤通心麵當晚餐？」

他放聲大笑：「妳怎麼知道？」

「是眞的？」

「放了我從花園裡摘來的三種蘑菇、蕃茄和香草。這樣算不算得上是精緻美食？」

我極力掩飾我的失望。雖然我跟天下人一樣熱愛美食，但美食在我眼中實在算不上是什麼驚喜。

「聽起來很美味，多謝了！」

他遞上一盤黑橄欖，那盤子細長，像是專為盛放橄欖而特製的，我從未見過這種東西。我扔了顆橄欖到嘴裡，滋味美妙，濃嗆而黝黑，既鹹且油。「你的花園也種橄欖嗎？」

「不只這樣。」他說。

我一面吃橄欖，一面等他說下去。

「我賣掉了。」

我險些把橄欖核給吞下肚。「你說〈沐浴後II〉？」

「我和這個收藏家之前也有往來，我透過幾個中間人，伸出餌試探一下，他上鉤了。」

「他相信那是眞的？是美術館被偷的那一幅？」

他用他的香檳杯碰碰我的香檳杯。「不然他還會怎麼想？」

我極力保持自己呼吸正常。我完全不知我為什麼會這樣反應，我以為會怎樣呢？我們的計畫一直都是要把我的畫當眞品來賣呀！

「事情成眞的時候，感覺很奇怪，對吧？」他說。

他再度看穿我的心思。這種革命情感帶來的親密力量強大，這是無可否認的事實，尤其這革命經驗又是我倆獨有的。一股寒意沿我的背脊向上竄。「你確定他不知道是你賣的嗎？確定他不會追蹤到你嗎？」

「我們之間隔了太多手，而且每個中間人都只知道他的聯絡人和他要聯絡的人。」馬凱話說得肯定，但我發現他沒有直接回答我的問題。

「他要怎麼處置那幅畫？」

「他是收藏家，克萊兒，收藏家都是怪咖，這個收藏家又比其他的還更怪，是徹頭徹尾的狂熱份子，只在乎他能收藏到什麼藝術品，其他什麼都不管。所以要賣這幅竇加的畫作，我頭一個找的就是他。」

「可是如果他不能賣，也不能展示給別人看，既不能用來表現尊貴身價，也不能在黑市交易，那買這幅畫對他有什麼好處呢？」

馬凱向後靠在沙發上啜飲香檳。「知道自己擁有這個東西，確認這個東西屬於你，除了你以外誰也見不到它。」他的眼光瞟過他的安迪・沃荷和李奇登斯頓作品。「這快感有點像上了癮，不對，根本就是上了癮。眞的有意從事收藏的人無法克制，可能也不想克制。我們這會兒討論的可不是一般人。」

我想起珊朵拉・史東翰說過類似的話，也想起自己凝視短廊上的空畫框時心中感受。全美術館就只有我一個人知道失畫的下落，我有多麼興奮！把竇加的〈沐浴後〉藏在我的畫室，隨時心血來潮想看就看、想碰就碰，而且除了我，誰也看不到、摸不到，這令我多麼自豪！忽然之間，我們全都不是一般人了。

「可是他會做眞僞鑑定，」我說，「萬一他找的專家發現那個是贋品，怎麼辦？」

「買主是印度人，但他得在這裡做眞僞鑑定。」

「可是你之前說來自第三世界的外國買主比較好，因爲他們沒有技術精良的專家，也沒有高科技設備。」

他一隻手摟住我，把我拉往他的身邊。我太過激動，因此無力抗拒，乖順地任他擺佈。「通常是這樣的，」他一面玩弄我一綹垂在額前的頭髮，一面說：「但是這幅畫聲名狼藉，他沒多少鑑定師可以找。」

「所以他只好用你的那個鑑定師？」

「他別無選擇。」

「接著會怎樣？」

「等鑑定師認可之後，我們協議讓他把畫布從框上拆下來，隨身攜帶，搭船或飛機離境。」

「可是那安檢呢？現在安檢很嚴格。」

「畫不會觸動金屬警鈴。」

「萬一他被抓了，他們會不會追蹤到……」

馬凱俯過身來吻我，是個甜蜜、溫暖而溼潤的吻，久久不去，熱意一路下竄，到了我的兩腿之間，又重新回流，擴展到我全身的每一個神經末梢。光是親吻從不曾讓我達到這等熱烈的歡快，但此時此刻看來就是那麼回事。

馬凱退開，問我：「妳之前說案子結束後就可以？」

「你哪裡學來的吻技？」

「這是『讚美』的意思嗎？」

親吻結束，我稍稍恢復理智，疑惑又重新浮上心頭。我用手指理理頭髮，坐正起來。「你怎麼從沒告訴過我你有小孩？」

「這有什麼影響嗎？」

「不會，這事本身不會，只是一般人通常會提起自己的小孩。」

「妳知道我有幾個兄弟姊妹嗎？知道我爸媽還在不在世嗎？知不知道我在哪裡長大的？」他聳聳肩，「我也不知道妳的這些事，我們從沒談過這種私事。」

「那倒是。」我說。即使事隔三年，艾薩克的背叛依舊是我心頭的痛。我抽開身子，兀自站起來。

「你號稱是高檔美食的焗烤通心麵怎麼樣了？我餓得要命。」

他也站起身，吻吻我的鼻頭。「我們有重要的事情要一邊吃飯一邊談，有件事我要聽聽妳的意見。」

晚餐非常美味，這使他的優點又增加了一項。他同時也是一流的東道主，體貼細心，卻不會過分殷勤，魅力十足又客氣謙遜。我們開心談笑，喝掉一瓶葡萄酒，接著討論我的個展。

「我打算再畫十幅新畫。」我告訴他。

「聽起來不錯。」他說，「預估什麼時間完成？」

「我估計一週一幅，總共要十三週，那就是明年一月初了。」

「要十二月或三月才行。」他說，「一月和二月已經排定節目，十二月有人取消展覽。十二月以前妳趕得來嗎？那時段不錯呢！」

「月初還是月底？」

「月中。」

「哪時候要確定？」

「至少要提前兩個月，我才來得及宣傳。」

十二月我趕不趕得及？提前兩個月，那就是十月中，也就是說，我一個月後就要給他答覆。這樣很趕，非常趕。

「可以少展幾幅啊！」他建議。

少一點不行，他會有空間同時辦另一場展覽，雖然說另外那場規模會小得多，但我不要，我要佔滿一整個藝廊。

「給我一個月。」我說，「我會盡全力，看能完成多少幅。這樣我比較估算得出來。如果十二月辦得到，我們就十二月展。如果來不及，就只好延到三月。」

「就我和藝廊來說是沒問題啦，反正有好幾個畫家搶著要那個時段。」

「可是呢？」我的一顆心垂到了地上。

「我個人不大喜歡這樣。」

我被辦個展的雄心沖昏了頭，起初被他的話弄得一頭霧水，但隨即我理解了。他指的是我和他的關係，他希望我多留點時間和他相處。「喔，對，還有我們那件事。」

「那件事有可能嗎？」他問。

我不知道該如何回答，我還需要多一些時間來思考，但也不想把事情說死，我看得出我們之間有可能，我也喜歡他。「有。」我終於回答，「只不過不是今晚。」

他咧嘴一笑，整個身子放鬆了。「那明晚換妳做菜給我吃，怎麼樣？」

「那樣的話，就不會有『那件事』了，我們可能會食物中毒死掉。」我趁他還沒來得及反應，搶先轉變話題：「你不是說有什麼事要聽聽我的意見嗎？」

他正色起來。「是把那幅原畫交還給嘉納美術館的事。」

「原畫現在在哪兒？」我問得謹慎。

「鎖在除了我以外，誰也拿不到的地方。是個戒備森嚴的地窖。」

他想要保護我，也許只是他口頭上說想要保護我，但這樣含糊其詞，弄得我很緊張，神祕兮兮的。

「在哪裡不重要，」他說，「我只是考慮要挑哪種做法。」

我決定姑且信任他。「當然不能直接跑去交給他們，所以一定要放在某個地方，讓他們去拿。」

「得要是個安全、有戒備的地方才行。」他說，「不能在室外，也不能跟我扯上關係。」

「不能在波士頓。」

「也不能太遠，運送程序愈少愈好。」

「你打算什麼時候歸還？」

「等妳的假畫離境之後。」

「也就是賣方拿到錢，你也拿到佣金之後。」還姑且信任他呢，眞是算了。

「對，等我拿到佣金之後。」他站起身來收拾桌上的甜點盤，把髒盤子一一放上廚房與飯廳間的檯子上，動作俐落。

「對不起，我不該那樣說，我無權評斷你。我在這件事裡頭也沒有多清高。」我看著他認眞的神情，果斷的動作，我願意相信他做這一切只是爲了讓那幅畫物歸原主。「對我來說，事情很單純，可是對你來說呢？」我看著他身邊牆上的藝術品，一件考爾德，一件昆斯。

「就算是我，也是要賺錢的，克萊兒。事情不能只看表象。」

「可是你有這麼多藝術品？有安迪．沃荷、考爾德，還有馬諦斯？」

他在我身旁的椅子坐下。「還記得我怎麼形容藝術收藏家的嗎？他們都很瘋狂，有時候還會失去理性？我就是那種人。」

「你想把〈沐浴後〉據爲己有？」

「不是，」他說，「當然不是。我只是在說明我收藏藝術品的心情。我們這種沒有藝術天賦的人，收藏就是表達自我的管道，是發現美、創造美的一種方式。收藏品可以超越收藏者自身的意義。」他搖搖頭，「這些東西是非賣品，一樣也不能賣。」

「你沒賣過你的收藏？」

「我的收藏品只有增加，幾乎不曾減少。就我說的，這是一種癮頭。我是艾登．馬凱，我是藝術收藏家。⑭」他笑得靦腆。「也許不像買〈沐浴後II〉的那個人那麼瘋狂，但也夠瘋狂的了。」

「可是你住豪宅？」我不讓他光靠施展魅力就迴避掉我的問題。「你還有藝廊？」

「都是靠貸款。妳別以爲有一大堆名貴用品的人就一定沒負債。」他捧起我的手。「是的，我會拿到我的佣金，而且是很大的一筆，但那是次要的問題，重要的是要把〈沐浴後〉掛回短廊的牆上。這樣犯法嗎？是的，我承認這樣犯法。但是值得嗎？我相信答案是值得。」

我注視著被他捧在手心的手。他的話有道理，但我還是無法忍受被人戲耍。

他把我從椅子上拉起來，默默送我到門口，臂膀輕輕環著我的肩。「我明天沒有事。」他說，「我們可以叫外送披薩。」他俯下身吻我。

我再一次迷失在他天鵝絨一般的甜蜜之中，迷失在他唇與胸膛的柔軟溫暖之中，他的身子貼緊我的身子，我的心朝著他卜卜跳動，他的心朝著我卜卜跳動。我抽開身子，我要想一想，要把事情想個清楚。我擁抱他，然後快速奔下樓梯，踏進沁涼的秋夜。

我在人行道停下來喘息，仰頭看他的窗。他站在凸窗前看我，臉上一絲惆悵的笑意。他把手掌貼在窗上，那手勢裡含有太深的渴望，我的心裡有個什麼東西轟然崩潰。

我再次按門鈴，門嗶一聲打開時，我以比方才下樓更快的速度衝上樓去。

---

①巴爾代薩里（John Baldessari），生於一九三一年，美國概念藝術家。
②費赫爾（Tony Feher），生於一九五六年，美國藝術家，擅長抽象、極簡雕刻及裝置藝術。
③柯爾（Sharon Core），生於一九六五年，美國攝影藝術家，以靜物攝影見長。
④曾梵志，中國畫家，一九六四年生於湖北。
⑤帕克（David Parker），一九一一～一九六〇年，美國畫家。
⑥昆斯（Jeff Koons），生於一九五五年，美國藝術家。
⑦柯廷翰（Robert Cottingham），生於一九三五年，美國超寫實派畫家。

⑧李奇登斯坦（Roy Lichtenstein），一九二三～一九九七年，美國普普藝術家。
⑨塞尚（Paul Cézanne），一八三九～一九〇六年，法國畫家，風格介於印象派與立體派之間。
⑩馬諦斯（Henri Matisse），一八六九～一九五四年，法國畫家，野獸派創史人及代表人物。
⑪露薏絲．布爾喬亞（Louise Bourgeois，又作布儒瓦），一九一一～二〇一〇年，法裔美籍女藝術家，以巨型蜘蛛雕塑聞名。
⑫威廉．肯胥居（William Kentridge），生於一九五五年，南非籍藝術家。
⑬亞歷山大．考爾德（Alexander Calder），一八九八～一九七六年，美國藝術家、雕刻家。
⑭戒酒協會聚會時，人人自我介紹：「我是ＸＸＸ，我是個酒鬼。」馬凱刻意模仿戒酒協會成員的台詞，以凸顯他像酒鬼罹患酒癮一樣地罹患了藝術收藏癮。

第二十五章

三年前

我頭一次到紐約去畫第二幅〈四度空間〉時，先到凱蘭的辦公室找她。她介紹碧雅翠絲‧考米耶給我認識。碧雅翠絲是個上了年紀的婦人，瞳眸湛藍，眼神銳利，穿戴滿身的珠寶首飾。

「碧雅翠絲是個大收藏家。」凱蘭說，「她研究藝術史，還拿了好幾個學位，對繪畫的瞭解比多數的大學教授還深。」她交給碧雅翠絲一把鑰匙。「妳作畫時她會看著妳。」

起初我有些不快，我不喜歡作畫時有人看著我，但我明白——現代美術館有必要確證我的畫確實是我本人畫的。

「妳要的材料都已經在畫室裡了。」凱蘭指指我夾在腋下的紙筒，「那是我要妳帶來的作品嗎？」

我不大樂意把畫交給她，但還是給了。她要我帶這些作品來供她和〈四度空間〉交相比對，這對我有利，但不知爲何，這麼做感覺像在逢迎諂媚，好像有錯的人是我。

「我們用完馬上就會還給你。」她這麼說完，隨即轉頭回到電腦前，一副打發我走的神態。「碧雅翠絲會帶妳到畫室去。」

碧雅翠絲的司機把我們載到布魯克林一個發展中但還不大繁榮的新興社區，這地方使我聯想起索瓦區。最先發現這類地方的總是藝術家，我們是拓荒者，開發新的區域，等這個區域翻修成高級地段，房租上漲，我們就會被掃地出門。

我們乘電梯來到一間小畫室，畫室的主人出國去了。我看得出畫室主人是個男的，但看不出他是誰，因此完全不知我佔用了誰的領域。我猜這是凱蘭的點子。這整個試畫過程都很神祕，在他們證實或推翻我的說法之前，外人絕不能知道我們在搞什麼勾當。也說不定在證實或推翻我的說法之後，也還是不能對外透露結果。

屋裡的畫架上立著一張和〈四度空間〉大小相當的巨大空畫布，畫布面南，因此北面的光線剛巧可以打在畫布上。畫架旁有張沾滿顏料污漬的桌子，我要求的畫材都擺在上面。我檢查顏料、畫筆、松節油，以及調色劑。

「需要的材料都齊全了嗎？」碧雅翠斯問。

「應該是齊全了。」我說，「可是妳不會無聊得要死嗎？」

「我們來敲定時程，我好排進我本來的計畫裡。」她這麼回答。

「我只有一堂課，在星期二。我的課差不多都上完了，現在要集中火力寫專題報告，希望下學期結束時能拿到學位。」

「所以呢？」她客氣有禮，但明顯對我的生活細節毫無興趣。

「所以星期二之前或星期二之後都可以。」

碧雅翠絲一面對著電話發號施令，一面說：「最好是能盡快完成。妳預估畫這幅畫需要多久時間？」

當初畫〈四度空間〉時，我沒花多少時間，我自己也覺得挺神奇的。用溼畫法作畫比用乾畫法速度快得多。但現在這幅能不能畫得同樣快，我卻不敢保證。在壓力下會遭遇創作瓶頸的可不是只有艾薩克一個人。「三、四天左右吧？」

很不幸，碧雅翠絲極為忙碌，沒有太多空檔可以和我在一起待上兩天，但我們還是排除萬難，排出了兩人都有空到畫室來的時間。她告訴我，此後我暫時不要和凱蘭聯絡了，碧雅翠絲手上有鑰匙，她會負責開門，以及在我出來後鎖上門。

事情就這麼依照計畫進行了。我總共進城作畫三次，每次待兩天。進城作畫的次數比我預期中多，原因是碧雅翠絲從沒有一天整天都有空，我只能在她有空監看時作畫，夜晚在基督教青年會過夜。碧雅翠絲很好相處，我畫畫時，她都在看書，或小聲講手機，但一刻也沒放鬆。這種工作看來像是要有大筆酬勞，才會有人願意幹，但碧雅翠絲明顯是個有錢人，沒有必要爲五斗米折腰，我至今仍不清楚她是爲了什麼而幫這個忙。

只要不去多想事情背後的緣由，這整個過程其實還挺愉快的，可以遠離波士頓，遠離課程的壓力以及競爭的壓力。波士頓美術學院在大學排行中名列前矛，同學間彼此較勁是這個學校的註冊商標。碧雅翠絲是個極好的同伴，專注留神，對我也尊重，話很少，但一點兒也不含糊的向我透漏她很欣賞我的畫。凱蘭要我不用完全複製〈四度空間〉，只要畫個類似的畫，算是同一系列裡的另一幅作品就行，於是我也就這麼做了。

大功告成後，碧雅翠絲把畫鎖在畫室裡，她告訴我有人會和我聯絡。她感謝我的和善，我感激她的親切。打從我們合作以來，她頭一次對我溫暖微笑，拍拍我的肩頭。「幹得好啊，小姑娘！」她這麼說，並眨眨眼睛，然後坐上等著她的車，呼嘯而去。

一直到漫長的六週之後，我才接到了正式的裁決。

第二十六章

我買了張雙人床，有彈簧床墊，還有床頭板和床尾板。孩提時代我睡過一張仿法國鄉村風的單人床，從此以後再也沒睡過正規的床。這是我平生第一次眞正擁有錢，五千美元的額外獎金，我不義之財的清單又添上了美好的一筆。這樣一來，讓艾登屈就地板上的床墊就不太好意思了。

烏雲終於飄散，我不再做窒息、追逐或禁閉的惡夢，不再被艾薩克、貝拉或竇加苦苦糾纏，只有艾登經常在我身旁。

秋陽傾斜的角度不斷縮短，白晝也越來越短，我心情煩躁易怒，但我卻感覺今年秋天比夏天更明亮，儘管事實並非如此。一如我所期盼的，〈沐浴後II〉的完成把所有的惡魔都趕跑了。

我瘋狂創作我的窗戶系列，速度幾乎和〈沐浴後II〉一樣快，但這回我有十三幅畫要進行，得加快腳步才行。但再怎麼加快腳步，我一天工作也無法超過十四小時。我沒時間跋涉到後灣區去，所以我和艾登若要溫存，他就得上我這兒來。他聲稱不介意過來，他說他喜歡走路，也喜歡松節油的氣味，我想他眞正喜歡的是床笫之事。我對這點倒是沒意見。

這人的床上功夫和吻技一樣妙不可言，他的舌頭讓我飄飄欲仙。和艾薩克分手後，我談過幾場玩票性質的短暫戀情，也有過幾次蜻蜓點水的一夜風流，但已經有三年沒有持續規律的性生活了。老天哪，這事可是會上癮的，所以說起來，有個嚴格的截稿期也算是好事，否則我們會成天賴在那張新床上，死也不肯起來了。

「我要工作了。」我們剛剛纏綿過一場，此刻正懶洋洋躺在床上，享受完事後的幸福。事實上，這已經是今天下午第二場完事後的幸福了，我的工作進度加倍落後中。

「我覺得三月對妳來說是個很好的展期。」艾登用舌頭描繪我耳朵的輪廓。「不畫畫的空檔可以有很多時間享受一點小小的樂趣。」他說，「春暖花開，萬象更新，多適切呀！」

一陣戰慄竄過全身。雖然我自知等不了這麼久，卻還是思索起這種可能，考慮了一瞬，趁他還沒來得及說服我別跑之前一躍而起。「你是我的經紀人，你應該要考慮怎樣對我的事業最有幫助。」

「我也是妳的情人，」艾登坐起來，雙手枕在腦袋後方，看著我穿衣。「所以我也要考慮怎樣對妳的身體最好。」

「這我很感激，」我一面說，一面把腿插入工作褲。這條褲子沾滿油彩，變得硬梆梆，幾乎可以直接立在地面。「可是你也知道成天貪玩不工作的女孩會怎樣。」

「會很有樂趣？」

「會一敗塗地。」

艾登故作絕望狀地舉起雙手：「世人哪，小心太有雄心壯志的女人！她們會扔下你，害你孤零零地哆嗦，蛋蛋都發青。」

我朝他吐舌頭：「小心說話太誇張的男人！」

他拾起地上的遙控器，瞄準一台小小的電視，就放在一疊我從沒看過的老舊食譜上。「我看一下收盤行情，」他說，「然後就回藝廊。」

我這輩子從沒擁有過半張股票，因此對股市興趣缺缺，於是我拾起畫筆，檢視我進行中的作品。是我已經構思了數個月的〈粉紅媒介〉，畫出來的成果比我預期中更好，苯酚甲醛和烤箱使各種層次的粉紅散發出美妙的光澤，令我大感興奮。我貪婪地伸手取調色盤。

「可惡！」艾登忽然大吼，「可惡，克萊兒，可惡！」

我轉過身。

「是〈沐浴後〉，我們的〈沐浴後〉！」他從床上跳起來，渾身光溜溜地站在電視前。「我想應該是。」

我忽然間理解「一顆心跳到喉頭」這話的意思了，好像體內所有的重要器官都被擠到了咽喉上。我沒放下筆，直接走到他身邊。

「一九九〇年波士頓伊莎貝拉．史都華．嘉納美術館發生重大搶案，至今尚未破案，全球最知名的辦案專家也傷透腦筋。此畫可能是該批遭竊畫作中的一幅。」有線電視新聞網的新聞播報員正經八百念著稿。

我看到新聞畫面。如果那不是我的〈沐浴後II〉，那就是有人製作了維妙維肖的仿冒品。雖然我的電視螢幕太小，難以看清細部，但結構上而言，這幅畫和艾登收藏的那幅一模一樣。我的畫筆噹啷落地，我握住艾登的手。

「這幅畫上週在舊金山一艘航往印度新德里的船離境通關時查獲。」新聞播報員繼續報導，「倘若此畫證實確是竇加的〈沐浴後〉，那麼此畫就是該起一九九〇年搶案遺失的大師作品中，頭一件尋獲的作品。該起搶案中，計有維梅爾、林布蘭、馬奈及竇加等大師的作品遭竊。這幅遭起出的畫作目前正運往波士頓進行真偽鑑定，此案目前並未傳出人犯遭逮的消息，但聯邦調查局已宣布要展開全面調查。我們一有最新消息，會立刻提供給觀眾朋友知道。」

我和艾登愣愣地對望，誰也說不出話來，但眼神中呆滯的震驚卻說明了一切。

「你不是說他會隨身攜帶嗎？」我終於吐出了話。

艾登穿上褲子。「他們又沒說他不是隨身攜帶，只說是出境通關時查獲的。這個人到底是不是我的買主都不知道。」

〈沐浴後〉，船，從舊金山出發，前往印度。還有可能是別人嗎？

「靜觀其變，不要慌，這很重要。」艾登說，「不要跟別人提起這件事，我會想辦法打聽，一有消息我就回來。」

「你要去哪兒？」我看著他抓起外套。

艾登看著我，眨著眼，幾乎像是詫異我怎麼會在他跟前，而後他的眼神溫柔起來，伸手擁我入懷。

「沒事的，我保證一定沒事。我不會讓妳出事，也不會讓我自己出事。」

我任由他抱著我，渴盼自己相信他的話，可我又清楚明白他既做不了這種承諾，也履行不了。

等著艾登回來的同時，我試圖作畫，但無法專注。我擔心我可能會犯下致命的錯誤，導致進度比原先更落後，甚至不小心燒掉整棟大樓，只好強迫自己暫停工作。我讓電視開著，但新聞只是重複播報相同的訊息，就連畫作的鏡頭也完全相同。我查了網路，唯一消息是海關一週前就查獲了這幅畫，只不過一直封鎖消息，直到今天才對外發佈。這表示他們所知的情報可能遠比報導出來的更多。

我多穿了一雙襪子及一件運動衫，仍然暖不起來，於是又加上一件羽絨背心，戴上剪去了手指部位的羊毛手套，問題是寒意好像從我的骨髓不斷冒出。我想把暖氣開強一點，但這種人造的熱氣對還沒乾透的顏料會產生奇怪的效果，於是我只好繞著圈子走個不停，希望運動能幫我暖起來。

艾登回來時天已經黑了，我撲進他懷裡，既尋求溫暖，也尋求保護。但由於他剛剛從冰涼的夜晚空氣中走進來，也並不具有神奇的防禦能力，因此我兩方面的期望都落了空。

他在沙發坐下來，伸出手指按了按鼻梁。「帕特爾被捕了。」

「誰？」

「阿紹科·帕特爾，我的買主。」

「所以說，那的確是我的畫？」

他看著我，神情像是覺得我瘋了。

「對啦。」我一一思索可能的後果。「你說你從前和這人交易過，所以他認識你，知道你的名字和長相。」

「對，也不對。」

「哪個對，哪個不對？」

「他知道我是馬凱藝廊的負責人，我們來往很多年了。但他不知道這樁交易跟我有關。我告訴過妳，我透過了好幾個中間人。」

「那這些中間人知道你是誰。」

「中間人也隔了很多層。我藏在幕後，因為我過去沒做過類似的事，所以誰也不會聯想到我和這件事有關。」

這話沒有他期望的那麼有說服力，但眼前還有更迫切的問題。「他們怎麼逮到他的？」

「我不怎麼確定，但我的中間人很明確地指示他要把畫布從框上拆下來隨身攜帶，我以為他會照做。」

「結果他沒有照做？」

艾登從椅子上滑過來，一隻手摟住我。「帕特爾不知道畫是從哪兒來的，也不知道賣畫的人是誰，顯然也不知道畫是假的。就算他很想把我扯進去，也辦不到。」

「聯邦調查局還是海關還是什麼的，他們會有辦法套他的話，透過一層一層的中間人找到你。」

「那些人辦案沒有電視演得那麼高竿。」

「可是嘉納美術館的竊案一定會重啓調查，他們會查個徹底，找出畫的藏放位置和持有人，就會從那個方向找到你。」

「我對其他人一無所知，其他人也對我一無所知，所以我可以全身而退。」他用雙手捧起我的下巴。「最重要的是，這件事完全不會牽連到妳。全世界只有我知道妳和這件事有關，」他輕輕吻我，「而我會守口如瓶。」

「可是你怎麼辦？」

「我拿了一張品質高超的複製畫，花八千美元請妳複製，妳所知道的就是這樣。至於我，妳不用擔心，我是大人了，我會照顧自己。」

「事情眞有這麼簡單嗎？」

他短促地咧嘴一笑：「我打心底希望是這麼簡單。」

那一笑笑得我心慌起來，我再度想起我對這個人的認識有多麼粗淺。

「至少好消息是，我不用再煩惱要怎樣把原畫交還給嘉納美術館了。」他說，「或者至少暫時不用煩惱了。」

我咬著下唇。當然不用煩惱啦，因爲根本就沒有原畫，或者至少他手上沒有。艾登對我的認識也不深。「萬一他們發現那幅畫是贗品怎麼辦？」我問，「更糟的是，萬一他們沒發現，怎麼辦？」

艾登捧起我的手。「克萊兒，妳這些問題會把自己搞瘋，也會把我搞瘋。我們用不著先預設未來的問題，按部就班，一樣一樣來，慢慢解決嘛！我奶奶說得好：『在還沒得知最壞結果之前，先做最好的打算。』」

「好吧。」我知道我沒辦法這樣沈著冷靜，但還是這麼說：「就聽馬凱奶奶的話。」

艾登拍了一下大腿，站起來。「要不要叫個披薩來吃？」

披薩來後，我們兩個都吃得不多，只是玩弄著手上的披薩，假裝全神貫注地觀賞重播的影集《歡樂單身派對》（*Seinfeld*）和《計程車》（*Taxi*），偶爾還開懷大笑。

「我們是不是在粉飾太平？」我們格外興高采烈地狂笑了一番後，我問艾登。

他聳聳肩。「如果這樣有助於平靜心情，何樂而不爲呢？」

這天我們早早就就寢了。自從艾登做焗烤通心麵給我吃的那晚以來，我們頭一次沒有溫存就睡覺了。

第二十七章

《波士頓環球報》的頭版頭刊登嘉納美術館的〈沐浴後〉檔案照。那是在短廊裡懸掛了上百年的畫，也是在搶案中被偷去的畫。只有我和艾登知道，這和舊金山碼頭查獲的不是同一幅。只有我知道這幅畫不是竇加畫的。

「經典之作重見天日？」斗大的標題這樣寫著。這是網路上每個新聞網站的頭條消息，晨間新聞節目《今日秀》（*Today*）也大幅報導。

我和艾登仔細查了所有找得到的資料，大聲朗讀報導的文字給對方聽，結論是，有關當局在昨天發布新聞之後，坊間沒有再出現更新的消息。沒有人提起帕特爾，也沒人提起有嫌犯遭逮捕，有關當局顯然口風緊得很。

「他們是不是故意隱藏只有凶手知道的證據，到時候好套口供？」我問艾登。

艾登翻白眼。「克萊兒，根本就沒有凶手，而且也沒有什麼東西可以作爲證據。可能就是因爲這樣，所以他們才沒消息可發佈。」

「別裝傻，你知道我的意思。」

他站起來，按摩我的脖子。這又是一件他很擅長的事。「我清楚知道妳的意思。」

我向後枕在他熟練的手上，哎哎呻吟。我這會兒身穿畫畫工作服，〈粉紅媒介〉已經在烤爐裡烘焙了一個多小時。我把頭往前傾，好讓他揉我肩胛骨上方痠痛的肌肉。

「妳害怕嗎？」我問。

他的手停不下來，嘴卻安靜無聲。

這沉默嚇到了我，我轉頭看他。「我們會坐牢嗎？」

「別幼稚了，克萊兒。」他厲聲回嘴。

我向後瑟縮。他從沒對我大聲說過話。

「對不起！」他把我拉回來。「對不起！妳應該猜得到，我壓力有點大。」

我仔細觀察他的眼神。

他嘆了口氣。「什麼情況都有可能，而且這不是小案件。可是我想我們不會坐牢，至少妳不會。」

我抱住他。我想我承受不了再度爲一件我也該負部分責任的事而失去一個男人。

「別這麼擔心。」他說，「我在研究一些自保的方案。」

雖然這話聽起來充滿希望，但他閃爍的語氣令我不安。「怎樣的方案？」

艾登溫和地掙脫我的手。「我得走了，」他說，「今天大部分的時間我都要待在藝廊。一有什麼消息，我就會打電話通知妳。」

他離開後，我重新開始畫畫。此時此刻，忘我的畫畫境界是我最安全的棲身之所了。

兩天後，官方證實，一名來自孟加拉的印度籍男子阿紹科．帕特爾因運送贓物被捕。新聞並報導，該畫是撐在框架上，而不是像中間人指示阿紹科的那樣，拆下捲起來帶在身上，同時他也沒有隨身攜帶，而是封在一個裝載牛仔褲的大型貨櫃裡，預計要運往新德里的一家百貨商場。

接下來幾天，傳言沸沸揚揚，說帕特爾即將送往麻州受審，會依強盜罪起訴，還有小道消息指被盜的畫作在印度現蹤。但逮捕行動進行一週之後，無論是帕特爾還是〈沐浴後II〉的眞僞鑑定，都不再有新消息傳出，僅有一些毫無概念的新聞主播做一些無謂的猜測。要不是有窗戶系列可以投入，我老早就發瘋了。

在畫畫中尋找慰藉產生了雙重作用，不但工作進度超前，而且由於我太過投入，也或者是太過疲累，因此沒有辦法關注帕特爾的事。這不僅是由於我最近工作狂發作的緣故，另一個原因是過去兩年來，我已經花了難以計數的時間在這個窗戶系列上，畫了數百張草圖，拍了數千張照片，眼前的問題不是找不到作畫的題材，而是不知該挑選哪個構思。

我已經準備好十三張畫布，上好膠，畫上了全部的底圖，也各自都塗上了底色。〈粉紅媒介〉今天白天就會完成，〈特萊蒙街〉則預計是今晚。明天我會開始替〈走廊〉和〈凸窗〉上色。艾登對這幾幅畫很是激賞，我也頗爲自滿。

我看看月曆，我的速度幾乎比預期快兩倍，一個多星期能完成兩幅畫，而不是原先預計的一幅。按照這個速度，剩下十週時間，有十一幅畫要完成，十二月辦展覽綽綽有餘，還會多出數週的空檔。我重新計算一次，以免出錯，算出來結果同樣是十二月沒有問題。

過去幾天來，我隱約感覺到十二月應該沒問題，但這會兒，我眞的可以下決定了。我沒有打電話告訴艾登，而是慢條斯理沖了個澡，花了比平常長的時間，好整以暇地吹頭髮，化了點妝——我已經有幾百年沒化妝了——穿上蕾絲內衣。我的衣櫥沒幾件衣服，這天氣反常，溫暖得不像話，我想那件性感的無袖上衣搭配幾年前在折扣商店買的可愛小外套應該效果不錯。

來到馬凱藝廊時，我踏進門內，看見艾登坐在藝廊後側的辦公桌背後。目前的展覽以線條爲主題，相當有看頭，整體的規畫尤其具創意。有以細線構築而成的擬人化雕塑、看起來像一張張方格紙而實際上卻是以墨水描繪出的細緻網格畫、一座由幾公里長的鐵絲組成的二十呎螺旋、黑畫布上蝕刻一個又一個的白圈圈。其中最引人注目的是一幅以單一線條構成的畫，可能有二十五呎那麼長，覆蓋了兩面牆，描繪一座肯亞村莊的生活。這是一場很炫的展覽。

艾登渾然不知我來了，正笑容可掬地講著電話。看他那模樣，誰也不會猜得到他腦袋裡擔憂著比下一場展覽佈置嚴重得多的問題。我忽然想到，如果艾登能夠如此鎮定，我當然也應該沉著冷靜。

他看到我時，臉上泛起了燦爛的笑意。他掛上電話，走向我，先檢查了一下自己的裝束，然後擁抱我。我很擔心別人若是得知我倆的關係，會以爲我是靠這個才得以辦展覽的。不過話說回來，比起我取得個展機會的實際原因，這個看來還比較好。

雖然艾登覺得我這麼想很蠢，但他還是遷就我，同意在公眾場合會小心謹愼。「妳今天眞漂亮！有什麼活動我不知道嗎？」

我隔著適當的距離對他眨眼，睫毛眨了眨。「我只是來拜訪我的經紀人，討論十二月即將舉行的個展。」

「確定了嗎？」

「確定了。」

我們決定在十二月的第二週開展，一直展到新年過後。

「這個時段非常好，」艾登信誓旦旦，「非常好。十二月六日開幕，距離聖誕節還有好些時日，整個聖誕假期都會持續展出，那段時間街上擠滿了人。妳絕對想不到聖誕節之後的那一週可以成交多少生意。」

我聽著他說話，看著馬凱藝廊的負責人把我的名字記在他的行事曆裡，望著四周的牆面，腦海裡偷偷把牆上的藝術品換成我的作品，可是這感覺一點也不眞實。這種事情不可能發生在我身上，我是克萊兒．洛斯，是波士頓藝術圈人人喊打的賤民，頭號冒牌貨。這種事不可能發生在我身上，可能嗎？艾登沒察覺我心不在焉，不知道我完全無法專心聽他說話，滔滔不絕談起展場佈置、宣傳、價格，以及如何吸引策展人及收藏家前來等事。

「噢！」一股喜悅從我內心深處湧起，我呼喊出聲，甚至還懷著最誠摯的歡喜拍擊了一下手掌。這事真的要發生在我身上了！

艾登放聲大笑，介紹我認識他的兩名助理，湘朵和葵絲娣。這兩個女孩加起來，身上大約穿了二十個洞，腰部以下的布料合起來不超過一碼，腳上的靴子倒是很長。

他告訴兩位助理我即將在十二月辦個展，並上了我的網站給她們看。兩人對我的畫作噢噢啊啊地驚呼了一番，艾登忙著囉囉嗦嗦向她們介紹我以古典技法結合當代主題的獨特風格。有一刻我感覺自己似乎被排除在這場對話之外，像個旁觀的局外人，入侵者。我提醒自己我並不是局外人。此時此刻，就在當下，我從不相信有可能成眞的夢想成眞了，這事幾乎不可能發生，我整個人暈陶陶。

兩個頂著時髦髮型、身穿名牌牛仔褲的中年女子走進門，葵絲娣立刻上前招呼。我點開幾幅打算要在個展展出的早期窗戶畫作給湘朵看，又向她描述了幾幅新作，她看來是眞心感到興奮。我盡力保持冷靜沉著，裝作若無其事，好像這樣的事對我而言是家常便飯，但我感覺得到自己臉頰發燙，雙手瘋狂揮舞，我知道我掩飾得並不好。

湘朵也去招呼其他客戶時，艾登問我：「妳打算如何慶祝呢？」

我把食指按在嘴上。「我聽說有個地方離這裡不過一條街，那裡有世界上最棒的蝕刻版畫……」

到達艾登家後，我們直奔臥房。我太興奮了，完全靜不下來。我喋喋不休談論我的〈粉紅媒介〉，談論是要展出〈摩天大樓〉呢，還是既然時間上有餘裕，就來多畫一幅新畫，又嚷著是否要為開幕酒會買套新裝，無法專心。但艾登的耐性以及神乎其技的床上功夫終究還是征服了我，我的歡愉洶湧淋漓而熱烈，一面嬌喘喟嘆：「前所未有的棒！」一面抓緊他的身子，要他往更深處挺進。他笑了笑，果眞達成了我的期望。

飽足且大汗涔涔之後，我們像兩個嵌套在一起的問號一般蜷縮，艾登的心在我的背脊卜卜跳動。

當天晚上，我完成〈特萊蒙街〉，第二天，我花一整天替〈走廊〉和〈凸窗〉上中間色調。兩幅畫這會兒各上了三層油彩，也烘烤了三次，這速度恰恰符合我的需求。我考慮再進行一回合的烘烤，但決定還是暫時收工。幾個星期後，艾登就會開始宣傳我的個展，我得要跟潔可酒吧的夥伴們說一聲，以免他們從其他人的口中得知消息。

我輕聲走進潔可酒吧，就好像過去這些日子來天天這麼做似的。我已經有一個月沒上潔可酒吧了。打從和艾薩克分手並且開始流連潔可酒吧以後，這是我消失最久的一段時間。

首先看到我的人是茉琳。「哎呀，是誰死而復生啦？」她說，「還是從畫布中復生呢？」邁可、小小和黛妮兒一眨眼就撲到了我身邊。

「妳還好嗎？」

「畫畫進行得怎麼樣了？」

「妳去哪兒了？我們好想妳。」

「妳是不是靈感來了，就覺得我們這些人太差勁，不配當妳的朋友了？」

「我也很想念你們。」這話是肺腑之言。「可是我未來六週大概也不能常常來了。」

小小抓住我的手。「發生什麼事了嗎？妳的事業有轉機了對不對？」

我的喉頭緊縮，眼眶噙滿淚水，說不出話來。

小小跨近一步。「情況不順利嗎？」

我搖頭。

「噢，親愛的，」她說，「無論發生什麼事，我們都挺妳。」

我眨著眼，想忍住淚，但一顆淚珠滑落臉龐，大夥兒全都用同情又擔憂的眼神望我。我抹去眼淚，終於說出話來：「不是，不是壞事，是好事。」

一夥人全都鬆了一口氣，茉琳把一瓶山姆啤酒推向我。「乾掉吧！」她說。

我一口氣喝掉半瓶啤酒，說：「你們一定不會相信的。」我看著大夥兒充滿期待的臉龐，卻吐不出話來。

黛妮兒在胸前叉起雙手。「如果瑞克在場的話，他會說：『你再不說，我都老了。』」

不如就快刀斬亂麻，別再拖拖拉拉了。「我要在馬凱藝廊開個展。」

有一剎那，酒吧裡一片死寂，忽然間，一片歡聲雷動。

「太棒了！」

「不可思議！」

「馬凱藝廊，太厲害了！」

「怎麼辦到的？」

邁可扳住我的肩膀。「妳是實至名歸，實至名歸呀！」

「我已經請克萊兒喝一瓶啤酒了，」茉琳咕噥，「看來我得要請大家都喝一瓶才行。」

大夥兒齊聲歡呼。啤酒開瓶後，小小舉起瓶子說：「慶祝我們的夥伴成功！」

人人舉起了各自的酒瓶，咕嚕咕嚕一飲而盡，噹啷一聲把瓶子放回吧檯。「一點兒也沒錯！」大夥兒齊聲說。

第二十八章

三年前

六個星期是一段漫長的時光，長到我開始頭痛、失眠、消化不良、恐懼成功、恐懼失敗、恐懼恐懼，以及其他各式各樣的心理問題。等待凱蘭・辛山默宣布最後裁決的期間，我深受這幾個症狀之苦，還患上一些其他症狀。當然是自我診斷。凱蘭終於來電時，我整個人已經萎靡得一塌糊塗了。

「很抱歉。」凱蘭在告知我她是誰之後這麼說。

我咬著嘴唇。「抱歉什麼？」

「委員會斷定〈四度空間〉是艾薩克・科利恩的作品。」

第二十九章

「妳把最傑出的專家都騙倒了。」艾登說。藝廊已經打烊，我們坐在馬凱藝廊樸實舒適的凹室裡，平時生意都是在這裡談定的。

「嗯，你那位鑑定師相信我的畫是眞的，那是一回事，可是……我們的確處理得很好……我沒有要貶低我們的成就，可是還是很不可思議。」我囁嚅著說。

他剛剛告訴我，嘉納美術館聘請的鑑定師宣告〈沐浴後II〉的確是竇加眞跡，也就是一九九〇年搶案中被竊的那幅〈沐浴後〉。經歷過〈四度空間〉的事件後，我應該已經不會再爲誤判這種事感到意外，但我還是很詫異。

我甩甩頭，想讓腦袋清醒一點。「我複製課的老師有一次說，只有失敗的贋品才會被抓包，因爲成功的贋品都已經掛在美術館牆上了。」

艾登呵呵笑起來，「看來妳有很多好同件呀！」

那當然啦，我又不是第一次幹這種事。「這樣會減低我們曝光的可能性嗎？」

艾登轉身面向藝廊的主要展廳。「妳想要把畫作在開放展廳裡沿牆掛成一圈嗎？還是要讓每幅畫有自己的空間？也許可以擺幾道活動牆面，讓觀賞者在視覺和情緒上都感覺被包圍？」

我頭一次不想討論自己的畫展。「這對我們到底是好還是不好？」

他嘆了口氣。「我不會騙妳。他們一定會盡全力偵訊帕特爾、尋找證據、尋找其他畫作可能下落的線索，設法跟他談條件，交換情報。」他頓了頓，又說：「妳的指紋建過檔嗎？」

我搖頭。

「很好。」

「你呢？」

他也搖頭。「不用擔心，克萊兒，情況對我們有利，我們多半不會有事的。」

我什麼話也沒說，心裡想著，自欺欺人眞是個不錯的辦法，就只怕總有一天會破功。

大眾的想像力需要空間發揮。每個人貪得無厭地渴求〈沐浴後〉、嘉納美術館搶案、竇加，以及和嘉納有關的一切資訊，媒體當然迫不及待要填補大夥資訊上的空白。

搶案發生時，我還是孩子，雖然在波士頓城郊長大，又在波士頓求學，我對這件事的詳情卻沒有多少瞭解。我當然知道那天的夜半時分，兩名身著警察制服的人把兩名經驗不足的警衛上銬綑綁，並且偷走了十三件作品，其中包括林布蘭的〈加利利海風暴〉、維梅爾的〈演奏會〉，當然還有竇加的〈沐浴後〉。雖然檢警偵辦了數千個小時，並且懸賞五百萬美元，這些藝術作品至今仍然下落不明。

就在最近這幾天，我得知——兩名警衛的其中一名嗑了藥；當天有一名資歷較深的警衛臨時請病假；搶匪開著一輛鏽得一塌糊塗的斜背式汽車來到美術館，在館裡待了約一個小時，把搶來的戰利品裝上汽車後車廂，就這樣揚長而去。

我還得知嘉納美術館沒有保險，而且那兩名警衛只不過是夜間看守人，主要職責在於防止建築物發生火災或水管漏水，不太注意防範竊盜。此外我還得知搶匪告訴其中一名警衛，只要他乖乖不惹麻煩，就可以毫髮無傷，那名警衛則回答：「別擔心，我的薪水沒有高到讓我願意受傷。」八成就是嗑藥的那位。

涉案嫌疑人橫跨各界，包括波士頓的黑道份子、愛爾蘭共和軍、國際知名的偷畫雅賊、地方上的惡棍、不走正道的警察、美術館的離職員工，甚至還包括天主教廷。這所有的人，包括正在坐牢的、逃逸中的，甚至已經入土爲安的，全都回到鎂光燈下。許許多多新的線索也都受到嚴密檢視，這對我和艾登來說不是太妙。追查此案的記者、警察，以及聯邦調查局探員此刻追尋的是長遠的名聲和財富。這個題材令人興奮莫名，卻嚇得我魂不附體。

我應該要給〈老北教堂〉上中間色調，卻坐在烤爐前看著〈門〉接受烘烤。我強迫自己站起來，走向〈老北教堂〉，拾起畫筆和調色盤，眼光卻飄向床，考慮來睡個午覺。

艾登在承認鑑定結果使我們的處境更加危險後，提醒我要在得知最壞結果之前做最好的打算。但這會兒我那靠睡覺追求卓越的念頭被一個新的想法取代——假使外人看到我和艾登卿卿我我，他們會以爲我們在一切事務上都糾纏不清。於是我編造藉口，迴避在公眾場合和艾登一起出現，甚至不願讓人看見我們進出彼此的住處。展期將近，因此理由不難編造，艾登卻察覺了蹊蹺。

「我瞭解妳很忙，也瞭解妳壓力有多大。」這天晚上，他打電話來道晚安時這麼說，「我比誰都瞭解，可是妳不能這樣宅在畫室裡都不出門，這樣對妳不好，對妳的事業也不好。妳就把這當工作，要建立人脈，出去和人交際。再一個多月就開幕了，新聞稿明天就會發出去，妳要開始宣傳妳的畫展和新作了。」

「宣傳不是你負責的嗎？」

「妳也要宣傳。這個週末文華東方酒店有個募款餐會，正好適合當作妳的宣傳序幕。這天剛好是新聞稿發出的第二天，而且……」

「我不想在這麼盛大的場合揭開宣傳序幕，那些人都知道我的過去，他們絕不會……」

「那不是正式的藝術界聚會，只不過是支持同志婚姻的萬聖節餐會，各式各樣的人都會來參加，是個初試啼聲的好機會。」

「要打扮嗎？」

艾登大笑：「把妳美麗的臉蛋遮起來眞是可惜呀，是的，克萊兒，人人都要打扮。」

這倒是個優點。

「妳神經兮兮地怕人家看到我們在一起，眞是胡鬧。」他繼續說，「何況我們在一起有工作上的理由啊，我是妳的經紀人。」

「我們不能等到開幕之後再公開現身嗎？」

電話那端一陣沉默。

「好啦，」好一會兒後我終於說，「我去就是了。」

「在那之前，妳出門透透氣吧，遠離一下油彩和松節油，尤其是甲醛。」

「甲醛是防腐劑，可以讓我保持年輕。」

「我看不會吧。」他淡淡地說。

「你以前覺得我很風趣。」

「妳以前的確很風趣。」

在萬聖節的前一天尋找像樣的服裝不是件容易的事。雜貨店裡塞滿了蜘蛛人、灰姑娘和哈利波特的塑膠面具，但我想這些東西應該不太適合用來參加一客餐點五百美元的募款餐會。步行距離內沒有萬聖節服裝店，走訪了幾間復古服飾店卻空手而回，我趕緊衝到附近的藥妝連鎖店，買了一頂蓬鬆的白色假髮、一副綴有豐厚羽毛的狂歡節面具，回家的路上又買了一件剪裁凹凸有致的二手洋裝。

身穿我那勉強算新的新衣，手提假髮和面具走往文華東方酒店的路上，我後悔自己怎麼不買套機器人或恐龍的裝束。雖然說要費點工夫組裝，但結果就相當於在頭上套了個箱子。只要沒有人認得出我是誰，就沒有人會對我嗤之以鼻。而且我幹嘛不接受艾登的提議，讓他來接我呢？當時我感覺拒絕他才高尙體貼，他家到酒店才不過幾條街的路程，從我家走去卻要二十條街。但此時此刻，孤零零走這樣遠的一段路眞是一點兒也不好玩。我檢查包包，確認面具乖乖躺在裡面。

我從沒去過文華東方，這酒店光是大廳就令我大爲驚艷。大廳的裝潢充滿精緻的亞洲情調，震撼人心，耶路撒冷石灰岩上覆蓋著絲質牆面，家具以鑲嵌木、上漆的竹子、玻璃以及珠母製成，典雅精緻。展示的藝術品更是令人嘆爲觀止，兩幅法蘭克．史帖拉①的手繪彩色版畫分列入口處的兩側，一幅泰瑞．羅斯②的三聯畫掛在接待櫃檯正上方。我的右側懸著大衛．霍克尼③風格獨具的畫作〈二〉（*Deux*），他在這幅畫中，以柔和的色彩呈現畢卡索式的人物形體。我左側的壁爐上方是大衛．曼恩④的〈已知事實〉（*The Given*），這幅氣勢壯闊的抽象畫以紅與黑組成，顯得立體，使人聯想起宇宙生成時的大爆炸。

我耽擱了一些時間欣賞這些藝術作品，而後到洗手間去整理我萬聖節的行頭。然後一如計畫，我遲到了一個小時。戴上假髮和面具後，我彎彎拐拐在酒店裡四處尋找宴會廳。這宴會廳簡直足以媲美美術館，裡頭有十幅泰瑞．溫特斯⑤的陰影系列畫，外頭以竹藺圍繞，沿一座高聳的樓梯兩兩並排懸掛。二樓平台則懸掛著茱蒂．布拉斯特⑥的〈生命線第三號〉（*Life Line #3*）。

我還沒有來到宴會現場，已經先聽到了擾嚷聲。我停下腳步穩定情緒。我掌心冒汗，擔心到握住面具的手還在發抖。我提醒自己，更艱難的事我都做過了，例如告訴凱蘭．辛山默〈四度空間〉是我畫的。不過這不是個好例子，因爲那實在不是明智之舉。我終究還是舉起面具，走進宴會廳。

眼前的景象令人目不暇給，有性感的警察、淘氣的護士、海盜、山頂洞人、希臘女神、《辛普森家庭》的爸爸荷馬、哈利波特、印第安那瓊斯、印第安公主老虎莉莉（Tiger Lily）、史瑞克、小丑（Joker）、娜芙蒂蒂⑦和埃及豔后。因爲主題是同志婚姻的緣故，埃及豔后是男的，印第安那瓊斯是個美嬌娘，還有些變裝男子身穿美國小姐的全套盛裝。不少男子肌肉勇壯、渾身油光，而且衣不蔽體，女性在這方面也不遑多讓。我可以用我的個展當賭注，打賭這裡沒有人的服裝是在雜貨店買的。

雞尾酒時間看來已經結束，進入了用餐時段。我四處尋找艾登，他扮妝成希金斯教授⑧，一身燕尾服在這裡眾多飄逸薄紗之間應該不難辨識，在我找到他之前，我美術學院的繪畫老師喬治．凱利教授側著身擠過人群，走到我身邊。他身穿尺寸明顯小了好幾號的軍服，八成是他自己多年前的行頭。

「克萊兒．洛斯！」喬治驚嘆，「妳可眞是豔光四射啊！我聽說妳要在馬凱藝廊開畫展，我眞是太爲妳開心了！」

我驚愕地放下面具。

他的背後站著一名二〇年代的黑幫分子，那人同時也是珊朵拉．史東翰的朋友——雕塑系系主任齊孟教授。他握起我的手說：「克萊兒，我們眞以妳爲榮！沒有什麼比看見自家人嶄露頭角更棒的了！」

我從沒修過雕塑課，和齊孟只是見過面而從來沒有交情。〈四度空間〉的事件爆發時，喬治則是頭一個公開表態譴責我的人。我提醒自己，我是來這裡建立人脈的，應該要謙卑地接受他們的道賀。

頂著一頭向後梳的油亮黑髮、身穿高領燕尾服的希金斯教授向我們走來，他甚至有幾分神似雷克斯．哈里遜⑨。艾登捧起我的手親吻，操著標準的英國口音說：「妳看來可眞是明豔動人啊，不是嗎？」

我介紹三位教授互相認識，喬治和齊孟激動地獻上一番恭維後退場。

艾登在他們背後喊：「希望克萊兒個展的開幕式能見到你們。」

喬治行了個急促且難看的軍禮。「我不會錯過的。」

「妳看吧！」艾登一面領著我到我們的桌旁，一面說：「妳是天生的行銷高手。」

「是他們自己跑來恭賀我的。」

「會來恭賀的絕對不只他們。」

艾登說得沒錯。這一晚，我就像在這個宴會廳裡破蛹而出，從人人嫌惡的毛毛蟲蛻變成了人人欽羨的蝴蝶，這變化令我惶惶不安，起初我完全手足無措，但晚餐進行到一半，我已經變得自信滿滿且喋喋不休起來。頭號冒牌貨的事已經被拋到九霄雲外，而看來誰也沒察覺我和艾登有超乎工作夥伴的關係。當七層高的巧克力奶油慕斯蛋糕端上桌時，我已經比這些年來的任何時刻都更開心了。

有雙手蒙住了我的眼睛。「猜猜我是誰？」

我立刻聽出是誰的聲音，一躍而起，撲上前用雙手環抱瑞克。他打扮成法國畫家的模樣，頭戴貝雷扁帽。「我還以爲你還要在巴黎待上一個星期。」我一面嚷，一面親吻他。

「我一個小時前才回來，馬上就趕過來了。」他往艾登瞥了一眼，「倒是沒料到會在這兒看到妳……」但沒有人回應他的話。

「我記錯日子了嗎？」我趕緊問：「你本來就是今天要回來嗎？」

「嘉納美術館的新聞爆發以後，」他說明，「我就卯足全力加緊辦事。這新聞太精采，我不要再繼續錯過了。」他在我的嘴唇上大大吻了一記，「〈沐浴後〉呢，小萊，難以置信啊！」

艾登站起來，向瑞克伸出手說：「我是艾登．馬凱。你想必就是鼎鼎大名的瑞克了。」

瑞克的目光從艾登轉向我，眼睛忽然睜大了。「我想我沒什麼名氣吧！」

「對克萊兒來說是鼎鼎大名。」艾登說，「拉張椅子來跟我們一起坐吧。」

瑞克把椅子拉到我們的背後，我和艾登各自向兩側的後方退開，好讓瑞克可以靠近桌子。「嘉納事件的案情更複雜了呢。」瑞克說。

「怎樣複雜？」我急切地問。同一時間，艾登也正不疾不徐地開口：「怎麼說？」

瑞克再度看了看我，轉頭看看艾登，又再看看我。其他人或許可以輕易矇騙，但什麼也逃不過瑞克的法眼。

我剛剛吃下的佳餚這會兒在胃裡像個沈甸甸的水泥塊。「你有內幕消息嗎？」我向他眨著眼，「快分享吧！」

瑞克俯過身來，「這還沒對媒體發佈，但根據小道消息，那個叫帕特爾的拒絕認罪，而且同意引渡到波士頓來受審。」

我一時之間判斷不出這對我們是有利還是不利，只能用盡全身力量克制望向艾登的衝動。

「這樣很怪嗎？」艾登說起話來語氣四平八穩，像是在討論那個七層蛋糕。「通常不也都是這樣嗎？」

「怪的不在這裡。」瑞克說。

我盡可能裝作若無其事，稍感興趣卻又不過度關切。

「怪的是他的無罪答辯。帕特爾的律師說，他從頭就認爲自己買的不是眞跡，也從來沒打算要購買眞跡。他聲稱就他所知，他是透過一家網路公司買來這幅複製畫，這間網路公司專門製作十九世紀歐洲經典名畫的精緻複製畫。」瑞克對著我嘻嘻笑，「要是他聲稱這幅畫購自複製網，而且對方告訴他，這幅畫是由知名的竇加專家畫的，那專家不就是妳嗎？」

隔天早晨，瑞克所說的一切都在媒體得到了證實。這使我緊張起來，帕特爾可能要受審，可能會和檢察官談條件，他和艾登之間的聯繫人可能會走漏消息，複製網可能也會牽扯進去。我趕緊轉念回想晚宴裡較開心的片段，回想我所獲得的歡迎與恭賀，以及人們所承諾將給予的支持。只有瑰絲朵·梅克的反應不怎麼和善。

「是眞的嗎？」她質問。

「什麼東西是不是眞的？」

「別扭扭捏捏了，克萊兒。妳是怎麼辦到的？」

「嗯，首先我準備畫布，上底色，然後用炭筆畫草……」

「就只有這樣而已？」瑰絲朵冷笑，很明顯在暗諷我和艾登有一腿。

「當然不只這樣啊，」我的嗓音嬌美甜膩，「我把顏料和調和油混合，塗了一層又一層……」

她把手向我一揮。「知道了。」

「我會記得寄開幕式邀請函給妳。」我對著她逐漸遠去的背影喊。

「我那天晚上應該很忙。」她說完這話後，消失在人群。

除了她以外，所有人似乎都眞心祝賀我鹹魚翻身，這表示他們會來參加開幕式，藝評家、收藏家、策展人都會來。我的作品若眞如艾登說得那樣好，我就朝飛黃騰達的路邁進了。

〈查理餐廳〉正在烤箱裡烘烤，我上前檢查一番，然後走回畫架給〈夜車〉上最後一層亮橙色。〈夜車〉如果不是整個系列我最喜愛的一幅畫，至少也是我最愛的幾幅之一。疾馳的列車車窗中，一張張在隧道永恆的黑暗裡怔怔凝望窗外的臉龐，流露出霍普式的空無，但油彩的明度以及烘烤使他們肌膚色調更具眞實感並顯得立體，比眞實人物更栩栩如生。

烤箱的計時器響起時，我很開心。因爲計時器一響，不但意味著〈查理餐廳〉已經可以上最後一層凡尼斯，同時也意味去貝弗莉阿姆斯的時間到了。他們中止了我的假期，不再視我爲罪犯，我又獲准回到少年觀護所。雖然截稿期迫在眉睫，但我得要走出畫室透透氣，要讓自己從畫作中抽離，從自我中抽離一會兒才行。那些孩子比我的狀況糟得多，能夠思索一下別人的問題是好事。我預留了相當多的時間，以免遲到。

但是一踏進觀護所，看見那腐敗蔬菜顏色的牆以及鐵絲網窗，我的心開始噗通噗通跳得厲害。我慢吞吞走向金屬探測門。

「姓名？」警衛早就知道我是誰，他看看照片又看看我，然後對我吼叫。

我的手握成了拳頭。「克萊兒。」我的鼻腔充斥著廉價古龍水的氣味和陳腐的汗臭，我依稀又重回了這棟建築物深處的窄小房間裡，被上鎖監禁。「呃，是克萊兒．洛斯。」

他仔細且滿懷警戒地看我。「來訪的目的？」

這房間暖氣太強，空間狹小且令人窒息。我頭暈目眩，身軀搖晃。我伸手抓住桌緣。他的臉開始模糊。

「來訪的目的？」他用些許不耐的語氣質問。

我想說話，卻什麼話也吐不出。帕特爾會洩密，一切都完了，我和艾登會蹲一輩子的苦窯。

「有什麼問題嗎，洛斯小姐？」警衛狐疑地問。

我想像男孩子們在各自的囚室裡，憤怒，挫折，又無所事事，只好咒罵我和金珀莉，把金珀莉搞得一個頭兩個大。她已經幹了個史上最艱難的差事，卻有個軟弱無用的志工來給她增添更多麻煩。「沒事，長官。」我說，「我很好。」

我拉開綠東一〇七號教室的門，金珀莉一躍而起。房裡除了她沒有別人。

「我打電話找你找了一個小時。」她說。

我拍拍背包的外袋，外袋扁扁的。我又忘了把該死的電話帶出門。「大夥兒都上哪兒去了？」

「眞抱歉，克萊兒，我打電話給妳就是要說這個。高層剛剛才傳令下來，不准再上美術課了。」

「不准再上美術課了？」

「眞抱歉害妳大老遠白跑一趟。」

「你是說永遠都不上了？」

「他們是說要我們『聽候通知』。」金珀莉說。

「那孩子們呢？」

金珀莉搖搖頭。

「是因爲那天發生的事嗎？」

「有可能。也可能是預算的問題。」她聳聳肩。「我只接獲通知，沒人告訴我原因。」

「可是我沒領酬勞啊！」我跌坐在椅子上。「那沙維爾呢？」

金珀莉在我身旁坐下。「他不太好。」

我想起我帶銀色顏料來時，沙維爾有多驚喜。他顯然一點兒也不習慣得到他所渴求的東西。羞澀的點頭和蜻蜓點水的眼神交會是他唯一不失面子的道謝方式。「送去監獄了？」

「我前次聽到的消息是，沙維爾和瑞吉都被送到華波爾重刑犯監獄去了。」

「可是他們還這麼年輕！」華波爾是戒備最森嚴的監獄。

「就像人家說的啊，蹲不了苦窯就別幹壞事。」

---

①法蘭克．史帖拉（Frank Stella），生於一九三六年，美國畫家及版畫家。

②泰瑞．羅斯（Terry Rose），生於一九三九年，美國畫家。

③大衛．霍克尼（David Hockney），生於一九三七年，英國畫家、版畫家、舞台設計師、攝影師。

④大衛．曼恩（David Mann），美國畫家，生年不詳。

⑤泰瑞．溫特斯（Terry Winters），生於一九四九年，美國畫家、版畫家。

⑥茱蒂．布拉斯特（Judith Brust），美國藝術家。

⑦娜芙蒂蒂（Nefertiti），西元前一三七〇～一三三〇年，古埃及法老王阿肯納頓（Akhenaten）的皇后，容貌美麗，其半身塑像爲埃及知名古文物。

⑧希金斯教授（Professor Henry Higgins），電影《窈窕淑女》（*My Fair Lady*）的男主角。

⑨雷克斯．哈里遜（Rex Harrison），一九〇八～一九九〇年，英國演員，在電影《窈窕淑女》中飾演希金斯教授。

出自伊莎貝拉．史都華．嘉納之手

親愛的艾蜜莉雅：

十二萬分感謝妳的電報！喜獲千金！還有什麼比這個更美好的嗎？這消息令我精神振奮，使我更渴望回到妳身邊。我真心喜歡妳為她取的名字——法蘭希絲．伊莎貝拉。妳對我這樣好，我既感動又自豪。我也同意把寶寶暱稱為芬妮更為合適，我心底也早都將她喚為芬妮。妳趕緊在信裡仔細描述這個小東西才好，當然啦，也要仔細說說妳和妳先生的近況。可愛的小傑克對這個新妹妹有何看法呢？我猜想不是太感興趣吧。相信妳產後一定恢復得不錯。

雖然此刻的巴黎最是精緻美麗，大理石建築物在陽光下閃爍，這趟旅程卻是迄今以來最令我挫折的一次。前次造訪歐洲，我以為物價已經夠離譜，但是噢，我的天，現在的物價比當時更貴更貴更貴。這裡的景氣非常不好，就連伯納．貝然森等交易商也都心情低落。不過我敢說令他們心情不好的一定不是他們抽佣的成數，而是銷售量的低迷。

妳叔叔聲稱我父親的錢快用光了，我花錢必須有所節制，否則我們就會淹沒在債務之中。我很難相信史都華家的財富有可能會用罄，也很難想像嘉納家的資產支應不了我小小的放縱。

還記得多年以前我告訴過妳，愛德加．竇加邀請我們到他的包廂去觀賞隆相馬場的馬術競賽開幕嗎？我和妳叔叔之前從未有空，但上週我們去了！愛德加在隆尚有間別墅。那別墅不折不扣是個男人的住宅，一絲絲女人的痕跡也沒有。雖然有一屋子的僕人，弄出來的菜色卻與一流美饌相差甚遠，屋內的擺設亟待加強。愛德加聲稱他痛恨鄉村，但他的舉止卻絲毫沒有流露出什麼痛恨，我們在那兒玩得非常開心。

我們在他的別墅裡住了三天，因為大師在整間房裡無所不在，因此我們從清晨到黃昏都在談論馬。當我和妳的傑克叔叔有機會全副武裝前往隆相馬場，我們都興奮得不得了。

這天雖然有點熱，但天氣非常好。我對於沃斯替我打造的寬邊白帽非常滿意，這帽子戴在妳頭上想必閃閃動人，因此我打算帶回家讓妳試戴看看。亨利和約翰．沙金也都來到了包廂，還有許多其他人，整個活動歡欣鼓舞，出席的人個個穿著講究，露天的賽馬會精彩出色，真是個愉快美好的下午！

但接下來這段內容請妳務必嚴守祕密。我相信妳一定還記得去年冬天我們在綠丘談過，愛德加在信中重提三月時的提議。沒錯，這回情況也差不多。我們回到別墅後，愛德加邀請我們到他位於城裡的畫室，去欣賞他正在創作的一幅新油畫，預計要命名為〈賽馬場的馬車〉或〈賽馬場的下午〉，畫裡的背景正是隆相馬場。我當然絕不會錯過囉！

雖然我們一整季相處下來，愛德加始終都是彬彬有禮的紳士，但當妳傑克叔叔不在我身邊的時候，我還是稍稍有點戒心。但我想，既然愛德加曾提議送我一張裸體畫像當禮物，我說不定也能說服他改畫張穿著衣服的肖像。

我到達時，他先展示正進行中的畫作給我看。那可真是一幅賞心悅目的畫作。愛德加有個特長，擅於捕捉既私密卻又尋常的瞬間，我所認識的其他畫家沒一個有這種本領。這幅畫裡，有個母親和保母坐在馬車裡，母親看保母膝上的寶寶看得出神陶醉，自豪的父親則站在一旁，同樣偏著腦袋注視寶寶。這是一幅令人心醉而感動的畫面，構圖至為獨特，半張畫布都被天空佔滿，馬與馬車則朝著畫布的右下方快步離去！這無疑是一幅偉大的傑作。

我同樣盡可能詳盡地描述當天的經過。女僕奉上茶，我和愛德加坐著。愛德加斟了茶，並遞上一個檸檬塔，那檸檬塔真是人間美味！他在城裡的僕人很顯然比鄉間的高明太多了。

「妳考慮過我的提議了嗎？」我才剛啜飲第一口茶，愛德加就忙不迭地問。

我早就不是容易害臊的小姑娘了，但如同上一次，我感覺臉頰唰地一陣潮熱。「我說過了，先生，那是不可能的。」

「噢。」他的眼裡閃爍著光芒，「我還以為沒有嘉納先生陪伴，妳說不定會改變心意。」

「絕對不會。」我刻意把話說得堅決且輕快，好讓他明白這事沒得商量。但我的語氣聽在賓加先生的耳裡卻完全不是那麼回事。

他站了起來。「我有個禮物要給妳。」

我必須告訴妳，艾蜜莉雅，我的心開始跳得飛快。有禮物要給我？是一幅畫嗎？他會不會終究還是替我畫了肖像？他走向某個亂七八糟的角落，蹲下身，開始到處翻找，我交握起雙手。回來時，他手上拿了個包裝鮮艷明亮的紙盒，細細窄窄，不可能裝得下一幅畫。

我調整臉上的神情，以免辜負他一番好意，何況我也真的很好奇。「裡頭是什麼呢？」

「妳自己看。」

我的手飛快解開緞帶，上層包裝很快就脫落了，露出一層又一層的薄棉紙。我扔開一張又一張棉紙，心情興奮起來，最後，盒子裡出現一塊長長的布料，看來像是某種典雅的織物。我看起來想必滿臉困惑，愛德加笑了，並且把布料從盒子中拿起。

「是件長袍。」他一面說，一面拎起那塊布料。果真是件長袍，淡藍、半透明，希臘款式，以最細緻的絲綢製成，質地輕，整件衣服幾乎像飄浮在空中。

我恨不得碰碰這塊布料，體驗它的觸感，但這當然也是不可以的。「我不能接受……」

他俯過身來，手指擱在我的唇上，同時把那身衣服搭在我的肩上。衣服散發著薰衣草味，輕聲呢喃著飄落在我的腳邊。我無法克制地用手指摩挲這塊布料，把它貼緊在我的胸前。「噢！」我喟嘆。這是我這輩子見過最美的物件之一。

愛德加站著看我，臉上似笑非笑，眼光凝望遠方，我知道他在揣想衣服穿在我身上的模樣，揣想他會如何描繪衣服飄揚的皺褶。

「我……我不懂你的意思。」

「這是我們的折衷方案。」愛德加說。

我呆呆望著他。

他從我手上接過長袍，我萬般不捨地放手。他把長袍拎得離身子遠遠的，好讓我看見光線從後方照射過來的效果，我忽然明白了。那袍子並不是完全透明，但也不是完全不透光。

「妳願意嗎，貝拉？」

我動也不動。袍子在燈光之下閃閃熠熠，剔透又朦朧，皺褶裡漾著彩虹的七種顏色。

「看在我的份上？」愛德加苦苦相逼。

我像是中了魔法，定定站著，然後伸出手臂。愛德加把長袍交在我的手裡，用手勢示意我到一面我先前完全沒注意到的屏風背後。我仍舊著了魔似的乖乖照做了。我更衣時，他放起音樂，雖然是極為熟悉的旋律，我卻說不出是什麼曲目。此時此刻，我試圖一五一十告訴妳事情的經過，但整件事卻如同美好的酣夢一場，我只能捕捉其中的片斷，細節早已飄散在白晝之中。

我走出屏風，愛德加重新調整我只覆蓋了單邊肩膀的絲綢，於是長袍的衣襬以最性感的樣貌垂落在我的腰際。我們都知道我不是美人，但我想我從未感覺自己這樣美過。他要我躺在沙發上，要我的身體彎曲成這樣那樣，要我歪下頭又扭轉方向，好讓他僅能看到狹長的一點點輪廓。在這調整姿勢的期間，柔軟的絲綢愛撫著我每一吋的肌膚，撩得我體內最深處一陣顫慄興奮。

保持他所要求的姿勢並不容易，我向他抱怨，他卻毫無反應。他的炭筆在素描本上疾飛，目光專注於我軀體的每一個細節，但我懷疑他壓根兒沒看到「我」這個人。

最後，他終於容許我伸展軀體。伸展的感覺放鬆、溫暖而美好，我自然而然擺出了自己的姿勢，我都不知道自己的姿勢如此美麗動人。愛德加不停地畫，他稱讚我天生是做模特兒的料。

我必須告訴妳，這件事從頭到尾都純潔無暇，我們不過就是畫家與模特兒，而不是男人與女人。但我必須承認，我從沒有一刻比這個下午更感覺自己是個徹頭徹尾的女人。

我親愛的艾蜜莉雅，我得停筆去著裝用晚餐了。再過兩個月，再過八個星期，我們將再度聚首。我無法形容我有多渴望把可愛的小芬妮擁在懷裡，對著她小巧美麗的臉蛋微笑（妳看，我已經知道她很美麗了！），讓疲累的眼光在妳、小傑克，以及妳英俊的丈夫桑姆納身上歇息。屆時我們可以像閨中密友一般促膝長談，向妳傾訴我不敢形諸筆墨的事。

愛妳的貝拉嬸嬸

一八九五年六月十七日於法國巴黎

第三十一章

第二天，瑞克傳簡訊給我，要我和他碰個面喝一杯，地點哪裡都好，就是別在潔可酒吧。我們協議上克雷里餐廳（Clery's）去。餐廳裡到處是野心勃勃力爭上游的年輕專業人士，這些人興致高昂，爲了向彼此證實他們玩得開心，以超乎必要的高亢嗓音吵嚷嬉鬧。在這樣的喧囂中，我們保證能享有談話的隱私。

這天夜晚熱得出奇，我來到酒吧，看見瑞克在臨街的矮牆附近佔了幾個位子。即使是這裡的位子，依舊吵得不可思議。瑞克已經點了兩杯啤酒，擱在小小的桌上。我盡可能擠在他身邊，對著他的耳朵嘶吼：「幸好我們只有兩個人，要是三個人就根本不能談了。」

「妳在募款餐會上爲什麼沒告訴我馬凱藝廊的事？妳走了之後我才聽到消息。」他也同樣吼著對我說話，「我要知道每一個甜美的細節。」

「那天沒有時間說。」我吼著向他訴說時來運轉的經過。

他聆聽時滿臉的歡欣。「噢，小萊，」他一面嚷，一面把我摟進懷裡大大擁抱一番。「這眞是史上最棒的消息！」他放開我時，眼眶溼潤。

我低頭望桌子，眨著眼忍住淚。

「苦盡甘來的人是妳。」瑞克拍拍我的臂膀，「沒關係，想哭就盡管哭吧！」

我用餐巾抹抹眼睛，笑起來。

「那馬凱的事呢？」他對著我的耳朵嚷。

我強迫他發誓保密，然後承認了我倆的戀情。「沒有別人知道。」

他交疊手臂，細細觀察我的神情。「他頭一次參觀妳畫室的時候開始的嗎？當時妳還說那場會面一事無成。」

「不是啦。」我啜了一口啤酒，「不過回想起來，事情的確是從那時候開始發展的。」

「妳是不是也從那時候開始發現馬凱優點？」

我往他的手臂搥了一拳。「不要鬧我了啦，你這個……」

「妳臉紅了！」他尖叫，「妳眞是個淘氣的姑娘！」

「不是啦！」我緊張起來，「不是從那時候開始的，是後來……」

瑞克放聲大笑，舉起雙手。「不用解釋啦！」

「戀情是從他提議幫我辦畫展之後才開始的。」

瑞克咧著嘴嘻嘻笑。

「我不是爲了在馬凱藝廊辦畫展才跟他上床的。」我強調。但我的確替他僞造古畫。

他嚴肅起來。「妳喜歡他嗎？」

我點頭。

「他也喜歡妳？」

「我想是吧。」

瑞克吹了聲口哨。「眞有妳的！」他舉起啤酒杯，「慶祝妳情事得意！」

我用我的啤酒杯碰碰他的杯子。

「老天！」瑞克說，「我才離開不過幾週而已，世界都翻天覆地了。」

「談談你的巴黎行吧！」

瑞克描述著在巴黎四處奔波，和策展人、檔案保管員、圖書館員、藝術史家以及美術館館長談話的情景，一面說，我們一面喝乾杯中的啤酒，又再叫了一輪。

「下次我能不能跟你一起去？」

「只要妳自己籌機票錢……」他忽然住了口，眼睛睜大起來，「妳馬上就可以到處旅行了，想幹什麼就幹什麼。見鬼了，小姑娘，妳辦完個展以後就發了，還會聲名大噪。」

我舉手投降。「發財我很樂意，聲名大噪就別了。」

他端詳我的臉，伸手握住我的手。「當個有名的冒牌貨和成爲偉大的知名畫家是不一樣的。」

我低頭看自己斷裂的指甲。如果是因爲冒充別人而成爲知名大畫家，那一不一樣呢？

「克萊兒，妳看著我。」瑞克命令。

我目光向上。

「這一次，妳會因爲藝術創作傑出而成名，大家會因爲妳的才華而欣賞妳。艾薩克的成功跟他的名聲有關，媒體爲了自己的利益炒作他的名聲，但那不過是一個形象、一個名字，妳不要在意。」

「你最棒了！」我說得眞心誠意。

「很高興妳這麼想，因爲我沒幫妳從巴黎帶回來任何東西。」

「有沒有貝拉和竇加相關的資料？」

「完全沒有。」

「你覺得這有道理嗎？」

「他們在同一個圈子遊走，認識同一批人，甚至結交同樣的密友。貝拉買了好幾幅竇加的作品……不，不怎麼有道理。」

我聳聳肩。「時代不一樣，當時沒有即時通訊，他們是黑暗中互不交會的兩艘船。」

「記不記得我跟你說過，貝拉過世前燒掉了她所有的信件，也要她的親戚朋友燒掉他們的信件？說不定一切的祕密就藏在那些燒掉的信件中。」

「喜歡叛逆的人不是都希望自己的事蹟廣爲流傳嗎？」

「貝拉沒辦法歸類成任何一種類型的人。」

「我跟珊朵拉．史東翰談過了。」

「她幫上了什麼忙嗎？」

「沒幫上什麼忙。」我說，「但我覺得她一點也不壞。她人很好，還帶我欣賞她的藝術收藏。不過她對你們美術館看來印象不是很好。」

「豈止是印象不好而已？」瑞克嘟囔，但隨即又快活起來。「猜猜我幫妳帶了什麼？」

「巴黎帶回來的禮物？」

「不是，我是說是啦，我在巴黎幫妳買了個禮物，但這個東西比禮物更好。」他頓了頓，故意營造懸疑。「我多弄了一張歸位典禮的票，要送給妳。」

「歸位？」我重複他的話，故意拖延時間。

「〈沐浴後〉的歸位。這是本季最重大的活動，當然啦，我是說除了妳的畫展開幕以外最重大的活動。我們美術館全體動員，波士頓大眾管弦樂團（Boston Pops）會來演奏，國際媒體、文學大家、藝術家、明星專屬的外燴師傅……很愼重其事呢！」

「艾登會去。他想幫我多弄一張票，但弄不到。」當時我還有些如釋重負，因爲對於再度看見自己的畫作懸掛在知名的美術館裡，卻冠上別人的名字，我好像還沒做好心理準備。

「我們現在要改稱他爲艾登了嗎？」瑞克故意皺起眉頭。

我又往他的手臂搥了一拳。

「在感恩節那一週的星期六晚上。」他說。

「那距離我的畫展開幕才兩個星期呢！」

「只不過一個晚上的時間嘛，克萊兒。」

「我會累得一塌糊塗。」

「這是大好機會，可以結識有權有勢的藝術愛好者。」瑞克甜言蜜語誘惑我，「妳再也找不到更好的宣傳機會了。」

「你的口氣跟艾登一模一樣。」

「不准拒絕。典禮過後會有一場超級盛大的半正式晚宴。」他咧嘴一笑，「妳要弄一套艷驚四座的新衣裳，好跟富商名流把酒言歡。萬一妳忙到累癱了，我跟艾登會幫妳出面，宣傳妳即將登場的畫展開幕。」

我提醒自己，這次和現代美術館的那次情況不一樣。〈四度空間〉是我的原創，這幅不一樣，是竇加的作品，竇加構的圖，竇加下的筆。多少算是啦。

「會很好玩的。」

「好啦，」我說，「那我就去吧。謝了！」這次如果有什麼尷尬的情況，艾登會伸出援手。他會和我站在同一陣線，我不會是唯一瞭解內情的人。

瑞克向我湊得非常近。「說不定到時候我們就會多知道一點消息了。」

「什麼消息？」

「克萊兒？妳睡著了嗎？〈沐浴後〉的消息啊！我們前一分鐘還在聊這個的！」

「對不起！」

瑞克大大嘆了一口氣。「歸位典禮上，我們會多得知一點這幅畫的流浪經歷，說不定還會得知其他幾幅畫的下落。」

我深吸一口氣。

「有傳言說，聯邦調查局建議帕特爾當污點證人，他正在考慮。」

「他要出賣同夥？」我驚呼。

瑞克笑了，「我不會這樣形容這事啦，但沒錯，就是這樣，而且天曉得他知道多少內情。」

艾登對我告訴他的新消息無動於衷。「帕特爾沒有情報可以提供給聯邦調查局。」

「照瑞克的說法不是這樣。」

「瑞克的消息都是二手或三手的。」

「可是目前爲止他的消息好像都沒錯。」

「這次不會了。」

我應該要回家趕繪窗戶系列，但一走出克雷里餐廳，我就打電話給艾登，並且直奔他家。他正在做烤起司番茄三明治，我們站在他的廚房談話。我推測他的起司番茄三明治跟我在白麵包上直接放兩片起司的三明治大概吃起來差不多，就像他的焗烤通心麵跟我從超市買來的冷凍通心麵吃起來也差不多一樣。

他把他的成品放到我的盤上，數片起司、小番茄以及新鮮羅勒從自製的雜糧麵包間探出頭來，色香味俱全。三明治太厚也太黏，不容易用手拿著吃，因此艾登在桌上放了刀叉。我的胃緊縮糾結，毫無食慾，我用叉子把三明治在盤裡戳得團團轉。

艾登在我的對面坐下，咬了一口他的三明治。「妳不吃飯就不會有力氣完成妳的窗戶系列。」

「帕特爾不是白癡。」我說，「他一定知道自己將會面臨什麼命運。」

「他不可能多聰明，不然也不會被逮。」

「那就更糟了。」

「妳吃吃看這羅勒怎麼樣。」他用刀指指我的三明治，「這是新品種，我不太喜歡。」他又咬了一口，「有點苦。」

「我們要有點計畫才行。」

「好，」他語氣和悅，「我們來計畫吧！」

「你比較瞭解情況啊！」

他站了起來。「要不要來點酒？」

「啤酒好了。」

他打開一瓶山姆亞當啤酒，遞給我，自己則從一瓶開過的紅酒瓶中斟了一些，又坐下來，繼續吃三明治。

「萬一你被抓了，我要怎麼辦？」

「湘朵和葵絲娣會處理畫展的事。」

「我不是在說畫展，你不要故意裝傻。你怎麼會這麼淡定呢？」

他放下三明治，用充滿耐心的神情望著我。「就跟他們說妳對這件事一無所知。」他冷靜得令人惱怒。「畫家不需要爲經紀人的行爲負責。」

「你想他們多久會查出我專門畫賣加的僞畫？」

「這個問題我們先前討論過了。我帶了一幅精緻的複製畫給妳，出錢請妳繪製一幅精緻的仿複製畫。我告訴妳我會用複製畫的名義出售那幅畫。」他得意洋洋地舉起刀叉。「我們的說詞和帕特爾的說詞剛好吻合，這不是更好嗎？」

「可是你拿給我的並不是精緻的複製畫，對嗎？」我細細端詳他的神情。

「誰也無法證明妳心中認定的眞相是什麼，」他說，「也沒有人能證明我告訴妳什麼。」

我發現他並沒有回答我的問題。

「我保證我不會被抓。」他握起我的手。

我只是怔怔望著他。

他放開我的手，重新靠回自己的椅背。「克萊兒，我知道個展讓妳壓力很大……」

「我不是在擔心個展，我是在擔心你，擔心你會坐牢。」

「擔心對事情沒有幫助。」

「裝作若無其事就有幫助嗎？」

「緊張兮兮沒有比較好。」

「總比你把頭埋在沙子裡要好。」我恨不得把他搖醒，讓他別再這樣洋洋得意，讓他承認我們的處境危在旦夕。

「就算帕特爾想提出證據，他也不知道我牽涉其中。他只舉得出一個小嘍囉，那個小嘍囉知道得比他更少。他的證據對聯邦調查局毫無用處，他根本沒有條件可以協商。」艾登說起話來勝券在握，那樣的沉著太過完美了。我猜想他知道某些我不知道的事。又或者，他以爲他知道某些我不知道的事。

我雙手掩面。他在對我說謊，我也在對他說謊，我們的命運無可拆解地糾纏在一起，成爲情侶的我們處境加倍危險。

「我不知道。」我透過指縫看著我動也沒動的三明治發軟，起司已經硬了，盤子裡暗色的油光閃閃發亮。我輕聲喟嘆。

我揚起頭來和艾登目光相對，他眉心的皺痕更深了。「不知道什麼？」他問。

我重新低頭看潮軟的三明治，有片羅勒葉從兩片吐司間凸出來，像條蛇在吐信。

第三十二章

三年前

凱蘭．辛山默向我道別並掛上電話後，我仍死命盯著手裡的電話。我膝上的肌腱化作爛泥，整個人摔倒在地。這感覺就像是有人告訴我有個朋友意外猝死，我一半的心思飛快回溯方才得知的訊息並解讀意義，另一半的心思則凝結僵立，拒絕承認事實。雖然幾個星期來，我都戰戰兢兢擔憂著這件事，卻絕沒料到這事眞的會發生。

怎麼可能呢？〈四度空間〉是我畫的，我還又畫了一幅，而且另外提供凱蘭三幅作品比對。美術館有管道可以取得艾薩克的畫作，他們一定會拿來交相比對。那些專家怎麼可能會出錯呢？他們不是有一大堆神奇厲害的高科技可以用來鑑定嗎？那些人不是都拿了博士學位，還擁有幾十年的經驗嗎？我的視線在畫室裡飛竄，尋找有什麼東西可以拿來砸，什麼都好。

眞是活見鬼！不公平！不只對我不公平，對艾薩克也是。而且不是我故意誇張，這對所有的藝術家及藝術愛好者也都不公平。一所頂尖的美術館錯認自己館內畫作的創作者，這算什麼？這對全天下的美術館與全天下的偉大作品代表了什麼意義？艾薩克應該要理解到這個問題，應該要明白這是多麼不正當的事。畢竟藝術家是他的頭號身份。

我寫了電子郵件給他，傳了簡訊給他，打了電話給他，留了一通又一通的留言，要他和我聯絡，告訴他這件事很重要，但他毫無反應。我改變策略，轉而訴諸他的罪惡感。「你這樣怎麼對得起熱愛你的作品、欣賞你作品的人呢？」「你的遺產裡包含了一幅我的畫作，你作何感覺呢？」沒有反應。「你看著鏡中的自己，能問心無愧嗎？」他更改了電子郵件地址和手機號碼。

「幹得好啊，小姑娘！」碧雅翠絲．考米耶當初曾這麼說。她的用詞新潮，話中又隱約透露她相信〈四度空間〉是我畫的，當時的我很意外。她並沒有明說她是這麼相信的，但凱蘭說碧雅翠絲是個藝術史家，也是個大收藏家。不知她對事情的發展有何看法。

我透過約翰與碧雅翠絲考米耶基金會聯絡上她，她立刻接起我的電話。「克萊兒，」她說，「我最近剛好想起妳。」

我拿電話的手抖了起來。「是因爲最近發生的事嗎？」

她頓了許久。「還有最近沒發生的事。」

「妳贊成他們的決議嗎？」

她再度頓了許久。「我們能不能碰個面？」

「除了星期二以外，我隨時都能上紐約去。」

隔週的星期一，我們坐在下東區一條小小巷道裡的輕食餐廳角落。她提出這個地點時，我感覺十分怪，話又說回來，如果她不想讓人看到她和我在一起，那麼這個地點就不太怪了。

「我沒有什麼權威消息可以提供給妳。」我們各點了一客猶太丸子湯和沙拉後，碧雅翠斯告訴我，「我在委員會裡沒有表決權，我只是去報告我的觀察。」

我等著她說下去。

「我告訴他們第二幅畫是妳畫的，我看著妳畫下每一筆。雖然我不負責判定眞僞，但我告訴他們，我和妳共處了這麼久，和〈四度空間〉也共處過許多小時，我的看法是，兩幅畫都是妳畫的。」

「謝謝！」我輕聲說，「可是沒有人同意妳的看法嗎？」

她看著我，眼神充滿同情與悲哀。「投票時我不在場，但我聽說後來有其他委員加入表決。」

「可是怎麼會……」

「這不採共識決。」

我用湯匙戳其中一粒丸子。「我試圖聯絡艾薩克，要他出來招供，他不肯。」

「現代美術館可能也不肯。」

「爲什麼？」

「不是只有艾薩克一個人的名譽岌岌可危。」碧雅翠絲說，「也不只是名譽而已，還牽涉到大筆金錢。」

我放下湯匙。「所以說，他們爲了確保自己的狗屎利益而幹出這種事？」我一說完，就立刻爲自己的言詞粗鄙感到抱歉，但碧雅翠絲似乎沒有注意到，或者是注意到了卻不在乎。

「妳聽過認知失調理論嗎？」她問。

「沒有。」

「基本上，這種理論是說，人會在潛意識中重新詮釋自己的動機和行爲，好讓自己事後感覺良好。但重新詮釋之後，他們就會相信這詮釋的基礎也是眞實無誤。」

完全就是在形容艾薩克。

「所以妳是說，」我慢吞吞吐出這些話，「雖然他們知道〈四度空間〉是我畫的，卻告訴自己〈四度空間〉是艾薩克畫的，因爲這樣才最符合美術館的最大利益？」

「有些人可能是這樣想的。」

「那我要強迫他們面對眞相、說出眞相。我要去找美術館高層，去找媒體。」

碧雅翠絲用她紙一般粗糙的手握住我的手。「我建議妳別這麼做。妳才華洋溢，前途無量，這種時候不該往後看，過去的就讓它過去，妳專心往前衝吧！」

於是我回到家，努力讓自己聽從她的勸告。

第三十三章

我像隻躲避光線的蟑螂，匆匆鑽進自家大門。我根本不該去找艾登的，應該出了克雷里餐廳就直接回家，甩開我的憂慮和艾登老早準備好的答案，回去畫我的窗戶系列。我想起我們頭一次討論起仿冒畫作時，艾登提到出賣靈魂，隨即又改口說棋盤上的棋子是比較好的譬喻。他應該要堅持原本的說法才對，這樁交易不折不扣就是樁出賣靈魂的魔鬼交易。

回到屋內，不再有幾百萬不在乎我有沒有出賣靈魂的群眾看著我，我感覺好多了。我煮了一壺咖啡，把〈灣村〉①和〈蘋果〉放上畫架。兩幅草圖靜靜地看著我，使我想起艾登平靜的神情。眼看帕特爾很可能抖出實情，他居然泰然自若。我拾起調色盤和一支畫筆。我厭恨狐疑在心裡探頭探腦，冒出醜陋的小小頭顱，但我又不敢置之不理。我不能任自己對艾登的感情蒙蔽我的直覺和判斷力。

我調了些中間色調，開始作畫。如果我為了這場畫展，連靈魂都失去了，那不把工作趕完可就眞是虧大了。作畫的感覺眞好，沒花上幾小時，〈灣村〉就進了烤爐，這會兒我正調著淡藍的色調，打算畫倒影。

烤爐叮噹響起時，我取出〈灣村〉，換了〈蘋果〉進去。我累壞了，隨時可以進入今晚的第一次夢鄉，但是在〈蘋果〉烤好之前，我不能睡。於是我又煮了一壺較濃的咖啡，給自己倒了一碗穀片，一面吃，一面用網路搜尋帕特爾的新聞。根本沒有他的新聞，這卻一點兒也沒有減輕我的憂慮。如果帕特爾知道的比艾登以為的要多，艾登就很有可能被捕。而仿製畫作雖然不犯法，但知道自己的仿畫會被當成原版來販售，等於是共謀犯罪，因此我也有可能被逮。何況持有贓物也是有罪的，更何況，這還牽扯到多幅大師經典作品的竊案。

我咬著指甲邊的死皮。如果我找出原畫在哪裡，對我們的處境會不會比較有利呢？我彷彿能找到線索似的環顧畫室，眼光落在竇加的草圖上，忽然想到，或許我可以反向操作。說不定我可以先找到複製者，然後再循線找出原畫在哪裡。

我知道希望很渺茫，但處境危急的人不能太挑剔。我開始在紙上振筆疾書。我所得到的每一個線索都引導到同一個結論，就是艾登交給我的那幅〈沐浴後〉，和嘉納美術館一九〇三年開幕時掛在牆上的是同一幅，而且是幅僞畫。假定竇加原始的〈沐浴後〉繪於一八九七年，那麼僞造的〈沐浴後〉就繪於這六年之間。當時交通不便，繪製此畫的人想必不是住在巴黎，就是住在波士頓。也就是說，這位僞畫家生活在法國或美國。同時我推測他作畫的年齡介於二十歲到八十歲之間，也就是說，他出生於一八二〇到一八八〇年之間。

我用谷歌搜尋「一八八〇到一九〇三年間的仿畫家」，並沒有相關資訊，我所能找到最相近資料是「知名的仿畫家」，這張名單約有五十人左右，全是男性。天曉得，說不定我是開天闢地以來頭一個躋身這個顯赫族群的女性呢！那可眞是好極了，我一向就渴望當個打破性別藩籬的模範人物。

我一一排除背景不符的藝術家。多數藝術家的年代都不符合我的要求。喬凡尼・巴斯提亞尼尼（Giovanni Bastianini）一八六八年就死了，東尼・泰特羅（Tony Tetro）及我的老友米格倫則出生得太晚。另外，其他藝術家地緣關係也不合。威廉・布朗戴爾（William Blundell）住在澳洲，張大千②在中國，艾米爾・霍里（Elmyr de Hory）在匈牙利。另有一些人的專長在雕塑，或中世紀的泥金裝飾手抄本。最後，我只剩下四個可能人選，以及幾則可能對我自己人生有所啓發的故事。

頭一個故事的主角是艾奇歐・多希納（Alceo Dossena），他是個義大利石匠，也是個苦苦打拚卻得不到賞識的藝術家。他仿製古希臘羅馬的雕塑，他的經紀人瞞著他，把這些雕塑當成古文物，販賣給收藏家和美術館，其中還包括波士頓美術館。根據多希納的說法，他在美術館中意外看見自己的作品展示於館內古典藝術區，才得知經紀人海撈了一筆，卻僅付給他區區兩百美元。他和經紀人對簿公堂，聲稱自己渾然不知作品被以詐欺手法出售。他打贏了官司，獲得數千美元的賠償。這對我來說應該是好的預兆，問題是他在獲判無罪後，在大都會美術館舉行的個展一敗塗地，這消息卻不太令我雀躍。

又有個法國畫家名叫大衛・史坦（David Stein），他模仿自己最愛的大師，販賣夏卡爾[3]、克利[4]、米羅[5]和畢卡索[6]的僞作，狠賺數百萬美元。他的一幅僞畫在紐約一間畫廊被人識破後，他遭到逮捕，但起訴的過程卻非常艱難，因爲藝品經銷商擔心自己的專業能力遭到公眾質疑而拒絕與檢方合作，收藏家也聲稱史坦的作品填補了他們收藏的空缺，而拒絕繳出僞畫。最後他還是受了法律制裁，因僞造藝術品及竊盜罪而鋃鐺入獄。這對史坦和我來說都是不幸的結局。

五十則故事裡，每一則都充斥著才華、野心、貪婪、狂妄，以及反體制的報復心態。我在每一個故事裡都看見自己。而這五十則故事的結局都是一樣的——他們的造假行爲被揭穿，世人看清了他們的眞面目。

「妳爲什麼要這樣折磨自己？」我把這些仿畫家的故事告訴艾登時，他這麼回應。他九點左右出現在我的畫室，昨晚我一吃完飯就離開他家，他來看看我好不好。

「因爲好奇吧！」我說。

「我看是爲了自虐。」

「那些造假的人，每一個都背負著相同的往日陰影，多半的動機都和我一樣。」

他雙手高舉上天。「所有念醫的學生都想救人啊！」

「他們幾乎每個人都帶著某種報復心態，多半是得不到賞識，要對藝術圈施以還擊。」

艾登的眼神軟化了。「妳是有眞才實學的，克萊兒。」他的手往沿牆掛了一整排已經完成的窗戶系列一揮。「而且妳的委屈和他們的很不……」他在〈夜車〉面前蹲下來，瞪眼凝視，然後轉頭看我。「這幅畫很棒，很有震撼力，色彩的深度……」他伸出手指想碰畫布，又止住了。「這可能是妳最棒的一幅，我考慮放在前櫥窗，鑲個大畫框。」

「你這樣說只是爲了要安撫我。」

「妳別說那種屁話。」他走回來，和我一起坐在沙發上。「我從妳的表情看得出來，妳自己也很滿意這幅畫。」

「竊盜罪是偷竊的意思嗎？」

「妳沒偷東西。」

「我持有贓物。」

「畫現在已經不在妳手上。而且妳持有畫的時候，並不知道那是贓物。」

我想起艾登多麼輕易就相信了他自己的謊言。「可是萬一……」

「妳知道這樣下去會惹出什麼麻煩吧？這樣沒完沒了地前思後想、在網路上扒糞、擔心一大堆萬一？那些人就是這樣被逮到的——做蠢事、讓自己陷入不利的情境、神情緊張，引起別人的疑竇，然後一切就完了。」

「就像那個……」

「妳一定要答應我，不准再這樣了。」他說，「妳要專心畫畫，專心準備畫展，管控好妳的情緒。」

我知道他說得對，因此我答應了，但他並不瞭解完整的事實，有些事他不知道。雖然我感情上極樂意和他分享祕密，但他說謊說得臉不紅氣不喘，危機當前卻如此泰然自若，這令人憂慮，使我不敢吐露眞相。

他離開後，我重新回到網路上，搜尋四位可能人選的進一步資訊。這四個人當中，有三個是法國人，一個是美國人——伊弗・紹德宏（Yves Chaudron）、尚・皮耶・謝克胡恩（Jean-Pierre Schecroun）、埃米爾・舒芬尼克（Émile Schuffenecker）和維吉爾・倫戴爾。他們全都活躍在竇加與貝拉的年代創作並繪製贗品。

十九世紀末及二十世紀初期，不得志的畫家伊弗・紹德宏和竇加一樣，居住在巴黎的蒙馬特，他因爲僞造同夥佩魯嘉（Vincenzo Peruggia）偷竊的〈蒙娜麗莎〉而聲名大噪。至今仍有人在猜測，羅浮宮中懸掛的〈蒙娜麗莎〉究竟是眞品，還是由紹德宏僞造而由佩魯嘉販售給外國收藏家的多幅高品質僞畫之一。現在我得知紐約那位同時販賣眞畫和僞畫的藝術經銷商伊萊・薩凱是從哪兒得來的靈感了。

我發現尚・皮耶・謝克胡恩並不是生於一八六一年，而是一九四〇年——維基百科不是個太可靠的資料來源。但埃米爾・舒芬尼克則涉嫌重大，他是高更和梵谷⑦的好友，這兩人同時也都是竇加的好友。雖然他從不曾被定罪，但人們懷疑謝克胡恩僞造印象派大師的畫作，尤其是塞尚的畫作。他聲稱自己不是造假，只是要告訴世人他的畫作如此精湛出色，不欣賞他的人有多麼愚蠢。

維吉爾・倫戴爾也有相似的遭遇。他的作品不受當時的經銷商賞識，他因此轉而製作僞畫，在企圖販賣一幅沙金僞畫時被捕，一九二八年自殺身亡。這名字聽來耳熟，但我一時想不起來。隨後我想起了，他替珊朵拉・史東翰的外婆艾蜜莉雅・普雷斯考畫過肖像。艾蜜莉雅是貝拉的姪女，而且珊朵拉還忙不迭地補充，是她最疼愛的姪女。

我閉上眼睛，回憶〈艾蜜莉雅肖像〉，倫戴爾精湛的技巧呈現在我眼前，艾蜜莉雅的皮膚散發光澤，滿臉洋溢的幸福躍然紙上。那是一幅震懾人心的畫，情感豐富，刻畫細膩，看得出是由一位具有高度才華的畫家以古典大師的技法畫成的。我的眼睛猛然睜開了。這位畫家很有可能和貝拉・嘉納熟識。

①灣村（Bay Village），波士頓郊區的小鎮。

②張大千，一八九九～一九八三年，知名國畫大師，早年曾多次仿製中國古畫並當作眞品販售。

③夏卡爾（Marc Chagall），一八八七～一九八五年，俄國超現實主義畫家。

④克利（Paul Klee），一八七九～一九四〇年，瑞士裔德國籍的畫家。

⑤米羅（Juan Miró），一八九三～一九八三年，西班牙畫家、雕塑家、陶藝家、版畫家，超現實主義代表人物。

⑥畢卡索（Pablo Picasso），一八八一～一九七三年，西班牙知名畫家、雕塑家。

⑦梵谷（Vincent van Gogh），一八五三～一八九〇年，後印象派的荷蘭畫家。

出自伊莎貝拉·史都華·嘉納之手

親愛的艾蜜莉雅：

妳的嬸嬸今天脾氣非常壞，在這種情緒下，我不該寫信，但過去這一整個月來，我們家熱鬧滾滾，好不容易有了獨處時間，一定要好好利用。最近的氣候糟透了，既冷風又大，偶爾還下點雪，我們全都窩在室內。人們不斷和我攀談，不停問一個又一個問題，我覺得壓力好大，所以這會兒臥病在床，我甚至覺得很開心。

請別擔心，我不過是害了傷風，但是是最悽慘的一種傷風，喉嚨痛得要命，腦袋簡直撐不直，好險沒有發燒。醫生說，如果我的呼吸再不順暢，就要把我送到鄉間去休養，可我們再過不到一個月就要動身離開了，我還有幾項買賣還沒完成，斷斷不可能到鄉間去的。

妳也知道，我們這趟旅程非常漫長，跑了英國、法國、荷蘭、德國，在巴爾巴羅宮度過夏天，而後又重回巴黎。我在這趟旅程中獲得好幾項戰利品，所有的辛苦都是值得的！我買下了波提伽利的〈露克瑞莎的悲劇〉、魯本斯①的〈阿倫德爾伯爵二世托馬斯·霍華德肖像〉（*Portrait of Thomas Howard, Second Earl of Arundel*），以及我本年度最愛的作品——一幅小小的聖母像，不到一呎見方，此刻正位於我面前的一張椅子上。

〈玫瑰花架前的聖母與聖子〉（*The Madonna and Child in a Rose Arbor*）是施恩告爾[2]的作品，他和霍爾班[3]還有杜勒[4]同時代，但就我看來，他畫得比另兩位好太多了。這幅畫現有的畫框非常恐怖，對我可愛的寶貝來說太粗俗豔麗，只要等我能夠下床，我就立刻要去訂製一個新畫框。最棒的是，這幅畫很小，可以塞在我的手提箱裡偷偷夾帶，就可以躲開那些邪惡的稅務人員以及恐怖的關稅了。既然妳傑克叔叔同意了我開美術館的計畫，我就可以卯足勁全力採購。

妳叔叔還是抱怨我們錢花太多，但我猜想他對於即將展開的計畫也是興致勃勃充滿期待。這點子很令人興奮，我已經迫不及待想回家和建築師一起開始籌畫了。當然啦，也恨不得快快和妳及我最愛的兩位小朋友——親愛的小傑克和可愛的芬妮——見面。七個月前我啓程時，芬妮寶貝已經會說好幾個單字了，現在她恐怕能說成串的句子囉！

昨晚我們和亨利．詹姆士及愛德加．竇加共進晚餐。我們透露了想開美術館的計畫，他們兩位都非常喜歡這個點子，我們討論該買些什麼人的作品來收藏，一路聊到深夜。愛德加說，若我們考慮收藏他的作品，他會感到非常光榮。我告訴他，如果我們能討論出一個價錢來，嘉納先生和我都會非常興奮，這人竟然厚顏無恥地說，我已經知道他的價錢了！幸好你叔叔和亨利都沒有仔細聽我們說話。

妳傑克叔叔說，這一星期的後半幾天，他都得要在銀行忙碌，愛德加聽了，便邀請我星期三到他的畫室去。他說了稍早的話之後，我變得有點緊張，但什麼也擋不住我的。知道妳一向對這個冒險十分感興趣，所以等我從蒙馬特回來後，我會繼續把這封信寫完。

星期三晚間

我回來了。一如往常，我所告訴妳有關愛德加的事，妳一定要嚴格保守祕密。為了對妳叔叔保持尊重，請妳看完信後立即燒掉。萬一此信落入有心人的手中，後果就不堪設想了。

一如我所料，我一到達畫室，愛德加就主動提議要畫一幅畫，供我在美術館展示，但條件是我要做他的裸體模特兒。我拒絕了，他似乎並不吃驚，反而問我要不要穿上我的絲綢袍子，我答應了。我發現，一旦冒過一次險之後，第二次就容易多了。

這袍子和上次一樣，穿起來柔軟曼妙！他生起壁爐火，感覺比酷熱的夏天更愉悅舒適。保持同一姿勢很困難，但是當他放我自由、容許我隨意伸展四肢時，我只能說我從未感覺如此頑皮又自在過。我閉上眼睛，彷彿是在與一位輕飄飄的天使共舞。

但愛德加這次沒有如上次一樣，不停地畫，而是跪在我身邊，手觸著袍子唯一的衣帶，輕聲說：「拜託妳，貝拉，讓我把這個拿開，讓我看看妳真實的樣子。」

當時我躺在沙發上，睜開眼睛，直直望入他的瞳孔，他的眼眸深邃、坦白而充滿哀求，我不知不覺舉起手臂，任他把滑溜溜的絲綢從我的肌膚上拉開。噢，艾蜜莉雅，我無法形容那種美妙，那種歡欣，那種狂野，我感到無拘無束，任性奔放，比過去任何時候都還要敞開心扉地感受到自己活著，彷彿我是個新生兒。

「你這些素描不會給別人看吧？」我輕聲咕噥。他調整我手臂和腿的姿勢，解開我束緊的頭髮。他的撫觸尊重有禮而不帶情感。

他含笑拾起素描本。「妳真是個美人胚子。」

「我不是。」我說。但我承認當時我自己也不大確定了。

而且我愈來愈不確定。當愛德加再度容許我隨意變換姿勢時，一股暖意與興奮從我的體內升起，愈漲愈高，終於從我最深的內在爆發，向外流淌到我的每一處肢體末稍。這股暖意與興奮之強勁、愉悅，令我驚詫地倒抽了一口氣。

我感覺像是突破了多少年來禁錮著我的蛹，像是平生第一次掙脫了束縛，終於真真切切和真實世界有了聯繫，和我自己有了聯繫，當然也和愛德加有了聯繫。

我知道正經端莊的婦女絕不會做這種事，史都華家或嘉納家的正經婦女尤其不會，我也很清楚，這件事情萬一曝了光，那些打從我來到麻州就圍繞糾纏著我的各種閒言閒語小道消息恐怕都不夠看。但是容我告訴妳，無論發生什麼後果，我都不會後悔的。妳千萬別說出去。

愛妳的貝拉嬸嬸

一八九七年一月於法國巴黎

---

① 魯本斯（Peter Paul Rubens），一五七七～一六四〇年，法蘭德斯（比利時北部）畫家。

② 施恩告爾（Martin Schongauer），生年不詳，約爲一四三〇至一四四五年間，歿於一四九一年，德國畫家、版畫家。

③ 霍爾班（Hans Holbein the Younger），一四九七～一五四三年，德國畫家。

④ 杜勒（AlbrechtDürer），一四七一～一五二八年，文藝復興時期的知名德國畫家。

第三十五章

艾登正大力宣傳我的畫展，遠至巴黎或孟買都有買家詢問，要他將我的作品集製成影片。隨著開展時間逼近，這項展覽愈將肯定成爲事實，我卻出現了不折不扣的冒牌貨症候群，開始擔憂自己到底有沒有資格登上這種大舞台，藝評家會不會納悶馬凱藝廊是不是吃錯了什麼藥。被唾棄了許多年，我這會兒惶惶不安，不知自己會不會是在爭取一種我不夠格擔當的身份。我的研究所同學珍如此形容我：「沒有安全感，容易心慌。」

有關帕特爾的唯一新消息是他被起訴了，但他不認罪，目前被羈押於納秀瓦街監獄（Nashua Street Jail），沒有半點要與聯邦調查局協商的風聲傳出。我稍稍安了心，但對於維吉爾·倫戴爾與貝拉·嘉納可能有所關連的興奮卻不得不暫時擱在一邊。我打了電話給珊朵拉，她正急著要趕飛機去雅典參加一趟爲期十天的遊輪旅程，她鼓勵我等她回來後和她聯絡，這個邀約我當然欣然接受。

這天天氣晴朗，是秋季的臨別一吻，我決定跋涉到紐柏麗街，去採購瑞克一直催促我買的歸位典禮服裝。我進出了幾家高檔店家（誰會想花一萬美元買一件「典雅的晚宴外套」啊？）、中價位店家（誰又會想花一千美元買一件只夠當上衣穿的洋裝呢？），最後我走進我的忠實老友——復古服飾店。店裡有過多的架子，所有的東西胡亂堆放在上面，屋裡連站人的空間都快要沒有了。我什麼衣服也沒有試穿。

我改變主義，走進馬凱藝廊。藝廊裡只有艾登一個人，於是我給了他一個大擁抱。

「妳的氣味好好聞！」他在我的頸子上磨蹭，「一點苯酚甲醛味都沒有。」這時他猛然抬起頭，皺起了眉。「妳怎麼沒在畫畫？」他指指手錶，「時間都被妳浪費掉了！」

我皺起鼻子。「一直在進行中，沒問題的啦。我來就是要告訴你，我有把握一個星期之內就能全部完成。」

「只是『有把握』而已？」

「是很有把握，非常有把握。」

他笑得滿面春風。「我就知道妳辦得到。」

「可你還是直到現在才鬆一口氣？」我逗他。

「鄧波頓已經開始製作第一批畫框了。我還沒看到成品，他說替現有的畫加框需要一星期的時間，拿到最後一批畫以後，也還要一星期的時間才能完工。」鄧波頓是和艾登配合的畫框師傅。我們原本的計畫是所有的畫都要以無畫框方式展出，但幾星期前艾登改變了心意，這使我的截稿期提前了好幾星期，也大大增加了艾登的成本。

我用手環抱自己。「眞的快完成了。」

「然後妳就有時間去進行妳一直不肯面對的宣傳了。」

「喂，我過幾天就要去上廣播了。」

「妳不情不願的。」他用譴責的眼光看我。「妳要買幾套新衣才行。」

我笑了，「上廣播受訪也要穿新衣哦？」

但他可不是說著玩的。「妳別裝傻了，克萊兒。佛要金裝，人要衣裝，妳又不是不懂。何況也不是只有廣播。」他在抽屜裡一陣翻找，掏出一枚信封。「我本來要等妳全部完成後再給妳，不過也差不多了。這是禮物。」

我接過信封，搖了搖，翻過面，又翻回來。

「妳完工之後，我希望妳離開波士頓幾天，寵愛自己一下，休息休息，放輕鬆。未來的工作會更辛苦……」

三天兩夜，另有一張汽車接送服務單。我困惑地望著他。「給我的？」

我打開了信封，全然不知眼前是什麼東西。那東西像張收據，來自峽谷牧場度假中心①，上頭寫著

「打開就知道了。」

「裡面是什麼？」

「獎勵妳表現卓越。」

「那你一直敦促我要做的宣傳工作怎麼辦？」

「才不過三天而已，妳回來再處理就好了。」

「我不能接受這個禮物。這個地方住一晚大概要五百美元吧。」

「這問題由我來擔心就好了。」

「不行，我不要，我不能接受，也不願意接受。」

艾登把我的雙手捧在他的手裡。「好，那等妳開完畫展以後再還我。到時候妳就會有滿手錢了。」

「可是還要準備展覽啊？我們要把畫掛起來，我想要參與展場布置的每一個步驟，而且……」

「妳回來之後我們才會開始布置。鄧波頓做畫框沒那麼快。」

「可是我……」

「妳不去的話，我就要取消畫展。」

「你才不會。」

他聳聳肩。「大概不會，可是要這樣說，妳才能理解我覺得這麼做對妳有多重要。」

「因爲我快抓狂了？」

「泡泡湯，按摩按摩，什麼問題都能化解。」

事實是，我一向都渴望去峽谷牧場，甚至連做白日夢也想去。我並不認為這個幻夢有實現的可能，那畢竟是我夢想清單上的名目，是放縱的綺念。我傾過身吻他。「你是個體貼窩心的男人，你知道嗎？」

「我才不是。」他說，「我在妳身上投資了很多，我是在保護自己。」

不到一個星期，我就完成了全部畫作。大功告成。這時是凌晨三點，我走到我常站的窗邊位置，一面揉搓我的腰背，一面俯瞰荒涼冷清的街道。天氣很糟，冬雨夾雜著霰與冰雹，還有幾絲雪片預告著更壞的天氣。十一月末的波士頓不是美好時光。

我如釋重負，自豪且歡欣。但同時也疲累、頭痛，充滿強烈的失落感。我的二十幅畫全在我背後，即將踏上戰場。我創造了它們，為它們勞心勞力，把它們塑造成現在的模樣，但接下來會如何，就看它們的了，而不是我來決定。不知做母親的人送孩子上大學時，是不是也是同樣的心情？

我撲倒在長沙發上，伸長腿，在腦袋下方塞個枕頭，兩隻手枕在脖子下，想像開幕式的情景。我閉上眼睛，彷彿置身開幕式。只不過馬凱藝廊變大了，天花板比較高，窗戶也比較寬闊。牆上掛了至少有五十幅畫，不可能都是我畫的吧？但每幅畫旁的白色小卡片都寫著「克萊兒・洛斯」。我完成的畫作一定比我以為的更多。

我周遭的色彩繁多，像個萬花筒，色彩來自我的畫作，也來自整個房間。屋子裡男男女女的衣著都如寶石般五彩繽紛，璀璨鮮麗，綻放著濃郁的光澤。其中最令人垂涎的是我，我穿著一件單肩的絲綢袍子，顏色如最具魔力的紫水晶般，晶瑩剔透，閃閃發亮，裙襬垂落在腳上，我每走一步，袍子就輕輕呢喃。

我在展廳裡晃晃蕩蕩，四處接受恭賀，這時我發現每種色彩都散放著自己的香氣，卻未必與這顏色通常引人連想的氣味相符。例如我身上散放著清晨森林的幽香，而不是薰衣草芬芳。但即便如此，每一種色彩的香氣依舊教人心醉神馳。這會兒我發現了，這些色彩全來自我的烤箱，這是調製色彩的唯一方法——捏製、塑形、烘烤、放涼。畫作幻化成了立體的三度空間，形成一種專屬於它們自己的感官知覺，混合了形象、氣味與滋味，遠比單一的感覺更大也更強烈。

我睜開眼，清晨的曙光一條條映照在天花板上。我再度闔眼，沉入深沉平靜的夢鄉。

九點，我被電話聲吵醒。「怎麼了？」艾登問。

我揉揉臉頰，一時搞不清身在何方，掙扎著從沙發爬起。我身上仍穿著骯髒的畫畫工作服，口乾得彷彿有人把乾燥顏料擠在我嘴裡。「嗨！」

「要我派湘朵用卡車去載嗎？」

我貪婪地掃視了一遍整批完工的畫作。「要！」

「大功告成了？」

「大功告成了。」

「我就知道妳一定沒問題的。」他說。

我走到咖啡壺旁向裡看，是空的。「那你幹嘛還問？」

他笑了。「何時出發？」

我打開冷水，開始舀咖啡豆。「我還要跟汽車公司確認一下，不過應該是今天下午晚一點。」

「有沒有空來畫廊跟我說聲再見？葵絲娣今天休假，湘朵一天都會在外面跑，我不能出去。」

我環顧凌亂不堪的畫室。我不是個愛好整潔的人，但對於繪畫材料我頗爲講究，我不能任我的工具這樣散放三天。何況，爲了防止老鼠出現，我也不能放著我的廚房不管。「恐怕沒辦法，但我晚一點會打電話給你。」我說，「我這裡髒透了，我自己也是。」

整理工作花的時間比我預期中要多。我已經很久沒拿海綿刷洗過東西了，濃咖啡加上把事情告一段落的渴望使我一反常態，把屋子上下清理得乾乾淨淨。下午一點，我打電話給艾登，要告訴他我沒時間過去了，但畫廊的電話轉成了語音留言系統，他的手機也轉入語音信箱。我傳了通簡訊給他，告訴他我一回來就會盡快和他聯絡，並再次謝謝他讓我去峽谷牧場度假。

我從沒接受過專業人士按摩，但我可以輕易想像強壯的手指按壓我緊繃的肩頸肌肉，舒緩我的焦慮，分解小小一直敦促我務必去除的體內化學毒素。瑜珈，美食，睡到自然醒，啊，眞是天堂！

終於打掃完畢，湘朵也來載走了畫之後，我沖澡、更衣、打包行李。車子預計四點來接我，大約七點可以把我載到目的地。絕對來得及慢條斯理準備吃晚餐，牧場的小姐這麼告訴我。快四點時，汽車公司打電話告知他們會遲到十五分鐘。我轉開新聞台，舒舒服服躺在沙發上放鬆身心，但主播提起馬凱藝廊時，我陡然坐起身。難道有線電視新聞網會播報我畫展的消息？我的心砰砰跳起來。艾登的宣傳活動眞搞得這麼成功？

我花了好一會兒才搞清楚是怎麼一回事。他們報導的不是我的畫展，提到馬凱藝廊只不過是因爲那是艾登經營的畫廊，因爲他是在畫廊裡被捕的，因爲他們播出的那段畫面背景是馬凱藝廊。畫面裡，警察領著艾登走上紐柏麗街。他的手上戴著手銬。

---

① 峽谷牧場（Canyon Ranch），美國一家高級度假中心。

第三十六章

三年前

大約就在我和碧雅翠絲．考米耶碰面後的一個月左右，傳言開始甚囂塵上，說有個女人跑去現代美術館，聲稱〈四度空間〉不是艾薩克．科利恩的作品，而是她的創作。起初這傳言不過是人們一笑置之的耳語，但沒有多久，談論藝術的部落格以及報章的八卦專欄開始刊出報導，指出現代美術館鑑定〈四度空間〉為科利恩所繪是錯誤的判斷，認定那女人的說法有其合理性。

接著又有消息指出，艾薩克曾與一名「年紀小他很多的研究生」過從甚密。消息曝光不久，人們就推論出這兩則新聞裡的女人指的必定就是我。艾薩克當然矢口否認，現代美術館也斥為無稽之談。起初就連我也拒絕承認。我還沒從美術館判決的震驚中恢復過來，況且也不知道要如何應付這事。

但其他人彷彿都已知道是怎麼回事。人們對我指指點點，交頭接耳談論我。素昧平生的人會劈頭問我唐突的問題，朋友就更不用說了。其中有些問題頗為殘酷。

「妳這麼做是因為被他甩了嗎？」關你什麼事？

「妳想〈四度空間〉貶值了多少？」你以為我知道啊？

「妳還愛他嗎？」問這問題像話嗎？

「妳為什麼想害這麼有才華的人身敗名裂？」你以為這是我的目的嗎？

雖然八卦小報替我取了「頭號冒牌貨」的渾名，大眾也普遍認定我不過夢想出名卻用錯了方法，但我的說法未必全是憑空揑造，或許有其合理性，這也挑起了部分人士的興趣。有社論批評美術館的專家對自己不願承認的跡象視而不見，而收藏家則不惜重金，只是爲了擁有一個名字。記者及名嘴天馬行空大談這其中的是非曲直與責任歸屬。

「藝術的價值來自何方？」《藝術世界》的一篇社論提出質疑：「如果〈四度空間〉的作者是個研究生，這幅畫仍然是經典之作嗎？」

這些問題眞是好問題，連我也經常自問。儘管所有的評述最後都歸結，畫的價值在於畫的本身，品牌或響亮名聲只不過是「消費社會的虛幻釉彩蒙蔽我們自我中心」，但只要看看〈四度空間〉爆紅之後，艾薩克的畫作價格如何一飛沖天，眞相就不辯自明了。

當時我睡得正沈，因此電話響了許久我才聽見。時鐘收音機顯示凌晨三點二十四分，我摸索著接起電話。

「凶手！」有個女人在電話那頭尖叫。

「啥？」

「妳殺了他！妳殺了他！要是沒有妳，他現在還活著！」說完後，她開始劇烈地大聲抽噎。

我搖頭，想把腦袋搖清醒。「妳應該是打錯電話了。」

她繼續啜泣，啜泣得比剛才更厲害，更悲痛。

「女士，我告訴妳。」我說，「我很同情妳的遭遇，但我沒有殺人，所以請妳掛掉電話重撥一次，要不找個人來幫幫妳吧！妳一個人在嗎？要不要我幫妳通知什麼人？」

「都是妳那個見鬼的自尊。」她終於在啜泣間忿忿吐出話來：「如果妳沒有……如果妳沒跑去跟他們說，如果妳就順其自然，他也不會，也不會……」

我猛然坐起來。「妳哪位？」

一陣淒厲哀嚎，我骨骼中的骨髓都凝結了。

「瑪莎嗎？」我抱著一絲希望，但願我猜錯了，但我知道我沒錯，她是艾薩克的太太。

她深深吸一口氣，啜泣了一聲，打了個嗝。「克萊兒，他死了。」

「妳是說艾薩克？」我輕聲問。

她再度開始啜泣。

「不是眞的！」我的話吐出口卻變成哀泣。「妳騙我的，拜託，妳是騙我的！」

「他舉槍自盡了。」她的聲音忽然變得冷酷而清晰。「但這不是自殺，絕對不是。妳永生永世都要爲結束他的生命而負責。」

「結束他的生命？」我複誦她的話，這些字眼令我作嘔。「不，我沒有，我沒做什麼……」

「妳愛怎麼否認就怎麼否認吧，但事實就是事實。」她忿忿說完，就掛上了電話。

我鬆手把話筒摔在床上。我渾身麻痺，冷得不能動彈，像發了高燒似的顫抖。我拿了條毛毯裹在身上，想在畫室裡踱步，但膝蓋撐不住我的身子，我癱倒在地上，蜷縮成胚胎的姿勢，搖晃，搖晃。艾薩克死了，他豐富的才華也隨之而去。如果我沒做那事就好了，如果我沒做就好了，如果我沒做……但是，我做了。

在卡普利廣場三一教堂舉行的喪禮是一場暴動，教堂門口的空地塞滿了記者和新聞轉播車，往來的行人無不側目。瑞克陪我一起去，幸好有他陪我。我向瑪莎．科利恩致哀，她背著身子不理我，幸好有瑞克在一旁攙扶我。美術館學院的教授誰也不願正眼看我，瑞克在一旁握住我的手。我不忍注視艾薩克的棺木，於是瑞克帶我回家。

瑪莎告訴媒體，她認為艾薩克的死是我一手造成的。她說我之所以提出「荒謬的說法」，是為了報復他回到她身邊。理智上我知道他的死不是我的過錯，但我內心充斥著罪惡感。

媒體紛紛來電要我做個說明，我一概不理。我的朋友都懇求我說出事實眞相，但我自責太深，無力捍衛自己。我吃不下，睡不著，無心工作，而且足不出戶。瑞克勸我搬到他父母位於康乃狄克州的穀倉，去完成我的畢業專題，但我哪裡也不想去，瘋狂地收看連續劇和日間談話節目。然而我渴望把美術館學院的那段經歷徹底忘掉，這渴望太強烈了，終於迫使我動身前往穀倉。

我帶著最先完成的兩件作品返回波士頓，教授們卻一點也不欣賞。「模仿性太強。」我的畢業審查主任委員瑪雅．邁爾斯這麼說。我看見另兩位委員喬治．凱利以及丹．馬丁都露出得意的竊笑。

「模仿什麼？」我問。

「回去好好看看這兩幅畫。」瑪雅說，「重新研究一下早期的表現主義，妳就會明白我的意思。」

表現主義？我瞪著我的作品。夏卡爾？孟克①？扭曲現實以傳達情緒效果？差得遠了！我畫的是遊民的肖像，其中一幅是一個男性遊民，另一幅是兩個女遊民，兩幅畫都很具象。畫中蘊含著很多情緒沒錯，我要表達的本來就是情緒，但我並沒有扭曲現實，只不過是讓現實赤裸裸地逼視觀者。

我看著喬治和丹，等著誰來提出反對意見。

「我同意瑪雅的看法。」丹說。

「我也是。」喬治說。

我收拾起我的畫作，直奔瑞克住處，把畫靠在他廚房餐桌背後的牆上。「妳覺得這算是表現主義嗎？」

他仔細端詳了一番。「嗯……的確會引發人的情緒感受，強烈的焦慮。所以就這方面來說，我想可以算是有表現主義的味道。」

「透過扭曲來表現？」
「不能這麼說。」
「模仿性太強嗎？」
「模仿誰？」
「是瑪雅說的，她和她那兩個傀儡。」
瑞克這會兒改爲端詳我了。「妳認爲這是由於艾薩克的緣故？」
「不然還會有什麼緣故？」
「也許她在激妳，想刺激妳往創作的更高峰邁進。」
「問題是我一開始提出我的創作概念時，她很喜歡我的點子，看了草圖就叫我直接大膽下筆。」
「你要放下這事，小萊，發生在妳身上的事不是每一件都和艾薩克有關。」
但其他的所有事似乎都和艾薩克有關。雖然颶風來襲，熱浪肆虐，國際動盪，國內又舉行著總統大選，媒體對這條新聞卻不肯鬆手，到處引述艾薩克的朋友及同僚的說法，稱讚他秉賦出眾，嘆息世界痛失英才。我最後終於接受《波士頓環球報》專訪，澄清事情原委，訴說〈四度空間〉是我的作品，所以我才到現代美術館去匡正視聽。但除了我的家人及少數朋友外，誰也不相信我。瑪莎的說法顯然比較能博得同情。
因此，當我帶著「非表現主義」的畫作以及剛出爐的碩士文憑，再一次從穀倉復出，卻發現整個世界都對我這大冒牌貨視而不見，我沒有太過意外。但當我向藝廊與競賽投遞作品集時，對方卻都同樣冷漠以對，當我的求職履歷全都石沉大海時，我明白瑞克錯了，一切的確都和艾薩克有關。俗話說：「世上沒有所謂的負面宣傳。」我很快就發現，這話是錯的，知名度眞的有好壞之分。

①孟克（Edvard Munch），一八六三～一九四四年，挪威表現主義畫家。

第三十七章

納秀瓦街監獄看起來不大像矯正機構，而比較像高檔飯店或氣派辦公大樓，門前面對寬闊的查爾斯河（Charles River），宏偉的外觀與斜窗和多數的法院大樓不相上下。但走進室內，目中無人的警衛粗魯的態度、汗臭夾雜著消毒水的氣味，以及絕望的氣氛，在在使我想起貝弗莉阿姆斯。

進去貝弗莉阿姆斯前的繁文縟節令人喪志，納秀瓦街則有過之而無不及。這不僅僅是由於貝弗莉阿姆斯不過是少年觀護所，而納秀瓦是戒備森嚴的監獄，更重要的是我此刻的身份是訪客而不是老師，我不再是志工，來訪是有求於他們。不過身爲白人，口操流利英語，既沒有攻擊性，也不哭哭啼啼，穿著也還算體面，都對我有加分效果。

警衛讓好幾個人都吃了閉門羹——一個穿著超大運動褲的男孩、一個襯衫太緊的女孩，以及一個只提得出出生證明影本作爲身份證明的男人。有個老婦人用結結巴巴的英語訴說，她花了兩個小時才抵達這裡，卻被告知她孫子本週已經有過三次會客，不能再接受訪客了。苦苦哀求、流淚哭泣、賄賂利誘、小朋友哭爹喊娘，在這裡都徒勞無功，咆哮謾罵甚至搥打牆壁，更是適得其反。

輪到我接受詢問、搜身、X光掃描、在文件上蓋章，然後被命令走進一間和廁所隔間同樣大小的斗室時，我眞不知是該慶幸還是該難過。小小的房間裡暖氣過強，空間幽閉得令人恐懼。牆上黏著一張金屬凳，我坐在凳上，眼前是一片玻璃，底部有一圈小小的圓孔。

玻璃的另一側是一張相似的鐵椅以及一扇關閉的門。我的鼻腔裡充斥著臭襪子的氣味，胃酸和膽汁湧上喉頭，但我爲艾登感到心疼，想到他被關在這裡，我就心痛得如同肋骨被壓了粉碎。打從他被捕，我至今還沒和他說上話。

顯然帕特爾瞭解的比艾登以爲的要多，要不就是聯邦調查局比他想像中厲害，突破了艾登以爲能保護他的層層中間人。根據報載，他被控販賣贓物、運輸贓物，以及共謀詐欺。聯邦調查局的發言人說，他們預計還有可能再添上一條加重竊盜罪。

我專注聆聽左右兩側喃喃的說話聲，完全聽不出這些人在說些什麼。警衛咆哮呼喊著人名和編號，我豎起耳朵聆聽有沒有艾登的名字，閉上眼睛，盡可能平和呼吸。我感覺像是等了數個小時，但不知實際究竟等了多久。牆上的時鐘指著六點十五分，但打從我進門，鐘的指針就沒有移動過。我的錶被鎖在置物櫃裡了，這裡要求我們摘掉身上所有飾物，只有結婚戒指和醫療器材可以帶進去。

我對面的門終於開啓，艾登走進來。乍看之下，他的氣色還不壞，身穿過大而略皺的褪色連身褲，鬍鬚剃得很乾淨，站得挺拔。但他在我面前坐下時，我發現他臉色慘白，佈滿血絲的眼睛周圍皺痕處處，下方有烏黑的眼圈。

我擠出笑容。「嗨！」我說，聲音莫名地高亢尖銳。

他俯身對著圓洞說：「妳得快跑，寶貝，現在就跑。」

我用手貼著玻璃。「你好不好？他們有沒有跟你說什麼？你什麼時候可以出……」

「我是說眞的，」他說，「離開波士頓，跑遠一點，不要再來這裡了，這裡太危險了。」

「艾登，我要你知道我會幫你。我們是命運共同體，要同舟共濟。等你出來，我們就可以開始……」

「我有逃亡之虞，他們不會放我出去的，他們已經告訴我了。」他的嘴巴一癟，露出一臉苦相。

「因爲嘉納搶案的關係。」

「可是可以改判的，不是嗎？你的律師怎麼說？他們有沒有幫你提出抗告？還是應該提出什麼東西？你要的話，我可以幫你另外找一個律師。」

「妳不要介入這事。妳沒做錯事，別來蹚渾水。妳愈少和我聯繫，愈少管這個麻煩事就愈安全。」

「可是既然我沒做錯事，我就不會有危險，所以我會盡我所能救你出來。」

「妳沒聽懂我說的話，我出不去了，沒有機會交保了。」

「可是……」

他舉起手，好像這麼做可以阻止我繼續說話似的。「沒有可是了，他們認爲……」

「發生什麼事了？」我質問。他的右手食指裹著纏有膠帶的鐵架。

「沒什麼。」他放下手。

「看起來不像沒什麼。」

「拜託，克萊兒，有些事情別管比較好。」

「你受傷了。」我說。

「沒什麼大不了的。」他還是這麼說。

「告訴我發生了什麼事。」

「我之前警告過妳。」他遲疑了一陣，嘆口氣說：「我一直沒機會付錢給賣家。」

「什麼賣家？什麼錢？」我的話才一出口，我就知道答案了。「帕特爾的錢？你是說給你〈沐浴後〉的那些人？」

「他們逼我盡快付錢。」

「那跟你的手指有什麼關係？」

「這是一種威脅。」

「什麼威脅？」

他的黑眼圈更黑了。「如果我不把錢交出來，他們就要砍下我的手指。」

「他們要打斷你的手指？」

「已經打斷了。」

「他們想怎樣？」

他舉起右手食指，用左手在指根劃了一下。「他們要切掉我的手指。」

我的胃一陣翻攪，我以為我會嘔吐。「這太荒謬了。」我說，「沒有人會做這種事。」

他靜靜看著我，下頷緊咬，眼神冷峻。

「可是你在牢裡，他們碰不了你……」

「他們會用和這次一樣的方法。」他舉起手指給我看。

「錢在哪裡？」我嚷嚷，「告訴我錢在哪裡，我去交給他們。」

「不行。」

「我不是小孩，你不用保護我。現在需要幫助的人是你，我要幫你。難道你真的情願少一根……少一根……」我說不出那個字眼。

「錢沒了。」

我看著他放在小小台桌上的兩隻手，狹窄的斗室天旋地轉起來。「你說什麼？」我每說一個字，嗓音就高個幾度。

「克萊兒，」他厲聲說，「不要這樣。」

我的眼眶滿是淚水。「我好替你擔心。」

他的表情柔和了。「如果妳答應不要驚慌，而且一聽我說完就走，我就告訴妳怎麼回事。」

我閉上眼睛，深吸一口氣。我不知道我能不能承受他的說明。「好，我答應。」

「我藝廊的保險庫要用我右手食指的指紋才能開啓。」

我愣了一會兒才理解，理解後，我想我眞的要吐了，但我死命忍住湧上喉頭的酸水。

「妳答應過的，」艾登說，「不准驚慌。現在走吧。」

「可是，可是……」我結結巴巴。我不想就這麼把他一個人留在這裡。「你那些有錢的朋友呢？你的客戶？總有人會借你錢的？」

「都問過了。」他說，「我現在變成不受歡迎的人物了。」

「那你那些畫呢？你可以賣掉……」

他搖搖頭，我理解他情願少一根手指頭，也不要割捨他的收藏。「那爭取保釋。」我說，「只要你能出去，即使只出去一天，一小時也好……」我絞盡腦汁思索解決辦法，腦中卻一片空白。

「求求妳。」他語氣中帶著深沉的哀傷，深沉到像是我自己心中的哀傷。「快走吧！」

這時我理解我能做什麼了。我要去把原畫找出來，那樣就能證明艾登售出的〈沐浴後〉是假的。那樣的話，至少會有一小段時間，他被控的罪名都不能成立，他運輸和買賣的不是贓物，所以不是詐欺，更不會牽扯上最初的搶案。他的律師於是就可以替他爭取保釋，即使只交保短短的時間，也足夠保全他的手指了。

「艾登，艾登。」我的嗓子沙啞了。「對不起，眞的很對不起，我一直都沒告訴你，我應該要告訴你的，你給我的那幅畫不是你以爲的那一幅，我知道……」

「搬去妳媽媽家，或投靠朋友，哪裡都好。」他打斷我。他太擔心我的安危，無心聽我說話。「我不能讓妳也到這裡來。」就像我們第一次溫存的那一夜一樣，他把左手掌平貼在我倆之間的窗上。「我愛妳。」

我啜泣起來，在啜泣間努力輕聲擠出話來。「我也愛你。」一說出口，我就知道我是眞心的。

「妳個展的細節就交給葵絲娣和湘朵，她們會處理。」

「我不是擔心個展，你知道的，我是擔心你，擔心你在這裡，我擔心他們會……」

「我美麗的克萊兒，」艾登站起來，打開門，轉頭對我邪邪一笑，「我還需要妳賣掉那些超棒的畫作，這樣我們就有錢打官司了。」

珊朵拉．史東翰引我進入她家時，我站在門口仔仔細細端詳了〈艾蜜莉雅〉一番。維吉爾．倫戴爾在技巧上絕對有足夠的能力仿製竇加的〈沐浴後〉，而且品質保證高超，可是他爲什麼要做這種事呢？他會不會是用自己的畫作掉包偷走了原畫？會不會他威脅貝拉，強迫她把原畫給他，而以他的畫作取代？原畫會不會是遺失或遭竊了，而貝拉僱請他仿製一幅？但就艾登此刻的處境來說，這人畫假畫的原因和方法完全無關緊要。

「妳的嬸婆認識維吉爾．倫戴爾嗎？」我一面試圖辨識他運筆的方向，一面發問。

珊朵拉皺起眉頭。「妳不是要研究知名的畫家嗎？」

「的確是的，沒錯，但倫戴爾畫得眞不錯。看到這幅畫，我好奇起來，不是想要把他寫在書裡。」

珊朵拉用奇怪的眼神看著我。「我想應該是不認識。」

我意有所指地往通往會客室那兩扇緊閉的桃花心木門看了一眼，但願她會讓我瞧一眼她較傳統的收藏。她看出了我的好奇，刻意不予理會，而是揮手要我跟著她走往另一方向的走廊。

「我在閣樓裡找到了幾個箱子。」走到客廳時她說，「我才剛開始整理而已，但我整理得很開心。我找到了各式各樣我都已經忘記是放在那裡的可愛東西。我決定趁我還有能力時，把所有的東西仔細編成目錄。」她往散放在茶几上的物品比了比，包括一只破損的蓋子上雕了個小小芭蕾舞者的藥盒、一個瓷娃娃、幾枚老硬幣、一疊舊照片、幾張泛黃的剪報。「這些都是重要的歷史遺跡。」

「這是很值得做的工作。」我嘴上這麼說，心裡卻覺得這些東西乍看之下既無歷史重要性，對我也毫無幫助。

「但是，很不幸，」她繼續說，「我一樣貝拉嬸婆的東西也沒找到。」她噘起嘴，「美術館那邊死命霸佔了貝拉嬸婆名下的一切——所有的畫作，所有的藝品，就連她的衣服和少數還留存的信件都佔據了。」

「是因爲她遺囑裡立的條款嗎？」我問。

「是美術館如此詮釋她遺囑裡的條款。」珊朵拉糾正我。

「這樣對她的家屬眞不公平。」我表達同情。

她用笑容回報我。「套句年輕人的話，『你這麼說就對啦！』」

我的眼光從茶几挪移到地板上的六個紙箱。我不怎麼確定自己在找的是什麼東西，但相當確定絕不會是破舊的藥盒。

「我還沒檢查完那幾箱東西，但裡頭看來好像大半是紙，文件、紀念品之類的。就我電話裡跟妳說的，好像多半是二十世紀的東西，而且大半是我媽的。我們家族的女人都很愛藏東西，都會把祖傳的東西保存得好好的。這種事情本來就該是家人做的事，而不是美術館的工作。」

我咧開嘴對她嘻嘻笑，「妳這麼說就對啦！如果是二十世紀早期的東西，也是有用的。」

「妳也知道，貝拉嬸婆活到一九二四年，運氣好的話，妳說不定會找到一些我沒注意到的東西。」珊朵拉這麼說，但她的語氣透露她一點也不相信有這種可能。「好，那這些就交給妳啦。我會在房子另一頭整理帳單，妳有什麼事要找我，大叫一聲就好了。」

她走到屋子後側，我則坐在地板，伸手去拉第一個紙箱。我捧起一疊剪報，但手指才剛剛握住這疊剪報，這些紙如薄薄的水晶片一般碎裂，又重新落回箱子中，化成了一片片無法閱讀的泛黃紙張和塵埃。

打從艾登被捕，我就再也沒有過超過一小時的完整睡眠了，他被打斷手指的樣子在我的腦海揮之不去。我把報紙碎片塞到箱底，好看看箱子裡還有些什麼。我只有幾個小時可以用，幾小時後我要趕去馬凱藝廊。我的畫全都裱好框運到藝廊了，葵絲娣要我去檢查一下，然後她們才能把畫掛起來。畫展的事情仍持續進行。

我用力翻箱子。裡頭有一次大戰期間的情書、可能早已不在人世的孩童的照片、壓扁的花、字跡渾圓的泛黃成績單、一九三〇年代人氣餐廳的菜單。一條精緻的女用披巾，當年潔白氣派時想必是主人的珍貴寶貝。我把手指按在泛灰破舊的布料上，從披巾渺小而不具重要性的存在中汲取些許的安慰。

我迅速挪移到第二只箱子。這箱子裡塞滿嬰兒服裝，以及看起來很難玩的硬梆梆洋娃娃。其中一個娃娃的臉塗了顏色，使人聯想起《綠野仙蹤》裡的西方壞女巫。只是一眼望去第三只箱子就立刻發現它比前兩只有希望。箱子裡的東西看來較爲古老，有一八九四到一八九八年的家庭帳簿、一張全家福相片──全家大小都一身十九世紀的恐怖裝束，一個比一個拘謹僵硬。但貝拉並不在其中。

這時我找到一本右上角寫著「維．倫」的筆記本，裡頭全是難以辨識的鬼畫符，有些標了日期而有些沒有。這是一本日記！頭一個稍稍可以辨識的日期看來不是一八八四就是一八八五年，最後一個看得清的日期則大約是一八八九年。我快速掃閱，希望能找到個什麼名字。這日記的作者看來是個年輕人，瘋狂愛戀著一個名叫艾蜜莉雅的女子，這女子正搔首弄姿供他繪製肖像。這想必是維吉爾．倫戴爾的日記！我的心臟開始噗噗跳動。年代是符合的，作者也是畫家，問題是，他的日記怎麼會收藏在嘉納家的閣樓呢？

看到他提及貝拉時，我不再繼續翻頁了。他把貝拉稱爲「傑克太太」。就我所能辨識出的字跡來說，他對貝拉的描述全都不是好話。

「傑克太太是我所認識過最固執的女人。」

「艾蜜莉雅不會接受的，我也不會。」

「她是她嬸嬸，又不是她媽。」

「就算她有錢而且人面廣，也不表示我們就該乖乖聽命。」

還有許許多多完全看不懂的潦草字跡，這日記很明顯只是作者自己寫給自己看的，但每一頁或兩頁，總會有一個清晰的句子映入眼簾：「桑姆納．普雷斯考是個假道學的混帳，艾蜜莉雅絕不會同意嫁給她的。」本子末頁處寫著：「貝拉．嘉納眞虛僞，表現得好像反叛波士頓社會似的，內心還是對她的階級懷有優越感，甚至不惜破壞她姪女的幸福。我再也不要踏上綠丘一步，也不要再走進她在比肯街（Beacon Street）那棟裝潢浮誇的恐怖房子了。從現在起，我再也不要和傑克太太這個人有任何瓜葛。」

看來我那套貝拉僱請倫戴爾畫僞畫的推論算是失敗了。我看了看錶，已經過三點了。葵絲娣縮短了畫廊的營業時間，以防媒體騷擾，但又堅決要求我今天之內務必去檢查畫作。我躊躇著，終究不情不願地把維吉爾的日記放回箱中，然後大聲呼喊珊朵拉，告訴她我得走了。

「這個箱子我還沒看完，」她走進來時，我告訴她，「但我要趕去市中心開個會，快遲到了……」我說得吞吞吐吐，暗自期望她會主動提議讓我把箱子帶回家。

「我明天下午會回家準備感恩節晚餐。」她說，「妳那個時間想過來繼續看的話，我沒問題。」

我接受了她的提議，匆匆趕去搭綠線捷運。在寒風中等車時，我回想倫戴爾的話：「我再也不要和傑克太太這個人有任何瓜葛。」

艾蜜莉雅後來是嫁給了普雷斯考，而不是倫戴爾。這八成是受了她有錢有勢的嬸嬸影響，她認爲維吉爾的家世背景配不上她的姪女。如果倫戴爾決心展開報復，這故事就會往莎士比亞的情節發展。還有什麼比以貍貓換太子的手法竊走她最有價值的收藏，更能讓伊莎貝拉．史都華．嘉納身敗名裂呢？

出自伊莎貝拉·史都華·嘉納之手

親愛的艾密莉雅：

妳一打開這封信，就請找個隱密的地方，並且要確定周遭都沒有人之後再開始閱讀。讀完之後，請務必把這封信燒掉，連灰燼都務必毀掉。這樣聽起來可能有點神經兮兮，但妳讀下去就會明白了。這些想法我不該寫成白紙黑字的，但我非找個人説説不可，而且我亟需你就這件事給我一點建議。

我讓自己陷入了最不可思議的困境之中。噢，艾蜜莉雅，我真的是太笨了！妳還記不記得去年夏天，我們在綠丘談論我和愛德加·竇加先生在他的畫室會面的情景，我説這一切我都完全不後悔？我錯了，錯得離譜。但願我可以把做過的事情全收回來！

去年十月，就在我們準備離開倫敦之前，我收到愛德加的一通電報，他聽説我們今年冬天又要出國，要我務必去找他，因為他有個驚喜要送給我。我稍稍調整了行程，在聖誕節前成功抵達巴黎。一到達巴黎，我立刻送了張卡片到愛德加的住處。

隔天下午，他沒有事先通知，就忽然來到我們投宿的飯店。當時妳傑克叔叔碰巧去了共濟會，相聚的人無巧不巧，正是妳的公公，我想妳應該也知道，他也到巴黎去過聖誕。他真是個好人，我很高興妳和妳的孩子都姓普雷斯考，若是嫁給其他的人，妳現在的生活會是什麼樣，我真是不敢想像。不過我好像岔題啦。

愛德加的馬車就停在飯店門外，一刻也不耽擱地帶我前往他的畫室。「親愛的嘉納夫人，妳猜我給妳的驚喜是什麼呢？」馬車行駛在寬闊的大道上時，他問我。

我當然希望是一幅畫，但萬一不是，我也不想顯得失望或無禮，於是我說：「又一件袍子嗎？」

愛德加呵呵笑起來，命令馬夫加快速度。「說不定是。」他說，「我就擔心妳會猜到。」但他的眼睛閃著光，我知道那意味我並沒有猜對。

我難以形容當時我有多興奮。我知道他一定是要送我一幅畫讓我在美術館中展示，但我不知道他用什麼風格來畫這幅畫，也不知道他是要當成禮物送給我呢，還是需要付錢。我相信妳一定猜得到我希望這兩個問題是什麼答案。

走進他的畫室時，房間正中央有個畫架，上頭架著一張巨大的畫布，畫布上蓋了一塊布幔。我把一隻手壓在胸前，想控制心臟不要亂跳。我告訴妳，艾蜜莉雅，我的心跳得好厲害，我真擔心心臟會從胸口跳出來。愛德加看著我，臉龐開心地亮起來。

「打開來讓我看看。」我像聖誕節早晨的孩童一樣懇求他：「拜託！」

「鎮定點，小姑娘！」他往沙發指了指，「要不要我請傭人端杯茶給妳？」

「不要。」我不在乎我的口氣極端無禮，「我要看我的……我是說你的畫。」

他開懷大笑。「妳真是豪邁！妳要是個男的就好了，不曉得能成就多少事呢！」

我交疊起手臂瞪他。「容我提醒你，先生，我正在進行很多未來會很有成就的事，其中很多都沒有什麼男人做過。」

「妳說得一點兒也不錯，親愛的貝拉。」他說，「我向你以及全體女性致歉。」

他朝我的方向鞠了個躬，然後以花稍炫麗的手勢掀開蓋在畫布上的布幔。

起初我唯一注意到的是明亮鮮豔的色彩，藍色、綠色、桃紅色躍然紙上，生氣蓬勃，嬌豔欲滴，濃淡分明，色彩飽和，筆力千鈞，這是一幅精心力作！這人是個天才！我為自己終於說服他回歸早期的古典風格而喝采。

「這是我的第五幅〈沐浴後〉，也是最後一幅。」他自豪地說，「妳喜歡嗎？」

我眨眨眼，專注端詳他的構圖。圖中有三名裸女，正用毛巾擦乾身體。這是愛德加經常描繪的題材，但這一幅比他近來的其他作品出色得多，晶瑩剔透的亮麗色彩層層交疊，以唯有上帝才創得出的色彩明度，展現無可形容的美。我恨不得用手碰一碰，心癢難耐到必須握緊拳頭，才能把手固定在身側。

「如何呢？」他問。

我依依不捨地把視線從畫布移到他的臉上。「你問我喜不喜歡？」我低聲說，「這是你的曠世鉅作。」

「那妳願意接受嗎？就算是我送給妳新開美術館的禮物？」

雖然這是我夢寐以求的願望，一時之間我百感交集，說不出話來。

愛德加的臉上滿是憂慮。他真以為我有可能會拒絕嗎？

「當然接受！」我嚷著，「當然接受，我會好好珍惜這幅畫，會把它掛在美術館某個醒目的地方。」

「不過是某個醒目的地方哦？」他逗我。

「我是說最最醒目的地方，我保證！」我向他承諾。

他笑容滿面。「那不要請妳喝茶了，改喝香檳怎麼樣？慶祝妳獲得最新的收藏？」

我們在沙發坐下來，他的女傭送上香檳和造型可愛迷人的小蛋糕。我歡喜得精神恍惚，喝香檳喝得飄飄欲仙，因此沒怎麼仔細看我的這幅最新收藏。我和愛德加暢飲香檳，開心談論我對芬威庭園①的計畫，以及巴黎的各種八卦流言。

直到我們喝光了一瓶酒，我才仔仔細細看了這幅畫。噢，艾蜜莉雅，看來我剛才只看到了我想看的東西，這麼長的時間，我都對近在眼前的東西視而不見。對妳說出這話真令我感到痛苦——那三名裸女的其中一個竟然是我！

人人都將知道我是畫中的女子。妳還記不記得沙金畫的那幅我的肖像，有個心型領口的那幅？傑克叔叔好生氣我在那幅畫裡這樣「暴露」，禁止任何人在他有生之年公開展示那幅畫。而我在那幅畫裡可是衣著整齊的呢！

我要怎麼辦？愛德加是特地為我的美術館畫這幅畫的，不展出他的禮物對他來說會是一種侮辱，可是這幅畫不能展出，我也不能拒絕他的禮物！這幅〈沐浴後〉是他最了不起的傑作，而他把這畫送給了我！這幅畫是我的，未來也將永遠是我的，我一毛錢也沒花，就得到了這樣的曠世鉅作，我說什麼也不能放棄，絕不放棄！

所以，親愛的艾蜜莉雅，妳現在明白這封信為什麼一定要燒掉了吧？請妳盡快燒掉，並且盡快派電報告訴我妳的看法，我迫切需要妳的忠告。我們非擬定一套應對計畫不可。

妳愚蠢而絕望的貝拉嬸嬸

一八九八年一月於法國巴黎

①芬威庭園（Fenway Court），即嘉納美術館主體建築的名稱。

第三十九章

馬凱藝廊擁擠不堪的後側房間工作檯上堆了三疊包裹著氣泡紙的畫布，我要展出的二十幅畫從裱框師傅那兒熱騰騰出爐，全數到齊。由於前一檔展覽還要兩天才結束，因此我的畫還不能上架，但葵絲娣喜歡預先把小鴨鴨集合整隊。

我撫摸著氣泡紙，想起我和艾登一起拆封〈沐浴後〉的那個午後。沒有他在的感覺完全不對勁，我的胸臆中盤桓著一股深深的悲傷。我那些鮮亮的色彩就和竇加的畫一樣，穿透了半透明的氣泡紙，但今天明顯缺乏那天的興奮感。待在這個地方，卻沒有艾登在身邊，一切如常地處理畫展事務，彷彿什麼也沒發生，彷彿事情不會惡化得更嚴重，這令我感到哀痛。

湘朵在外場招呼客戶。艾登被捕以來，上門的客戶絡繹不絕。葵絲娣在講電話，她答應一講完就馬上回到內室來幫忙我拆卸氣泡紙。我們裝作艾登是在開會或外出午餐，一會兒就會回來，迴避提起他的名字。

正常情況下，我可能早已經把所有的畫作拆封、倚在牆上、搬幾幅到前廳去模擬吊掛起來的模樣。但此時此刻，我坐在一張只有一隻扶手的歪斜椅子上，想著維吉爾．倫戴爾勒索貝拉的事。如果我的推論沒錯，那〈沐浴後〉的正本可能在他後人的手中，而他們可能知道那是竇加真跡，但也可能並不知道。我是說，如果他當初有成家的話。

我的電話響了起來。「小萊，妳還好嗎？」瑞克問。

「我很好。」我說。但我的話說得抖抖顫顫。

「妳知道我挺妳，對吧？」

我的喉頭緊縮，一時間說不出話來，好不容易才終於輕聲吐出：「我知道。」如果他知道我在艾登垮台事件裡扮演什麼角色，他仍然會挺我嗎？

電話裡一陣空虛的靜默，然後瑞克用裝出來的快活語氣說：「妳買衣服了沒有？」

我知道他是好意，想分散我的心思，但這是我最不想談的一個話題了。「我前幾天到紐柏麗街逛了一下。」

「成果如何？」

「沒看到什麼。」

「有沒有試穿什麼衣服？」

我害怕獨自去參加典禮，沒有艾登，我寂寥空虛。「時間還早。」

「感恩節不算的話，就只剩四天了。」

「等我這邊弄好，我就去買。」

「如果妳可以等到八點，我就陪妳一起去。」

我不想要他陪我，他只會沒完沒了地談那些預計要參加典禮的達官顯貴，晚宴上的名廚美饌，馬友友會表演大提琴，會場會裝飾著荷蘭鬱金香。這一整個星期以來媒體全在報這些事，而提到歸位典禮，誰也不會遺漏艾登的事。我不談這個話題就已經夠思念艾登了，還會順便懊悔我倆怎麼這麼笨。

「不用了，謝謝。」我說，「我在馬凱藝廊，就在紐柏麗街這邊，我直接去比較快。」

「妳有沒有去看艾登？」

我壓低聲音：「我們晚一點再聊這個。」

瑞克遲疑了一陣。「要不要剪個亮麗髮型來搭配妳的新衣？」他試圖提振我的精神，卻再度用錯方法。「妳沒去成峽谷牧場，那我招待妳去艾諾沙龍剪個頭怎麼樣？如果要宣傳畫展，沒有比剪個漂亮髮型更能吸引眾人目光的了。」

我的眼裡全是淚水，近來我愈來愈常這樣。不過就是個畫展，艾薩克當年說過的，「又不是治療癌症。」「拜託，瑞克，我的心裡很亂……」

葵絲娣走進來，我趕緊把握這個好藉口。「我有會要開，」我對瑞克說，「不能跟你說了。」

「星期六晚上七點左右，禮車會去妳家接妳。」瑞克說完，我掛上電話。

葵絲娣拿來兩把剪刀，把其中一把從桌上滑過來給我。「我們來看看鄧波頓怎樣幫這些小朋友畫龍點睛了。」

她說得沒錯，我簡直不敢相信這些傑出的畫作是我的作品。裱框就和亮麗的髮型一樣，使畫作煥然一新。有一剎那，我的煩惱全都煙消雲散，心中滿是純粹的喜悅。這是我創作的，這個也是，這個也是。我的心血結晶昂然排列，散發著美與生命力，就將踏入這個世界，未知的前途充滿了無窮的希望。

我坐在珊朵拉家的地板上，翻看最後幾只箱子。我已經翻了一個小時了，並沒有找到什麼好東西。倫戴爾的日記沒有再提起貝拉或艾蜜莉雅，箱子裡也沒再找到倫戴爾的其他什麼東西，倒是發現了幾張珊朵拉年輕時的照片。女人的容貌通常隨年紀而衰敗，珊朵拉是躲過歲月摧殘的例子。

昨晚我在網路上瘋狂搜尋倫戴爾的資料，但除了原本已經查到過的以外，沒有太多新的內容。沒有資料顯示他曾不曾結婚，有沒有後代。除了指稱他偽造畫作並且自殺身亡以外，沒有資料描述他的繪畫生涯。我知道要找到屬於他的物品，可能性微乎其微，但我和艾登也就僅存這麼一點點渺茫的希望。

「找到了什麼沒有？」珊朵拉從早餐檯的另一側大聲問。她正忙著切菜，要煮感恩節晚餐的湯。

我搖頭。「我推斷至少要有五位藝術家的確切資料，才能寫出提案來，但我只有三位藝術家的資料，也許勉強算四個吧。我真的期望能在這裡找到第五位的資料。」

珊朵拉露出會心且溫暖的微笑。「另外那四個是哪些人？」她問。

「就我上次說過的那些，惠斯勒、沙金、柯蒂斯。我還找到一些邦克和妳嬸婆的資料，但根本不夠。談到跟史密斯、克蘭姆、毛爾有私誼的資料也很少。」

「妳可以用一些行銷手法給提案灌點水。」珊朵拉建議，「如果看起來有可能暢銷，光是一個加了註解的目錄和三個內容充實的章節，出版商可能就會滿意了。」

「看來妳寫過書的提案。」

「等妳到了我這年紀，」珊朵拉說，「全天下的事妳大概都會至少經歷過一遍了。」

我把最後一個紙箱往我身邊拉。這箱子裡所有的物品、文件夾、成疊綁著緞帶的信件，年代看來都介於一九三〇到一九四〇年之間。起初我對於紙箱內的所有東西都非常好奇，但現在，我對於不知名女孩保留的壓花沒有半點興趣，這女孩和當初送這鮮花的老傢伙恐怕已經結婚五十幾年了。我把箱子裡所有的東西都拉出來，扔在地毯上，又感覺愧疚，擔心珊朵拉可能會覺得我對她的家族歷史缺乏尊重，於是較爲愼重地把這些物品一一擺好。但珊朵拉全神貫注在切菜上，幾乎不大察覺到我的存在。

這時我看到一本看來像是素描簿的東西。我提醒自己，目前爲止，這個箱子裡所有的物品都比倫戴爾的年代要晚，我沒有理由期待倫戴爾的東西會出現在珊朵拉留下的紀念物裡面。但我還是把那本素描簿挖出來，撢掉封面上的塵埃。和先前找到的那本日記一樣，這本書上方的一角寫著小小的縮寫——「維·倫」。我把書夾在兩手間，抬頭瞟了珊朵拉一眼。她正以名廚茱莉雅·柴爾德①的氣勢，興致勃勃地把洋蔥切丁。我打開那本本子。

本子的前四分之一全是風景畫，之後的十多頁則畫著一位老婦和四個年輕女子的肖像，那四個女子很可能是老婦的女兒。再來就是裸體畫了。前面幾幅畫得精細，豐乳肥臀，性感美麗。但愈到後面，女人的軀體就愈魁梧粗俗。

我翻到某個頁面時停住了。左右兩頁各是一幅畫的草圖。汗水從我的髮線冒出，渾身的血液往我臉上衝。我眨眨眼，料想一定是絕望與渴望扭曲了我的視覺。但我再眨眨眼，畫面仍在。

右頁的草圖中，賈桂琳站著，席夢與壯碩豐滿的芳思華分別坐在她的兩側，就和艾登的那幅〈沐浴後〉一模一樣，也和我的〈沐浴後II〉一模一樣。但左側的頁面上，一個不是芳思華的嬌小女人站在賈桂琳身旁，弓著身的席夢則在賈桂琳腳邊，就和竇加的草圖一模一樣。我的腦中一片空白，房子天旋地轉。

我聽見洋蔥扔進熱油的滋滋聲，聞到濃烈的甜香，我像是從酣夢中初初醒轉，分不清自己身在何處。我看看自己膝頭上翻開的素描簿，目瞪口呆，混亂困惑，想不出接下來該怎麼辦。珊朵拉的刀咚咚敲擊，滋滋聲再度響起，可能是在下芹菜吧。我慢吞吞把滿地散放的物品一一放回箱子裡，但緊抱著素描簿不肯放。雖然兩幅草圖似乎證實了我的看法——〈沐浴後〉有兩幅，一幅是原作，艾登交給我的是維吉爾．倫戴爾的僞作。但沒有和竇加的草圖交相比對，我也不敢肯定。

我絞盡腦汁思索要用什麼方法把倫戴爾的書帶回家。如果我就這麼放進背包裡，珊朵拉不會知道，這個點子很具誘惑力。但儘管我幹了鋌而走險的事，對艾登也並不誠實，要我就這麼偷走畫冊，我卻下不了手。於是我站起來，用畏顫的聲音怯怯地說：「妳猜得沒錯，我什麼也沒找到。」

「噢，克萊兒！」珊朵拉沒停下切菜的手，以悲傷的神情注視我，「眞遺憾！」

「沒關係，研究歷史本來就常碰到這種事。也許我根本就不該寫這本書。」

她振奮起來。「如果馬凱藝廊的展出成功的話，妳根本就不需要寫書了。」接著她又皺起眉頭，「眞可惜，這麼俊俏的一個年輕人。這事情會影響到妳的展覽嗎？」

「一切都按照計畫進行。他有幾個聰明能幹的助理，把事情處理得一級棒。說來妳可能不信，但自從發生那事之後，畫廊的來客量加倍了，甚至有從前的三倍之多，銷售量也增加了。」我裝得樂觀快活，但珊朵拉一眼就看穿了我的強顏歡笑。

她的眼神充滿同情。「聽老太太一句話吧，如果這次展出不成功，一定有別的事情會成功。人生就是這樣的。」

我舉起倫戴爾的簿子。「這本子裡有些草圖很有意思，」我說，「上面沒有名字啊什麼的，但畫得很不錯。」

她往湯裡扔了點奧勒岡香料，嚐了嚐，又再扔了一些進去。

「我可以把這本子借回家嗎？只要借一、兩天就好。我想好好研究裡頭的幾張素描。」

她對著素描簿瞇起眼，「這樣好嗎……」

「我保證會小心保管的。」我懇求她，暗自但願她對我的同情能轉換成對這件事的首肯。

她猶豫了一下，然後聳聳肩。「我想沒問題吧。說不定這樣能緩和妳的失望。」

「那太好了，謝謝妳！」我把書塞進背包，趁她沒來得及改變心意前趕緊打道回府。

搭著通往卡普利廣場的電車時，我不敢打開背包，而是把背包緊緊抱在胸前。我想等回到畫室，等我把竇加的草圖攤在面前時再拿出來。草圖裡的那個人不是芳思華，她在整個構圖中的位置變了，體型也變了。我凝視著電車車窗外杭亭頓大道上打結的交通，盡可能別去想我是不是找到了重要線索，別去想這東西幫不幫得了艾登。

回到家，我手忙腳亂在書堆裡尋找《愛德加．竇加：素描與草圖，一八七五～一九〇〇》，很快就翻到了我要找的那張草圖。接著我翻開倫戴爾的那兩張草圖，把兩本書並列在地板上，眼光卻揚到了天花板。我不知道萬一兩幅畫的相似只是我自己腦海的創意產物，我能不能承受。

我垂下眼光，注視竇加的草圖。這畫和倫戴爾畫在左頁的草圖幾乎一模一樣——賈桂琳、席夢，以及那個不是芳思華的人。不是芳思華的那個人嬌小、優雅，且柳腰纖細。這個人站著，而不是坐著，把〈沐浴後〉畫面的左右均衡轉換成了竇加慣常喜愛的不對稱構圖。

我再次仔細觀看，又重複再看。看來是毫無疑問了。

我擁有破解祕密的鎖鑰了。但願同時也是拯救艾登的鎖鑰。

---

① 茱莉雅・柴爾德（Julia Child），一九一二～二〇〇四，美國名廚，曾主持電視烹飪節目，其故事被拍成電影《美味關係》（*Julie & Julia*）。

第四十章

「我叫妳不要再來了。」艾登這麼說，但他壓抑不住浮上臉龐的淺淺笑意。

我壯起膽子往他的手望了望，他仍然有十隻手指，只不過其中一隻仍然斷了骨。

「他們給你多少時間？」

他追隨我的眼光，笑容消失了。「一、兩週吧。」他的聲音平板單調，不帶情緒。「所以妳得快走。」

「一週？有件事我一定要告訴你。」這天我坐在和上次不同的廁所隔間小室。我知道，是因爲這次的門上寫著「二十二A」而不是「三十五A」。但除此之外，悶熱、壞掉的鐘、狹隘空間給人的壓迫感，全都和上次一模一樣。

「是好事，說不定是很棒的事。」我說，「我找到證據證明你帶到我畫室的那幅畫是假的。」

「那幅畫不是假畫。」他說，「我知道畫的來源，那是鑑定過的眞品。」

「〈沐浴後II〉也通過鑑定了。」

他咬緊下頷。「不可能。」

「賓加的草圖和你給我的那幅〈沐浴後〉不符。」

「那又如何？妳自己的作品又有幾幅和構思時的草圖一模一樣？畫家都會改變心意的，藝術作品會在創作的過程中發生變化，這個妳自己也很清楚。」

我謹愼措辭。「我手上有張知名僞畫家畫的草圖，其中一幅和賓加的構圖一模一樣，但另一幅則和完成後的作品一模一樣。」

「哪個僞畫家？」

「維吉爾．倫戴爾。」

「沒聽過。」

「他認識伊莎貝拉．嘉納。他不是她社交圈裡的人，但他倆好像有什麼過節……」

「克萊兒，別在這裡發神經病。」

「我認爲倫戴爾要不就是偷走了原畫，要不就是勒索了貝拉，可能還進行了齷齪的報復，迫使貝拉不得不把他的僞畫當成竇加的原畫來展出。若事情果眞如此，那倫戴爾的後人手上很可能就持有原畫。如果我找得出原畫，就可以證明你那幅畫是假的，帕特爾那幅畫就跟他自己說的一樣，是仿畫的仿畫。」

「我帶去給妳的那幅畫不是仿畫。」艾登握住柵欄的邊緣，指節都握白了。「那幅畫在嘉納美術館展出快一百年了。」

我盡力說得不疾不徐，「只要我找得到原畫，就可以證明你那幅〈沐浴後〉是假的。」

「那幅畫不是假的。」

我當作沒聽見他的話繼續說，「如果事實眞是如此，那你被起訴的罪名就不成立了。如果他們從帕特爾身上起出的畫證實是假畫，而當初被偷的畫又確定是竇加眞跡，那你就沒有運輸或販賣贓物，也沒有詐欺，也跟那起搶案扯不上關係，你的律師就……」

艾登深深吸了一口氣，看得出他在極力保持鎭定。「我知道事實不是這樣，可就算妳說的這一切都是事實，只要這幅畫是當初搶案中被竊的那一幅，妳的那套說法也改變不了什麼。」

「艾登，你沒認眞聽我說。這個說法不必一定要是事實，只要當成法律攻防上的一種說詞就好了，你的律師可以用這套說詞來幫你爭取保釋，至少可以短暫保釋出獄。」

我們兩個同時注視他擱在膝上的右手。「妳爲什麼這麼確定那不是竇加的畫？妳怎麼知道還有另一幅？」他問。

我知道他終於開始認眞聽我說話了。「從一開始我就知道這畫不是眞跡。」

「妳知道，卻沒告訴我？妳爲什麼要把這種事……」

「我們要把原畫找出來，其他的事我以後再慢慢解釋。拜託你相信我就好。現在既然我手上有了草圖……」

「這太荒唐了，妳簡直是亂槍打鳥。我們根本不知道是不是眞有這樣一幅畫，連那幅畫是否曾經存在都不知道。而且就算眞有那幅畫，我們也無從找起。」

雖然艾登提出了一大堆問題，但我注意到他是一一提出質疑，而不再是全盤否定，顯然他慢慢開始喜歡這套說法了。「我有一些線索，像是倫戴爾的生活、家庭，以及他和貝拉及她姪女的關係。」

「這樣大費周章不值得。」

「調查這個會有什麼損失呢？」我站起來，把手掌貼在玻璃上。「好處非常多。」

他把右手抵上來，五隻手指對齊我的五隻手指。一對狗急跳牆的落難鴛鴦。

步出監獄後，我招了輛計程車，在車裡打電話給瑞克，問他下班後有沒有空陪我喝一杯。

「不行呢，」他說，「歸位典禮的事情多到處理不完。也許我九點或十點左右可以到潔可酒吧一趟。」

「那我帶杯咖啡到你那邊請你喝好不好？我有工作上的問題要問你，很快，只需要幾分鐘就好。」

「大杯卡布奇諾兩份，加脫脂牛奶，兩包糖。」

我請計程車在嘉納美術館附近轉角的星巴克放我下來，幫瑞克買了咖啡，徒步走往美術館。到達時，美術館四周停滿各式卡車，有外燴業者、營造公司、水電公司，甚至還有櫥櫃設計公司。到處都是工人，有的往裡走，有的往外走，有的在美術館周邊活動，有的操作著高科技的手持裝置，有的手捧大綑纜線，有的忙著搬運厚木板或大堆成套的椅子。我傳簡訊給瑞克，他下樓來找我。

他揮手招呼我到玄關，人倚在高高的售票櫃台上。「眞是瘋了，趕著在這麼短的時間做這麼多事，沒一點道理！」他嘟囔著抱怨，「這麼大的場面要花個幾年來籌備，不是幾個月搞得出來的。」

我把咖啡遞給他。「可是你喜歡啊！」

「那倒是啦。」瑞克把糖攪進咖啡裡，咕嘟咕嘟喝了一大口。「我快累癱了。妳要問我什麼問題？」

「你聽過一個畫僞畫的人叫維吉爾·倫戴爾的嗎？」

一大群水電工浩浩蕩蕩走過狹窄的玄關，我和瑞克貼緊牆壁好讓他們通過。

「聽起來有點耳熟。」瑞克說，「他誰呀？」

「已經死掉了，是十九世紀末的一個畫家，愛上貝拉的姪女艾蜜莉雅，幫她畫了一幅美到不行的畫像，我在珊朵拉·史東翰家看到的。總而言之，他和貝拉好像有嚴重的過節，我想是因爲貝拉強迫艾蜜莉雅嫁給別人。」

「妳告訴我這個是因爲……？」

「他的畫風和竇加很像，我想他們一定曾經合作過。」有人推著兩座巨型喇叭進美術館，我不得不暫停一下。「你有沒有辦法幫我找找這方面的資訊？」

「妳已經在準備寫書了？妳眼前不是有很多事要忙嗎？」

「我現在沒在畫什麼畫，個展的事弄得我很緊張，我要找點事情來分散注意力。而且艾登又出了事……」

「他好嗎?」

「不太好。」

「我真替妳難過,小萊。」瑞克摸摸我的臉頰,「等這件事情忙完,我們再來好好聊聊。」

「我只是需要找點事情來轉移注意力。」

「先生,小姐,不好意思,」一個衣著講究,看來很有權威,嗓音也充滿權威的男性說:「這個地方要做安檢,你們有證件嗎?」瑞克出示他的證件,但我翻找背包時,那人制止了我。「抱歉,小姐,只有美術館員工和經過清查的包工可以進入這棟大樓。」

「眞抱歉!」瑞克跟著我到屋外,「我現在沒時間幫妳這個忙,歸位典禮之後也許會比較有空。這裡整個一團亂,我自己也是一團亂。」他瞇著眼看我,「我看妳也是一團亂。」

我們走到人行道上,讓四個頭戴同樣式耳機的壯漢通過。

「這些保全人員才誇張,」瑞克嘟囔,「他們在美術館走上走下,到處妨礙人做事,每個櫥子櫃子都要檢查,防賊一樣地防著像你我這樣參加典禮的民眾。聽說美術館裡有些角落根本沒人知道,他們也裝了警報系統。」他匆匆吻我一下,然後大踏步走回美術館。

我很失望,但並不意外。我目送他的背影離去。雖然天色昏暗,且溫度在攝氏七、八度上下擺盪,我經過電車站,卻沒有停下腳步,決定穿越熱鬧的東北大學(Northeastern)校園,學生們正成群結隊走出校園,放感恩節假去。

我在校園裡的洛格斯(Ruggles)電車站前躑躅,考慮著要不要搭橘線。搭車會比較快、比較暖,也比較輕鬆,但我需要燃燒能量。我從車站入口過門不入,爬上立體停車場的階梯,這停車場也通往哥倫布大道(Columbus Avenue)的天橋。急著度假去的汽車,輪胎吱嘎作響,呼嘯而過,我躲開這些車,往南端區走去。

「一、兩週吧。」艾登是這麼說的。我沿著麻州大道（Mass Ave），伴著噴煙吐霧的公車和隆隆作響的卡車一路向南，一面走，一面思索我有什麼途徑可以走。萬一倫戴爾這條路是個死胡同，或者至少目前是個死胡同，也許我該從貝拉的角度來思考這件事。如果我推斷的勒索事件眞有其事的話，也許他倆談妥的條件之一，是貝拉要把原作藏起來。

「每個櫥子櫃子都要檢查。」瑞克是這麼說的。「聽說美術館裡有些角落根本沒人知道，他們也裝了警報系統。」而珊朵拉·史東翰抱怨，貝拉曾經擁有過的所有東西都在美術館裡。

回到家後，我打電話給瑞克。「我知道，我知道你很忙，我不該打擾你，可是有個東西我眞的很需要。我永生永世都欠你一份人情，要我做什麼我都做，一輩子都不失效。」

瑞克誇張地長嘆一口氣。「什麼東西？」

「你知道我大學拿的是藝術與建築學位吧？」

「克萊兒，拜託別鬧了。」

「不管啦，重點是我想開始畫一個新的系列，主題是博物館及美術館的建築。」

「畫博物館？這不太像妳的風格。」

「我不是說一般人眼中看到的博物館，而是博物館裡罕爲人知的空間或角落給博物館形塑的特色，也就是建築師在建築裡納入的巧思，一般人不會注意到，但這些巧思卻使建築物獨樹一格，有了特殊的意義和風情。」老實說，這點子還眞不錯。「仍然是畫可見和不可見的事物，只不過主角從人換成建築物，而且不是隨便的建築物，而是人們特意去觀賞的建築物。」

「那妳那本賓加的書呢？」

「那個也要做啊，我要同時進行兩項計畫。」

「克萊兒，我有點擔心妳。」

「我很好，眞的。不知道你有沒有辦法拿到美術館最初的藍圖？我是說影本啦。世上有哪座博物館比嘉納美術館更吸引人的呢？還有什麼博物館建築這麼有個人特色的？」

他惱怒地同意把藍圖用電子郵件寄給我，條件是我在歸位典禮之前不會再以任何方式打擾他了。

電子郵件直到兩天後才寄達，這期間我費了好大的勁兒才克制自己沒打電話去催促他。他的信上顯示信是在凌晨三點四十二分寄出的。

「抱歉附件這麼多，貝拉不斷變更設計，建築師不得不一再重畫藍圖和設計圖。這些藍圖有的標有日期，有的沒有，看不出來哪一張才是最後底定的一張。我猜建築師和施工工人應該都快被她搞瘋了，那倒也不是很罕見的事啦，跟妳挺像的。愛妳。」

我點開第一個附件。這些圖一張比一張模糊難辨，幾乎每一張都掃瞄得很不清晰，有些圖上裝飾筆法太多，幾乎看不清主要結構，有些則以鉛筆繪製，僅剩下朦朦朧朧的筆跡。我調高印表機的明暗對比，把每張圖都印出來。調高對比稍有幫助，但效果不大。當年我在波士頓大學伏在製圖桌上的辛苦有了回報，沒受過這方面訓練的人從這些藍圖裡根本看不出什麼名堂來。

我用放大鏡仔細觀看第一張圖。這張描繪的是庭院，但似乎對裝飾的關注比對建築來得大，一一畫出了獅子形狀的柱基、馬賽克拼花、庭院邊緣各式各樣的柱子。我放下放大鏡，凝望窗外。偏僻隱密的藏匿處，要大到能放得下長四呎十吋、寬三呎十一吋的畫，又要小到不被人發現。說不定得僞裝成什麼其他的東西。

我拿起放大鏡，重新開始研究。兩小時後，除了頭痛欲裂以外，什麼收穫也沒有。我站起來伸伸懶腰，吃了幾顆止痛藥，考慮了一下要不要去潔可酒吧，我已經八百年沒去了。我當然不能去，那裡有太多關於艾登的話題，太多關於我個展的話題，還會有太多黛妮兒不經大腦口無遮攔的發言。

我瞪著芬威庭園的打樁進度表。芬威就和後灣區及南端區一樣，大體上是蓋在垃圾場填平而成的土地上。看來這美術館的地樁鑽入了九十呎深的垃圾，才打在基石之上，這眞是建築上的神奇成就。不過這棟房子的營造過程和威尼斯那座貝拉用來當設計藍本的宮殿可能相去不遠，只不過威尼斯那棟房子的地樁穿過的是水。

九十呎深的垃圾，就在美術館的正下方。世界上還有更完美的密室地點嗎？我翻著一張又一張的圖，尋找地下室的規畫。找到後，我用手指劃過每一根線條，卻什麼也沒找著。

這時我在藍圖的一角發現一張小小的平面圖，地下室一小部分的空間之下，寫著「下層地下室」。沿著下層地下室東側的牆壁，有個窄小的空間，正面是一扇幾乎和它的內部空間一樣大的門。這空間大到足以容納一幅大型畫布，卻又偏僻到足以隱藏祕密。

第四十一章

我感覺雨好像下了一整個世紀。我穿著新衣，頂著新剪的時髦髮型，望著溼漉漉的街道，等著瑞克和嘉納美術館的禮車。我一定要想個藉口進去貝拉的密室，最好是和藝術或研究有關的藉口。我很想直接請瑞克幫忙，但這可能會害他爲難。也許等我進了美術館，就能想出什麼好辦法來。

一輛潔白的長型禮車優雅地來到我家大樓門前，一名身穿制服的司機走下車並撐起了傘，以防我淋溼。我踩著過高的高跟鞋，慢吞吞爬下樓梯，現代美術館那天的經驗閃過腦海。那天我站在〈四度空間〉面前，看著一旁小小的白色卡片寫著艾薩克的名字。但這次不一樣，沒有人會再恥笑嘲弄我，何況，我想，把我的畫認定成竇加的作品，應該算是一種成就吧！

「髮型太讚了！」我一把腦袋鑽進禮車，瑞克就大嚷。新髮型是有層次的挑染，蓬鬆鬈曲，搭配參差不齊的瀏海。「衣服我看看！」瑞克命令。

我輕輕巧巧坐上他對面的長座椅，敞開大衣，露出今天早上才在一間復古服飾店買到的寶藍色洋裝，鋸齒狀的毛邊裙襬在大腿和小腿間高低參差。上身是一件寶藍、暗紅與紫色相間的所謂「迷人晚宴外套」，比襯衫略大一些，要價五十美元。「站起來的時候比較好看。」我說。

「坐著的時候就已經美呆了。」瑞克身旁一位長者打量著我的腿。

我把大衣重新收攏。

瑞克替我斟了杯香檳，把我介紹給車裡的其他人，告訴他們我即將開個展，但沒有提到場地，我盡可能揣摩艾登的期望，表現得優雅迷人。但我的意興闌珊還是毀掉了我的努力。車子無聲地行駛在溼漉漉的街道上時，我凝望窗外，想著艾登此刻應該要身穿正式西裝，他卻正披掛著監獄的連身工作服。

美術館門口，有一整排的禮車在我們前方，被手持麥克風、攝影機外加雨傘的文字記者和攝影記者蜂擁包圍。紅地毯從街道一路鋪到美術館入口，一有賓客下車，媒體記者就一擁而上。瑞克沒說笑，嘉納美術館眞的是卯足全力來辦這場盛宴。

我下午花了不少時間研究藍圖，晚上一進到美術館裡，我四處打量，估計自己是在平面構圖中的哪個部位。下層地下室就在我正前方的兩層樓之下，通往地下室的門在建築物右側的中段處。

人群三三兩兩進入了北側、東側和西側的迴廊，這幾座迴廊的威尼斯式拱門圍繞著中庭。四面環牆的中庭開滿芬芳花朵，青翠蓊鬱，與外頭單調的灰暗相較，幾乎令人不敢正視。身著燕尾服的侍者分送著香檳，角落裡有弦樂四重奏演奏悠揚樂音。場面華麗動人，但大家要看的是一幅掛在小小展廳裡的單一畫作，前來觀賞的人顯然太多了。通往短廊的樓梯用繩索封閉起來，聚在西側迴廊的賓客已經開始在繩索背後排隊等候。

「人這麼多，場面要怎麼安排？」我問瑞克。

他往中庭正中央一幅覆蓋著布幕的畫作一指。我禁不住驚呼，又極力掩飾。她離我不過幾呎遠，而我竟然沒注意到。也或者我是不想注意。

瑞克看看錶。「館長幾分鐘後會替〈沐浴後〉揭幕，說幾句話，然後把畫扛上樓去掛在短廊。」

「然後我們就像被催眠一樣跟著她走？」

「不是啦，我們就在這裡等。」他對我皺起眉，「畫掛好之後，我們不能過去，因爲那個廳太小了。我們會分批輪流上去，看那個老寶貝重回她原本的位置。晚餐時會播放懸掛過程的影片。」

我咬咬嘴唇。我得要裝出已經二十年沒看過這幅畫的模樣。

「妳好像不怎麼興奮。我還以爲〈沐浴後〉是妳最愛的畫作之一，竇加是妳的偶像，我以爲妳會迫不及待……」他眉心的皺痕更深了，但他隨即斥責自己：「笨蛋瑞克，你是白痴！小萊，對不起，我太沒大腦了！是因爲艾登，他應該……」

「不，不，沒關係，能來這裡我很興奮。」我深呼吸了幾下，舒緩我的緊張。

瑞克用一隻手摟住我的肩膀。「很遺憾妳要經歷這種事。時機眞不好。」

「我很好。」我一面安慰他，一面環顧四方，看有沒有什麼東西可以讓我們轉移話題，還沒來得及找出什麼話題，燈光已經亮起又暗下，四重奏停止了樂音，整間屋子安靜下來。

美術館館長愛蓮娜・沃德走上中庭裡平時誰也不准走的小徑。她身穿剪裁得宜的小禮服，但外套扣得過高，高跟鞋則過矮。一個畢生獻身於藝術的人對自己的外型如此不注重還眞是有趣。但瑞克說她做館長做得極好，爲理想理念賣力奮戰，而根據瑞克的說法，她的奮戰使下屬的工作並不輕鬆。

愛蓮娜站在畫旁。「首先我要謝謝大家今晚來到這裡，一同慶祝伊莎貝拉・史都華・嘉納美術館最輝煌榮耀的一刻。」

群眾掌聲如雷，還伴隨了幾記口哨。這樣的一群人竟然會發出口哨聲，頗令人意外，但愛蓮娜看來十分開心，連她自己也吹了聲口哨。接著她發表了一番有關失散多年的浪子終於歷劫歸來、貝拉想必會非常欣慰之類完全在意料之中的感性言論，而後她戲劇性地頓了頓，整間美術館鴉雀無聲。

我的心臟開始狂跳，我猜我身邊的人心臟也都在狂跳，只是我們緊張的原因不同。

「這一刻來了。」瑞克輕聲說著完全是畫蛇添足的話。他興奮地睜大了眼。

「你還沒看過嗎？」我驚訝地問他。

他兩手交握起來。「沒幾個人看過。」

愛蓮娜颼一聲拉開了天鵝絨布幕。

屋子裡迴盪著滿滿的驚呼聲，緊接著是歡慶的掌聲及更多的口哨聲。我垂著頭緊盯地板。

瑞克一隻手按在胸前，說：「噢！」他長長的睫毛沾著淚水。

艾蓮娜用面紙按了按雙眼，我發現群眾裡和我一樣沒落淚的人不多。大夥兒都相信貝拉舉世無雙的收藏品終於物歸原主了，人人都因爲親眼見到一件深受大眾喜愛卻佚失已久的藝術品而感動。

一聲發自喉頭的怒吼從我口中冒出，聽起來像是「不會吧」。

「克萊兒！」瑞克抱住我，我癱倒在他身上。「怎麼回……」

「我沒事，我沒事。」我趕緊推開他，站直身子。「只是那幅畫……那麼……那麼令人震撼……我小時候畫過、臨摹過……」

「看來這幅畫眞的是妳最愛的一幅畫。」瑞克指指一條花崗岩長凳。「我們去那邊坐一坐，我去幫妳拿點水來。」

我極力恢復鎭定，卻發覺世界天旋地轉，我站都站不住。「眞的不用。」

他根本不接受我的拒絕。他走開去找水時，我轉身背對畫。幸好喝了水後，我舒服了些。我對瑞克說：「兄弟，我看你另外找個伴吧！」

「妳生病了？」

「沒有生病啦，只是有點頭昏，有點想吐。」

他用手腕的內側摸摸我的額頭。「沒有燒。」說完他細細端詳我，「妳前一次一覺睡到天亮是什麼時候？」

「很久了，可是……」

「妳今天也沒吃多少東西吧？」他用一種父親式的愁容氣沖沖瞪著我。「那妳喝了幾杯香檳？」

我朝著他怯怯地笑：「我還是覺得我直接叫輛計程車回家比較好。」

他一躍而起。「我不能讓妳錯過妳最愛的一幅畫歸位。待在這裡，乖乖把那杯水喝掉，我去找艾蓮娜，請她把我們排在第一批，這樣妳就不用排隊排太久。」

「眞的不用。」我在他背後喊，他不理我。

我考慮趁瑞克還沒回來之前溜出去叫計程車，等回到家再打電話向他道歉，反正我已經說我不舒服了，他會相信的。我還沒來得及實踐我的計畫，瑞克已經站在我面前了。

「妳看起來已經好些了。」瑞克伸手拉我起來，「來吧，洛斯小姐，我們上路吧！」

我任由他拉著我穿過人群。

「老實說，」他說，「這眞是排到前面的好藉口，慢慢排隊的話要等上好幾個小時，所以，眞謝謝妳生病！」他揉搓著雙手。

上二樓的途中，隊伍停頓了。我往後看，人龍一路蜿蜒到西班牙迴廊。地面上的每一層樓基本上都圍繞著中庭，幾乎每一處都有拱門開向中庭，透過拱門既能俯瞰中庭，也能看到對面的展廳。樓梯在西側，展廳綿延相連，繞行一圈又重回階梯。我們圍困在人群中，只能向上，沒得回頭。

瑞克看了看前方的人群。「我估計大概還要半個小時吧。」

這樣說來，我有半小時的時間可以穩定情緒，或是有半小時可以抓狂。我選擇前者。「塞在這裡總比塞在別地方好，這裡至少有東西可以看。」

瑞克抱了抱我。「看得出來妳好多了。」

我注視著週遭躁動興奮的人群，他們衣冠楚楚，珠光寶氣，對於自己以及自己即將參與的盛事滿心歡喜。一股孤寂襲上我心，我再度希望艾登能在我身邊。我轉而注意身邊的藝術品，但很不幸，義大利文藝復興全盛時期的藝術從來就不是我的最愛，擺滿整個展廳的華麗家具也不是。有一幅佩塞利諾[①]的美麗作品——〈愛、貞潔與死亡的勝利〉（*The Triumphs of Love, Chastity and Death*），我端詳著這幅畫，唯一看見的就是邪惡侵擾著良善。有一幅貝里尼[②]的〈坐著的書記官〉（*A Seated Scribe*），畫得傳神動人，那位土耳其人專注認眞又正氣凜然，光是看著他就使我覺得罪孽深重。這整個展廳裡所有的畫作都充滿宗教情懷，莊嚴肅穆，正直高尚。有罪的人要遭殃了……

「貝拉現在怎麼想呢？」我問。

瑞克咯咯笑起來，「妳幾時開始相信人死後有知啦？」

「一定是受了這些宗教畫的影響。」

「不難想像她正在天上俯瞰自己的美術館，不時確認一切都依照她的意願來安排。可是老實說，美術館居然會發生搶案，她一定到現在還一肚子氣，只找回一幅畫一定更是讓她火冒三丈，其他幾幅至今還是沒著落。」

尤其如果她得知歷劫歸來的那幅畫竟然還是假的，大概會氣炸了。穿過拉斐爾廳（Raphael Room）時，我牽起瑞克的手。「再一個廳就到了。」

拉斐爾廳比義大利廳寬敞明亮，讓我鬆了一口氣。這個廳同樣掛滿宗教畫，拉斐爾③那幅出類拔萃的〈托瑪索．因吉拉米伯爵肖像〉（*Portrait of Count Tommaso Inghirami*）描繪身穿紅衣的主教。吉拉米仰望上方——顯然拉斐爾是要藉此掩飾他飄忽不定的眼光——我卻感覺他正以輕蔑的神情俯視我。展廳裡許許多多的聖母和聖子、大天使加百列，以及〈天使報喜圖〉（*Annunciation*）中代表聖靈的鴿子，也都同樣鄙視著我。

在拉斐爾廳中慢慢往〈沐浴後〉靠近時，爲了轉移注意力，我望向這個廳中我最愛的一幅畫——波提伽利的〈露克瑞莎的悲劇〉，這幅畫描繪的是基督教問世之前的傳奇，應該比較安全。但我忘了故事是講述一個貞潔的人妻在死亡威脅下遭到強暴，事後，她把這件事視爲自己的失德，痛心疾首且罪惡感深重，不願在恥辱中苟活，於是持刀自盡。

短廊是條狹窄的挑高走廊，用來連接中庭北側與東側及南側的展廳，本身並不是個廳堂。我們跨過門檻，走進這個狹小且暖氣過強的空間。高檔香水混合著上流人士的汗臭，是令人反胃的氣味，盤桓在我周遭此起彼落的讚嘆呢喃也如暈船般令我難受。我不敢看。

瑞克扳著我的肩膀。「噢，克萊兒，妳看看這幅畫，妳看看她，妳看過比這更美的東西嗎？」

我把眼光落在那幅畫上。「噢！」我呼喊，但並不是讚嘆。我不知道還能說什麼，這不是我的畫，不是我的作品，那些專家沒有上當。我這麼大驚小怪無理取鬧了半天，這下不知該作何感想了。

「無法形容……」瑞克說。

這是竇加的原作，竇加的眞跡，一層又一層濃稠鮮亮的色彩，碧綠、青藍、桃紅，生氣勃勃地卜卜顫動，女人的皮膚白皙而冷冷泛光，芳思華髮色微紅，鼻頭尖翹，賈桂琳高䠷美麗，席夢內向含蓄而五官細緻。但這畫是怎麼來到這裡的？我用手肘推擠人群，好湊近些。

但我隨即發現我錯了。我只不過是不曾見過鑲了框的〈沐浴後II〉，只見過她赤裸裸在畫布上的模樣。看見她掛在這個與我童年記憶中相同的位置，周遭圍繞著我熟悉的厚重金色葉片，一時之間我認不出她來。但芳思華依舊不是竇加筆下的人，而左下角那個我曾擔心深度過深的裂隙絕對是我的傑作。雖然眼前看不到，但我知道這幅畫的背面有個小小的綠點。

這幅畫會永遠掛在這裡——我的畫，冒牌中的冒牌，仿作的仿作——而竇加的眞跡在下層地下室裡發霉蒙塵，艾登的一根手指即將不保。我轉身面對瑞克，「我有話要跟你說，我們得談一談。」

---

① 佩塞利諾（Francesco Pesellino），約一四二二～一四五七年，義大利畫家。

② 貝里尼。義大利有多位貝里尼，此處指的是 Gentile Bellini，約一四二九～一五〇七年，畫家。

③拉斐爾（全名Raffaello Sanzio，通常簡稱Raphael），一四八三～一五二〇年，義大利畫家、建築師，與達文西、米開朗基羅合稱文藝復興三傑。

第四十二章

我想我和瑞克從來沒有一場對話是像這樣的，我說個不停，而他一次也沒有打岔。我們在他的辦公室裡，房門緊閉，宴會的吵雜聲微弱，但仍聽得出有歡笑，有貝多芬的樂音，以及餐具的叮噹碰撞聲。這裡的空間狹窄擁擠，空氣冷冽潮溼，我的椅子又硬又難坐。瑞克手肘撐在桌上，手掩住口，食指托著鼻子，眼睛定定盯住我。我把話說完時，他仍然目不轉睛瞅著我，彷彿我還在滔滔不絕。

「怎樣？」卸下心頭重擔的輕鬆轉變爲狐疑，不明白他爲何這樣死沈沈的靜默。「說話啊！」

他甩甩頭，像是剛剛從海裡游完泳上岸來。「妳沒說笑？」

「都是眞話。」

他把手臂交疊在胸前。「如果我說我不信呢？」

「是我也不會信。」

「可是是眞的？」

我點頭。

「全部都是眞的？」

「我可能有漏說一些。」

「我都不知道要怎樣消化這件事。」他說，說完頓了頓，又說：「所以，馬凱知道其他那幾幅畫在哪裡？」

「他只負責銷售這幅畫，他跟當初的搶案沒有關係。委託他賣這幅畫的人可能也和搶案無關。」

「妳爲什麼這麼肯定？」

「他的處境很危險。」我把兩隻手絞在一起，「賣家那邊有人要傷害他，是身體上的傷害。」

「可是他在牢裡。」瑞克爭辯。

「那些人勢力很大。」

瑞克站了起來，似乎意外自己竟無處可去，只好又坐下來。「而且妳很確定樓下那幅畫是妳畫的？」

「我認得那個裂縫。」

「我不信。」

「我們又回到原點了。」我苦笑。

他凝望遠方，接著又重新把眼光放回我身上。「妳爲什麼忽然決定現在告訴我？」

「我必須要到下層地下室去一趟，看看我的推論對不對。如果那幅畫眞的在那裡，嘉納美術館就會有竇加的眞跡可以展示，那幅畫很有可能是竇加這輩子最傑出的一幅畫。整個世界也可以欣賞到一幅新出土的曠世之作。」

他瞇起眼睛，彷彿這樣可以幫助他理解似的。

「還有，」我懇求，「如果我們把原畫找出來，就可以幫艾登爭取保釋。」我用力吞嚥口水，「保釋的時間至少可以保住他的手指。」

「保住他的手指？」

我努力保持堅強，直直注視瑞克的眼睛。「他們需要他右手食指的指紋，才能進入他畫廊的保險庫。他把錢放在那裡。」

「噢，」瑞克痛苦地驚呼，「不會吧，克萊兒？噢……」

我閉上眼睛，點點頭。

「可是萬一，萬一那幅畫沒在地下室呢？」他問。

「那我就要從別的方向著手了。」

「那萬一畫在那裡呢？妳要怎麼說明妳是如何得知的？」他的臉上滿是憂慮，「萬一他們認定妳跟搶案有關，逮捕妳怎麼辦？」

「瑞克，你想想看，他們能用什麼罪名逮捕我？仿製一幅仿作嗎？我本來就是靠這個吃飯的。」

他認眞想了想。「我根本就不知道這裡有什麼下層地下室。」他一面思索，一面慢吞吞地說：「更別說知道怎麼進去了。」

「我說過，藍圖上有。」我看他態度上有了鬆動，趕緊乘勝追擊，「一定不難找。」

他拉開辦公桌的一個抽屜，關上，又拉開，再關上。「妳眞的相信那裡可能有一幅竇加的眞跡？」

「有可能。」我說，「而且如果我們找到那幅畫，那不是大功一件嗎？」

他的臉上閃現一抹微笑，轉瞬即逝。「那是一定的。」他從電腦裡找出藍圖上的地下室，用手指沿下層地下室的輪廓描了一圈。

我交握起雙手等待。

「這樣不太好吧，克萊兒？」他終於開口，「未經允許就跑到美術館的地下室亂翻亂找。重點是警衛根本不會讓我們下去。」

「你不是跟一些警衛交情不錯嗎？」

「是啦……」他的手指在鍵盤上飛竄，「有文件顯示貝拉在一八九八年從巴黎帶了一幅竇加的油畫回來，」他一面捲著頁面的捲軸，一面說：「公司登記證上把〈沐浴後〉列爲一九○○年的收藏，所以這兩幅畫指的應該是同一幅。」

整個房間充斥著電腦鍵盤滴滴答答的敲擊聲，我不發一語。瑞克證實了我原本就知道的事。

「貝拉一九〇三年寄出的芬威庭園開幕慶祝會邀請函上也提到了這幅畫。從此以後，一直到被偷之前，這幅畫再也沒有人動過。」瑞克坐在椅子上往後倒退，「抱歉，小萊，貝拉不可能會買到贗品，她不會上這種當，伯納．貝然森也不會。」

「可是我的看法是，貝拉帶回來的的確是竇加的眞跡，」我辯駁，「只是在她把眞跡帶回波士頓之後，維吉爾．倫戴爾要不就是勒索她，強迫她用他的仿作取代原作——那樣的話原作就會在地下室——要不就是倫戴爾偷了原作，把原作藏在自己身邊——那樣的話，原作可能就在倫戴爾的後人手上。我唯一知道的是，竇加和倫戴爾的素描草圖證明眞的有兩幅相似的畫。」

「這樣好像不足以……」

「不足以怎樣？」我質問，「移除短廊裡的僞畫，找到竇加的眞跡，拯救艾登，不值得嗎？」

「克萊兒……」

「算了，瑞克。」我站起來，「很抱歉我把你捲進來，我只是急著想把事情解決。」

「妳要去哪裡？」他的嗓音裡帶著濃濃的憂慮。

「去告訴愛蓮娜啊，不然我還有什麼別的辦法？總得要有人到地下室去瞧一瞧。」

他跳起來抓住我的肩膀，「不行，不能告訴她，她會嚇壞。還不要告訴她，至少我們要先確認那幅畫眞的在那裡。」

「艾登的時間不多，我不能等……」

「我們明天一早碰面。」他說。

我一把抱住他。「謝謝！」我輕聲說。

他吻吻我的頭頂。「現在我們回晚宴去，假裝愉快地吃吃喝喝吧！」

我站在嘉納美術館前，看著瑞克撐著傘過街。這天和前一天一樣嚴寒陰鬱，還下著冰冷細雨，使氣氛更加慘澹。但我在雨衣裡冒著汗。

「準備好了嗎？」他領著我走進員工專用入口。

「準備好要找到原畫，可擔心找不到。」

「概括來說大概就是這樣。」我們走到寄物處，瑞克伸手到櫃臺背後，抓起一把手電筒，揮舞著對我喊：「出發！」

我笑了笑，但發出的笑聲卻像是不屑的哼聲。

我們搭電梯到地下室。光是地下室就已經深到不能再深了。瑞克解釋，這裡沒有貯存太多館藏，主要只是用來放置機械設備——電器設備、暖氣、冷氣等等，還有就是搶案發生後增設的保全設施。雖然如此，這裡的燈光還是很黯淡，漆黑一片，因此我很慶幸瑞克想到要帶手電筒。

我聽見小小的腳掌悉悉簌簌奔跑的聲音，心裡但願那是小老鼠的小小腳，而不是大老鼠的大腳。我往瑞克身邊靠近了一步。牆壁是裸露的磚牆，凹凸不平且雜亂無章，很顯然是原始的磚牆。地板雖然是混凝土地，但也同樣凹凸不平，且布滿大到足以絆倒人的裂縫。我們前行時，瑞克用手電筒照亮我們正前方的區域。

我看著藍圖。「這裡。」我指著南面的牆說。平面圖上沒有標示這層樓哪裡有入口可以進入下層地下室，起初我有點緊張，這會兒更是焦慮了。但這時我發現這個地方確實有點蹊蹺。

我們在一個大約五呎見方的孔洞邊緣跪下來，瑞克把手電筒的光線照進洞裡較寬闊的另一頭。洞裡的地板是泥土地，三面牆不是磚砌，而是粗削的大圓石，看起來像是臨時起意，是建築完成後以拙劣手法倉促擴建的。有個搖搖晃晃的梯子向下通往那個房間。

「有看到什麼嗎？」我問瑞克，「有沒有看到門？」

「從這裡看看不出來。」

我旋身跨上梯子。「你用手電筒照著我，我下去之後，你把手電筒扔給我，我幫你照路，你再下來。」

我手腳並用爬下梯子，踏上地面，瑞克快速跟上來。裡頭一片黑暗，雖然有手電筒，我們還是花了好一會兒才弄清楚方向。這空間比藍圖上看來要小，長寬分別約只有二十和三十呎，天花板則不到六呎，確切的大小難以辨認，因爲屋子裡塞滿各種雜物——家具、檔案櫃、書、帳冊——看來年代有一世紀久遠，蒙著塵，高高堆疊，所有能夠塞的空間大約都塞滿了東西。

我們分別打了噴嚏，估計出通往窖室的門大約位於何處，轉身朝那方向站立。瑞克舉起手電筒。雖然屋子裡雜物處處，我們一眼就看出這裡並沒有門，手電筒的燈光落在一整面結實的水泥牆上。

「可惡！」瑞克說。

強烈的失望襲捲我，我幾乎要撐持不住。我跪下來檢查牆壁與凹凸不平圓石的接合處。這裡縫隙很多，我找到一個格外大的縫隙，瑞克用手電筒透過縫隙，照向牆壁的另一側。

我扭著身子，尋找能看到對面卻又不會擋住燈光的位置。看到了，大約就在水泥牆之後的一、兩呎處，有一座雙扇門。「在那裡！」我不可置信地大嚷。

「什麼？」瑞克把雙眼貼在水泥牆的另一個缺口上，「什麼東西在那裡？」

我咳嗽著接過手電筒，讓他過來看。

「我的天！」他轉頭看我，隨即又再轉回那個缺口。「妳說得沒錯，一點也沒錯，眞的有門！他們一定把……」

上方忽然有光線射下來，我抬頭，卻被強光刺得一時之間失去了視力。

「喂！」一個粗啞的聲音在四面牆之間迴響。「不准動！」

我僵住不動，舉起雙手。

「我是瑞查．葛萊蒙。」瑞克大聲說，「我是助理策展員之一。」他轉向我，「妳可以把手放下來了。」

「不行！」那人命令：「手舉起來，兩個都是！」

「只不過是美術館的警衛。」瑞克輕聲對我說，他一面說，一面把職員證從胸前拉出來。「不用緊張，我是這裡的職員。」

「我管你是哪裡的職員。我們是波士頓警局，你們兩個乖乖爬上來，速度慢，手要讓我看到。女士優先。」

第四十三章

其中一名警員抓著我的上臂，另一名警員以相同姿勢抓著瑞克，還有第三名，也就是剛才發話的那個，滿懷猜疑地看著我們。警方爲昨晚的宴會加強了靜音警報，三名波士頓員警被啓動的警報訊號驚動了。

「打電話給愛蓮娜．沃德就知道了。」瑞克說，「她是館長，現在可能在樓上的辦公室裡。她可以擔保我們不是壞人。」

「你們在那底下搞什麼勾當？」

「這位是我朋友克萊兒．洛斯。」瑞克說明，「她要寫一本關於伊莎貝拉．史都華．嘉納以及她往來藝術界人士的書，正在做研究。我聽說底下有她可以研究的資料，所以我們才下去看看。」這傢伙眞是思慮敏捷。

但警察並不像我這樣激賞他的本事。「星期天一大早跑來做研究？」他還是打了電話給愛蓮娜，愛蓮娜要他把我們帶到她的辦公室。

警察領著我們穿過地下室，走上一樓，瑞克對我使了個眼色，很明顯是要告訴我：「什麼話都別說。」

我們走向通往二樓的樓梯，我飽覽寧靜中庭的壯麗莊嚴。我平時並不喜歡嘉納美術館的中庭，但這美麗的中庭卻使得這座美術館風格獨具，甚至無與倫比。走到二樓時，我透過拱窗，望向早期義大利展廳和拉斐爾廳。這裡看不見短廊，但我可以想像〈沐浴後II〉掛在那裡，感覺得到她如鬼魅飄浮在空中。一股戰慄竄遍我的周身。那牆上應該掛的是竇加的〈沐浴後〉，而不是仿作的仿作。

第一個員警打開隔擋住通往四樓階梯的繩索，讓我們通過，又重新掛上繩索。接著他領我們到愛蓮娜．沃德的辦公室。愛蓮娜從辦公桌後走出來，說：「警官們，交給我處理吧！」

警察們動也不動。

愛蓮娜又說：「我想和他們私下談談。」

「我們就在門外，有需要就叫我們一聲。」

員警走開後，愛蓮娜命令我們在她辦公桌前的兩張椅子坐下。她狠狠瞪著瑞克：「你搞什麼名堂？」

「對不起，愛蓮娜。」瑞克說，「其實不是什麼大事。克萊兒是我美術學院的同學，她要寫一本關於貝拉和一些藝術家私人交情的書，我們只是在找她可以用的資料。」

「星期天早上八點來找資料？」

「妳還不是來上班了？」瑞克露出一抹略帶嘲諷的微笑。

「還跑到地下室去。」

「那裡有個房間裡都是東西，有很多檔案和書，我覺得應該……」

「你沒得到授權。」她厲聲說，然後轉向我，「哪些藝術家？」

「當然就是大家都知道的那些啊，惠斯勒、沙金，還有柯蒂斯。但我也有興趣研究她來往的一些比較沒名氣的畫家，像史密斯、克蘭姆、毛爾、維吉爾．倫戴爾。」

瑞克驚詫地望著我，愛蓮娜則仔仔細細打量他。「這是很嚴重的違規，瑞克，」她說，「你不能……」

「這不是他的錯。」

「絕對是。」愛蓮娜口氣尖銳。

「他本來不肯帶我去地下室的，」我說，「是我一直吵……」

「她問我有沒有辦法幫忙她找資料，」瑞克插嘴，「是我提議我們去地下室找一找的。」

「你怎麼可以做這種事？」愛蓮娜質問，「爲什麼偷偷摸摸鬼鬼祟祟？」

「我們沒有偷偷摸摸鬼鬼祟祟，至少我不覺得我們偷偷摸摸。這其實是很平常的事，妳知道的。」

我聽著瑞克支支吾吾，我自己下一步計畫的優與劣快速閃過腦際，就像人們說臨死之前這一生的經歷會一幕幕快速閃過一樣。我不怎麼喜歡把自己比作瀕死之人，但還是開口說：「我告訴他那裡可能藏著一幅竇加眞跡。」

「什麼？」

「克萊兒，」瑞克說，「別……」

「妳昨晚掛上牆的那幅〈沐浴後〉是贗品。」我告訴愛蓮娜，「我認爲愛德加．竇加親筆畫的那一幅可能在地下室。」

「一派胡言！」愛蓮娜語帶不屑，「那幅畫經過了一整個團隊的國際專家鑑識，這個領域最受尊崇的專家掛了保證的，肯定是竇加的眞跡。」

「我知道。」我說，「可是那些專家錯了。」

「妳又怎麼知道的？」

我用力吞嚥口水。「因爲那幅畫是我畫的。」

愛蓮娜瞪著瑞克。

「我知道聽起來很詭異。」瑞克在椅子上蠕動，「但克萊兒替複製網工作，她是經過認證的竇加複製畫家……」

「經過認證的竇加複製畫家是什麼玩意兒？」愛蓮娜怒不可遏，「你是說我應該要相信什麼『經過認證的竇加複製畫家』，而懷疑專家的判斷？我應該要相信那幅曠世鉅作是她畫的？」

瑞克還沒來得及回答，我搶先插嘴：「藝術史家的觀點被自己的成見蒙蔽，這是史上常見的事。他們只看見自己想看見的東西。」

愛蓮娜皺起眉頭。「克萊兒．洛斯……克萊兒．洛斯……」她打了一記響指，「科利恩，大冒牌貨。妳又想要花招打知名度了嗎？」我還沒來得及回話，她站了起來，「夠了，現在換警察來接手吧！」

「不要！」瑞克跳起來，「拜託，愛蓮娜，妳聽她說完。說不定，我是說說不定，她有什麼資訊是妳需要知道的。」

她瞪著瑞克，又轉而瞪我，然後重新坐下。「我給妳五分鐘的時間。」

我向她說明我的工作，以及我在竇加方面的專長。「有一天，我接到艾登．馬凱的一通電話。我們從前認識，但已經好幾年沒聯絡了。他說他有個類似複製網的案子，如果我有興趣就交給我。我在複製網只擔任顧問，沒有簽競業條款什麼的，所以我當然說好。」

愛蓮娜等著我說下去，瑞克端詳著他的手。

「他告訴我他的藝廊有個印度客戶，」我繼續說，「這人看過艾登的朋友擁有的一幅高品質〈沐浴後〉仿作，他也想要一幅，而且品質要一樣出色。」

「那他幹嘛不找畫那幅仿作的畫家來畫？」愛蓮娜問。這問題真有道理。

「那畫家不在人世了。」我趕緊說。我真後悔當初沒和艾登多花點時間好好把說詞串一串，現在我只希望我腦筋動得夠快，來得及把漏洞都補起來。

愛蓮娜面無表情。

我清了清喉嚨，「於是艾登說，他聽說我是這方面最厲害的高手，只有我有本事畫得讓他的客戶滿意，於是他就想聘請我來仿製這幅畫。他告訴我，他會把他朋友的那幅畫帶給我臨摹。」

「仿製別人的畫並不違法，也不違反道德。」瑞克說，「這個……」

「我在跟洛斯小姐說話。」愛蓮娜吼他，「我待會兒再聽你的意見。」

瑞克用手掌揉揉額頭，乖乖閉嘴。

於是我繼續說：「第二天，他就帶著兩幅畫來找我。一幅是梅索尼埃十九世紀末期的一個作品，另一幅就是他號稱『史上最棒的賓加〈沐浴後〉仿作』。」

「眞的是史上最棒的嗎？」愛蓮娜問。

「眞的很棒，但是那是仿作。」

「你怎麼能這麼肯定？」

「我專靠仿製畫作維生。」

「梅索尼埃那幅畫是要給妳刮除油彩，然後用來畫僞畫用的？而因爲妳是『經過認證的複製畫家』，所以妳知道怎麼做？」

「我和複製網合作很多年了，還上過課，做過很多研究。我仰賴已知的技術。」我望望瑞克，他睜大了眼睛。「仰賴我的筆記、我的經驗，以及贗品製造手冊。」

愛蓮娜繃緊嘴唇。「妳是說，樓下那幅〈沐浴後〉是妳根據某種『按號碼著色』的說明書畫出來的？」

「可以這麼說，」我承認，「還加上一台大烤爐和一點苯酚甲醇。」

愛蓮娜瞇起了眼，「妳是故意捉弄我嗎？」

「我也但願我只是說笑。」

「我搞清楚一下。」愛蓮娜說，「艾登・馬凱忽然沒頭沒腦給妳一個案子，妳就相信這整件事光明正大，沒有一點蹊蹺？妳腦子裡沒有半點疑問？從沒質疑過他的動機？」

「他是馬凱藝廊的艾登・馬凱，」瑞克忽然插嘴，「他不可能……」

愛蓮娜狠狠瞪他一眼，於是他又住了口。

「我只是猜想這個客戶大概很有錢。」我說，「而且我仔細檢查了那幅畫，就知道那是仿作。既然是仿作，我又要懷疑什麼？」

「妳是說，一直到舉行歸位典禮後，妳才恍然大悟發生了什麼事？」

我直直注視她的眼，「我直到現在還是沒搞清楚到底是怎麼一回事。」

「妳在這裡等著。」愛蓮娜下令，隨即轉向瑞克，「你跟我來。」

半小時後，愛蓮娜重新走進來，後頭跟了個肩膀寬闊、身穿休閒外套並打著領帶的男子。和身軀比起來他的腦袋小得不成比例，理論上這會看起來略顯滑稽，但他臉上神色嚴峻，遮蓋了這種喜劇效果。

我站起來，胃部一陣緊縮。他是警察，而且是高階警官，絕對錯不了。

「這位是聯邦調查局的里昂探員。」愛蓮娜對我說，說完又轉向那位探員，「這位是克萊兒・洛斯。」

「你好。」我伸出手。比警察更可怕。

探員和我握了握手，他的手出奇柔軟，臉龐依舊如鐵打一般冷若冰霜。他什麼話也沒說，僅是草草點了點頭。

愛蓮娜坐上辦公桌，里昂在瑞克的椅子坐下。愛蓮娜命令：「妳把剛才告訴我的事向里昂探員重述一次。」

我說完，里昂開口，嗓音裡滿滿的不可置信，「馬凱先生說他拿給妳臨摹的畫是複製品，妳就相信了嗎？妳從沒想到過那可能就是搶案裡被偷的那一幅？」

「我一眼就看出那不是竇加的眞跡，所以從沒質疑過這一點。」

「妳覺不覺得自己太天眞了？」

我遲疑一霎後說：「不覺得。我仍然堅信那幅畫不是竇加畫的，而且我知道艾登也深信不疑。」

「他相信什麼或不相信什麼，妳怎麼能這麼肯定？」

「他是這樣告訴我的，這人很專業，何況，他是艾登．馬凱啊！」

「艾登．馬凱有多厲害，我們都看到了。」探員在他的筆記本上振筆疾書，皺了皺眉，又再度振筆疾書。

我小心謹慎瞅著他。「我，呃，我想我該請個律師。」

里昂和愛蓮娜互望一眼。「請律師幹嘛？」里昂滿臉困惑地問：「妳只不過是在報告一件不太確定有沒有發生的事，不是嗎？這事情到底有沒有牽涉到違法情事，我們目前還不清楚。還是說，妳參與了什麼違法活動嗎？」

我沒有回答，探員的肢體語言忽然轉換成好人模式，手肘撐在腿上，軀幹朝我的方向前傾，臉上掛著笑。「洛斯小姐，」他說，「妳說，妳認爲伊莎貝拉．史都華．嘉納被這個……」他看了看筆記本，「這個叫維吉爾．倫戴爾的人勒索，不得不用他的畫取代竇加的畫來展示？然後嘉納女士把眞畫藏起來了？」

「那是我的一種推論。爲什麼會發生這種事，其他可能的原因也很多。重點是，昨晚掛上的那幅畫是我受人委託畫的，是根據艾登．馬凱手上的那幅仿作仿製的。」

「妳怎麼這麼有把握？」

「我認得畫上的裂縫。」

他看看愛蓮娜，揚起一邊的眉毛。

「畫作放久了就會龜裂。」愛蓮娜忿忿瞪著我，「觀察畫上的裂縫可以評斷出畫的年代。」

「我知道裂縫的意思。」里昂說。我發覺他的眼界或許並不似外表看來那樣狹隘。

「如我告訴你的，這不是洛斯小姐頭一次提出這類說法。」愛蓮娜說，「她的誠信很有疑問。」

「啊，科利恩的〈四度空間〉。」他笑容可掬對著我說，「但那件事也有疑問，對吧？現代美術館有一些人是站在妳這邊的，不是嗎？」

「有，老實說還不少。」我很清楚他們兩人一個扮白臉，一個扮黑臉，但〈四度空間〉的事還是少提爲妙。「樓下那幅畫是我畫的，因爲我在畫的時候，曾經擔心底部有一塊格外深色的部分處理得不好。我要把過多的墨水擦掉，但還沒擦乾淨就上凡尼斯了。我覺得那塊地方顏色太重了。昨晚我看到那一塊時，就知道了。」

「妳很肯定嗎？」里昂問。

「我在畫背面的右上角點了一個綠點，在框架上，妳去看看就會知道了。」

「這不能代表什麼。」愛蓮娜爭辯，「油彩隨時都可能會滴在框架上。她說不定是昨晚看到有個綠點，或是因爲她和搶案有關，所以知道那裡有個綠點。」

「你胡說……」

探員俯身湊近我，「妳的話是有道理，但我仍然不懂妳怎麼知道那幅畫是叫維吉爾．倫戴爾的人僞造的？」

「我並不確定，可他是個公認的僞畫畫家，我看了他的素描本，他畫了原畫的草圖，也畫了僞畫的草圖。」

「我完全被妳搞糊塗了。」

「我有一本竇加草圖的書，裡面有〈沐浴後〉的原始構圖。倫戴爾的其中一幅素描和竇加的原始草圖一模一樣，另有一幅則和嘉納美術館收藏的這幅一模一樣。」

「說不定倫戴爾看過這兩幅草圖啊？他可能只是畫著玩？」里昂說。

「不太可能。雖然他們是同時代的人物，但竇加在歐洲，而倫戴爾在波士頓，我不太相信他們見過面。我推論貝拉把原畫從歐洲帶回來但還沒有掛在美術館展示時，倫戴爾就看過這幅畫。然後不知道爲了什麼原因，他僞造這幅畫的時候更改了構圖。」

「妳怎麼知道原畫長什麼樣子？」

「就是長竇加的草圖那個樣子。」

「跟樓下那幅不一樣嗎？」

「不一樣。我剛剛說了，其中一個女人是不同的人，而且畫面上的構圖也不一樣。而且如果你仔細看，那個部分不像竇加的風格。」

「草圖和最後的成品從來都不會一樣。」愛蓮娜怒喝，「的確是竇加的風格，我仔細看過，很多專家也仔細看過，那些人都是受過專業訓練、領有合格證照的，不是什麼網路藝品複製公司發的什麼亂七八糟的認證。」

「所以說，」里昂對我說，「只有妳一個人知道那幅畫是贗品，其他人都不知道？」

「我有相關的背景和技術，剛好就有能力辨識這個。不過最重要的是，我想我是頭一個眞正仔細觀看這幅畫的人。」

「意思是？」

「假設伊莎貝拉．嘉納展出的眞是倫戴爾的僞畫，即使是被迫的也好，那麼這幅畫一定就從沒有人正式鑑定過眞僞，大家都自然而然相信這一定是竇加的眞跡，誰也不會質疑。而嘉納女士在遺囑中交代美術館裡什麼也不准動，因此這幅畫從來沒有借出過。如果曾經借出，就有可能會發現這是假畫。」

「她的推論有可能嗎？」里昂問愛蓮娜。

「荒謬至極。」

「但是有沒有可能呢？」

愛蓮娜把手臂交疊在胸前。「什麼事都是有可能的。」

里昂又重新轉向我。「但竇加不會知道這不是他的作品嗎？他本人不會造訪這座美術館嗎？或者看到美術館的照片？」

「竇加只到過美國一次。」我說明，「去紐奧良，而且那是早在這美術館成立之前很久的事。當時的通訊沒有現在這麼方便，交通也沒這麼方便，沒有電話，沒有飛機，所以他把畫賣給貝拉之後，十之八九沒有再看到過這幅畫。」

探員刻意表現出賣力思索的神情。「所以說，除了妳這個研究所畢業不過三年的菜鳥以外，誰也沒眞正仔細看過這幅掛在這個知名美術館裡將近一百年的畫作？除了妳以外，誰也沒發現這不是竇加的作品？眞了不起，眞是非常了不起！」

我瞪著他。

「再跟我說一次妳是怎麼辦到的。」他以一種誇張的欽佩語氣說，「妳從哪裡得到的靈感？」

我把筆觸、顏色、草圖、對稱，以及地下室密室等等問題重新說明了一遍。「只是剛好都吻合。昨晚我在歸位典禮看見我的作品，我就……」我聳聳肩。

里昂吹了聲口哨，「眞是厲害，洛斯小姐。妳有沒有考慮過到聯邦調查局當探員？」

愛蓮娜大笑。

雖然我恨不得狠狠把拳頭砸在他倆的臉上，但我還是說：「我大可以不用主動站出來告訴你們這些事，大可以保持沈默，這樣大家就可以開開心心地各自生活，井水不犯河水。我站出來是爲了找出眞相，同時也希望能幫嘉納找回一幅偉大的傑作。我並不喜歡被當白痴小孩對待。」

「妳並沒有『主動站出來』，」愛蓮娜提醒我，「妳是擅闖他人土地，被波士頓警方抓到了。」

里昂細細端詳我，然後說：「如果我理解得沒錯的話，妳是說倫戴爾僞造的畫就是在搶案中被竊的那一幅，同時也是馬凱先生拿給妳臨摹的那一幅？」

「不是不是，我不是這樣說的。」我惡狠狠瞪了里昂一眼，好讓他明白我看得出來他在耍什麼把戲，我不會那麼輕易就露出破綻。「艾登拿給我的是一幅仿畫，仿倫戴爾的仿作，也說不定是仿其他什麼人的仿作，我也不清楚。我怎麼會知道呢？」

「那就是問題所在了。」愛蓮娜點出重點。

「妳那些名畫草圖有沒有剛好帶在身上呢？」里昂問。

「在我的畫室裡。」我厭恨自己竟然中了他的圈套。

「也是妳運用高度精準的辨案技巧找出來的，是嗎？」

我直覺反應想叫他去死，但我沒這麼說，而是回答：「是的，的確如此。」

我獲得的報償是他眼中閃過的一抹饒感趣味的笑意，然後他轉頭對愛蓮娜說：「妳有藍圖吧？」

她瞪了我一會兒，才轉頭到電腦前開始打字。

「等妳把藍圖叫出來之後，」里昂說，「或許洛斯小姐可以幫我們指出她的密室在哪裡。」

我站起來，走到愛蓮娜的電腦旁。

「妳說地下室嗎？」愛蓮娜看也不看我，直接發話。

「是下層地下室。」

「我從沒聽說過這裡有什麼下層地下室。」她一面咕噥，一面尋找正確頁面。「找到了。」她把椅子向後一滑，「指給我們看吧！」

「我們找到一堵藍圖上沒有的水泥牆。」我一面解釋，一面用手指描著平面圖的輪廓，「大約是在這裡，就在這道雙扇門面前。雙扇門在這裡，在牆的後面。」

「妳認爲竇加的畫作在這裡？」里昂問。

「即使不在這裡，也在某個地方。」我說，「我們要把它找出來。」

「簡直是胡鬧！」愛蓮娜怒吼，「我們沒有要找什麼東西，竇加的〈沐浴後〉就掛在樓下短廊裡。」

里昂說他倆要私下談談，愛蓮娜要我到她辦公室外助理的辦公桌前坐一坐，我乖乖照辦。他倆關上了愛蓮娜辦公室的門，我站起來，耳朵貼在牆上，但他們的說話聲音太低，我什麼內容也聽不出來。幾分鐘後，他倆走出來。愛蓮娜命令我不可亂跑，我想起艾登，想起他被迫坐在狹隘的囚室裡，聽任別人不留情的指令擺佈。

爲了讓自己想點別的，我端詳牆上掛的深褐色照片。其中一張照片裡的人物是貝拉，她頭戴一頂醜陋至極的黑帽子，芬威庭園正在興建中，她則攀爬在一座梯子上。貝拉個頭嬌小，精瘦結實，沒有披掛花俏服飾和漂亮珠寶時，外貌頗爲平庸。照片中的她顯然對當時自己眼前的景觀並不滿意。這樣的一個女人是怎麼讓一大堆男人拜倒在她石榴裙下的？又是如何掌握大權呼風喚雨的？貝拉．嘉納這個人的無論哪件事蹟都令人難以置信，要不就是互相矛盾。我但願我走對了路。

「那個烤爐還在妳畫室裡嗎？」愛蓮娜朝我走來，邊走邊質問，里昂探員則緊跟在後。

我很意外他們做出了這個與迥異於先前態度的結論，不解地眨眼，但隨即意會過來——他們找到畫背後的綠點了。「還在。」

「即使發生過現代美術館那件事，妳還是要堅持樓下那幅畫是妳畫的嗎？」里昂問。

「現代美術館那幅畫是我畫的，這邊這幅畫也是我畫的。」

「現代美術館的判定結果不是這樣。」愛蓮娜嘟囔。

「里昂探員，沃德女士，我目前對很多事情可能都不大有把握，但我自己的作品我自己知道。我很抱歉害妳空歡喜一場，害美術館和社會大眾空歡喜一場，我很抱歉我捅了這個大樓子，但我想你們終究會情願得知眞相的。」

「我們的計畫是這樣。」愛蓮娜說，「明天早上八點，我和另兩位專家，總共三人，會到妳的畫室去。我會帶張舊畫布去，妳就當場示範整個過程給我們看。」

「沒問題，我……」

「我不是在徵求妳的同意，洛斯小姐。」

我低頭看自己的手。

「我會請幾位專家搭飛機到波士頓來做第二次鑑定。」愛蓮娜繼續說，「也會訂購特殊的儀器和化學藥劑，好讓鑑定過程可以當場快速進行。這會耗費很多金錢，也會耗費很多時間。萬一我們發現這是一場騙局——我推測多半就是——所有的花費及損失就都要由妳負擔，不能展出〈沐浴後〉給我們帶來的損失也包括在內。」

「這不是騙……」

「而如果事實證明那幅畫果眞是贋品，」里昂探員打斷我，「而製造贋品的人是妳，我和調查局的同仁可能就要以比較正式的身份，邀請妳坐下來談一談。」

第四十四章

愛蓮娜依約在八點來到，身邊帶了兩個學者型的人物，男的有點年紀了，女的看起來像高中還沒畢業。兩人都戴眼鏡，各自從公事包掏出筆電，男學者的筆電破舊不堪，女學者的筆電則簇新且昂貴。男的是瓊斯先生，女的是史密斯小姐。聽到他們的名字時我微笑起來①，他倆卻僅是瞪著我。看來很難纏的一群人呀。

我今天早上的心情也不比他們愉快多少。昨天我離開嘉納美術館後，就直奔納秀瓦街，要向艾登報告最新狀況，順便看看他好不好。他們卻不放我進去，說他這天的會客次數已經達到限額了。稍晚，葵絲娣傳簡訊給我：「馬凱要我告訴妳只剩一週了。」

整個漫漫長夜我都沒有闔眼，在房間裡踱步、咒罵自己。我和瑞克通電話，告訴他艾登時間不多了，他則告訴我愛蓮娜對他火冒三丈，但他的飯碗應該保住了。這算是好消息，其他都是壞消息。愛蓮娜已經展開行動，決心要證明我一派胡言，要讓我身敗名裂且鋃鐺入獄。萬一她沒成功，也還有里昂探員會對付我。

此刻，愛蓮娜遞給我一張一呎見方的畫布，是一幅畫著瀑布的油畫，畫得很差。「用這塊畫布來畫。」她的語氣明快而乾脆。「畫〈沐浴後〉裡的隨便一個裸女，用妳宣稱妳畫偽畫的手法來畫……」

「不是偽畫，是仿畫。」我知道我必須保持冷靜，但當年重畫〈四度空間〉的歷程又重來一遍，弄得我心煩意亂。我提醒自己，這次情況不同，前一次我必須證明我是個創作者，這次我必須證明我是個仿作者。但這番論理對於舒緩緊張一點幫助也沒有，這也是意料中的事。

何況這次牽涉到的風險比上次高得多。我試圖鼓舞自己，告訴自己我的風險還是比凡・米格倫要低。他必須重畫一幅維梅爾的僞畫，來證明自己沒有把國寶販賣給納粹，如此才能逃避死刑。但這個想法也仍然沒有使我放鬆心情。

「進行每個步驟都要向我們說明。」愛蓮娜發出命令，「即使是妳以爲我們都知道的步驟也要說明。」

我點頭。「有沒有誰要來點咖啡還是茶？」

「洛斯小姐，我們不是來做禮貌性拜訪的。」愛蓮娜提醒我，「妳愈早開始畫，我們就愈早可以收工。」這點我倒是沒意見。

我開始了已經如天性般順手的動作，一面進行，一面解說。史密斯和瓊斯大半時間都沉默不語，偶爾客氣有禮地發問。愛蓮娜則完全克制不了她的惱怒，聽我說話時總是譏諷地聳肩、翻白眼、低聲咕噥抱怨。我盡全力裝作視而不見、聽而不聞，但她的每一個反應、每一個動作，在在都提醒我她手中握有了多麼關鍵性的生殺大權。

進行三個回合的罩染烘烤後，天色逐漸黯淡。愛蓮娜說：「今天就到這裡吧！」沒有人提出異議，於是她轉向我，「我要把這畫帶回去，以免妳趁我們不在時動手腳。明天一大早，我們會把這畫帶回來。」

「沒問題。」我說。她這話簡直是赤裸裸的人格污衊，但我累到沒有力氣發怒。

「還有，」愛蓮娜又說，「竇加和倫戴爾的草圖素描本給我，我和里昂探員要仔細檢查。」

這兩本素描本印證了我的假說，我很捨不得和它們分離。愛蓮娜從我手中接過書，以一種誇張的客氣語調說：「謝謝！」那語調顯示她心中毫無感謝之情，不過那也是當然的，何況她根本沒有什麼需要感謝我的地方。

隔天早晨，他們帶著那幅畫以及手機電腦再次出現。昨晚瑞克告訴我，他從一個和他交情甚好的警衛那兒得知一則最高機密。那警衛有個同樣幹警衛的好哥兒們，陪同愛蓮娜及里昂進入下層地下室。雖然愛蓮娜嚴詞反對，里昂還是決定攜帶超音波儀器，好研判水泥牆背後有沒有東西。這位警衛依稀聽到愛蓮娜壓低嗓子驚呼：「眞是活見鬼！」

愛蓮娜、瓊斯、史密斯和我各就定位，我負責畫畫和烘烤，他們負責觀看。今天比昨天無趣得多，因爲我進行的一切過程他們昨天都已經看過了，因此我不需要解說些什麼，他們也沒有什麼問題可以提出。進行兩輪後，畫作已經逐漸顯露出美感。雖然才上了五層罩染，色彩已經呈現出深度，並且開始散發光澤，賈桂琳拿毛巾的手臂灼灼泛光。我看著她，想起我自己的作品，我的窗戶系列。葵絲娣昨天傳簡訊給我，提醒我星期四要開始布置我的畫展了。這事如今幾乎成了無足輕重的芝麻小事。

「妳最後還有什麼步驟要進行，好讓畫看起來年代久遠嗎？」愛蓮娜質問。

「要上墨汁。」

「現在可以上嗎？」

「沒問題。」我樂意全力配合。「只要讓最後一層凡尼斯呈現一點裂痕，就大功告成了。」

「動手吧！」她說。

我抬起頭瞥了一眼，發現她眼下有濃濃的黑圈，臉上刻蝕著我不曾見過的皺痕，我感到一陣同情兼歉疚。這女人不過是想要享受美術館榮耀的一刻，半路卻殺出了我這個惱人的程咬金，只因爲我自以爲是地想修正一項將錯就錯可能反而比較好的謬誤。現在後悔太遲了，何況我知道還有更多的麻煩事等在後頭。

裂痕逐漸浮現，墨汁上了，也乾了，我開始用沾了肥皀水的布清除墨汁。我揩去最上層的凡尼斯，這使得畫上浮現髮絲般細小的網狀紋路，幾個人目瞪口呆地觀看。接著我在原本的凡尼斯中添加了淺淺的棕色顏料，向他們解釋這色調能呈現出與久遠歲月相同的效果，然後把這混了顏料的凡尼斯塗滿整張畫布。完成後，我把畫布舉起來供他們檢視。

愛蓮娜倒抽了一口冷氣。

隔天一早，我打電話到馬凱藝廊給葵絲娣。「我回來了。」

「太好了。」她這麼說，但我聽得出她語帶不悅。

「我眞的很抱歉我把事情搞得一團糟。妳想我們有沒有可能重新約專訪？」爲了畫畫給嘉納美術館看，我取消了約有六個專訪。我告訴葵絲娣我家出了緊急狀況，這是個老掉牙的藉口，但用起來通常萬無一失，而且會被問到的問題最少。

「希望其中一些可以。」

雖然我從來就沒興趣搞什麼宣傳，但這會兒有點事情可以分心是好事。在等待嘉納美術館尋訪維吉爾．倫戴爾遺族的期間，我沒有什麼使得上力的地方，而他們找得並不順利。「我錯過了哪些人的專訪？」

「《環球報》、《鳳凰報》（*Phoenix*）、《波士頓雜誌》（*Boston Magazine*）。」她不耐煩地說，「《紐柏麗街藝廊》（*Newbury Street Gallerie*）、《地鐵雜誌》（*Metro*）。」

「妳有沒有他們聯絡人的名字和電話？我可以自己打去和他們約時間。」

「他們不喜歡直接和藝術家聯絡。我試試看有沒有辦法要他們當中的哪個人趁妳來布置的時候到藝廊來一趟。今天妳一整天都有廣播專訪，妳收到我用電子郵件傳給你的那張表了吧？」

「當然收到了。」我最近根本沒時間收電子郵件。「一切狀況都在掌握中了。」

「妳今晚有空嗎？」

「聽候差遣。」

「很好。這些事情可能比妳想像中更重要。」她遲疑了一陣，又說：「你們家的緊急事件處理好了嗎？一切都還好嗎？」

「差不多處理好了。」我向她保證，「可是妳也知道家庭倫理劇就是這樣的，永遠沒有演完的一天。」

葵絲娣大笑，這一定表示她多少算是原諒我了。「噢，可不是嗎！」她這話說得意味深長。

我一掛上電話，就趕緊檢查電子信箱，快速瀏覽滿坑滿谷的信。其中至少有十封來自馬凱藝廊，我趕緊把這些信一封封打開來。看到廣播專訪的那張表時，我哀嚎了一聲。共有四個專訪，頭一個就在一小時後。我衝進浴室沖澡。

吹乾頭髮時，我在心中感謝艾登強迫我買一套專訪用的服裝，匆匆套上就往門口走。我的手機響起來，我一面奔跑下樓，一面把手機按在耳朵上。

「他們在地下室弄了某種超音波還是聲波還是聲納之類的儀器。」瑞克說。

「你想這是不是表示愛蓮娜被我說服了？還是鑑定師判定〈沐浴後II〉是贗品了？那些儀器一定很貴。」

他欲言又止。「恐怕不是……」

這語氣令我擔憂，我問：「你知道什麼消息？」

「沒有消息。」他趕緊說，「什麼消息都沒有，眞的，他們把我排除在決策圈外。我只能說，我眞希望他們會找到原畫。」

「我也是。」我一面說，一面伸手攔計程車。

「妳現在在做什麼？」

「接下來七小時要趕四場專訪。」

「妳把手機調振動，我一有什麼消息就打電話給妳。」

「你眞是個好王子。」

「我還以爲我是女王咧！」他大笑，然後掛上電話。

我受訪中的表現比預期要好，八成是由於我心不在焉的緣故。我一直巴巴等著電話振動，對於嘉納美術館內部狀況以及艾登未來命運的憂慮遠比對於自己說了什麼更關注。我擔憂媒體會套我的話，騙我談起〈四度空間〉或艾登，事實證明我根本是庸人自擾。都是些老套、和善的問題，誰也沒談起〈四度空間〉，也只有一個訪問者順道提起了艾登陷入的「麻煩」。

從劍橋②搭乘紅線地鐵回家時，我第N次拿起手機檢查有沒有未接來電。前一次檢查才不過是兩分鐘前，但情況毫無變化，瑞克還是沒有來電，不知爲何，我有不祥的預感。

我掛在一個車頂吊環上，四面八方都被陌生人的軀體擠壓著，他們熱烘烘的體溫和難聞的體臭薰得我透不過氣，唯一值得安慰的就是我絕對摔不倒。這輛列車悶熱擁擠，人人都用厚重大衣把身體裹得鼓鼓脹脹。辛苦忙碌了一天，回家前還要接受這最後一場沒尊嚴的折磨，大夥兒全都一肚子惱，我也是。

列車從漆黑的地底鑽出，爬上朗費羅橋（Longfellow Bridge），整座城市赫然活力煥發起來。光閃閃的玻璃帷幕高樓照明灑滿天際，州政府大樓的圓頂散放著金黃色光芒，人行道上穿著五顏六色大衣的行人川流不息，在斯多若快道（Storrow Drive）上繞行的車輛在光禿禿的路樹間隙眨眼。即使我生活中的一切都在土崩瓦解的邊緣，看到城市的景色如此優美又朝氣蓬勃且生意盎然，依舊使我渾身湧起一股快悅。

說不定瑞克沒有來電是因爲此刻他們正在鑿牆。說不定他們已經撬開那個房間、找到那幅畫了。說不定艾登會帶著完好無缺的手指出來，不是保釋，而是無罪開釋。說不定一切都會在我個展開幕之前解決，說不定我的展覽會大獲成功，我和艾登會不惜巨資到巴黎慶功。也說不定我只是異想天開。

瑞克直到晚上九點才來電，當時我搜尋倫戴爾遺族一整晚——就連摩門教設立的族譜網站也沒有資料——已經放棄希望，倒在沙發上呼呼大睡了。我摸索著電話。

「我沒有消息，小萊。」他說，「聯邦調查局不准嘉納美術館的警衛跟他們一起下去。」

「所以誰也不知道現在怎樣了嗎？」

「知道的人都不肯講。不過我篤定明天會有消息走漏，我一聽到什麼風聲就會盡快告訴妳，不用擔心。」

我撲倒在床上，凝視著沒有拉上窗簾的黑暗窗戶，想尋求慰藉，而唯一映入眼簾的卻是我自己模糊的倒影。

又過了一個輾轉難眠的夜晚，看到雪白而水汪汪的十二月晨光漾在玻璃窗外，我感到欣慰。不幸的是，這個時間去馬凱藝廊太早了，於是我在畫室裡閒晃，狂灌一杯又一杯咖啡。我試圖收看新聞、接收電子郵件、搜尋倫戴爾家族後人，甚至收看重播的《歡樂單身派對》（*Seinfeld*），卻全都無法專心。我無法畫畫，無法打電話給任何人。沒有艾登在身邊令我心痛。

終於爬上通往馬凱藝廊的階梯時，我發現前一檔展覽已經撤下，牆壁空蕩蕩，像等著盛裝新內容的空容器。雖然門沒有鎖，但藝廊今明兩天卻要休館，以便重新布置展場來展出我的窗戶系列。

湘朵和葵絲娣都已經來到了，正把畫一幅一幅靠牆擺放。這兩人今天的穿著比平時輕鬆舒適，但依舊時髦得過火。葵絲娣足蹬低價位的ＵＧＧ雪靴，但左邊那隻頂端別了個特大的人造珠寶胸針，身上則是鮮黃色迷你短褲搭配同款緊身衣。湘朵的ＵＧＧ雪靴較爲高檔，搭配菱形花紋的紅色網狀絲襪，上身是件既像披風又像洋裝的東西，露肩且左右嚴重不對稱。我則身穿沾滿顏料的連身工作服。不過我是畫家嘛！

她倆熱情招呼我。所有的畫作都倚牆排列後，我們站在畫廊正中央觀看。

「我們一致認爲〈夜車〉應該掛在凸窗口，妳說呢？」葵絲娣問。

我想起艾登頭一次見到這幅畫的模樣，想起他當時多麼激賞這幅畫，曾說這幅畫應該掛在窗口。我也想起那天下午他多麼體貼溫柔又英俊挺拔。我想起他夜裡用來摟住我的溫暖臂膀，我多麼希望他出獄，多麼希望他在這裡。

我猜想葵絲娣和湘朵也希望他在這裡，但我們那假裝艾登不過是外出一會兒的默契依舊存在，因此我沒有提到這也是艾登的第一反應，而僅是說：「我覺得不錯。」

湘朵附和：「我也覺得不錯。」

「解決一個。」葵絲蒂拿起那幅畫，靠在面對人行道的矮牆上。

我們回頭面對其餘的十九幅畫時，我出乎自己的意料，衝口而出：「我們可以現在就掛起來嗎？」

兩人都以困惑的表情望著我。

「我是說〈夜車〉。我也不知道啦，我只是想看看它掛在那裡的樣子。」我不好意思起來，「只是想看看掛起來的樣子啦，說不定效果並不好。」

雖然這兩人至少小我五歲以上，但她倆對著我微笑的模樣看起來卻像是面對著一個滿懷熱切渴望的小孩。「當然沒問題。」葵絲娣抓起一把榔頭和一座折疊梯說：「這點子不錯。」

在鄰街的凸窗掛起〈夜車〉後，我目瞪口呆望著這幅畫。葵絲娣走到門邊去感受這幅畫給進門訪客製造的印象，湘朵則走到最靠近凸窗的角落，試試從那個方向望過去的效果。

我走到門外去，從人行道觀看。我摟住自己的身子，感覺既熱又冷。我發現〈夜車〉從遠方望去比近處更美。這是我畫的，人們會體認到我也有自己的作品，世人眼中的我將不再只是號稱自己畫了〈四度空間〉的那個女人，或者，如果事情發展順利的話，是那個複製了竇加最後一幅〈沐浴後〉的女人。我會是克萊兒．洛絲，是我自己，是個貨眞價實的畫家、藝術家。

湘朵走下階梯，把我的外套遞給我，我滿懷感激地穿上外套。她端詳著那幅畫。「好美。」她說，「好有震撼力。」她擁抱我，「我知道你不希望是這樣的情境，克萊兒。」她打破了我們的默契，「但這幅畫不靠外力協助也自有它的吸引力，是一幅很棒的作品，妳應該要很自豪，馬凱一定也會以妳爲榮，他眞的以妳爲榮。」

兩行熱淚滾下我的臉龐，我用大衣袖口擦掉。「對不起，我只是太快樂了，也太悲傷了。」這些天來我一天似乎至少哭兩次。

「好了啦，愛哭鬼。」湘朵用一條手臂摟住我的肩膀，「不准退縮哦，我們還有一整個展覽的畫要掛。」

接下來的幾個小時，我們三個完全沈浸在對這場展覽的共同願景中。我們整理這許多畫，在地板上移動、排列，掛起，又拿開，重排位置。要高低參差呢，還是要全部一樣高度？要根據主題還是顏色來分類呢？我們調整燈光，調整畫的位置，爬上梯子，或蹲伏在地板上，站得老遠，或湊得老近。這工作對體力、精神及腦力的消耗都非常大。這陣子以來，我頭一次什麼別的事也不想。

手機響起時，我無意識地把手機湊上耳朵。

「有好消息，也有壞消息。」瑞克說，「超音波找到了一個看起來和藍圖上那個很像的房間，而且裡頭好像有東西。」

「壞消息呢？」

「壞消息是那裡的空間狹窄又塞滿雜物，大型機具下不去，所以打通那面牆要花點時間。」

「花點時間是指多久？」我追問。

「還不知道，可能幾天或幾星期吧。」

我就知道不會太快，可是艾登等不了這麼久。

①瓊斯和史密斯是美國最常見的姓。

②美國麻州的劍橋（Cambridge），位於波士頓北方，爲哈佛大學及麻省理工學院的所在地。

第四十五章

我離開畫廊時還不到三點，但天色已經昏暗，今年冬天的第一場大雪眼看來勢洶洶。氣象預報降雪量可能會達到六吋。才十二月初就下這樣的雪，對這一整季的氣候來說不是好兆頭。我的雪衣塞在衣櫥深處，但我拒絕接受天氣變壞的事實，所以不想找。小小的刺骨雪花凍傷我的臉頰，我想著，是該面對冬天已來的現實了，也說不定明天天氣會轉暖，我就沒有必要面對冬天了。

雖然氣候嚴寒，但在東柏克萊街（East Berkeley）轉上哈里森大道的轉角處，我還是頓下了腳步。是什麼事情引發了下層地下室的活動，促使愛蓮娜驚呼，導致他們決定動用超音波儀器，目前狀況還不明朗，但里昂探員虎視眈眈，所謂「以比較正式身份盤問」的未來很可能就在不遠處。我知道上帝不會聽我祈禱，但我還是祈禱了一番，鼓起勇氣，硬著頭皮踏上哈里森大道。里昂不見蹤影，但我家大樓前停著一輛波士頓警局的警車。說不定上帝聽見了我的祈禱。

我慢吞吞地沿街行走，心臟在耳朵裡跳得轟轟隆隆。我的胃好像真的蹦上了喉頭，我安慰自己，警車並沒閃燈，門口也沒有人荷槍實彈守候。和警車只差幾步距離時，兩名警官一男一女悠悠閒閒下車，沒有擺出恫嚇姿態，沒有亮出武器，沒有穿戴軍事裝束，只是冷冷地看著我走近。

女的警官走上前來。「克萊兒．洛斯嗎？」她問。

我發現我失去了說話能力，只有點點頭。

「我是波士頓警局的法洛刑警。」她的自我介紹聽來像是我們相識於雞尾酒會。「這位是羅瑞貴茲警官。」

我看看其中一人，又看看另一人，仍然說不出話，這會兒連點頭都失去動力。我的身體器官像是不屬於我了，我隱約感覺自己沒在呼吸。

刑警伸出手拍拍我的臂膀。「我們盡可能簡化事情，不要給妳太大壓力。」

我想站直一些，卻似乎動不了。

「居住於麻州波士頓哈里森大道一七三號的克萊兒．洛斯，」羅瑞貴茲警官說，「我們領有拘票，要拘提妳到案。」他把一疊紙在我面前揮了揮，掏出一副手銬。

我開始哆嗦。

法洛搖搖頭。「小羅，不用這樣，她不會跑的。」她轉向我，「妳不會跑，對吧？」

「不會。」我終於小小聲擠出話來，這是我對他們說的頭兩個字。

市警局在城市的另一個區域，與我的住處相隔好幾英里，但我不大記得行車的過程，只記得開車的是羅瑞貴茲警官，法洛刑警坐在他身旁，只有我一個人坐在後座。後座的門沒有把手。

法洛刑警和我坐在一間斗室裡，這是在用煤渣磚砌成的一個大房間裡沿牆排列的一整排小房間當中的一個。門上的牌子告訴我，我置身於「處理室」。他們正在處理我，因爲我犯了罪，犯了重罪。

我的身子仍然抖個不停，但似乎比先前好得多。雖然我感覺空氣進不了我的肺，但我顯然沒有停止呼吸，甚至還報得出姓名和地址。接著法洛刑警就向我宣讀權利。

「我想要找律師。」我隨即告訴她。我看過太多警匪影集了，我知道這是我的權利。「能不能請妳讓我打電話給我的律師呢？」我說。禮多人不怪，說話客氣一定不會有壞處。但是我當然沒有律師，我唯一認識的刑事律師是在潔可酒吧認識的邁可．丹諾，他身兼藝術家和律師。我完全不知他能力強不強，反正也別無選擇了。

法洛遞給我一支手機，留我一個人在斗室裡，但這房間門戶洞開。

「克萊兒嗎？」邁可的助理把電話轉給他，他問：「怎麼了？」

「我……我被捕了。」我壓低聲音說，「我不知道還可以找誰。」

「爲什麼被捕？」

「各種原因。」我不想說出罪名，欲言又止。「僞造、共謀詐欺、運輸和販賣贓物，我想是這樣，可能還有一些別的，非法入侵吧。」

「好。」邁可說，「妳要保持冷靜，深呼吸，絕對不要情緒失控，保持鎭定很重要。」

我試圖深呼吸，卻被啜泣打斷。

「妳在哪個派出所？」

「市警局總局。」我勉力說出話來，「他們好像要把我關起來，我……」

「聽我說，克萊兒，」他的語氣明快專業，我不大確定我眞的是在和在潔可酒吧的酒友說話。「第一要務是什麼話也別說。無論對誰都一樣，只能說妳的名字和地址，其他什麼都別說。不管他們跟妳說什麼，都絕對不是在替妳著想，他們不會協助妳，他們不是妳的朋友。都別和任何人說話，我是說，除了跟律師以外，別和任何人說話。妳重複一遍。」

「我，呃，你沒來以前，我都不說話。」

「現在妳說一次：『我的律師告訴我，除非他在場，否則我什麼都不說。』」

我重複了兩次，他才相信我記下來了。

「我一個小時內會到。」

「拜託快一點。」我懇求他，但他已經掛掉了。

法洛刑警用「處理程序」塡滿這一整個小時——拍大頭照、印指紋、掃瞄我的犯罪紀錄、沒收我的背包、搜身，幸好沒做體腔檢查。整段期間她的問題一個接一個，我一概拒絕回答。我每複述一次邁可教的台詞，她那扮白臉的假面就衰減一分。最後，她把我關進一間囚室，這眞是恐怖至極，這種事不應該發生，我不能被關，我還要幫艾登找那幅畫。

法洛刑警告訴我，這是拘留室，但不重要，我在乎的是鐵窗，一條條鐵條從地板貫穿到天花板，把我和處理室隔在兩側，也把我和自由隔在兩側。整間囚室裡大部分的空間被一塊一體成型的塑膠佔滿，這塊塑膠在其中一面牆旁是一張簡易床的床架，到了另一面牆，則彎曲成似水槽又似馬桶的東西。整套設備沒有銳利邊緣。如果我坐在床的底端，面向馬桶，就可以不用看到鐵窗。不看到鐵窗，也就可以不看到那裡少了什麼——開門的把手。

我提醒自己，臨摹畫作並不犯法，臨摹仿畫更不能稱得上是造假。我也不可能觸犯運輸或販賣贓物罪。邁可一定有辦法把我弄出去，他會來幫忙澄清誤會，我就可以回家了。要不是還有共謀詐欺的問題，我幾乎就要相信自己眞的馬上可以脫身了。

結果邁可在警局竟然名聲響亮且頗受歡迎，這對刑事辯護律師來說不太尋常。他在法院人面甚廣，不到一個小時，就已經成功說服所有需要說服的人，讓我具結釋放，原因是我沒有前科、有固定工作、一輩子都住在麻州，且不會對社會形成威脅。

他把車開出警局的停車場，我們往南端區駛去。我太過興奮能夠重獲自由，壓根兒沒認眞聽他說話。「謝謝！」我一疊聲地不斷道謝，「謝謝你幫忙，你救了我一命！」

「克萊兒，妳沒專心聽我說話。明天一早就要傳訊妳了，我們要演練一下。」

我認識邁可許多年了，但我從沒認識眞正的他。他對自己的藝術創作信心低落，同時由於他個頭矮小，我必須承認，我以爲他在人生的各方面都毫無自信。如今我發現他幹起律師來不但意氣風發，而且能力一把罩。他住在我畫室附近的高檔大樓，我早該猜出來才對。

「訊問之後會舉行預審，這不是要判定你有沒有罪，而是要評估證據足不足以提交大陪審團起訴。」他看了我一眼。「克萊兒，」他的語氣嚴厲，「如果妳不認眞參與討論，我就幫不了妳。」

爲了證明我有認眞參與討論，我說：「預審，不是要判定有罪沒罪。」

「那傳訊是要做什麼？」

我聳聳肩，心虛地笑笑。

「明天早上九點，」他聽起來是極力耐著性子，「在波士頓市法院。法官會宣讀妳被起訴的罪名，妳不要認罪，法官會確認妳可以具結釋放，然後訂定預審日期。」

「不到一個小時就可以結束。」我終於想起一部份他剛才說過的話。

邁可笑了。

「他們只是在嚇唬我，對吧？」我問，「仿製畫作不犯法，對不對？」

「仿製畫作本身不犯法，重要的是妳事後怎麼處理那幅仿作，或是妳和其他人計畫要怎麼處置它。重點是妳知悉什麼事，以及妳意圖做什麼事。」

「艾登委託我複製一幅複製畫，我根據他帶給我的一幅屬於他朋友的高品質〈沐浴後〉複製畫，畫在一張他給我的舊畫布上。我完成後，他把兩幅畫都拿走了。」

邁可把一隻手從方向盤舉起來。「我暫時知道這樣就夠了。」

「可是你要知道……」

「我自己會決定我需要瞭解什麼事。」邁可打斷我。

我從警匪片中也得知這一點，律師都喜歡假定他們的當事人無罪。

「我眞的是無辜的。」我說，「那幅畫後來的去向跟我一點關係也沒有，我根本不知道……」

「我們等傳訊過後再來討論細節。」他一面把車靠向我家大樓前方，一面說，「明天我不會對起訴罪名做任何抗辯，這樣我們就會有幾天的時間來討論。預審時我們可以質疑證據的證據力，設法向法官證明檢方的立論不夠充分。所以我們要以預審爲主戰場。」

「你是說他們的證據不夠多？」竟然會有好消息，我驚呼起來，「他們還沒開始審判就會撤告了？」

他停下車，轉頭看我。「我沒這麼說。」他的語氣嚴峻，「我說的是，要到預審時情況才會明朗。」

「噢。」我洩了氣。

「但誰曉得呢？」他補充，「每個案子的情況都不一樣，而且老實說，目前爲止，我看到的證據都十分薄弱。」我的臉亮起來，他趕緊又舉起一隻手，「但這並不表示他們不會找到新的證據。我們只能靜觀其變，等個幾天。現在妳去……」

「等個幾天？」我插嘴，「我們沒有幾天可以等。」

「……去好好睡一覺，盡可能別太憂慮。」他沒聽見似的繼續說，「明天早上八點半，我在市法院的大廳跟妳會合。金屬探測門外面那裡。」

「我眞不知道要怎麼感謝你。」我把手搭在他的肩上，「你眞的……眞的……眞的是最棒的朋友！」

「波士頓市法院，行政中心區，新查頓街（New Chardon Street）二十四號。」

「知道了。」我準備要下車，又轉回頭，「你想媒體會不會已經聽到風聲了？」

「逮捕和預審的資訊都是公開的。」邁可說，「和嘉納美術館搶案有關的任何事都有可能會引起媒體的注意。」

早晨醒來，我沒有如往常那樣打開電視或網路。「逮捕和預審的資訊都是公開的。」我還沒有心理準備上新聞。我向來是那種什麼都想知道的人，我會想知道自己身上是不是帶有壞基因，如果可能的話，我甚至希望知道自己的死期。此刻我坐在這裡，對我自己惹出來的新聞施行封鎖管制，假裝只要我不知道，那件事就不存在。

我給自己倒了一杯咖啡，檢查手機有沒有充飽電，以免邁可會有事要聯繫我。電話鈴聲響起時，我正在喝第二杯咖啡。當時還不到七點，絕不可能是好事。看到來電的是葵絲娣，我就知道眞的大事不妙。

「他們封鎖了馬凱藝廊。」她沒有開場白，劈頭就這麼說。

我用不著問「他們」指的是誰。

「克萊兒？妳在聽嗎？」

「在聽，在聽。」我啞著嗓子說，「封鎖的理由是什麼？」

「他們將門上了鎖。是聯邦調查局。說什麼不當挪用資金之類的。」

我閉上眼睛抵擋痛楚。

「妳還好嗎？」她頓了頓才又說：「經歷了昨天那件事之後？」

所以消息已經傳出去，大家都知道了。我不吃驚，只是害怕。「大概就是妳預期的那樣。」

「如果有什麼我可以幫忙的，我是說我們可以幫忙的，就告訴我們。我和湘朵都很難過，他們這樣眞的……眞的很不講理。」

「謝謝妳，葵絲朵，謝謝妳關心。」淚水滾下我的臉龐，「保持聯絡。」

我一放下電話，電話就又響了。是邁可，他已經進辦公室上班了。「嗨！」我極力裝出快活的語氣。

「我去接妳。」他說，「我八點到妳家門前。」

「不用這麼麻煩。」我心裡想，這男人眞體貼。「謝謝，但我搭地鐵就好了，沒問題的。」

「媒體很多，我不想讓妳一個人走進去。」

我花了點時間消化這個訊息。

「克萊兒？」

「我在人行道上等妳。」

換衣服時，我提醒自己，我沒坐牢，沒被關在小囚室裡，艾登至少還有幾天的時間，邁可說我們一個小時就可以出來，我還有一整天可以用。

走上人行道時，亮光刺得我眼睛不斷眨巴。地面積了大約四吋的雪。天空晴朗蔚藍，每一個平面都反射著亮閃閃的陽光，很難相信昨天我還在灰濛濛且凜冽刺骨的大雪中行走。今天感覺比昨天安靜、美麗，不像昨天那樣泥沙處處，天氣酷寒無比。才不過這樣短的時間，卻有了這樣大的變化。我閉上眼睛閃避強光，豎起領子抵擋寒風，想起看到〈夜車〉懸掛在馬凱藝廊櫥窗時心中的歡悅，那也才不過是昨天的事。

汽車喇叭聲打斷我的浮想連翩。來的人當然是邁可，他的表情嚴肅。

「他們知道什麼？」我一跨進車門就這麼問。

他沒問我為什麼不知道最新消息，只面露一種會心的同情看著我。「他們知道你被捕，今天要傳訊。昨天我們在市警局的時候，嘉納美術館發佈公告，說他們手上那幅〈沐浴後〉是贗品。到了晚上，所有主要媒體都在播報馬凱藝廊被聯邦政府查封。」

正式承認是贗品了，這樣嘉納美術館就會更急著要找出原畫來，這是一線希望，但同時也會使里昂對我更加懷疑。

「是真的嗎？」邁可問，「我是說馬凱藝廊的事？」

點頭是我唯一能做的回應。

「眞遺憾，克萊兒！」他拍拍我的膝頭，「運氣太背了！」

我低頭注視自己的手。

「還有一件事……」

我閉上眼睛。「什麼事？」

「不是什麼嚴重的事，只是我們的法官。負責審理的是左德凌法官。在公開場合，她被人稱爲巫婆，在私下的場合，則被冠上更不雅的封號。」

「這有關係嗎？你不是說傳訊很好應付？」

「是很好應付，只要檢察官不要求重新檢視妳具結釋放的狀態就好。」

我的胃猛然向下俯衝。「他們有可能再把我抓回去關嗎？」

「通常不會。」他安慰我。

我觀察他的表情。我很想相信他，死命地想相信他，但我無法肯定他說的是眞話，還是在安撫我。

「現在最重要的任務是走進法庭。」邁可繼續向前駛，「場面會有點混亂，所以我才想陪著妳。我們要從法院大廳的樓梯走上去，會有警察幫我們開路，但還是會有記者對著妳大聲發問、用麥克風堵妳、朝著妳拍照。妳應付得來嗎？」

「我有過經驗，記得嗎？」我的語氣比我實際的感覺強硬得多。

他把眼光從前方道路轉過來。「差得遠了。」

我揚起下巴。「我應付得來。」

他端詳我的臉，想分辨我說的是不是實話，最後決定不再追究，只說：「我的一位同事會在那裡跟我們會合，她叫愛瑪，愛瑪．耶爾斯。我和她會分別站在妳的左右兩側，妳的眼睛要直視前方，不要和任何人做眼神的接觸，要一直向前走。什麼話也別說，跟誰都不能說，不管他們對妳說什麼，也不管他們把妳惹得多火大，都不要說話，知道了嗎？」

「知道了。」可惡！

「如果發生什麼狀況，我和愛瑪會處理。不過應該不會發生什麼狀況。」

「他們幹嘛把這件事炒成這麼大條？」我這麼問，心中但願邁可會告訴我其實事情沒有這麼大條。

「好像炒作過度了嘛，對不對？」

「十二月是新聞淡季。」他這麼回答。「而且妳是個有過不良紀錄的美麗女子，這說起來算是幸運，也是不幸。」

第四十六章

邁可把車停在法院後方的停車場，我們坐在車裡，開著強力暖氣。我們到早了，正在等待愛瑪出現。當我接受媒體銅人陣試煉時，她會護衛我的左翼。

「就像我先前說的，」邁可向我說明，「傳訊不過就是行禮如儀，只是個起始步驟，有點像是跟醫生約時間，而不是正式開始體檢。」

「所以說，到預審之前都還不需要脫衣服囉？」我問。

邁可笑了。「差不多就是這樣。我沒聽過別人這樣形容的，但沒錯，就是這個意思。」他對我咧嘴笑笑。「很高興妳的幽默感還完好無缺。有這東西在手邊很有用。」

有人在敲窗戶。

邁可攀下車。「愛瑪。」他一面說，一面笑嘻嘻地用兩隻手和愛瑪握手。

我跟著下車，邁可介紹我倆認識。愛瑪健壯黝黑，渾身上下都散發著「妳敢惹我試試看」的氣息，我很高興有這樣一個人在身旁。

我們靜靜沿著法院大樓的側面行走，轉彎時，我戛然停下腳步。邁可和愛瑪一人拽住我一條手臂，催促我向前，但我不動如山。

「還是咬著牙挺過去吧，」邁可說，「早死早超生。」

「有我們保護妳。」愛瑪捏了捏我的手臂。

我的腳黏死在人行道上了。十幾個文字記者、平面攝影記者、電子攝影記者，以及嘍囉跟班們，聚集在門前階梯的兩側，警察用黃色布條把他們隔檔在外，有幾名員警部署在重要位置，街道上散亂停放著許多廂型車，車上有醒目的圖樣，車頂有盤狀衛星天線。我告訴邁可我有經驗，邁可說：「差得遠了。」他完全不是在說笑。

「深呼吸三下，」邁可說，「然後我們就進去。」

我照做了，不知不覺中，我已經來到階梯底端，開始攀爬。邁可和愛瑪舉起手肘，肆無忌憚地左右開弓。雖然陽光耀眼，鎂光燈仍然在我的視角閃爍。說話聲從四面八方撲天蓋地而來。

「其他的畫到哪裡去了？」

「搶案是誰主使的？」

「那些畫目前安全嗎？有沒有遭到損毀？」

「畫了一幅高明到足以騙過嘉納美術館的畫，感覺怎麼樣？」

「這是不是表示妳不是冒牌貨？」

我在其中一階踉蹌了一下，但邁可和愛瑪緊緊撐住我。「繼續往前走，克萊兒。」邁可低聲說，「就快到了。」

但根本還沒快到，我們連四分之一都還沒走到。

「原畫在哪裡？是在艾登．馬凱的手上嗎？」

「白毛．巴爾傑怎樣了呢？他入獄後妳有沒有跟他聯繫過？」

如果我不是嚇得如驚弓之鳥，聽到這問題我眞的會噗哧笑出來。這些人以爲我的人脈多廣啊？

「克萊兒，」有個女人用和善的語氣喚我，「你認爲他們在嘉納美術館的地下室會找到什麼？」

我轉頭對她說：「竇加的眞跡。」

她把麥克風湊向我，「是誰把畫放在那兒的？」

我還沒來得及回答，邁可一把把我拽開。「我叫妳什麼話也別說的。」他壓低嗓子咆哮。

「可是這樣對我們有利啊，」我辯駁，「找到原畫的話，我們就可以脫困了。」

「閉上妳的嘴才對我們最有利！」

他的語氣和用詞把我驚得目瞪口呆，我只得閉上了狗嘴。潔可酒吧的邁可，從不大聲說話的邁可，言談永遠文雅、待人彬彬有禮的邁可。我瞪著自己的腳，一步步向上攀爬。

終於踏進法院大門，邁可指著最左邊那座金屬探測門說：「我們進去之後再碰頭。」他的口氣聽來像是在對一個把他惹火了的淘氣小孩說話。就我看來，這形容也滿貼切的。

「對不起！」一做完金屬掃瞄，我就說：「是我不對。」

但他並沒有如我預期地笑笑原諒我，而是向我投以尖銳的眼神，說：「妳必須體認到，我們現在不是朋友了，至少在現在的情況下不是。我是妳的律師，妳是我的當事人，這個法庭裡，他們會稱妳爲被告。妳每件事都要聽我的才行，一樣也不可以違背。如果妳不喜歡我提供的建言，就該考慮另請高明。」

「洛斯女士，」左德凌法官透過玳瑁框的眼鏡看我，語氣嚴厲地說，「妳被麻州檢方起訴了四項罪名，我會一項一項宣讀給妳聽，妳則回答妳的主張，認罪還是不認罪，這樣清楚嗎？」

我往檢察官瞥了一眼，他坐在另一側的桌前。我又望望邁可，他坐在我身邊。

邁可點點頭。

「僞造罪。」

邁可要我說「不認罪」，其他什麼也別說。他要我直視法官的雙眼，想著我有多麼清白無辜。我本來很有把握，這有什麼難？但如今我低頭瞪視自己哆嗦的雙手，熱潮湧上臉頰。我口乾舌燥，什麼話也說不出。我看起來想必一塌糊塗，一臉就是有罪的模樣。

「僞造罪。」這回她提高了嗓門，語氣也更嚴厲了。

「不認罪。」我說，但說出口的話輕聲得像耳語。

「說話請大聲一點，洛斯女士。」

我把兩手勾在背後，想制止它們顫抖，卻徒勞無功。「不認罪。」

「運輸贓物。」

「不認罪。」我挺起肩膀，直視法官。

邁可歪過身來。「很好，好多了。」

「販賣贓物。」

「不認罪。」罪名一個比一個荒唐，我的嗓門也大了起來。

「共謀詐欺。」

我用盡全力和法官保持著眼神的接觸，好讓她知道我並不害怕這項起訴。「不認罪。」

左德凌法官看看我，又看看面前的文件，閱讀了幾個卷宗，皺起眉來，轉頭面向正在整理桌上卷宗的檢察官。

「奧登先生，你有什麼要補充的嗎？」

「有的，庭上。」奧登右手捧著一疊資料，跨上前去。他年紀不大，稀疏的頭髮卻已退卻到耳後，身材肥嘟嘟，膚色蒼白，看起來像條魚。我立刻就對這人起了反感。

「檢方認爲洛斯女士可能危害本州居民，並且有逃亡之虞。」他說，「本席聲請撤銷原具結釋放裁定，改以十萬美元交保。」

我猛扯邁可的手臂。「要回牢裡？」我只說得出不成句子的零碎字眼。

「不要緊張。」他輕聲說，但他和愛瑪交換的眼神看來卻十分緊張。

「可是十萬美金？」我對著他的耳朵用氣音說，「我沒有十萬美金。」

「奧登先生，你依據什麼理由提出聲請？」

「洛斯女士已經承認製作了一幅愛德加．竇加的複製畫，那幅畫在一九九〇年嘉納美術館的搶案中遭竊。洛斯女士複製得維妙維肖，因此專家認定她應該是依據搶案中遭竊的原畫臨摹。這表示她與搶匪有直接的聯繫及共謀關係，因此她有可能會危害麻州社會，並且有逃亡之虞。」

我簡直不能相信我聽見了什麼。這是我最恐怖的夢魘，是這件事最糟糕的結果。

「請容我發言，庭上。」邁可說。法官准許他發言後，他說：「檢方聲稱洛斯女士手上持有被竊的竇加畫作，這種論調毫無根據。非但沒有證據可以證明畫在她手中，也沒有人證可以證實。那幅畫已經有二十多年都沒有人看到過了。」

「奧登先生，你能就你的主張提出證據嗎？」

「庭上，我們還有另一項考量。洛斯女士承認僞造了一幅畫，那幅畫是在阿紹科．帕特爾手上找到的，這人有交易藝品贓物的嫌疑。現在我們也確知該畫原本是在洛斯女士的手中，而後卻到了帕特爾的手中。這麼一來，我們就可以合理推論洛斯女士也涉及了非法交易。有趣的是，洛斯女士本人的創作目前正在紐柏麗街的馬凱藝廊展出，而馬凱藝廊的負責人艾登．馬凱日前才因爲販售這幅畫給帕特爾而被捕。這幾件事的巧合程度就和這幾個罪案所牽涉到的利益一樣龐大，洛斯女士所能取得的大筆鈔票絕對是個風險因素。」

「本席再次強調，」邁可說，「沒有證據能證明洛斯女士涉及了藝品的竊盜與交易。檢方的推論完全是循環論證，這種推論是謬誤的。沒有證據證明馬凱先生眞的犯了他被起訴的罪狀，也絕對沒有證據證明洛斯女士參與了馬凱先生的交易。難道馬凱藝廊所代理的所有藝術家都該抓起來關嗎？這完全是檢方一廂情願的……」

「看來你非常有把握，但我沒有你這麼肯定。」左德凌打斷他，「洛斯女士的確承認繪製了那幅僞畫，而就在她聲稱自己完成該畫的時間之後不久，聯邦調查局立刻扣押了那幅畫。這其中的確可能有所關連。」

「洛斯女士從未承認繪製僞畫。」邁可反駁，「她只承認畫了一幅仿畫的仿畫。這是有差別的，這個差別使奧登先生的論點成爲假設性論點。」

「繼續說。」法官說。

「聯邦調查局之所以扣押那幅畫，」邁可繼續說，「是因爲當局假定那幅畫是竇加的眞跡，是被竊的曠世鉅作。如今當局已經認定那幅畫不是曠世鉅作，不是竇加眞跡，也不曾被竊。假使從一開始便知那幅畫是由克萊兒．洛斯所繪的仿畫，這幅畫就不會被扣押，因爲販賣、持有或疑似交易而被捕入獄的人也就不會被捕，洛斯女士也不會。」

「丹諾先生說的並非事實，」奧登插嘴，「即使是事實，檢方認爲此案與牽涉到數百萬美元、犯罪情節嚴重得多的嘉納美術館搶案有所關聯，我們有必要保全任何與此搶案相關的證物。」

「庭上，我雖然不是憲法律師，」邁可說，「但檢方的論點就我聽來有違憲的疑慮。」

「沒錯，丹諾先生。」法官說，「你的確不是憲法律師。」

愛瑪摟住我的後腰。「事情沒有表面聽起來那麼糟。」她輕聲說。可我確信就是這麼糟。

左德凌再度細細端詳眼前的卷宗。「奧登先生，這裡的警方筆錄完備嗎？」

「目前爲止是的，庭上。但當然還有更多證據尙待補齊。」

左德凌看著筆錄，皺起了眉，然後抬起頭，繃著臉一一瞪視我們每一個人。「這已經是你提出的最有力論點了嗎，奧登先生？你已經提出所有的證據了嗎？」

「目前是的，庭上。」

我倒在愛瑪身上，閉上眼睛。

「聲請駁回。」法官終於發話，「洛斯女士的具結釋放維持原判。」

我還沒來得及對這項判決做出反應，邁可又說話了：「庭上，本席要口頭聲請終結訴訟。」

左德凌法官揚起一邊的眉毛，「丹諾先生，你是說全部的罪名嗎？」

「是的，您也聽奧登先生說了，他提出的已經是最有力的論點了。我基於沒有證據可以提交給大陪審團，聲請終結訴訟。」

「這聲請有意思。」愛瑪輕聲說。

「沒有哪個證據？」左德凌問。

邁可清清喉嚨。「根據逮捕報告，沒有證據顯示洛斯女士和任何贓物有過接觸，沒有證據顯示她與任何已知的罪犯有所聯繫，沒有證據顯示她運輸了這些她並不持有的贓物，也沒有證據顯示她販賣了這些她並不持有的贓物。是的，她的確承認聯邦調查局所扣押的那幅畫是她畫的，但就我記憶所及，仿製畫作並不犯法。事實上，洛斯女士是複製網的員工，她原本就靠仿製畫作為生。」

他繼續說：「因此，無論對於偽造，或是持有、販賣、運輸贓物，檢方都沒有證據。更何況，他們也沒有證據證明洛斯女士涉入了任何一宗詐騙案。坦白說，庭上，根本沒有證據顯示這其中有詐騙情事。阿紹科．帕特爾、艾登．馬凱以及我的當事人，三方說法全都吻合，即洛斯女士是根據一幅仿製畫仿製了另一幅仿製畫。這個行為並不犯法。」

「庭上，」奧登先生強調，「三位被捕人士的說詞相同並不代表其中一位可以獲釋。」

「好了，夠了。」左德凌說，「我當法官這麼多年以來，從沒看過內容如此薄弱的逮捕報告。」她用手指輕敲那份筆錄，「我懷疑如果不是警方辦事不力，那就是在作秀，故意製造話題。」

我看著邁可和愛瑪，他倆筆直注視前方，臉上毫無表情。

「牛肉在哪裡，奧登先生？」奧登先生一臉茫然，法官大笑，「你可能太年輕了，不知道這句話的典故，但意思總該明白吧？」

「庭上，我……」

「不用說了，奧登先生。」

「是的，庭上。」

左德凌轉向我，「我無法完全瞭解這件事牽涉到了什麼狀況，也不清楚妳在這幾項罪名上是無辜還是有罪，但我看得出來，檢方所蒐集到的證據，即使從最寬容的角度來說，也是非常薄弱。」

邁可握起我的手，捏了一下。我有沒有理解錯誤？看起來好像要發生的事眞的會發生嗎？我不敢想，但看起來我好像終於可以鬆一口氣了。

法官對著邁可和奧登皺眉。「奧登先生，我建議你盡快去補齊你承諾要補齊的『更多證據』，否則你丟臉丟大了。至於丹諾先生，像你這樣明白事理的人，應該知道不要在我的法庭裡耍這種花招。」

她望向我時，緊蹙的眉頭稍微舒緩了些。「很抱歉，洛斯女士，傳訊庭不適合做這種決定。」她敲下法槌。「聲請駁回。被告依舊處於應被押而具結保釋的狀態。預審將於下週一上午八點召開。」

第四十七章

我沒接受邁可送我回家的提議，也沒有搭乘捷運，而是從法院走路回家。我需要一點時間和空間，尤其需要新鮮冷空氣，來消化過去這二十四小時裡發生的一切。馬凱藝廊關閉，我的個展取消，〈沐浴後II〉正式被宣告爲贋品。我看看錶，昨天大約就是這個時間，我站在藝廊外的人行道觀看〈夜車〉。六個小時後，我置身一間囚室。如今，我自由行走。多少算是自由啦。

眞是情勢暴起暴落的一天！我仰望無雲的湛藍天空，深吸一口凜冽的空氣，對朝我走來的人微笑。無可否認，這在含蓄拘謹的波士頓是奇怪的行爲。邁可說法官一定是開始服用抗憂鬱藥了，因爲她非常好心地讓我們從法院後門出去，騙過了媒體。那些記者可能至今仍在前門階梯兩旁望穿秋水。想到這畫面，我哈哈大笑起來，一面笑，一面穿越行政中心前方寬闊而醜陋的磚砌路面。

前往下城十字①的路上，我盤算著下一步的計畫。去看艾登，問問他知道些什麼。打電話給瑞克，問問他知道些什麼。打電話給珊朵拉·史東翰，問問她知不知道維吉爾·倫戴爾的中間名字，我或許可以追查出他母親那方的家族後人。也可以想個辦法潛入嘉納美術館的地下室，評估他們的進度如何，看看艾登有沒有希望保住手指。

我遞了張一元紙鈔給一個女人，她蹲在空店面門前露台搖晃一只甜甜圈店紙杯，對一個在嬰兒車裡尖聲嚷著「嗨！嗨！嗨！」的小小孩揮手，還替一隻被拴著皮帶卻死命掙扎想靠近我的可卡狗抓抓頭。我不是傻瓜，我知道情況很糟，但還不是最糟，我非要好好享受這無可否認的小小勝利不可。如果我在這場經驗中學到了什麼，那就是事情有時會在轉瞬之間風雲變色，我可不想事後後悔沒把握住愉快的當下。

我的電話就像是要佐證我的看法似的響了起來。是里昂探員，他想過來和我談談。

「很抱歉，」我說，「我的律師交代，沒有他在場，我什麼話也不能說。」

「沒那個必要。」里昂的語氣和善溫暖，「我沒有理由逮捕妳。坦白說，我覺得波士頓警方有點操之過急了，是妳的朋友愛蓮娜．沃德催促他們的。我只是想告訴妳這案子的最新發展，還有就維吉爾．倫戴爾的素描本以及地下室藏有畫的想法來和你做做腦力激盪。」

我遲疑了。聽起來的確是無傷大雅，但我想起我在法院外的階梯上對那個記者說話時，邁可有多生氣。「我的律師交代我，沒有他在場，我什麼話也不能說。」

「啊，」他說，「沒有律師就行使緘默權是吧？」

「我不是傻瓜。」

里昂噗哧一笑，「不，妳不是傻瓜，而是很有天分的畫家。」我沒有回應，他繼續說：「我今天早上從馬凱藝廊外面經過。我對藝術不在行，但妳那幅掛在正面窗口的畫很令我感動，非常有震撼力，色彩令人驚艷。」

他的稱讚使我起了好感，〈夜車〉仍掛在凸窗的消息也令我心頭暖洋洋，但我還是盡可能以冷靜的語調說：「諂媚也沒有用。」

他再度噗哧一笑，「這樣吧，妳給我律師的名字和電話，我打電話跟他約個時間。今天下午晚一點妳會有空嗎？」

邁可的事務所位於三十四樓，俯瞰海港。走進辦公室，看見這視野，我忽然想起我和邁可從未討論過費用問題，顯然我一定付不起，尤其是我的個展又取消了。但我前腳才走進去，里昂後腳就跟著來了，這種問題實在不適合在聯邦探員面前談。

花了幾分鐘喝咖啡寒暄後，邁可清清喉嚨。「里昂探員，我們先建立一下共識。如我在電話裡告訴你的，今天上午在洛斯女士的傳訊庭上，法官警告檢察官，他沒有足夠的證據可以提交大陪審團，還暗示這麼少的證據，可能連逮捕的正當性都不足。」

里昂舉起雙手。「我們的目標在於找出失蹤的畫，把偷畫的人繩之以法，」他對我笑笑，「不在於騷擾一個賣力謀生的小姐。我來是因為我需要她的幫助，不是因為她是嫌犯。」

邁可的表情看不出是喜是怒。「你要她怎樣幫你？」

里昂打開公事包，掏出我的《愛德加．竇加：素描與草圖，一八七五～一九〇〇》，以及維吉爾．倫戴爾的速寫簿，放在我們座椅間的桌上，敲敲速寫簿的封面。「我只是想弄清楚這裡面的素描告訴了我們什麼。如果你們不介意的話，我先說明一下這項調查案目前的進度。」

他完全沒等我們回答介意不介意，逕自就往下說了。「下層地下室的牆壁後面絕對有某種櫃子或房間，超音波儀器則證實房間裡的確有東西。但至於是什麼東西，則什麼都有可能，一百年前營造工程所產生的垃圾也是有可能的。」

「也可能是一幅畫。」我說。

「當然有這個可能，在我們進到裡頭之前，誰也說不準。何況很不幸的是，那一帶空間太擁擠，開挖工作可能會花上一段時間。」

「幾天內弄不完嗎？」我一面問，一面想起葵絲娣的簡訊：「馬凱要我告訴你只剩一週了。」而那已經是五天前的事了。

「為什麼要這麼久？」邁可問。

「牆很厚，而且我們不能使用大型機具。那房子是歷史建築，用早期的工法建造的，有載重量的問題。更糟的是，那個鬼地方塞滿了雜物，每樣東西都要館員先檢查確認過後，才能搬動。有可能明天能完成，也可能要一週。」

「外人可以參觀嗎？」我問。

里昂似乎一頭霧水。「你說在美術館現場？」

「我保證不會干擾你們作業。」

「那裡眞的一團混亂，砂石灰塵很多，人也已經太多了。」

「我可以從上層地下室看，如果你們有什麼疑問，我可以當場幫你們解答。」

里昂探員考慮了一番。「那可能會有幫助。」

「明天可以嗎？」我問。

里昂遞給我他的名片，表情像是很感趣味似的。「來之前打個電話，確認一切沒問題。」

「那太好了！」我接過名片，「謝了，我會打電話的。」

「里昂探員，」邁可說，「我不懂，找到這幅畫爲什麼有助於尋找被竊的畫？」

「這是個線索，有可能有幫助，也可能徒勞無功。」

邁可眼神尖銳地看他。「你們爲一個小小的線索好像太大費周章了。」

里昂咧嘴一笑，「很高興你瞭解我的工作！」

邁可再度以狐疑的眼神打量里昂，最後終於開口：「可以讓我看看那本素描本嗎？」

里昂把素描本遞給他，卻對著我說：「我們命令馬凱的律師交出他帶去給你臨摹的那幅畫。」他仔細觀察我的反應。「我們這週內應該就會拿到了。」

「你從那幅畫能得知什麼？」我還在思索聯邦調查局拿到維吉爾・倫戴爾的畫對我們是有利還是不利時，邁可搶先發問。

「我們首先要做眞僞鑑定。」里昂回答他，然後又轉向我，「洛斯女士，這是我要請你幫忙的事項之一，我想一步一步來。妳能不能詳述一下妳是用什麼方法判斷出妳臨摹的不是正本？」

我望著邁可。我們在電話裡討論過，我只能重述我曾經對里昂或愛蓮娜說過的話，而且盡可能採用一樣的措辭。邁可對我點點頭，於是我努力回憶當初我是怎麼說的。

才開始說到艾登帶了幅複製畫給我，里昂就插嘴：「妳先前說妳從沒想過這幅畫會是被偷的那一幅，可是妳的腦海總會稍稍閃過這樣的想法吧？」他敲敲放在邁可桌上的素描本。「否則妳怎麼會去調查是不是有人僞造了竇加的畫呢？」

我努力裝出漫不經心的語氣。「我畫我的複製畫時，深入鑽研細節中的細節，不禁納悶這幅畫的構圖元素爲什麼和竇加的其他畫作不一致，於是我著手翻閱竇加的草圖，最後則找到了維吉爾．倫戴爾的草圖。這和那幅畫是不是嘉納美術館的畫一點關係也沒有，完全是兩碼子事。」

「所以說，」里昂問，「雖然妳拿到的那幅畫在各方面都和妳從前在嘉納美術館看過許多次的那幅畫一模一樣，妳卻從沒想過兩幅畫可能其實是同一幅？妳的調查功力這麼好，我很難相信妳從沒想過有這種可能性。」

「容我提醒你，里昂探員，」邁可平心靜氣地插嘴，「我的當事人是應你的要求來協助你的，她沒有義務回答你的問題。」

「那當然，」里昂以同樣平和的語氣說，「我也非常感激她的合作。」他再度對我笑笑，然後望著邁可，「能不能請她告訴我，她確切採取了什麼行動，來解開她心中的疑惑？」

邁可對我點點頭。

「首先，我想找出竇加的〈沐浴後〉草圖。」我指指邁可桌上的書，「在那本書還有其他幾本書裡找，但沒有一幅草圖看起來像我當時手上的那幅畫。」

「那幅其實是複製畫，而不是眞正的原畫。」

「是的，我是說複製畫，但是我已經開始相信它所根據的藍本不是竇加的眞跡。」我極力想保持冷靜，嗓音卻還是愈提愈高。

「這許多年來，看過這幅畫的有幾千人，甚至可能有幾百萬人，這些人全沒想到過這一點？」里昂問。

「我告訴過你，人看事情會被自己的成見蒙蔽，即使是專家也一樣。」

「可是你不會。」

「夠了！」邁可厲聲喝斥，並且站起來，「我的當事人沒有嫌疑，也沒有做不該做的事，我不允許你這樣騷擾她。今天的會面就到此爲止。」

「你是什麼意思？」我瞪著里昂，「你是說，那幅畫是竇加眞跡，我只是在瞎掰？我幹嘛要……」

邁可用手緊緊扣住我的肩膀。

「不管那幅複製畫畫得有多好，」里昂說，「妳竟然能從一幅複製畫看出這麼重大的端倪，聽起來很奇怪。」

邁可在電話上按了個按鍵。「我的助理會送你出去。」他說。

里昂從邁可桌上把兩本書拿回去，感謝我們撥冗和他會面，然後就離開了。

他出去且關上門後，我鼓起勇氣，準備接受邁可的怒罵。但我揚起頭，卻看見他站在窗邊凝視港口。

「怎麼回事呀？」我問，「他是不是抓到了我們什麼把柄？」

「我不知道他有沒有眞的抓到什麼『把柄』，」他從窗邊轉過身來，「但聽起來他好像認爲馬凱帶去給妳的不是複製畫，他認爲妳臨摹的是原畫。因此他推論你們兩個應該知道原畫在哪裡，也知道馬凱的畫是從哪兒得來的。」

① Downtown Crossing，波士頓的購物區，商店百貨林立。

第四十八章

隔天早晨八點，瑞克打電話來。「看了今天的《環球報》嗎？」

我的一顆心沉了下去。「我什麼新聞都不看。」

「克萊兒，別幼稚了，是好消息，或者至少是個反諷。」

「我對於反諷向來不是太有興趣。」

「妳看完再打電話給我。」

我下樓來到我們小小的大廳。老實說，所謂大廳不過就是擺了幾十個信箱的金屬鑲邊立方體空間。有些藝術家手頭較寬裕，不把畫室當自己家，可能假日也懶得到畫室來，因此週末常有多餘的報紙到處散放。我從沾滿厚厚泥土的地板拾起一份《環球報》，咒罵冬季帶來的一片凌亂，然後快速瀏覽標題。伊朗局勢，阿富汗現況，多徹斯特（Dorchester）又發生兇殺案，有個勇敢的小女孩戰勝癌症。瑞克說的是什麼新聞啊？我把報紙翻過來，就在摺痕之下，有一行小小的標題：「民眾砲轟聯邦調查局要求解除馬凱藝廊封鎖以開放洛斯畫展」。

我一面爬樓梯，一面閱讀內文，在沙發上把內文讀完，又重讀一次。這是美夢成眞，但同時也是惡夢成眞。很顯然，請願民眾強調，當馬凱藝廊發出詳載各幅畫內容以及價格的宣傳資料時，就等於和民眾成立了預定銷售的契約關係，然而聯邦調查局阻撓了這層關係。所有受訪的收藏家都聲稱他們的興趣只在於我的窗戶系列，強調艾登展開宣傳後，他們就立即愛上我的作品，至於〈四度空間〉與〈沐浴後〉的醜聞則不重要。

但這謊言誰都看得穿，更別說是我。文章最後一段即指出，雖然大家嘴上不說，卻人人都想要一幅「功力好到騙得過素有聲望的藝術專家與全球頂尖美術館之一（也或許是之二）的那個女人」的作品。

我回電給瑞克。

「他們覺得妳棒透了。」我連喂都還沒說出口，他就嚷，「覺得妳的窗戶系列棒透了……」

「他們覺得我的醜惡名聲棒透了。」

「不只是因爲那樣，妳知道不是。而且他們的說法好像是承認〈四度空間〉是妳畫的，媒體從來沒有……」

「我什麼也不知道，而且也不想談。里昂說我今天早上可以到下層地下室去。」

「眞的？」瑞克說，「他怎麼會讓你去？」

「我拜託他的。他說機具已經把水泥牆炸開了。」

「妳什麼時候跟他說上話的？」

我遲疑了一陣後說：「昨天下午，在邁可的辦公室。」

「他要幹嘛？」

「只是要告訴我們辦案進度，還有要我幫忙解說倫戴爾的草圖。」

瑞克沉默了一會兒，然後清清喉嚨。

「好啦，很高興你的思考很正向，我晚點再打給你。」

「不要去。」

我從桌上拿起里昂的名片。聯邦調查局波士頓分局探員強納森·里昂。我想起邁可的推論，他說里昂認爲艾登給我臨摹的畫是原畫，我思索了一下，斷定別和這人相處比較明智。但我隨即又想到，當他們敲破牆壁、打開那扇雙扇門的時候，如果能在一旁觀看，不知有多美妙。能夠參與歷史見證眞版竇加

〈沐浴後〉，能夠在第一時間得知艾登有救了，不知有多美妙。我按下里昂的電話號碼。

塵土濃重，噪音震耳。一名警衛先在樓上交給我一頂安全帽、一副耳塞、一副外科口罩，而後里昂才帶我下樓。我原覺得他們太小題大作了，此刻卻很慶幸我身上配備有這三樣東西。強烈的照明燈光射向下層地下室的開口處，兩個男人手持可能是電鑽的東西埋頭苦幹。但電鑽不是往地下鑽，而是水平對準了外牆上兩個大洞的邊緣。原本雜亂無章的廢物，這會兒都整整齊齊擺放在上層地下室。

我跪在地上以便看個清楚，灰白色的塵土撲頭撲臉而來，我的眉毛早已被一世紀的溼氣浸得水潤。兩個大洞直徑大約各有三呎，兩個洞之間相隔的距離也約有三呎，是厚實的牆面。塵土飛揚，我看不出洞有多深，但看來是貫穿了整座牆。根據里昂估計開挖到密室的時間來看，這兩個洞比我預期中要來得大。

里昂探員向我揮揮手，於是我跟著他來到一個比較不會被電鑽震得下巴都快斷裂的角落。「我們拆牆的速度會比預期中快。」他提高嗓門嘶吼。

我拔掉耳塞，「什麼？」

「美術館人員把所有的雜物都清掉了，我們啓用了一些新的機具，體積比較小，但有十倍的馬力，直接穿透過去。」他用手比劃出切割的動作。「像切奶油一樣。」

我只聽見其中的幾個字，但約略掌握了概要。牆壁就快要打穿了。

他向我湊近些，對著我的耳朵嘶吼：「可能今天就可以進入密室了。」

「今天？」我倚在一根覆滿塵土的竿子上好支撐身體。趕得上艾登的時限了。

「我們會把午餐帶進來吃，說不定晚餐也要。」他吼，「妳要火雞肉還是烤牛肉？」

七小時後，水泥牆張了個血盆大口，露出裡面的雙扇門。這時已經六點多，工人及電鑽都收工回家了。我和里昂站在下層地下室，看著一名工友清掃門底部的最後一批碎屑。一整天都拒絕正視我、也拒絕和我說話的愛蓮娜，帶著一名手持攝錄影機的女子，以及兩名聯邦探員，也在一旁觀看。四下死寂，鴉雀無聲。

這天的下午漫長而累人，我在涼爽的房間裡揮汗如雨，但願這個苦刑快些結束，我知道其他人也都這麼期望。我們全都累壞了，但誰也不想離開。

工友用榔頭敲打門上的鎖頭，鎖頭文風不動。他拿了個鑿子來，劈砍把鎖黏死的鐵鏽。一時間，我依稀又重回和艾登一同用鑿子和榔頭開箱的那個下午。潘朵拉的盒子。

工友和鎖頭纏鬥了相當久的時間，愛蓮娜在小小的空間裡踱步，詢問他需不需要協助，或是換好一點的工具。工友回答他該有的工具都有了，而這工作只能由單人進行。愛蓮娜又踱了些步子，問了同樣的問題，得到同樣的回答。

最後，在鑿鑽與敲打中，鎖頭終於劈啪開啓。里昂和另兩名探員鑽過大洞，齊心協力把門使勁拉開。

三個人站在敞開的門口，一陣沉默，他們的頭和肩膀擋住了我們的視野。

「怎樣了？」愛蓮娜問，「有沒有呢？」

我想說話，卻什麼聲音也發不出。

男人們彼此互望一眼，然後各自散開到房間的角落。

這下換我們一語不發站著發愣了。除了少許石頭和成堆的塵土外，這房間空空如也。

第四十九章

昨晚離開美術館時，里昂告訴我，我已經正式成為他們鎖定的嘉納美術館搶案關係人了，他聲稱我編造密室藏畫的「騙局」來轉移焦點，聲東擊西。邁可也證實了這消息，他打電話告訴我，里昂探員要求我今天下午四點在他的辦公室會面，且「務必到場」。他還順便提醒我下週一上午八點要預審。這麼說好像我竟有可能會忘記似的。

我搞砸了，不但沒能拯救艾登，還把自己也拖下水，讓許多對我充滿期許的人大失所望，還害所有愛好藝術的人再一次失去竇加的〈沐浴後〉而傷心欲絕。天色仍早，我出發前往監獄。我要親口告訴艾登這個壞消息，這是我最起碼能做的事。

艾登毫不掩飾見到我有多開心，也沒有叫我快走，而是焦急地觀察著我的表情。

我們眼神交會時，我知道我們即將失去的比我和他想像中都更多。「我……很對不起。」我好不容易才低聲說出話來。

他閉上了雙眼。「妳沒找到那個贗品畫家？原畫也沒半點線索？」

我只能搖頭，我擔心我一開口，就會哭出來。他已經夠慘了，沒必要再看我哭。

「我沒打算要還回去。」我還沒來得及敘述我的慘痛遭遇，他搶先發話。

這話說得完全沒頭沒腦。「還什麼？」

「還記得我告訴過妳收藏家的心嗎？我說過收藏家會鬼迷心竅，讓佔有慾凌駕理性，記得嗎？」

我的腦中閃現珊朵拉．史東翰說過的類似的話，一時間以為艾登指的是她，但這話也同樣沒頭沒腦。而後我才理解到，他說的是他自己。「你說〈沐浴後〉？」

「賣家委託我經銷這幅畫時，我當然認定這幅畫是竇加眞跡，我相信他們也是這樣認定的。就像我頭一天告訴你的，我拒絕了，但後來我卻開始想著這幅畫，魂縈夢繫朝思暮想，恨不得據爲己有。我渴望擁有這幅畫，比畢生中其他的任何東西都更渴望。想著竇加的〈沐浴後〉成爲我的收藏品，成爲我最登峰造極的收藏。」

「登峰造極？」我複誦他的話，想理解他在說什麼。

「起初我想不出要如何佔有這幅畫。」他低頭看看自己的食指，玩弄纏在上面的膠帶。「那些人可不是好惹的。」

我拚命努力想聽懂他到底是要跟我說什麼。「你就是那時決定來找我的？」我搖著頭，像是要否認自己說的話。「你是說像伊萊．薩凱那樣，分別出售眞品和贋品？」

「我在《環球報》看到有關複製網的報導，就是刊登了妳的照片以及把妳稱爲竇加專家的那一則。」

「你從來沒喜歡過我的窗戶系列。」震驚使得我聲調平板。早上邁可打電話來過之後，我以爲事情已經糟到極點，不可能再更糟了。

「不是，不是那樣的，我那天只是去探一探，看看這個做法有沒有可行性，然後我看到妳替複製網畫的竇加仿畫，又看到妳出色的窗戶系列，我就發現這個辦法行得通。」

「你從沒打算要把畫還給嘉納美術館。」

他迴避我的眼光。「我很確定如果我告訴妳眞話，妳一定不會答應幫忙。」

「這你倒是猜對了。」

「我們開始交往之後，妳畫出來的成品那麼驚人，我很想告訴妳眞相。可是我們處得那麼好，在一起那麼開心，」他清了清喉嚨，「我怕會失去妳，怕妳不肯開畫展。」

「那等我發現你不打算把畫交還給嘉納美術館之後，妳打算怎麼辦呢？拿槍殺了我嗎？」

「當然不是。」他高嚷。一抹受傷的神色閃過他的臉龐。

這時我懂了，我終於看清這整件事情中陰森恐怖的算計。「你想要勒索我……你認爲到時候我已經涉入太深，沒辦法說出去了……艾登！」我哽咽了，「你怎麼想得出這種計謀？我們……我們這麼……」

「我沒想到我們會相愛，」他的聲音裡充斥著絕望，「這不在我的計畫之內。但是和妳戀愛後，我想，我但願，我猜想，也許妳會原諒我，也許我們可以一起享有那幅畫。」

我的體內彷彿有個螺絲起子扭絞著我的腸胃，我身體的每一個部位都感受到憤怒與痛苦。我絕望地瞪著他。

「克萊兒，拜託不要那個臉……」

「所以說，你從頭到尾都沒對我說實話。」

他的眼裡閃過一抹我從未見過的狡詐。「看來妳好像也一樣啊！」

※　※　※

我跌跌撞撞步出監獄，努力思索艾登的這番告白意味了什麼。我無法相信，無法相信他的動機如此瘋狂，也無法相信我竟從未質疑過他原始的說法。這個人情願少一根指頭，也不願出售他收藏的任何一幅畫。我知道他的這種性格，卻從未猜到眞相。

我是個冒牌貨，他是個神經病，我們的困境都是罪有應得，說不定我們還是絕配，彼此都是對方的報應。但我絕對絕對不要和他在一起，我太生氣了，氣他，也氣我自己，氣到甚至哭不出來。這整件事都是謊言，他的謊言，我的謊言，我們的野心與狂妄。畫家的瘋狂與收藏家的痴迷旗鼓相當。

「一旦一件作品打進你的心坎兒，你就打死也不肯放手了。」珊朵拉．史東翰是這麼說的。她眞是一語道破這種人的心態，簡直就是在形容艾登這個人。我靠在監獄前側的外牆上，閉起眼來抵擋心中湧現的一股強烈悲傷。

但我的眼睛猛然睜開。珊朵拉形容的不是艾登，而是她自己！

我搭乘捷運到布魯克來恩，按下珊朵拉家的電鈴。她穿著浴袍前來應門，頭髮蓬亂，看起來比平常消瘦許多。她沒預期會有客人來。「克萊兒！」她一面驚呼，一面匆匆招呼我進門。「妳怎麼會這麼一大早跑來？發生什麼事了嗎？」

我瞥一眼玄關對面的艾蜜莉雅肖像，強迫自己不准望向通往會客廳的雙扇門，但我注意到了，那門一如往常關著，鎖上掛著鑰匙。「我是來道歉的。」我說，「我把事情搞砸了，我欺騙了妳，而且不得不交出妳的東西。」

「妳在說什麼呀？」

「我沒有在寫貝拉的書，我那天跟妳借去的素描本被聯邦調查局拿走了，我不知道妳拿不拿得回來。」

珊朵拉把浴袍的腰帶綁緊一些。「爲什麼這個時候要告訴我這個？」

「因爲我今天下午可能就要被捕了。」

她端詳著我，並沒有流露出我預期中的憤怒，只有好奇與同情。「嗯，」她終於開口，「那樣的話，進來吧，我來泡點熱茶。說不定我能幫上什麼忙。」她往廚房走去。

我很渴望跟著她進廚房，渴望把自己埋在她慈祥奶奶般的溫暖之中，渴望相信我知道自己不可能再相信的事。但我走向雙扇門，伸手抓取門上的鑰匙。

「妳在做什麼？」珊朵拉尖叫著從走廊一路衝來，「走開！離開那裡！」

我當然沒聽她的話。我轉動鑰匙，推開門。

頭一個映入眼簾的是壁爐上方一幅畫中嬌豔欲滴的桃紅、澄藍與碧綠色彩。我走進房間，仰望那幅畫。就像第一眼看見艾登的〈沐浴後〉，我就知道那是贋品一樣，我一眼就看出這幅是如假包換的眞跡。更何況，當然啦，我認得這幅畫。

因爲竇加的〈沐浴後〉掛在這裡，光彩與勃勃生氣足以令倫戴爾的仿作永遠黯然失色。而席夢與賈桂琳儘管與倫戴爾畫中的女人毫無二致，芳思華卻不同。她如竇加的草圖中一般坐著，使整幅畫左右不對稱。更重要的是，她不但不是芳思華，而是貝拉本人，全身一絲不掛。

珊朵拉在我背後輕聲哭泣起來。我環視這個豪華大房間，整個房間是空的，就只有一幅畫，以及一張孤伶伶擺放在畫面前的扶手椅。

尾聲

半年後

場面一如我的想像，紅男綠女衣香鬢影，觥籌交錯談笑風生，飛吻更是處處飄送。此刻我站在馬凱藝廊中，舉行我頭一場個展的開幕式。之所以說頭一場，是因爲我受邀還要舉辦兩場，一場在倫敦的皇家藝術學院（Royal Academy of Arts），另一場在東京，展場的名字我不會念。不到一年間，我就從過街老鼠翻身成媒體寵兒。這是個教人暈陶陶的成就，同時也令我再三思量。

藝廊裡門庭若市，有五幅畫旁已經點上了紅點。藝評界一片叫好，買家絡繹不絕，各家展場的策展人滿口恭維，忽然之間我好像炙手可熱，成爲人人爭相邀請、寵愛、拜託的人。如果我不知道這鵲起的名聲是怎麼來的，只怕就要被沖昏了頭。媒體總是形容我謙遜低調，眞誠坦率，我猜想，這麼說也算是沒錯啦。

我在人潮中行走，看見認識與不認識的臉孔，以及一些我原本就認識但對方直到現在才終於認識我的人。人人搶著和我合照，我被拉向四方，眼睛被鎂光燈閃得金星直冒，什麼也看不見。

齊孟教授親吻我的兩頰。「這場畫展以及事情最後的發展，哪個比較美妙呢？眞想不到竟然會是珊朵拉．史東翰，我認識她很多很多年了呢，誰會想得到？」而後他咧嘴笑笑，「但是妳想到了。」

齊孟所說的事情，當然是指竇加的〈沐浴後〉物歸原主。那畫如今花枝招展豪氣萬千地掛在短廊，吸引世界各地的民眾前來朝聖，使嘉納美術館的來客量成長三倍。美術館在四月四日貝拉生日那天，辦了個上架——而不是「歸位」——慶祝會，但畫作直到六月才眞的展出。

阻撓上架的並不是珊朵拉．史東翰。那天早晨在會客廳，她告訴我，〈沐浴後〉是她所擁有的唯一一件貝拉嬸婆的遺物。她知道她不該據爲己有，但她的外婆和母親命令她這麼做。「而且我也很想保留這幅畫。」她承認，「我成天坐在這兒欣賞它，爲這幅畫屬於我而不屬於其他任何人而竊喜。」

「妳外婆和母親？」我問。

「我外婆艾蜜莉雅答應貝拉嬸婆，等她過世後，她會把這畫從地下室拿出來，掛在短廊。但當時的館長小氣又刻薄，外婆改變主意，決定自己留著。這是我們家族的祕密傳家寶，她傳給我母親，我母親傳給我，並且規定我絕對不可以交給嘉納美術館。」

「是爲了要懲罰美術館的小氣，還是不要讓貝拉的裸體曝光？」

「兩方面都是吧。」珊朵拉戀戀不捨地含笑，「但我想這一切都結束了。」

珊朵拉主動放棄畫的所有權，並說她事實上如釋重負，嘉納美術館也不打算提告。貝拉的遺囑寫得很清楚，〈沐浴後〉歸嘉納美術館所有，但無論是美術館的董事會或是聯邦調查局，都不忍和一個號稱是伊莎貝拉．史都華．嘉納現存唯一遺族的的八十二歲老太太對簿公堂。

諷刺的是，導致〈沐浴後〉延遲展示的正是貝拉的遺囑。嘉納美術館究竟能不能展出竇加的〈沐浴後〉，這問題引發了一陣法律論戰。貝拉的遺囑載明，美術館裡所有的物品都不可移除或更動，而貝拉過世時，掛在那裡的是維吉爾．倫戴爾的〈沐浴後〉。幸好最後，常理佔了上風。嘉納美術館預計將拍賣維吉爾的版本，好擴充美術館的資金。

凱蘭．辛山默走上前來。「克萊兒，克萊兒，克萊兒，」她說，「妳就是免不了要招惹一些麻煩，是不是呀？」

「好像是吧。」她的笑容讓我稍稍卸下心防，但由於我們先前的過節，和她在一起我依舊不大自在。今晚這裡有許多人都讓我有相同的感覺。

「克萊兒，對不起，我想要當面告訴妳，我很抱歉當初沒有認眞看待妳所說的關於艾薩克……」

我擺擺手，擺開她的道歉。「那不重要了，我很高興事情終於水落石出。」事情的確水落石出了。在嘉納美術館判定〈沐浴後II〉是我的作品後，現代美術館也重新鑑定〈四度空間〉，而這回專家終於沒有再出紕漏。

潔可酒吧的好哥兒們忽然全圍在我身旁，他們看來比我更興奮，而且酒喝得比我多得多。

邁可摟住我的肩膀。「你還以爲這一天永遠不會到來。」

「瑰絲朵也來了，」黛妮兒用氣音告訴我，「但是我們都不理她。」

茉琳舉起她的香檳杯，「也該換妳請我喝一杯啦！」

小小摟住我的腰，開始哭泣。

葵絲娣把我從小小身邊拉開。「惠特尼的現代美術策展人剛剛來電，他們在跟曼谷的一個收藏家競標〈夜車〉。」她差不多是往我背部搥了一拳。

瑞克朝我們走來。他整個下午都陪著我，在藝廊裡幫忙我處理最後的細節。此刻他握住我的雙手，用充滿洞察力的深刻眼神凝望我。他快速眨著眼，忍住淚，我則趕緊拿了張面紙，以免臉上的妝被淚水糊掉。

「小萊。」他唯一吐得出的就是這兩個字。

竇加的〈沐浴後〉重見天日，使所有的貝拉迷陷入狂喜，人人都對歷史眞相提出各自的推論，其中有兩派相爭不下，一派主張貝拉與竇加曾陷入瘋狂熱戀——貝拉紅杏出牆的傳聞甚囂塵上，但並沒有確切證據證明她當年眞的不安於室——另一派則堅稱她不可能背叛傑克，也不可能裸身供人作畫，他們認爲畫中的女性胴體出自竇加的想像，而竇加無疑並不乏憑藉想像而成的畫作。但話又說回來，如果這兩人並沒有暗譜戀曲，貝拉也從未擔任賽加的裸體模特兒，那麼她又爲什麼要把那幅畫深藏地底，並且雇用維吉爾．倫戴爾來僞造一幅假畫呢？

那幅畫看來的確是倫戴爾僞造的，但他並沒有偷走原畫，也沒有勒索貝拉。根據珊朵拉的說法，是貝拉本人不願展示原畫。鑑識人員比對艾登交給聯邦調查局的畫——也就是他帶到我的畫室給我臨摹的那一幅——以及珊朵拉的〈艾蜜莉雅〉，判定兩幅畫確實出自於同一畫家之手。

但倫戴爾謎團還有個疑點令我滿腹狐疑——他的日記和素描本爲什麼會混在普雷斯考和史東翰家族的紀念品當中？我問了珊朵拉，她於是吐露了另一個家族祕密——維吉爾．倫戴爾才是她的親生外公。維吉爾和艾蜜莉雅相戀多年，珊朵拉的母親芬妮是他倆愛的結晶。而沒錯，就是貝拉這個家族女王過度在意階級問題，因此拆散了小鴛鴦，迫使艾蜜莉雅落入不幸的婚姻。

十點了，宴會依舊熱鬧非凡，湧進的人潮比離去的更多。這整件事都如夢似幻，畫作售出，聲名大噪，還有許多人從我生活裡偏僻隱密的角落冒出來——貝弗莉阿姆斯的金珀莉、我高中時的美術老師三多先生、童年時代的保母雪莉．麥克雷、我家附近眼鏡行的驗光師，甚至還包括普羅旺斯來的遠房表親艾蓮。氣氛詭異到讓我偶爾懷疑自己並不置身此地，我不過是個軀殼，在這裡負責笑臉迎人、高談闊論，眞正的我在另一個地方，依舊是普普通通平平凡凡的克萊兒。

葵絲娣和湘朵把我拉到角落。「惠特尼標到〈夜車〉了！」葵絲娣大喊。

現在我確定我眞的不是克萊兒了，而是戴上了另一個畫家的假面具。惠特尼，怎麼可能呢？

「是眞的！」湘朵拍著掌。

葵絲娣指指一張椅子，我坐下來，天旋地轉，目瞪口呆，不敢相信這個事實。葵絲娣看看錶，對湘朵說：「明天星期天，我一早就去告訴馬凱這個好消息。」隨後她歉疚地看我一眼說：「抱歉，不是故意要提起的。」

「不用抱歉。」我說。但事實上，我確實情願不要想起艾登。

艾登仍在牢裡等待開庭，那庭恐怕要半年或甚至一年後才開得成，所以有得等。自從上次那場談話之後，我就沒再見過他，也沒和他說過話。我打算無限期保持現狀。無論我對艾登的感情如何，徹底和他切斷關係算是我對自己的懲罰。

上個月，聯邦調查局終於准許藝廊恢復營業。我原本想拒絕，但最後勉爲其難，接受了葵絲娣的提議，在這裡辦個展。瑞克說我非辦不可，說我不該任沒來由的罪惡感阻礙前程。但是他錯了，我的罪惡感才不是沒來由，和魔鬼談交易的女人並不清純無辜。

〈沐浴後〉的重見天日也保住了艾登的手指。他獲得短暫保釋，利用這時間付清了積欠的帳款。但專家判定他交給聯邦調查局的畫確實是維吉爾·倫戴爾的仿作，也就是美術館搶案中被竊的作品之一，於是他又重新被送入大牢。艾登是有關單位尋找嘉納搶匪的唯一窗口，雖然他始終堅稱自己對於作案者是誰一無所知，檢警卻期盼漫長刑期帶來的恐懼能喚醒他的記憶。就我所知，這是有可能的。

葵絲娣把一隻手擱在我的肩上。我環顧四周，看著洶湧人潮，看著畫旁的紅點，想著我未來的人生將是一片光明，前途無量。天理昭昭，報應不爽。我的時來運轉究竟是由於我眞的才華橫溢，還是狼籍惡名恰好對了這社會追逐爆紅名人的胃口？我究竟是個偉大的畫家，還是個偉大的贋品畫家？無論我或我的作品未來如何，無論我接到多大的委託案、被多頂尖的美術館收藏，我想我永遠也不會得知。

謝詞

提到「沒有你，這本書就永遠不會成形」的清單，有個人格外突出，那就是我親愛的朋友、同僚、最大的粉絲兼火力最強的批評家——珍・布洛根（Jan Brogan），說謝謝還不足以表達我的感激。我寫作團體的其他成員——琳達・巴恩斯（Linda Barnes）、海莉・艾弗朗（Hallie Ephron），以及我的家人丹（Dan）、蘿蘋（Robin）、史考特（Scott）和班（Ben），謝謝兩字也道不盡我的滿腔感念。你們的鼓勵與對我的信心協助我走過低潮困境。

感謝潔美・伊麗莎白・考克特（Jamie Elizabeth Crockett）、珍・小小・佛爾曼（Jane Little Forman）、詹姆士・甘迺迪（James Kennedy）、愛德溫娜・庫倫德（Edwina Kluender）、金珀莉・寇諾瓦（Kimberle Konover）、薇多莉雅・孟若（Victoria Monroe）、蘿蓓塔・保羅（Roberta Paul）、勞勃・辛山默（Rob Sinsheimer）及凱柔・托瓦（Carol Tovar），感謝各位提供專業知識，並耐心回答我的問題。感謝我的讀者：丹・弗萊施曼（Dan Fleishman）、史考特・弗萊施曼（Scott Fleishman）、羅尼・傅克斯（Ronnie Fucks）、珊朵拉・夏皮羅（Sandra Shapiro）、愛麗絲・史東（Alice Stone）、蘿蘋・齊孟（Robin Zimmern）。特別感謝聰明且時時給我支持的編輯愛美・蓋詩（Amy Gash），並且格外特別感謝我的經紀人安・柯列特（Ann Collette），她倆勤奮不懈的努力與對我作品的信心使一切成真。

研究手記

《密室裡的竇加》雖然以大量的研究以及與畫家、畫商及策展人的訪談為基礎，卻是一本虛構之作。故事現代背景中的所有人物以及多數場景和事件都是我想像力的產物，馬凱藝廊、潔可酒吧、貝弗莉阿姆斯、愛爾美術社、複製網都不存在於眞實世界，開頭那段《波士頓環球報》的報導也從未刊登於該報。但伊莎貝拉・史都華・嘉納美術館是貨眞價實的美術館，只不過其中並沒有下層地下室。波士頓美術館、紐約現代美術館、波士頓的文華東方酒店、南端區、紐柏麗街也都是眞實場景，我試圖準確無誤地刻畫這些地方。

克萊兒用來繪製假畫與個人創作的技巧符合現代畫家的手法，對年輕藝術家力爭上游的描述也反映眞實的狀況。她在網路上查到的偽畫家與偽畫交易商，包括約翰・梅耶、伊萊・薩凱、凡・米格倫，以及這些人的犯罪細節、方法、動機及所遭到的懲罰都是眞人實事，但維吉爾・倫戴爾是個虛構人物。

一九九〇年嘉納美術館搶案的細節也都符合史實，這起搶案迄今仍是史上未破的最大宗藝術案件，唯一與史實不符的是竇加的第五幅〈沐浴後〉，這幅畫不曾被偷，也不曾存在過，而是我依據竇加的另外四幅〈沐浴後〉構思而成的。竇加的三幅素描——〈藝術晚會節目單〉、〈散場〉及〈佛羅倫薩旁的隨從〉則在當晚被竊，至今尚未尋獲。

貝拉・嘉納寫給姪女艾蜜莉雅的信則融合了眞實與虛構。貝拉在信中所標註日期的當時都的確在信中所述的那些地方採購她所收藏的畫作。她與約翰・傑克・嘉納、約翰・沙金、亨利・詹姆士、詹姆斯・惠斯勒及伯納・貝然森的關係全都根據史實描述，但信中所描述的事件，如晚宴、隆尚馬場的賽馬、旅遊、病痛等則並非史實。貝拉的確曾在波士頓牽著兩頭獅子逛大街，也的確曾綁著寫有「噢，紅襪隊」（OH YOU RED SOX）的頭帶去聽交響樂。她唯一的孩子小傑克的確在兩歲時夭折，在傑克．嘉納的哥哥嫂嫂相繼去世後，她也的確一手撫養三名姪兒，只不過其中一名還沒來得及長大就與世長辭。但世上從未有過艾蜜莉雅這個人，珊朵拉．史東翰當然也並不存在。

雖然伊莎貝拉．史都華．嘉納與愛德加．竇加生活在同一個時空的同一個圈子裡，但無論是克萊兒還是我，都找不到任何資料提及他倆曾經見面。因此，整本書中有關貝拉與愛德加的互動關係以及這段關係所引發的後續故事全是我杜撰的，然而兩人的性格則都是根據史實與傳記加以揣測，因此生活在一百五十年後的我們，又如何知道什麼事可能發生過，而什麼可能沒發生過呢？

作者手記

我是個膽小的作者。有些作者下筆寫小說時，並不知道結局將會如何，卻信心滿滿地相信寫作的過程自然而然能引導出圓滿的結局，但我不行，我在沒確定結局以及中段之前不敢下筆，我需要列出大綱，相信我的點子眞能幻化成一本成功的小說才行。有些作者需要有個暫訂的書名，我則需要有暫訂的情節。從最初的靈光一閃，到完整的手稿出爐，歷時漫長，就是這個原因。

《密室裡的竇加》也不例外。我頭一回與藝術收藏家兼美術館創辦人伊莎貝拉．史都華．嘉納相遇是在一九八三年，我對她一見傾心，很想和她做朋友、陪她一起遛獅子逛大街、採買名畫、做各種驚世駭俗的事來嚇壞周遭那些正經八百的老古板。但是很遺憾，她一九二四年就過世了。我放棄寫一本「貝拉」的小說，她讓我震懾——看吧，我又膽小了——但我不曾忘懷她。

一九九〇年，她忽然大受矚目，或者至少是她的名字大受矚目。兩名身穿警察制服的男子闖進波士頓的伊莎貝拉．史都華．嘉納美術館，把兩名警衛綁起來並塞住他們的嘴，偷走了十三件館內典藏的藝術作品，包括林布蘭的〈加利利海風暴〉、維梅爾的〈演奏會〉，還有竇加及馬奈的作品。這時我想，說不定我終於能把想法付諸實現了。

儘管媒體把嫌疑指向國際，懷疑的對象包含黑手黨和教廷，涉嫌對象的身分五花八門，當局始終逮捕不了任何人，我依舊構思不出我的故事。貝拉和發生在她死後七十年的搶案能扯上什麼關係呢？這搶案始終未破案，我要如何寫一本關於這起搶案的書？萬一我還沒寫完，案子就破了，而結局和我寫的天差地遠，怎麼辦？更糟的是，萬一我才剛寫完就破案，怎麼辦？膽小如鼠的我又重新把這點子束之高閣。

十九年後，嘉納搶案的謎團仍然未解，我對貝拉依舊心心念念。我讀了她半打的傳記和數百封信件，在網路裡上窮碧落下黃泉。我想我可以像我很激賞的伊爾文．史東①或戈爾．維達爾②那樣，撰寫小說體的傳記。但要囊括伊莎貝拉．嘉納精彩刺激的完整人生太難了——我的膽怯依然沒變——於是貝拉再度被我擱置一旁。

大約就在同時，我開始上一系列的藝術課程，由一位知名藝術家帶領，我們一起參觀藝廊及美術館。這位藝術家打開了我的視野，不僅讓我看見有形的美妙藝術，更引領我認識創作、收藏、策展與藝品銷售的複雜世界。我也開始著迷於藝術竊案與藝術品僞造。這時我想，我終於可以寫我的貝拉了。於是我寫下摘要、列出情節表、構思人物性格，然後全部塗去，又重來一遍。故事隱然成形，但其中有著漏洞缺陷，有個東西付之闕如——我想不出結局。

有一天，當我思索是否該放棄種種的努力時，我遍尋不著的失落環節忽然以問句的形式找上門——爲了實現野心，我們願意走什麼樣的險步？沒沒無聞的畫家、名聲響亮的畫家、收藏家、經紀人、藝廊負責人？我？貝拉？

於是我擴增了我的人物表，加入一個苦苦追求成功、不惜出賣靈魂的藝術家，爲每個人物設立了對他們個人而言難以抗拒的誘惑，再將他們與藝術竊盜、藝術僞造、嘉納美術館搶案，以及當然不可或缺的我的朋友貝拉結合。忽然之間，我像怯懦的獅子在得到獎牌後勇氣大增，我也在得到故事情節後壯起膽識。《密室裡的竇加》便是我發揮勇氣的成果。

①伊爾文·史東（Irving Stone），一九〇三～一九八九年，美國作家，以撰寫小說體的名人傳記見長，最知名作品爲《梵谷傳》（*Lust for Life*）。

②戈爾·維達爾（Gore Vidal），一九二五～二〇一二年，美國作家。

藍小說216

密室裡的贗加

作者—夏皮羅
譯者—彭玲嫻
主編—嘉世強
編輯—鄭雅菁
美術設計—陳威伸
責任企劃—鄭哲涵
董事長
總經理—趙政岷
總編輯—余宜芳
出版者—時報文化出版企業股份有限公司
10803台北市和平西路三段二四〇號四樓
發行專線—（〇二）二三〇六—六八四二
讀者服務專線—〇八〇〇—二三一—七〇五
（〇二）二三〇四—七一〇三
讀者服務傳真—（〇二）二三〇四—六八五八
郵撥—一九三四四七二四時報文化出版公司
信箱—台北郵政七九～九九信箱
時報悅讀網—http://www.readingtimes.com.tw
電子郵件信箱—liter@readingtimes.com.tw
法律顧問—理律法律事務所 陳長文律師、李念祖律師
印刷—勁達印刷有限公司
初版一刷—二〇一五年三月十三日
定價—新台幣三六〇元
⊙行政院新聞局局版北市業字第八〇號

國家圖書館出版品預行編目（CIP）資料

密室裡的贗加 / 夏皮羅（B. A. Shapiro）著；彭玲嫻譯. -- 初版. -- 臺北市：時報文化, 2015.03
面； 公分. --（藍小說；216）
譯自：The art forger
ISBN 978-957-13-6205-2（平裝）

874.57 104002018

ISBN 978-957-13-6205-2
Printed in Taiwan